INDIGO

インディゴ

クレメンス・J・セッツ

犬飼彩乃訳

CLEMENS J. SETZ

CLEMENS J.SETZ

犬飼彩乃 訳

クレメンス・J・ゼッツ

インディゴ

INDIGO

by Clemens J. Setz

Japanese edition published by arrangement through The Sakai Agency

国書刊行会

日本語版『インディゴ』に寄せて

本小説『インディゴ』の構想が降りてきたのは、僕の人生でも不思議なひと時でした。ある日、人間の耳を背中にはやしたネズミが僕の足の上を這っているのを夢でみたのです。このネズミはこの世に実在し、一九九〇年代には新聞やニュース番組に写真が出ていました。この生きものを作製したジョセフ・バカンティとチャールズ・バカンティという学者の兄弟は、これで軟骨組織は任意に成形可能であることを証明しようとしていました。その背中にはえていたのは本物の人間の耳ではなく、耳のように形づくられた牛の軟骨組織でした。もうひとつ、夢の中ではイメージがみえました。バカンティマウスの墓です。車庫に囲まれた裏庭にありました。独特の穏やかな光景でした。

その後、僕はかつて世界的に有名だったこのネズミに何があったのかを調べようとして、科学のために想像を絶するありとあらゆる扱いを受けた動物たちに関する、時には非常につらくなる話の渦の中へと身を投じました。これが、言ってみれば小説の背後にある白熱光となりました。本小説の主人公の一人であるロベルト・テッツェルは、実験動物、特にサルの絵を制作しています。こうした話のうちで、あるものについて、僕は読んでほとんど正気を失いかけました。あと一歩で『インディゴ』へと組み入れるところだったのですが、そこまでの勇気は出ませんでした。

その話の舞台となったのは、オーストリアのニーダーエスターライヒ州にある、かつて医療実験や軍事実験に利用されたチンパンジーなど類人猿のための「老人ホーム」でした。ここにいる動物たちにはほとんどが何年にもわたる虐待経験があります。あるチンパンジーは、若くして老け込み、部分的な脱毛と重度の閉所恐怖症に悩まされていましたが、数カ月かけてようやくボランティア飼育員の一人と友好的な関係を築きました。この飼育員は若い医学生だったのですが、唯一このチンパンジーに攻撃されたり追い払われたりすることなく、部屋に入ることができました。ある日、この飼育員はiPodのイヤホンを耳に入れて飼育部屋にやってきました。猿はその飼育員に飛びかかり、ぞっとする悲鳴をあげながらイヤホンを耳から引きはがしました。続けてコードも引きちぎり、落ち着くのにとても時間がかかりました。さて、この感情の爆発の理由はなんだったのでしょうか。イヤホンのコードです。長年このチンパンジーは、チューブや電極を通すために、頭蓋骨に複数の穴をあけられていました。彼の頭の皮膚には、毛の生えない傷跡が数カ所、はっきりと残っていました。そこへ今、この世で唯一気の許せる大親友が部屋に入ってくると――猿の頭の中の恐怖を想像してみてください――同じように頭にあの電線が刺さっていたのです。そこで猿は何をしたのでしょう。僕たちとは違って、彼はじっくり考えたりはしませんでした。すぐに飛びかかって友人の命を救ったのです。

この注目に値する話はそのまま出てくるわけではありませんが、それでも本小説の空洞の核のようなものを形成しています。その周りに、年輪とでもいうべきものが成長し、小説が生み出されているのです。

本小説がこのたび日本語に訳されたことは僕にとって望外の喜びです。日本文学は、ありがたいことにたくさんドイツ語に訳されており、僕が作家として展開する早い時期に決定的なひらめきをくれました。たとえば孤独と服従の物語を描いた過激でミステリアスな河野多恵子や、ひどい不幸にありながらまばゆいばかりの炯眼の持ち主である太宰治、さらにグロテスクへの造詣の深さから僕にはいつもすこしオーストリア人のように思われる巨匠、安部公房からは大きな影響を受けています。

『インディゴ』が出版されてまもなく、驚いたことに自分の娘を「インディゴチルドレン」と称し、その子について「あなたの小説のよう」だという女性に会いました。当初、僕はあの有名なニューエイジの概念であるインディゴチルドレンのことを言っているのだと思ったのですが、(よくいるうぬぼれの強い作家のように、彼女が本当に僕の小説を読んだのか興味が出て)「僕の小説のよう」とはどういうことなのか、聞いてみました。彼女は、娘さんがいっしょにいると幼稚園のほかの子供たちの具合が悪くなるのだと言いました。最初は家で使っていたシャンプーのせいかもしれないと思ったそうです。この女の子の周りを病気にさせてしまう作用に一番に気づいた幼稚園の先生もそう推測しましたが、シャンプーを変えても及ぼす影響は変わりませんでした。それで今回、なんと偶然にもグラーツに、こうした子供に関する本を書いた人間がいると聞き及んだ、というのです。そして、本に描かれている母親たちとのご関係はどうなっていますか、主人公のロベルトさんとは今でも連絡を取り合っていますか、と言ったのです。

彼女が全部本気で言っていると理解できてから、僕の小説はフィクションなんですよと説明をしました。しかし、そういうことは知りたくないようでした。彼女の視線は「フィクション？　そんなバカな」と言っていました。彼女はこう言いました。もちろん作家はひとつの話から何かオリジナルのものを創りだしますよね、芸術家には許容されていることです、と。居心地の悪さをつのらせながら、僕は娘さんの状況についての彼女の見解は間違いだと説得しようとしましたが、それはまったく不可能なことでした。

いつも同じなんです、と彼女は言いました。ほかの子供たちはうちの子に拒絶反応が出て、首まわりの発疹や（「襟もとの発疹」と、身ぶりを添えて強調し）、「手指の震え」や頭痛が起こるんです、と。僕は、娘さんは身体が丈夫なだけかもしれないという説を出してみました。ほかの子は幼稚園で出る既製の食品に耐性がないか、そこにある何かにアレルギーを起こしているのだろうと。しかし、これも彼女は聞こうとしませんでした。

そして彼女にとって関心のある、僕が小説執筆の下調べで出会ったであろう人々の消息について繰り返し尋ねました。同じような問題を抱えた親たちを見つけられる可能性はほとんどないけれど、僕の本なら状況をすこし変えることができるかもしれないとのことでした。最終的に僕は、この女の子を一度、一年かそこら親戚の家にやってはどうですかと勧めるほかになんの助言も思い浮かばなくなってしまいました。遠方に住む祖母がいると先に聞いていたからですが、それも却下されてしまいました。

結局、彼女を説得することは叶わず、その後二度と会うこともありませんでした。彼女は僕のことをひどく不誠実な人間だと思ったに違いありません。ときどき、娘さんのことを想います。彼女はどうしているでしょうか？　もし僕がこの小説を書かなかったら、彼女の人生はどうなっていたでしょう。これは本当に起きたことでしょうか？　自分で創作したということ自体が思い込みなのでしょうか？　もしかすると創作とは、とうの昔から存在する地下の冥界を再び発見することなのでしょうか？

二〇二〇年九月　ウィーンにて

クレメンス・J・ゼッツ

オーストリア・シュタイアーマルク州北部に、ヘリアナウという全寮制の学校がある。インディゴ症候群を患う子供たちのための学園だ。この子供たちに接近するものはみな、吐き気、めまい、ひどい頭痛に襲われることになる。新米の数学教師クレメンス・ゼッツはこの学園で教鞭をとるうちに、奇妙な事象に気づく。独特の仮装をした子供たちが次々と、車でどこかに連れ去られていくのだ。ゼッツはこの謎を探りはじめるが、進展のないまますぐに解雇されてしまった。その十五年後、新聞はセンセーショナルな刑事裁判を報じる。動物虐待者を残虐な方法で殺害した容疑で逮捕されていた元数学教師が、釈放されたというのだ――

本作全体の筋を要約すればこのようになるかもしれないが、それでは各部の要約からは乖離していく。最もよいのは、今すぐページをめくり、この本を読むことだ。すぐにおわかりいただけるだろう。クレメンス・J・ゼッツはこの新しい小説でも「こぎれいに組み立てられた文学工房の文学に対する過激な反抗のプログラム」(『ツァイト』紙)を続けているのだ。手に汗握る展開に、上手いマッサージのような癒し。読み終えたころには全身の筋肉を使った感覚になるだろう。

クレメンス・J・ゼッツ

一九八二年オーストリア、グラーツ市生まれ。グラーツ大学では数学とドイツ文学を専攻。ヘリアナウ近接度意識学習センター《プロクシミティ・アウェアネス&ラーニング・センター》にて数学のチューターを勤めたのち、ジャーナリスト。二〇〇八年よりインディゴ症候群の後遺症があらわれる。現在はフリーの作家として妻と共にグラーツ近郊で隠棲している。[1]

その土地は平らで、ぐるりと地平線まで見えるほどだった。そして地平線はちょうどひざの高さで、ときには腰の高さにまで迫ってきた。

マグダ・T

いつか人は、どんなものにも抗いながら慣れるものだ。

オットー・ルドルフ博士

むいてもむいても出てこない、犯罪のアーティチョークの核心へとようやく近づいてきたようだぞ。

バットマン役のアダム・ウェスト[2]

クレメンス・J・ゼッツ
インディゴ

―――

Tさんの手紙
事故報告書

第一部

―

PCプリントアウト、画像コピーあり　赤いチェックのファイル
J・P・ヘーベル「ボンドルフの仕立婦」

―

クレメンス・J・ゼッツ著

―

紙され、赤いチェックのファイルに。PCプリントアウト
ロベート・ベートン「隣人の憂鬱症」

―

フィン・ザ・ゾーン―エピソード2

クレメンス・J・ゼッツ著

―

コピーの紙きれ　赤いチェックのファイル

―

J・G・フレイザー「ヨーロッパに於ける災厄の轉移」

―

8　ホロデッキ

―

第二部

1　卒業論文

2　不気味の谷

―

画像、本からのコピー、裏にテキスト貼る　赤いチェックのファイル

―

3　ヘリアナウ学園

4　授賞式

5　五点形

6　マックス

7　学園のロミオとジュリエット

8　生きもの

―

拝啓　クレメンス・ゼッツ様

　意識をなくされてから起きたことのすべてをお知りになりたいだろうと思い、筆をとりました。最初はソファで横になっていただこうとしたのです。でもソファは幅がなく、わたしたちの体力も、ご覧いただきましたとおり、大変限られておりますので、床に転がり落ちてしまいました。それで右眼の上に切り傷がついてしまったのです。もちろんすぐに怪我をされた場所へは当てものをしました（布巾につつんだ氷《アイス》です）が、それでも額はたちまち腫れ上がりました。正直に申し上げて、あれほど簡単にソファから滑り落ちられるとは思っておりませんでした。外見からは横になられたときですら、身体の重心がお腹のあたりにあるなどとはとても思えません。その点、本当に華奢な、もう触ったら壊れそうな方ですね！　ともあれ、眼の上の腫れをみて、わたしたちは即座に、ゾーンから別の部屋へお連れしようと決めました。

　先生はわたしたち夫婦に、ロベルトをまた家に戻す決断をして以来、むき合わなければならない困難があったかお尋ねになられましたが、まさにその困難をご自身の身体で経験されました。間違いなくわたしたちは、大変に、大変に申し訳ないと思っているのですが、今回のことでひょっとしたら、お話しするだけではきっとお伝えしきれなかったものをお見せできたのではないでしょうか。あの学園の教員としてはこうした体験からは隔離されていらっしゃったでしょうから。

わたしたちは急いで部屋の外へお運びしました。腫れ具合が本当に不安になるほどでしたし、蘇生術にも反応がなかったからです。キッチンでは明らかに快方にむかいました。先生は眼をあけて、わたしたちの手を借りて椅子に座ろうとしましたが、またいきなりひっくり返って汗をかき始め、左腕がけいれんして、でも幸いなことにわかっておりました、わたしたちもみな、そうでしたから。氷山《アイスベルク》――そう、わたしたちは呼んでいます。何トンもの氷の下に埋まってしまったかのような感覚のことです。わたしたちはみんな、これを乗り切ってきました。もちろん、今なら言うのは簡単です、もう長いこと折り合いをつけてきましたし、ある程度の耐性というか、少なくとも予測を立てる癖をつけてきたのですから。でも空きっ腹にいきなりではもちろん――先生と同じように――ひっくり返ることもあります。

ロベルトからは、くれぐれもよろしくとのことです。少なくともあの子の様子からそのように解釈しています。あの子のことはわかりっこありません。来年はもう学園へは戻らないでしょう。

先生のことはうちの車で病院までお送りしました。すこし混乱していらっしゃいましたが、それも予想のうちでした。たとえばわたしの父などは、ロベルトが生まれてまもなく訪ねてきたのですが、一日じゅうまともに話せず、ひどい言語障害で呂律がまわらなくなり、かわるがわる暑がったり寒がったり、めまいにも襲われました。はじめは、ショックで卒中発作かなにか起こしたかもしれないと心配しましたが、それでも父はロベルトを腕に抱くと言い張りました。そのときの写真があります。庭から窓越しに撮影したものです。

全部思い込みだ、インディゴなんてたわごとだ、と父は申しました。ご存じでしょう、あの世代の人たちや時代というものは、世間一般にあまり啓蒙が進んでいなくて、つまり……そうですね、わたしたちだって全部、何でもないと信じたかったです。うちの子にあとあとまで関わることなどないのだと。リアルなことは何も。

子供とは手を取り、触れ合うものだ、と父はあの頃に申しましたので、わたしはただ自分の背中の、そのころの度重なる転倒でついたすり傷を見せました。それから首筋の発疹を、それに左眼の結膜下で破裂した血管を見せました。あの頃はまだその眼でいくらかは視えていましたが、もちろん病院に行ったのは、すでに手遅れになり、視力が失われてからでした。

ゼッツ先生、この間にお加減がよくなっていらっしゃるとよいのですが。先生についてはどんな偏見ももっていないとお約束いたします。学園を早く退職されたことにどんな理由があったとしても、おこがましく判断を下すつもりなどありません。もしお望みでしたら、どこかほかの場所で続きをお話しすることもできます。もちろんわが家でも引き続き歓迎します。おいでいただけたら嬉しいですが、もう十五年近くわたしたちがくりかえし携わっていることに、もう身をさらされたくないということでしたら、主人もわたしもそのお気持ちはわかるつもりです。

かしこ

二〇〇六年十一月一日

グラーツ近郊ラーバにて

マリアンネ・テッツェル

グラーツ医科大学州立附属病院
外傷外科

救急外来
入院

氏　名：クレメンス・ヨハン・ゼッツ
生年月日：一九八二年十一月十五日

病歴および所見

患者は、知人と称する二名に付き添われ、救急外来に来院。

意識状態：自発開眼、意識清明、見当識良好だが、反応は鈍い。知人の説明によれば、はずみで転倒した後十分間程度、意識を失い倒れていた。転倒の直前に右眼視野外側の閃輝を訴えていた。倒れている間、一般人による蘇生行為は不要と判断された。

収容時、患者は生命にかかわる状態ではなく、循環動態安定、呼吸状態異常なし。割創を右前頭部に、出血を伴う開放した挫滅創を後頭部に認めた。体幹上部に小血腫が複数あり。瞳孔正円・左右同大、瞳孔径正常。顔面神経麻痺、片側麻痺なし。その他神経学的所見なし。頭蓋部に叩打痛あり。嘔気はないが、軽度の平衡感覚異常の訴えあり。その他外傷を示す所見は認めず。四肢関節の自動運動域／他動運動域ともに正常、診察時の疼痛出現なし。

治療内容

前頭部割創はオクテニセプトで消毒後、ステリストリップにて接合。後頭部挫滅創は三針縫合した。破傷風トキソイド接種。頭部ＣＴ施行。所見：出血、骨折、占拠性病変なし、梗塞を疑わせる早期虚血サインなし。患者には経過観察入院を勧めたが帰宅。転倒後に起こりうる合併症や後遺症について説明済。全身状態悪化、疼痛出現時などには、ただちに救急外来の再受診を指示した。

二〇〇六年　十　月十六日

医学博士　ウールハイム

第一部

野原の中で
僕のぶんだけ
野原が欠けている。
マーク・ストランド[3]

1　距離の本質

一九一九年六月二十一日、スコットランドの沖合にあるイギリス海軍拠点スカパ・フローにてドイツ帝国海軍大洋艦隊の自沈が行われた。その直前にドイツが署名したヴェルサイユ条約では、ムクワワの頭蓋骨をイギリス政府へ返還することと並んで、すべての船体は即座に引き渡すこととされていたのだが、ドイツ軍のルートヴィヒ・フォン・ロイター提督は、イギリス人を未開の民族とみなし、彼らに引き渡すぐらいなら船を沈没させようと考えた。それ以来、戦艦は水深約五十メートルの海底に横たわっている。これは現代宇宙工学にとっては僥倖となった。というのも、百年近く前から水の中に沈んでいる戦艦の残骸からは、人工衛星、ガイガーカウンター、空港セキュリティーゲートの全身スキャナーの製造に使われる貴重な鋼鉄を、潜れば手に入れることができるからだ。世界にあるその他の鉄は、広島、チェルノブイリほか数々の大気圏内で実行された核実験を経ており、高精度な機器の製造に使用するには、あまりにも放射線を浴びすぎている。製造に足る清浄な鋼鉄は、スカパ・フローの、水深五十メートルにしかないのだ。

この話から始まるのは、二〇〇四年に刊行された児童心理学者で教育学者でもあるモニカ・ホイズラー＝ツィンブレットの注目に値する書籍『距離の本質』である。二〇〇六年夏の土曜日、僕はグラーツ市の高級住宅街ガイドルフにある彼女のマンションを訪れた。この時点ですでに、僕はヘリアナウ学園[4]での半年間の数学教員実習を途中でやめていた。校長のルドルフ博士が、二度と敷地に足を踏み入れるなと警告してきたのだ。

ホイズラー＝ツィンブレットさんを訪ねたのは、彼女の考えを聞くためだ。影響力のある、希望に満ちた書き出しで始まる彼女の書籍が発表されて二年が経過した今日、インディゴチルドレンたちはどのような条件下でこのオーストリアで暮らしているのか。また、実習期間中に何度か理解できぬまま立ち会うことになった、いわゆる**リロケーション**の意味を彼女が知っているかどうかを質問するつもりだった。

ドアベルのボタンが三つついた古い玄関ドアには、意匠を凝らしたノッカーもひとつ取り付けられていた。それはまるでかつては本物だったかのようで、その後ある暑い日に暗い色で塗られたドアの木目に溶け込んで、重々しい鋳鉄製のドアノブの上部についた耳状の装飾になっていた。並はずれて立派な住宅の脇には、真鍮の柵と、たくさんのクモの巣でもやのかかった生垣の囲む小さな庭があり、そこには何本か静謐なシラカバが、水草めいて、ほぼ銀色になって生えていた。さらに僕は、掃き出し窓の前に一本きりのヒマワリが、注意深く、かすかな音楽を聴くかのように頭を伸ばしているのを見つけた。朝の太陽が、隣の家の角をまわってくるのを感じ取っているのだ。それは暑い日で、朝の十時すこし前のことだった。玄関は開いていた。階段の踊り場は涼しく、湿った石と古くなったジャガイモのかすかな臭いが漂っていた。

一、二カ月前の僕なら、こういったことには何ひとつ気がつかなかっただろう。

踊り場を抜けて相談室まで階段を上っていく前に、自分の脈を確認した。異常はなかった。

ホイズラー＝ツィンブレットさんは、ドアの前で僕をずいぶんと待たせた。ダブルハイフンではなく、波うった「〰」で繋がれた苗字二つの下にあるチャイムのボタンを何度も押しながら、人生ですでに何度もしてきたように、心理学者や教育学者の女性がいつも姓を重ねることを不思議に思った。彼女が部屋を歩きまわって、家具か何か大きなものを動かしている音がした。足音がドアのすぐ近くにきたと思ったとき、今度こそ気づいてくれるのではないかと期待して、再びチャイムを鳴らした。けれどまた足音は遠のいていき、僕は踊り場に立ちつくして、もう家に帰ろうかと思った。

もう一度、ドアをノックした。

僕の後ろのドアが開いた。

「ゼッツさんですか？」

振り返ると、ドアの隙間からのぞいている女性の頭がみえた。

「はい。ホイズラーさんですか？」

「どうぞお入りください。ちょうど今……ええと、模様がえの期間で、言ってみればね、散らかっていてごめんなさい……ええ……」

彼女の住まいが明らかにワンフロア全体に及んでいるという事実に驚き恐縮して、玄関ドアの陰に立ちつくしていたが、ホイズラー＝ツィンブレットさんが持ってきたハンガーが自分の胸の前にあるのを見て、はじめてコートと靴をぬぐことに思いいたった。

ホイズラー＝ツィンブレットさんの容姿は印象的だった。五十六歳だが、顔は若々しく、スリムで背が高く、髪は編み込み入りの長いおさげを一本、背中に垂らしていた。黒いブーツにいたるまで、あの日の彼女は気軽な装いで、肩には毛糸のチョッキがかかっていた。話すときはたいていメガネの上から視線をよこし、読むときだけメガネをすこし持ち上げた。

彼女は僕を仕事部屋へと案内した。説明によると三部屋ある仕事部屋のうちのひとつで、ほとんどここで来客を迎えているという——世界じゅうからのね、と彼女は付け足すと、壁のスイッチを押した。するとブラインドが最初にわずかに下へ、それから上へと高くあがっていった。催眠術めいた奇妙な成り行きで、まるで空間がスローモーションで瞬きしたみたいだった。朝の太陽が部屋に入ってきた。セロファンのようにぎらつく太陽光線が床を這い、壁で折れ曲がって、円形が尖形と戦っている大判の抽象画まで走っていった。

「まあ、なんてこと。お怪我をされたんですか?」

「ええ、ちょっとやってしまいまして。でもたいしたことはありません」

「たいしたことはありませんか」ホイズラー゠ツィンブレットさんは繰り返し、この言い訳ならもう何度も聞いているといった風情でうなずいた。「紅茶でも? それともコーヒーにします?」

「ただの水道水でお願いします」

「水道水?」微笑んで言った。「なるほどね……」

彼女は一杯の水を運んできたが、きつい食器用洗剤の味がした。それでも何か飲むものをもらえたのはうれしかった。レント広場近くの自宅からホイズラー゠ツィンブレットさんの家まで歩いたので、疲れて喉が渇いていたのだ。持っている自転車は前の晩、何者かによってバラバラに解体されていた。ご丁寧にも今朝がたの庭には、タイヤ、フレーム、ハンドルが、五点形《クインカンクス》の模様に近似した配置に並べてあった。

「本を書くためのリサーチなんですよね？」二人で小さなガラステーブルにつくと、彼女は話しかけた。

ホイズラー＝ツィンブレットさんは、タバコのパッケージを大きくしたような見た目の小箱から扇子をとりだして広げた。僕にもひとつと勧めてきたが、断った。

「まだどうなるかわからないんです。雑誌の記事にするかもしれません」

「Iチルドレンの暗黒の生活」とホイズラー＝ツィンブレットさんは言い、人差し指で小さく、**そうねぇ**、と机を叩いた。

僕はうなずいた。

「それでどうしてそんなことに？」

「ええまあ、テーマはですね、言ってみれば宙に浮いていまして、まあある意味……」

心理学者は、顔の前のハエを追い払うかのような、風変わりな手つきをした。

「最近まで学園にいらしたのですか？」

「はい」

「ルドルフ博士のことは存じておりますよ」彼女は顔をあおいだ。

「そうですか」

僕はもう席を立とうとした。

「いえ、ご心配はいりませんよ。私は決して彼の……まあ、お座りください。ルドルフ博士のことは……彼からどんな印象を受けられたのか、よろしければ知りたいのですが、ザイツさん」

踊り場に人の雑踏、自分の頭皮に溶けゆく縫合糸のかゆみ、ゆるんだ靴ひも……

「気難しい人ですね」最終的に僕は言った。

「狂信者です」

「ええ、そうかもしれません」

「あそこで暮らしていらっしゃいました？　つまり、敷地内に？　あの……お近くに？」

「いいえ。通勤していました」

「通勤」

「ええ」

「ふーん。その方が本当、いいですよね。だって……」

間があいた。

「ご存知ですか、Ｉチルドレンの近くって、それともルドルフ博士は最近はなんと言っているのかしら。あの人、そもそもまだそういうことに名前をつけているんですか？」

「いいえ、彼が好きなのは――」

「ああ、あの大バカったら」ホイズラー＝ツィンブレットさんは笑い、それからこう付け足した。

「失礼しました。何の話だったかしら？　そうそう、ディンゴたちの近くにいると人間が変わってしまうんです。つまり身体的なことだけじゃなくて……その世界観もね。あの人まだあの……あの沐浴をしているの？」

彼女が「ディンゴ」という言葉を使うのを聞いてびっくりしてしまい、答えるまでに時間がかかった。

「だれですって？」

「ルドルフ博士です」

「沐浴ですか？　わかりません」

ホイズラー＝ツィンブレットさんはすこし唇を尖らせ、それから微笑んだ。扇子が、信じられないと頭を振る役目を代わりに引き受けた。

「どういう沐浴のことをおっしゃっているんですか」尋ねてみた。

「人海に浴すの。人だかりの中に入っていくんですよ」

「ちょっとわかりません」

「ルドルフ博士の個人的な療法です。小さなディンゴたちを自分のまわりに囲んではべらせて、症状を我慢するの。何時間も。その方法を信じ切っているの。あなたも見たことがあるはずですけど……」

僕は首を振った。

「でも、彼が狂信者だということは、お気づきになられたでしょう？」

「はい。どうやら、彼は学園を鏡の原理にしたがって創ったのです、つまり、教員も生徒と同じように、互いに直接は交流しないことになっています。生徒がどのように感じているのかを知るために」

「想像できます。すっかり孤独になるんでしょうね。でもそこで気づいてしまうこともきっとあるでしょう」

これは話すように促されているのか？

「はい」と言って、自分の狼狽ぶりに気づかれないよう、がんばった。「いくつかわかったこともありましたよ、例えばそ——」

「あの人のことは昔、本当に驚きました」ホイズラー＝ツィンブレットさんは話を遮った。「仕事の手法にです。それに、あらゆる技術が完璧に身についています。彼って電光石火の速さでしょう。本当に電光石火。名人芸なんです。でもそのあとで一度あの人とウィーンの支援団体に行ったんですけれど、ほとんどはダウン症の子供たちと、ほかに機能障害の方が何人かいて……とにかく、あの人はあのゲームを彼らとやったんです。椅子取りゲーム《エルサレムへのたび》を、ゲームの参加者と同じ数の椅子を使って。まあ完全に無意味ですよ。で、彼は何かの数え歌を唱えて、で、えー……子供たちが輪になって走って、それでドーン！と、座りにいきました。それから子供たちはお互いに顔を見合わせて、で、何の意味があったの、とでも言いたげにするんです。でもルドルフ博士の理論では、だれも締め出しを食ってはいけないんです。いちばん遅い子供ならなおのこと、勝ちもなし、負けもなし。まあ、申し上げたとおり、狂信者ですから。いつも彼は言っていました。ハッピーエンドはない、ときおりフェアエンドがあるだけだって」

「フェアエンド、ああそうですね。それはよく言っていました」

「狂っているのよ」

手の中の扇子が同意するように動いた。

「彼は、僕はあの学園には不要だと、きっぱり言い渡してきました」

「そう」彼女は間を空けた。

顔に熱がのぼってくるのを感じた。水を一口飲んで、シャツのいちばん上のボタンをゆるめようとした。でも、ボタンはもう外れていた。

「あなたのそもそもの質問に戻りましょう。私が直接ディ……あのかわいそうな子たちと関係があったのは、もうずいぶん前のことです。彼らはそう、ありがたいことにめったに……いまだに比較的まれにしかいません……でもだからといって、私がよく憶えていないということではありません。さあそろそろ具体的な質問をしなければいけませんよ、ザイツさん、そうしないと何も話せませんから」

「もちろん」

僕は、バッグから手帳を取り出した。

三つの質問が書き留めてあった。それ以上は思いつかなかった。あらかじめ用意した質問で決まりきったインタビューをするより、のびのびとした会話のほうがずっと得られるものが大きいと、経験から知っていたなら、そう主張したいところだった——が、経験などなんら持ち合わせてはいなかった。

「えー、まずひとつめの質問ですが……最初にインディゴチルドレンの仕事をなさったのはいつですか」

ホイズラー＝ツィンブレットさんが、この質問に用意ができていることは見て取れた。この質問は間違いなく何百回もされており、彼女の視線のうちには非難がみえた。**そんなこと、ほかのインタビューでも調べたらいいでしょうに、若造くん**、と。食器洗剤水を一口飲んで、ペン先を手帳の上におき、これから何が来てもすべてメモできるように準備した。

「そうですね、もちろん問題が初めて明るみにでた時点からです。あれは九五年か九六年の初めでした、そのころ初期のレポートがいくつか出たのです。あなたもう生まれてらっしゃいますよね？　こういうことが起きると常にそうですが、情報の不確かな噂話や報道の混乱がかなりあって、たちまち我慢ができないほどになりました、少なくとも私やほかの何人かにとってですが……それで何かをやろうと決めたのです。問題にいくらかでも光を当てようとね」

僕はメモをとった。紙に書いたのは、問題、ダラ－ダく、閉凸廾、後　山　隣、→何ロ企、だった。

「本当にそれは後で読めるんですか？　ごめんなさい、眼をやったりして……」

こうした単語の選びかたや、わずかに耳慣れない発音から、ホイズラー＝ツィンブレットさんがドイツ出身であることがうかがえた。彼女はゴスラー市の出身だが、すでに三十年以上オーストリアに住んでいる。

「これは僕の暗号なんです。いつもブロック体で書くんです」

「本当に？　どうして？　速くメモをとるなら筆記体の方が簡単じゃないかしら？」

「いいえ、僕にとっては違います。筆記体は慣れたためしがなくて」

「興味深いわ」

彼女のうなずき方は、まぎれもなく教育学者のそれで、まるで元々のうなずき方を、通じにくい方言だからと学生のころなど大きくなってから止めて、以降この新しいうなずき方に取り組んでいるかのようだった。それで人差し指がまた、そうねぇとやった。間違いなく彼女はこの障害の名前を言う準備ができていた。書字障害の特殊形態で、一本につながっている線には嫌悪感があり、スパゲッティよりもアルファベットパスタのスープをかき混ぜるほうが好きな子供……。

「それで会話をこのメモから再構築できるんですか」

「はい、もうインスタント・コーヒーみたいに、粉と、そこへお湯を少々加えるだけで……」

比喩がうまくいかず、口をつぐんだ。

「えーと、ホイズラーさん、あの頃に初めて問題が発生したとおっしゃいました。はっきりそう認識されたのですか？　問題として？」

「ええ、そう……もちろんです、どうお思いになりました？　人々が束になって病気になっていき、何が原因かわからなかったのです。母親たちは、子供のベビーベッドに嘔吐しました。ひどい混乱で。めまい、下痢、湿疹、ありとあらゆる内臓の回復不能な損傷にいたるまで、必ずしも心身症とばかりは説明をつけられない深刻な症状だったんです。パニックが起こるのも無理はないと思いませんか」

僕はうなずいた。

嘔吐、下痢、皮膚、損傷、内臓器、

「それで初めて声があがってきました。そうなんですよ、いつも家にいるときにだけ症状が出るんです、子供の近くでしか出ないんですけど、などとね」

ホイズラー＝ツィンブレットさんはこの声を真似るときに、ひどく大げさにオーストリアらしい抑揚をつけた。僕は笑ってしまった。

「でも本当にそのとおりだったんですよ。その場にいたらあなた、絶対に笑わなかったでしょうね。ぞっとしたもの」

「そうでしょうね、想像できます」

「それにあの人間のヒステリーといったら。ガイガーカウンターを持って子供部屋を歩き回ったり、床板をひきはがしたり、全部、本当に全部調べてまわったのですが、何もありませんでした。何も」

∀住者(5ペ：結果＝Φ

「例外は……」

「まあ、とどめの一撃はもちろん、あの頃はだれも加えようとはしませんでした。いつも忘れられるものですが、この病気に名前をつけることになって、初めは最初に症状が明らかになった子供から命名したんです。ベリンジャー病とね……。でもその名前はあっという間に医学書から消えましたよ、一般にはその存在すら知られることなくね。それからロチェスター症候群とかロチェスター病と呼ばれました、発想の乏しい腰抜けばかりで……、でもこれもありがたいことに浸透しませんでした。こういう名付け方はエイズの最初の名前と同じで差別的だって抗議があったんです。八〇年代初頭にエイズがなんて呼ばれていたかご存知？」

「いいえ」

「GRID。ゲイ関連免疫不全（Gay Related Immune Deficiency）です。今となってはもちろん、だれもそんなこと憶えてはいないですが。あっという間に忘れ去られましたよ、そんな名前。インディゴ、おかしなことにこの名前が最後に定着しました。間違いなくいちばん笑えるものですが。まったくばかげていますよ。ニューエイジの自己啓発本から借用したんです。子供たちはもちろん藍色ではないし、具合の悪くなる人だって青くならないのに」

短い間があいた。僕が速くメモをとることができないからだ。

「それで初めてこうした子供を診られたのはいつごろですか。どういう経緯で？」

「ええと。今では偏狭に聞こえるかもしれませんが、あの頃はそういう家族全体に及ぶ問題には、あまり興味がなかったんです。でもあの頃、九〇年代後半は、言ってみれば発達心理学にとって二度目の七〇年代だったので。狂った時代でした」

家族全体問題×、偏狭、90＝70年代、狂ってた

「でももちろん」ホイズラー＝ツィンブレットさんは続けた。「もちろんそんなふうに簡単に矮小化できないことも多く、問題は多岐にわたっていて、学校や家庭、本人の資質、体質、学習環境や、学校で特定の困難がある子供はどうなるのか、たとえば個々の環境に縛られていたりといったことが考えられます。いずれにせよ、だんだんわかってきたことは、この……。そうですね、わかりやすく例をひとつ出しましょうか。ある部屋に入ると、そこは何かのオペラがスピーカーから大音量で鳴り響いていて、それだけでもう異様なんですが、ご家族もすっかり情緒不安定で涙を流していて、子供がベビーベッドの柵の中にいるのが見えるのですが、ああ、その光景といったら、完全に途方に暮れた小さな顔がみえるんです。本気で正真正銘どうしたらいいかわからないといった、ようやく二歳になる子の顔が。もう万策尽きて、絶句しているんです」

僕はただ、うなずいた。

「当時はまだ、今のような過剰な反応はありませんでした。あの頃は少なくとも、こめかみに手を当てている人に、頭が痛いんですかと聞くことができました。でも今では、そんなこと！　ありえないですよ。だって、その人のすぐ後ろにもしかしたら……ああ、なんて不幸なんでしょう……」

彼女は笑った。そして付け加えた。

「私が何を言っているか、ちゃんとおわかりでしょう？」

茫洋としてうなずいた。

「そういう不手際を何度やらかしたんですか」

「二、三度です」

「ルドルフ博士は」ホイズラー＝ツィンブレットさんは、頭をふりふり言った。「賭けてもいいですが、あの人は犬にまで教えこんでいますよ……ああ、どちらでもいいことです。いくらか例外はありますが動物には影響はないですから。そういう例はありがたいことに、めったにありません。ごく標準的な統計の偏差のうちにはいるでしょう。たとえば実験施設のサルが一頭、お待ちください、ちょっと見てみますね……」

彼女は立ちあがると、本棚へと歩いていった。

「写真をお見せしましょう」

目的のものを見つけると、彼女はひらいた本を僕のほうへ向けた。写真には段ボール箱に入ったサルが写っていた。顔は苦痛にゆがんでいる。僕は顔を背け、拒否するように手を伸ばした。

「いや、結構です、できれば見せないで」

彼女はびっくりして僕を見た。彼女の右の靴が小さく回転した。それから本が閉じられるのが聞こえた。

「どうしたんですか？　写真をお見せしないほうがいいとおっしゃるのかしら――」

「ええ、そういうものは耐えられないんです」

「でもこの一連のテーマにご興味があるなら、どのようなものか知っておかなくては。そんなにひどいものじゃないですよ、ちょっと待って……」

僕は、自分の椅子の座面をつかんで身体を支えた。突然不安になった時には、過去のものに全神経を向けるようにと、ユリアが教えてくれたことがある。いつもどおり、白い外階段が思い浮かんだ。雲のない天空。明るい日中に見える金星《ヴィーナス》。

「眼をあけてください」ホイズラー＝ツィンブレットさんはそっと言った。「大丈夫ですよ」

「ごめんなさい。そういうものにはひどい反応をしてしまうんです。動物などには。特にそれが……おわかりでしょう。僕の恐怖症のようなものなんです」

わずかな間。それから彼女は言った。

「恐怖症ね。それが正しい表現かわかりませんけど、ゼッツさん。サルの写真を見なくて本当にいいんですか。言葉で説明しましょうか。装置を。それでお役に立つでしょうか」

「いえ、どうか……」

息を吸うために、前かがみにならなくてはならなかった。

「あら大変、ええ、それならもちろん、やめておきましょう」

「すみません」

僕の顔は熱く、水槽ごしにものを見ている気分がした。

「このことでカウンセリングに行かれたことは？」ここまでの中でもっとも親切そうな声色を彼女は出した。「どなたか紹介することもできますよ、もし……」

「いいえ、結構です」

「本当に？　私はきちんと向き合った方がよいと思いますよ。たとえば書く練習とか。恐怖を起こすものを視覚化してみるとか」

「ご、ご著書の……あい、えーと書き出しで……たとえを、そうつまり……子供たちを、あの沈んでいる鋼鉄のようにお書きになっていますが……」

いくらか長めの間があった。僕は謝罪の仕草をした。

「ああ、そうですか、古い版を読まれたんですね。そうじゃないかと思っていましたよ。でもお気になさることはありません、間違いは簡単に直せるものです」

彼女は立ち上がって、書棚に行き、一冊手にとって戻ってきた。僕が読んだものとまったく同じもののように見えた。本をひらくと、序文が新しい、ずっと短いものに差し替えられていることがわかった。代わりに今度は一枚、ベビーベッドの中に子供が写っているモノクロ写真があった。その子は、二、三歳ぐらいでしっかり立ちあがり、片手で木の柵をつかんでいた。泣いているが、顔に絶望した様子はなく、むしろ興味津々でほっとしたように見える。まるで長いこと待ち望んでいただれかが、やっと部屋にきてくれたといった様子だ。

「この写真は、私が撮影したんですよ。望遠レンズでね」

僕の顔に写真を近づけている間、ホイズラー＝ツィンブレットさんは僕の背中に手をあてていた。

トミー

トミー・ベリンジャーは一九九三年二月二十八日、アメリカのミネソタ州ロチェスター市に生まれた。電気技師で情報技術者のジュリアン・ストークと、トミーが生まれた時には二十四歳になったばかりだったロベルタ・ベリンジャーとのあいだに生まれた第三子だ。第一子は、母が十六歳のときに授かっていた。夫婦は八〇年代の終わりに、カンザス州シャロン・スプリングスからロチェスターへと引っ越しており、二人とも子だくさんの家庭出身だった。ジュリアンはカンザス大学工学部を優秀な成績で卒業し、すぐに比較的実入りのよい職を見つけたので、ロベルタは家にいて子供たちをみることが可能になった。

トミーの誕生後まもなく、ロベルタの具合が悪くなった。平衡機能障害からはじまり、数日にわたって絶えず吐き気が起こった。その後はひどい下痢と一時的な見当識の障害が加わった。ロベルタは先の二度の出産のあとにも体調を崩していたため、さほど深く考えず医者には行かなかった。しかし、すぐその後に、ポールとマーカスの二人の息子も具合が悪くなった。似たような症状が出たのだ。

ある医師は、食事が問題ではないかと考えた。別の医師は、この症状は住居建築の際に使われる特定の化学物質に対するアレルギー反応と関連があるかもしれない、と言った。ジュリアンまでひどい頭痛と吐き気に襲われはじめたときに、家族は引っ越しを決めた。マンションを手放し、小さな家に入居したが、購入するにはローンを組まなければならなかった。

症状はおさまらず、むしろ悪化した。まもなくジュリアンは、仕事に行くと体調がよくなり、家で数時間を過ごす度に、猛烈な頭痛がはじまることに気づいた。週末はこの頭痛に一日じゅう苦しめられた。

シャロン・スプリングスにあるロベルタの両親の農場で一週間の休暇を過ごしても、取り立てて改善はみられなかった。ということはやはり、食べものと関係があるに違いなかった。マクロビオティックが試され、ローフード月間もやった。その一カ月間の終わりの夜に、ロベルタは急性の呼吸困難に陥り、病院へ搬送される羽目になった。病院では割とすぐに症状から回復した。医師たちは彼女に、完全に健康体ですよと言いつつも、若くして出産し、それ以来幼い三人の子育てを若い女性がしていれば当然ながら、神経に大きな負荷がかかり続けるので、このような疲労の症状が出ることもある、と指摘した。そして、保養へ行って半日でもいいからベビーシッターを雇うようにと勧めた。

「つまり、わたしが狂っているってことですか?」ロベルタは質問した。

医師たちは、あなたは万事大丈夫ですよと請け合った。とても疲れていらっしゃるので、それがお子さんにもうつったのかもしれませんね。家事をしてくれる人を新しく入れれば、きっとあなたや三人の息子さんのためになるでしょう、と。

ジュリアンには、ベビーシッター案は気に入らなかった。当然のことながら、家計の心配をしていたのだ。なんといっても家を購入したばかりで、それを自分たちの財産とみなすにはほど遠い状況だった。ベビーシッターの支払いをするのはとてもではないが無理だ、とジュリアンは考えた。しかし当然、今までどおりではどうにもならないことも理解していた。よく身体を休め、あらゆる体調不良から解放された妻を病院へ見舞いにいくたびに、その違いを意識していった。妻は元気いっぱいで、そのころ八歳か九歳になっていたポールと病院のラウンジでチェスをしたり、話す声も普段より大きく、冗談まで言うような盛り上がりぶりで、若い医師たちとふざけあったりしていたのだ。

ジュリアンは引き続きひどい頭痛に悩まされていたが、ある程度は鎮痛剤で対処できていた。子供たちもそうこうするうちにいくらか良くなっていた。夏だったので、ポールとマーカスは小さな家の庭で一日じゅうたくさん遊び、お兄ちゃんが弟に自転車の乗りかたを教えた。しかしロベルタが帰宅するとまもなく、また症状が現れた。秋には末っ子のトミーを除く家族全員が下血の混じった下痢と発疹に苦しんだ。感染させてはいけないと、トミーは数週間シャロン・スプリングスの祖父母のもとへと連れて行かれた。家族全員がかかっていた下痢はすぐにおさまり、その他の症状も一晩で消えた。

　数日後、ロベルタの母リンダから電話があり、トミーをまた迎えに来てもらうしかないと聞かされて、二人は驚いた。リンダは嘔吐・下痢と激しいめまいの発作に急に襲われたと言うのだ。今朝は、しかも熱いココアを持ったままキッチンで気絶してしまったという。いったい何が起こったというのだろう！

　彼らはトミーを迎えにいった。帰りの車中でジュリアンは気分が悪くなり、吐くために車を脇に寄せなければならなかった。それから運動障害が出た。イグニッションキーを回せなくなったのだ。「あれはこの世で最悪の気分でしたね」と、彼はのちに語った。「ほんのちょっとした動作をするにも力がなく、本当に身体が弱すぎて何もできないのです。まるで自分の体組織が全部を終わりにして、死ぬのを決めたかのようでした」

　そしてロベルタは、それからの月日を次のようにまとめた。

「わたしたちが経験してきた長い苦難《オデュッセイア》の道のりは想像できるものではありません。子供の健康の問題でなければ、とっくにあきらめていたでしょう。もう何年も前にね」

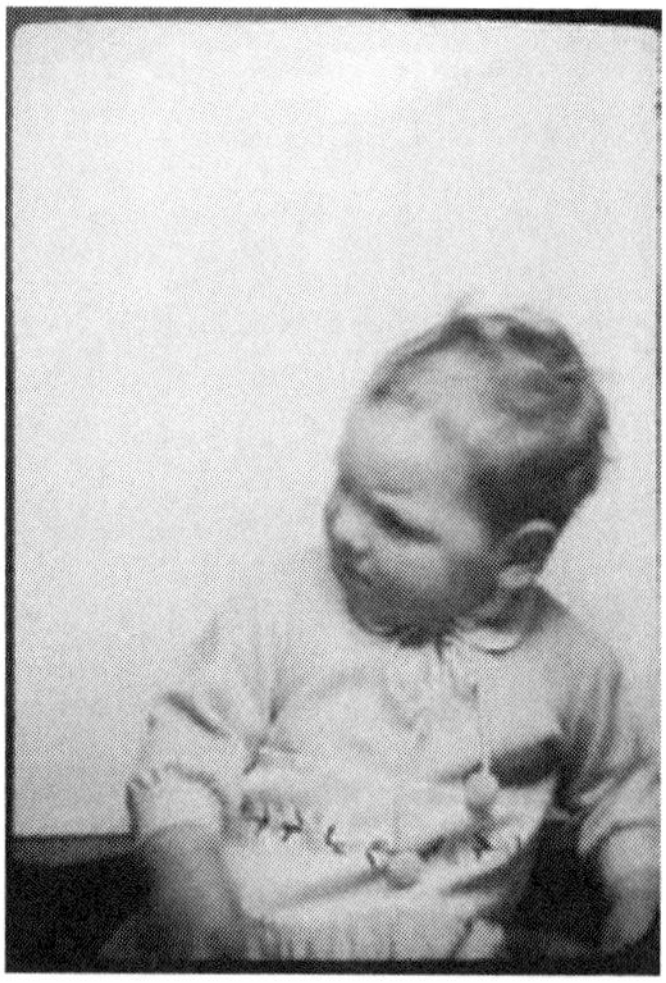

トミー・ベリンジャーの名前でだれもが連想するあの写真には、赤ん坊のころの彼が写っている。機嫌が悪いせいで並外れて大人びて見える顔の表情と、怪訝そうに頭を傾げた様子が、この写真の異常な人気の理由なのかもしれない。いわば世の興奮を誘ったような形で、Tシャツやポスター、アルバムのカバーを飾り、世界じゅうの壁という壁でステンシル画のグラフィティ・アートとなった。

同じく有名になったのは、二分割された小部屋の写真である。中央には分厚い鉛の壁がある。その左には幼いトミー・ベリンジャーが、色とりどりのスポンジボールが入った箱の中に座っており、右側には女性の被験者が、皮膚電気抵抗、心拍数、脳波ほか身体機能を測定する様々な医療機器につながれて座っている。この写真はオーストラリアの写真家デイヴィッド・J・カーにより、数多くの検査の最中に撮影されたものだ。望遠レンズが使用されていた。というのも、近くで撮られたトミーの写真はすべて、ぼけるか、写真家の手が激しく震えたかのようにブレて写ったからだ。

被験者は、壁の向こう側にどんな子供がいるのか知らされていなかった。Iチルドレンかもしれないが、取り立てた特徴のない子供かもしれない、と説明してあった。言われた効果に対する疑念が若い女性の顔には表れている。その半時間後にはもう、プロジェクトは中止せざるをえなかった。その女性も医師も具合が悪くなったからである。

トミーは、通常は放射線被曝患者だけが収容される隔離病棟へと移された。病棟は空っぽで、トミーはよく泣き、看護師たちが世話をした。看護師たちは一時間に五分以上は近づかず、食事を与えて掃除をし、トミーが床に投げたおもちゃをベビーベッドの中に戻した。

一九九九年、トミーが六歳になったとき、家族は引きも切らぬ検査やインタビューの依頼に疲れきって、カナダへ移住した。ジュリアンは二〇〇二年に妻と離婚し、またロチェスターに戻った。過去のことは話したがらない。ロベルタ・ベリンジャーと三人の息子は二〇〇四年にカナダの市民権を取得。家族は引きこもって暮らしており、インディゴ現象にまつわる世界的な議論には関与していない。トミー・ベリンジャーを捜し出そうとするあらゆる試みは、母親が徹底的にブロックしている。トミーの就学記録はなく、彼の名前がついたホームページには、ときどき自転車に乗ったティーンエイジャーの写真や、宇宙や孤独についてのもったいぶった短いテクストが投稿されていたが、それはカリフォルニアの大学生二人によるジョークであることが判明している。*

* イギリスのバンド、ローラ・パーマーの復活《リサレクション・オヴ・ローラ・パーマー》[5]は、セカンド・アルバムをこの少年にちなんで『ベリンジャー・ツリー』と名付けている。

2　ロベルト・テッツエル（29）、燃え尽き《バーンアウト》ずみ

木箱に入ったサルが運ばれてきた。箱には科学実験の気配はかけらもなく、濃い色の木材に明るい色の斑点やひっかき傷がいくつかついていた。普段は何が保管されるものか、言い当てるのは難しかった。

ロベルトは、イーゼルを立て終わったところだ。色の選択肢が多すぎると感覚が麻痺するので、いつも小さいパレットを好んで使うのだが、その小さなパレットに出した絵の具の粒が並ぶ様子が、まるで計画委員会で構想された虹のようだった。筆はすべて新品で、五分前に包みから出したところだ。彼は新品の筆の香りが好きだった。

描こうとしている絵は、小さめのサイズだった。濃い下塗りの上に水っぽい絵の具をのせて。薄い絵の具は濃い絵の具によくつくんです《ア・シン・ペイント・ウィル・スティック・トゥー・ア・シック・ペイント》、とボブ・ロス[6]は教育番組で、アダム・ウェストとは別の、じかに神様と通じているような低い声で言っていた。

サルは、ロベルトのことを知っているかのような顔をした。しわだらけの黒い手をロベルトの方に伸ばした。手を取ってもらえなかったので、自分の口元へもっていき、弱くかぶりついた。腕の協応動作があきらかに不自由そうだ。特に身体の左側の反応が鈍そうにみえた。

「こいつはどうしたんですか」キャンバスから視線を上げることなく、この動物を運んできた若い検査技師に聞いてみた。

「これはもう使いません」との答えだった。

技師はまわりこんで、サルの背中に手袋をした手をあて、サルを前かがみにした。ロベルトにも見えた。サルの後頭部は剃られており、何かごく小さな、蛇口のように見えるものが、頭蓋骨から突き出ていた。蛇口のひねるところや濡れて光る吐水口まで揃っている。

「これは何のために？」ロベルトは尋ねた。

声になるべく動揺した響きが出るように苦心した。簡単なことではなかったが、絵の具をたっぷり吸った筆を小さく回転させ、下準備に集中したのが役に立った。

「緊急時の脱出口ですよ」検査技師は言った。


額の茶色は絶妙で、めったにない色合いだった。再現するために、このニュアンスをパレット上のあらゆる色の組みあわせから探し出すには、きっと何分間か必要になるだろう。いくつかの茶色を試したあとで自分がしていることに気づき、暇なのか、忘我の境地なのか、満足なのか、あるいは大災害が来るのを期待しているかして、オフィスチェアに座っている技師を見やった。

「いいんですよ、あの……」ロベルトは言った。

そして、自分の発言に対する反応をはかりかねて、キャンバスを指した。

検査技師は首をかしげた。まるでロベルトが何かとても興味深いことを言ったので、そのことをまずよく考えなければ、といった様子だった。

「これは自分たちによく馴れていますよ。霊長類ではごく普通のことです。一般的に近い種との違いがあまり認識できないんですよ。昨日のパレードは見られました？」

ロベルトは絵の具で左手に小さな点を描いた。その点を観察して、キャンバスではその色がどういう印象になるのか考えた。

「いいえ、見ていません」技師に向かって視線を上げることなく答えた。

「まったく狂気の沙汰ですよ。ミスター……」

「テッツェルです」

「テッツェルさん。ありゃ、まったく狂気の沙汰でした。っていうのもね、窓を閉めなくちゃならなくって。最悪なのはあのラッパですよ。あんなちっちゃなものでも何百人もの人が鳴らしたら、鼓膜が破裂しますよ」

ロベルトは技師に視線を向け、ただ凝視することにした。その時が来たのだ。

しかし技師は、椅子に逆向きに座り、背もたれに額を押しつけていた。

脅したい気持ちはすぐに収まった。ロベルトはキャンバスに一本の線を描いた。

「パレードって」オフィスチェアの背もたれに向かって、技師がつぶやいた。「何がいいのか、だれもわかってないんですよ。しかもあの人たちの顔といったら……」

技師は首を振って、椅子の背もたれをひざで挟んでいるのも気にせず、脚を組んだ。ロベルトは、他人の靴の裏を見せられるのは、いつも我慢ならなかった。たいていは、まさしくこんな調子でやられる。だれかが上においた足である種の屋根、すねの書見台をつくるのだ。そうなると、できればそいつを殴りたくなった。幸い、そういう座り方をするのはたいていい男性だが、間が悪いとときどき、女性の靴底も見せられることがあった。路面の汚い跡や見ず知らずの暮らしでこびりついたもの、その人があちこちにいたというおぞましい記録、なんて気持ち悪い眺めなんだ。我慢ならないな、こういう人たちは。真に神経の細やかな人間は、靴底のようなものは絶対に、自ら進んで見せてきたりなんかしないものだ。男性がベタベタしたペニスの裏側を出して見せたりしないのと同じで。

　キャンバス上の、スケッチされた血色の悪いサルの目じりから、ちょっとしたミスをぬぐった。**失敗なんてないんです。**《ウィー・ドント・メイク・ミステイクス》**すべて楽しいアクシデントなんですよ。**《ウィー・ハヴ・ハッピー・アクシデンツ》

「ボブ・ロスって知っていますか」技師に聞いてみた。

「えっと、画家の、ですか」

「ええ」

「ああ、すごく落ち着きますよね、あの番組。何回分かiSocket《アイソケット》に入れていますよ」

「ぼくは観るといつも攻撃的になりますね。いい意味で、ですが」

「美術史も勉強したんですか」

　もというのがロベルトには引っかかった。ええ、やってみましたよ。一年ほど。でもあまり気に入らなかったんです、それでいいかな？　いったいこのバカはなんなんだ？　筆をおいてしばらくサルに集中しなければならなかった。心拍がゆっくりになった。**薄い絵の具は濃い絵の具によくつくんです、**《ア・シン・ペイント・ウィル・スティック・トゥー・ア・シック・ペイント》**ロビン。**

「ここではよくスケッチ教室をやっているんですよ」技師が言った。「たいていは会議室で、ぐるっと輪になって座って……。でもそういうときにはめったにサルの問い合わせはないんです。多いのはネズミのほうで」

「背中に耳があるやつですか」

「なんです？」

「ああ、ちょっと、昔、生物の先生がくれた雑誌にレポートがありまして。毛のない実験用マウスの背中に人間の耳をつけたという」

「ああ、バカンティマウスですね。あれは人間の耳じゃないんですよ、誤解されていますけど。あれはただの軟骨で、背中で育ててあの特別な形にしたんですよ、それで……」

「芸術ですね」

「ええ。ある意味では」

「そのマウスは今、どこにいるんですか」

胸にちょっと刺すような痛みを感じた。早すぎる。

「あれは長く生きるもんじゃないですよ」

「そのマウスは、どこに埋葬されていると思われます？」

またチクチクする痛みが今度はすこし上、喉仏《アダムのリンゴ》のすぐ下にきた。間ができた。技師は何度か、ひざを指でたたいた。

「それで、こういうものをシリーズで作っているんですか」

「ええ」

絵を描く音。キャンバスを走る筆。世界でいちばん優しい摩擦音だ。爪のない前足で、閉じているドアを引っかくような。

「えー、ちょっといいですか、その……」

ロベルトはなんのことかと、視線をすこし上げた。技師はタバコを一本、持ちあげていた。ロベルトはうなずいた。ほっとしたライターの音、深く吸い込んで、静寂。火をつけたばかりのタバコは、どうしていい香りなんだろう。葉巻とはまったく違う。ルドルフ校長。あれはまるで工場の煙突を口にくわえて歩き回っているみたいだった。

「ぼくは気にしないですよ」

「ありがとうございます」

静寂。サルは眠り込んでいた。

「それで、本当にこういうものをシリーズで作っているんですね」

「はい」

「どんな風になるんですか」

「なんですか」

「あ、お邪魔するつもりはないんです。全部が生きものになるのかな、と思って」

「基本的には、そうです」

「きっついなあ」

「そう思われます?」

「あ、すみません。自分が思っていたより感じが悪く聞こえたかもしれません。本当にすみません」

ロベルトは、銃で脅されたかのように人が両手をあげる様子が好きだった。この身ぶりは、実際にその人を銃で撃ったらどうなるかを想像するときに役立った。立ちのぼる煙、射撃時の反動、突然破裂する腹腔に、発砲の残響。

「ご自分の仕事をされているだけでしょう」ロベルトはなだめるような声音で言った。

「ええ、まあ……。そうですが、たぶん……」

ロベルトは、気持ちを落ち着かせなければならなかった。技師の関心に小さな窓が開いたのだ。そろそろ遊べるかもしれない。この関心の窓のことを、ロベルトはよく知っていた。中から吹いてくる風を感じられるのだ。あとひとつかふたつ、うまく狙って文をうちこめば、こいつはもしかすると泣くかもしれないぞ。

まあ、次の機会にするか。

「似てると思います?」

「何がですか?」

「この絵です。これ、見てください」

ロベルトはキャンバスをわずかに、技師がちょっと首を伸ばさなければならない程度に回転させた。あまり見せすぎてはいけない、支配し続けるんだ。窓はまだ開いていた。技師の表情にはおびえが見えた。知らない大人に、時間か帰り道でも尋ねる子供のようだ。

「ええ」技師はうなずいた。

「似てます?」

「はい」

「でも、写真のようなリアルさはないでしょう?　そういう風には描かないんです」

「写真のように？　いえ、写真のようには見えないと思いますよ」

「よかった」

ロベルトは、検査技師が放射している不安が次第に大きくなっていくのを愉しんだ。電源の入ったテレビ画面から発せられる、あのキーンという極端に高い音のようだ。二十一歳になって初めて、ああいう機器で埋めつくされた壁の脇を通りがかった時には、ひっくり返りそうになったものだ。

ここで文章をひとつ、口にしようかと考えてみた。この技師をすっかり震え上がらせて、なおかつ彼の今までの見て見ぬふりや不作為をとがめる文章を。何か、突飛だけれど矛盾してもいない文章を。たとえば、外で天空が真っ赤に染まった気持ちがあなたもしませんか、とか、あなたの人生に神を受け入れたことがありますか、とか。いたって簡単だ。技師の顔すら見る必要はなかった。

「名前は？」

「サルですか？　ディディです」

「いい名前ですね」

ロベルトは、アダム・ウェストのドイツ語吹替版の声で付け加えた。

「いいかい、ロビン。生きものに名前をつけるのはいつだって大切なんだ。彼らはぼくたちの友人だからね」

二人はしばらく黙った。それから技師が言った。

「ふーん、そりゃおもしろいですね。写真から絵を描くこともあるんですか」

落ち着きを取り戻しつつある声をきいて、不安の窓がまたゆっくり閉じていき、タバコを最後まで吸い終わったのがわかった。タバコを押しつけて火を消すことほど、早く自尊心を取り戻すことはない。そのあいだに、世界は地軸を中心に回転し、どこかはるかかなたでいくつもの太陽が赤色矮星へと収縮していく。

「写真を撮っていたこともありますよ。ときどきね。でも、見ず知らずの気ちがいに写真を送りつけられるようになってからは、やめました。一年ぐらい前から始まったんです。郵便で来るだけなんですけどね。いつも違う差出人から、もちろん架空の、存在しない人から」

「きっついですね。何が写っていたんですか？」

ロベルトはすばやく不気味なもののカタログをめくった。顔のない生物の性行為、人間の皮膚の接写、ありえない角度から撮られた自分の家の写真、とっくに亡くなっている親戚の写真、手術台上の遺体の写真——しかし、結局は真実を告げた。

「たいしたものではありませんよ。ただの風景写真です。ただ、変なふうにぼやけていて、細かいところが全部ぼんやりしているんです。大まかな全体しかわからなくて」

技師はシーッと音を立てた。きっついの不鮮明なバージョンだ。

「彼女が手紙を怖がるんですよ」ロベルトはつぶやいた。「でもまあ、それは……」

彼は黙って、筆に太古の言葉をささやかせた。

久方ぶりのすばらしい心の静寂が、建物から出た途端に煙と消えた。この惑星に二十九年いて、そのうちのおそらく計四時間の完全な静寂だった。ヘリアナウでの年月には、三分以上こんな時間はなかった。睡眠時間をのぞいてだが。

絵はすこし気をつかって車まで運ばなければいけなかった。でも最後の数歩でその注意を保つことは難しくなり、フリスビーのように放り投げてしまいたくなった。ロベルトが近づいたのを感知して、車がうれしそうにピーと鳴いた。

ハンドルの前に座ると、じゅうぶんにかきまぜたと納得できるまで、指で髪をかきむしった。

それから車がロベルトを家へ連れていった。

マンションのドアを開ける前に、いつもどおり自分でまずインターホンを鳴らした。ニ長調の三和音が順に下がっていくモチーフの優しい響きが、歓迎のメロディーのようにロベルトを迎え入れた。

お帰りなさい、焼き切れた《バーンアウト》電球さん……君の部屋は用意ができているよ。

窓辺に立ち、中庭を見下ろした。天空は何かに怒っており、憤怒で白髪の交じった灰色の後頭部を大地に見せていた。青色は消えていた。雷雨が到来を告げた。中庭の洗濯ロープにかかっている白いシャツたちが、神経を尖らせた犬のように紐を引きちぎって自由になろうと、興奮した仕草をした。近隣の家々のよろい戸が活気づき、隣同士に並んだ独房の囚人たちが看守の通りしなにするように、トントン、ガタガタと音をたてて軋《きし》んだ。内側からすぐ抑えられて鎮圧されるものもあれば、不機嫌にカタカタと不平を言い続けるものもあり、バタンと閉められた直後にまた開けられて、なかばぼんやりとガラスが無事だったことに驚いているものもあった。古い石畳の上では（この石畳にはこのあいだ役所が史跡保護をかけたのだが、それこそが呪い以外の何ものでもなかった。中世の摩耗しくたびれ果てた魂を、新しいまっさらの石へと移植するのを禁じたのだから）、しなるナイフやフォーク、紙皿などプラスチックの食器にみえるものを風があちこちへと吹き動かしており、そこにはためくナプキンたちの意気揚々とした軍隊が付き従っていた。ロベルトは、今まさに起こりつつある嵐の中で、無事とは思えない自分の自転車を見ようと爪先立ちになった。自分の胸の中でゆっくりと膨らんでいく球体を感じた。息を吸うたびに空洞がすこしずつ大きくなっていった。

黒っぽい鼻先をした赤茶色のマーメット[7]が数匹、ゴミ回収コンテナのまわりをうろついていた。

そこで最初の雷をロベルトは感じた。まだ聴こえはしないが、建物の繊細な神経が感知して伝えてきた。ロベルトは攻撃的になった。窓から顔をそむけなくてはならず——代わりにダイニングテーブルにある小さな盆栽へと向かった。**やっちゃダメだ。**しかしその木はとても小さくて、様々な遠近画法のトレーニングを重ねた眼には、どうしても見るにたえないものだった。この木は、部屋のどこにあっても、常に何百メートルも離れているように見えて、まるで部屋の空間がゆがめられ、ピンセットで遠くに引っ張られたかのようなのだ。こんなものは存在してはいけない、と彼は思った。そしてサルと、あの落ち着かせてくれた視線を想い、非常ブレーキをかける試みをしたが、サルはもう描き終えていて、静寂は過ぎ去りしものになっており、おまけにもうすぐ何トンもの水が空から落ちんとしていて、昔の無声映画のスタジオの雨のように強く、あちこちに激しく水の糸をしならせて、禿げた男の帽子を吹き飛ばしたり、日傘をひっくり返したり、ものの数秒で家の正面の壁を、街灯を映し出す暗くぎらついた鏡へと変えたりできるのだ。

やめろ、やめろ。

バットマン、ぼくはこの小さな木を破壊するよ。——ああ、知ってるかいロビン、たまには自分の内なる声が言うことを、やらなきゃいけない時もあるのさ。

日本のミニチュアの木が生えている、笑えるほど小さなカップに手を伸ばしたその瞬間に、インターホンのメロディー、音階の下がる長調の三音が聞こえ、すぐさま玄関のドアから強烈な磁力が発せられた。まだ見えぬ訪問者からの放射だ。


「はい、どなたですか？」

「こんにちは、テッツェルさん。あの……の母で……」

「ああ、はい」

ご近所さんを中には招き入れず、当てつけがましくドアに立ちはだかった。彼女の苗字はラーブルで、下の名前は知らなかった。息子の下の名前もわからなかった。用件はその子のことだとはっきりわかっていたのだが。二、三日前、中庭で遊んでいた子供たちは、車へ向かうロベルトを避けてから、何かを叫んできたのだ。まあいい、だからといって特に腹を立てたわけでもなかった。そもそも何を言われたのかわからなかったのだ。

「ええ、息子のことであなたにお詫びしたいのですが」

「何をしたんですか」

「ええ……あの、先週のことで……今になって私に打ち明けてきたのですけれど。そんな風に育てたつもりはありませんでしたから、もうびっくりしてしまって。あなたに言ってしまったことですが」

言ってしまったことだって？

ロベルトは、ドアをすこし開けた。代わりの物が耳をそばだてた。

「えーと、もう一度繰り返すなんて、もちろんしたくないんです……」

「いえ、言ってください。本当になんのことなのかわかりませんから。耳にすることもかなり多いもので。いったい彼は何を言ったんですか」

「Dのつく言葉です」

「ディンゴですか」

ご近所さんはうなずいた。

「そうですか、それは……」

ロベルトは言うべき言葉を探した。何も思い浮かばなかった。

「そ、それに……く……くさったブタ野郎って……」

彼女の声はほとんど聞こえないほどだった。しかし、ロベルトにはわかった。

「クソッ」ロベルトは、彼女のいる廊下へと一歩を踏みだした。

「ああ大変、言ってはいけませんでしたね……繰り返さないとダメだと思ったんです、テッツェルさん、ごめんなさい、息子はこの言葉の意味がわかっていないんです。ただ使ってみただけなんです！」

「そうですか。息子さんたちが隣の庭にいる蒙古症の子に何をしているか、ご覧になるといいですよ」

女性はぎくりとした。

「ご存知でしょう」ロベルトは自分の心臓が鼓動し始めるのを感じた。「あの舌が大きくて……すぐにベロベロって……たくさんの切手をいっぺんになめられる子です。たくさん笑って、いつもみんなをハグしてまわる。その子の腹を、かわるがわる殴っていました。息子さんもいっしょでしたよ」

「なんですって？　だれのことか……」

「蒙古――」

「ダウン症の子供がいるなんて知りません。息子はきっと何も……」

彼女の顔はゆがんでしわが寄り、ロベルトはすっかりいい気持ちになった。こういう顔が好きだ。前にまったく同じように見える犬の肖像を描いたことがあった。

「もちろん、あの子のことはご存知でしょう。息子さんに聞いてごらんなさい。最近ぼくに話してくれた新しい発見についても話すでしょう。完全に病んでいますが、惹きつけられますね。蒙……ダウン症の子の顔に拳骨を入れたら、自分が悪いことをしたかのように謝ってくるんだそうですよ。かわいそうに、みんなからいじめられて」

ロベルトは殴るふりをした。

ラーブルさんは完全に狼狽した。顔はほとんどキュビスムだった。ロベルトはさっと手を振るか振らないかで別れを告げると、ドアを閉めた。

ロベルトは、大きな声でひどく舌をもつれさせながら「ラマラマディンドン」を歌い始めた。ラーブルさんが音の聞こえる距離にいないと思えるまで。それからバルコニーに座り込んだ。羞恥の念に襲われるまでには、しばらくかかった。もっと長く羞恥から逃げていることもできただろう。羞恥ずかしさはそもそも、自然の摂理によって古い記憶のスピードで動くものだから。でも、どうでもよかった。自分の立場をはっきりさせたのだから。

その後、浴室の中に座り込んだ。北側の壁は二、三年前に、ヘリアナウのリヒテンベルクハウスの思い出にと、黒く塗ってもらっていた。バスタブの縁《へり》に腰を下ろして、あのバカな近所の子供をこの世から消すにはどの方法がもっとも効果的だろうと考えた。

問題は、はっきりとものが考えられないことだった。ラーブルの訪問はロベルトを混乱させていた。何かを壊したら、きっと気分がよくなるぞ、とロベルトはひとりごちた。その何かを探して周囲を見まわした。何もない。

そうだ、あの小さな殺鼠剤の容器を地下室から持ってきたらいいんだ。あれは言うなれば定番だろう。ロベルトは、シナリオを何度か頭の中で通しで再生してみて、ちっとも満足を感じられないことに気づいた。あれは、あの坊主があまり苦しまずにすむ、というわけにはいかないな、ダメだ、ネズミ用の毒は本当にひどいからな。胃粘膜が溶けて、狂ったように出血しだすと、自分の血にむせたりするんだ。

ひょっとしたら、あいつに恐怖心を吹き込むだけでいいかもしれない、やつをちょっと、この辺りで追いかけまわすんだ。でもそうすると、みじめなあの干し首があちこちでしゃべるだろう。ダメだ、最終的に解決できる方法を見つけないと。最終的解決、この言葉は禁句だぞ、放射能が出ている、この言葉をこのコンテクストで考えてはいけない、こんな使い方をするとはリスペクトが足りないぞ、何百万人もが非情にも殺されたんだ……ロベルトは立ち上がった。心臓が高鳴っていた。

「最終的解決だ。近隣子供問題の最終的解決だ」[8]ロベルトは言った。

しかし胸の中にあった感覚は、消え失せていた。禁断の表現を使うには気持ちが弱くなりすぎていた。再びバスタブの縁に座り込んだ。

なんなんだ、ここで無駄に尻をくっつけているとは、なんというお笑い種だろう。そのあいだにあのネズミが罰も受けずに中庭や階段の踊り場を走りまわって、お気楽な子供時代を送っているとは。ひょっとしたら母親がすこし叱ったというのも、まあありうるが、きっとそんなにしっかりは叱らないだろう。あれだってできそこないのクソ息子とまったく同じように考えているだろうから。

ロベルトは拳で自分のひざを殴った。

自然災害だ、と彼は考えた。自然災害を起こすほかないだろう。気動天候で。いや天動？ 最初のは天気のことで、次のは……どういうんだったか、てん、へん……忌々しい言語の溝《ギャップ》め。インディゴ遅滞《ディレイ》だ。いちばんいいのは、とロベルトはひとりごちて、次の考えで自分が境界を越えて狂気へと踏み込んでいくのを、ある種の満足とともに感じた。いちばんいいのは、あの坊主の眼の前で直接、銃で自殺してやることだ。ピストルか銃器をひとつ手に入れて、中庭へ行き子供たちの前に立つ。やつらに銃を向けて、汚いネズミ以外の全員に、今すぐ失せろと命令する。それから言うのだ。ひざまずけ、卑しいやつめ。それから銃身を自分のあごにあてて、残された短い瞬間に、ワイルドで残忍な笑いを顔にのせて、大きくあけた口、二つの大きくて白い目玉を見せる。それから引き金を引いて、脳、火薬の煙、あごの骨の破片に歯が、赤黒い雲となって中庭に拡がり、子供の未来の記憶世界へ雨となって降りそそぎ、子供は一生涯このぞっとする瞬間を思い返さなければならなくなって、何年もカウンセリングに通い、おねしょ坊主に逆戻りし、学校では大きな音がするたびにびくついててんかん発作を起こし、それから、学校を十四歳でやめたあと、どんな職業訓練も最後までやり遂げられず、定時制高校などもってのほかで、なぜかといえば、かれこれ十八歳になったガキは宵の口を過ぎるとひどいパニックにならずには玄関先にすら行くこともできないのだ。大晦日には花火や爆竹が鳴るから、浴槽の中で布団をかぶって身を隠すことになる。ふつうの家庭生活など不可能で、どんどんアルコールに浸り、日中は公園をうろついて静かにしている人間ならだれかれかまわず、かつて自分に開かれていた輝かしい未来について語り、木陰で風の当たらないアパートの中庭で子供時代を過ごしたことを語るのだが、それもある日、ひとつの過《あやま》ちを犯した時までのことなのだ。ひどい、ひどい過ちを。

浴室のドアが開いて、ロベルトは激しく動転した。すんでのところでバスタブに落ちるところだった。

「ここで何をしているの？」コルドゥラが話しかけた。「入ってきたの聞こえてなかった？」

「もう来たの……ああ、もう帰ってきたんだね……」

ロベルトは時計を見た。

「大丈夫？　ひとりにしておいてほしい？」

「いや、いいや……」

「ほんとに？」

「ああ、ただちょっと……。あのさ、下の階にいるあのろくでなしが、あのラーブルさん家の生意気な子供が、あいつが言ってきたんだ、っていうのは、母親がさっきチャイムを鳴らして、何を言ったのか話していったんだけど、母親も息子と同じぐらいバカなもんだからさ、それで――」

「シーッ」

コルドゥラは両手で彼の頭を包んだ。

ロベルトは固まった。布をかけられたカナリアの鳥かごだ。

「それで気が立っちゃったの？」

「ぼくのことをなんて言ったのか、君は聞いていないから」

「あら、たかが子供じゃない」

「やつは、上に住んでいるのは、くさ――」

「ダメよ、ロベルト」コルドゥラは前にしゃがみこんだ。

同じ眼の高さに。彼女をじかに見つめざるをえなくなった。

「わかってるよ、あいつはただの……でもさ……」

「マッチ箱の家を持ってこようか、ね？　壊すのに。そうすればきっと――」

「いや、いらないよ」

「ほんとに？」

「ああ」

「あのね、帰り道に中華屋さんで買ってきたんだけど。食べる？」

「どうして今日は遅かったの」

「帳簿を片づけなきゃいけなかったの。アンゲリカがいなくて、それで当然だけどいつも彼女には配慮が必要だから、それで――」

「そう、帳簿づけも大学で専攻してたの？　そんなこと、ちっとも教えてくれなかったね。初めて知ったよ。君はなんでもできるけど、簿記の博士号は持っていなかったよね、ぼくの知ってる限り」

「どうしてそんなに突っかかるの？」コルドゥラはそっと聞いた。「おいで、何を買ってきたのか見てよ」


キッチンと居間をつなぐ廊下で、ロベルトはコルドゥラの腕を引いた。

「ぼくも持ってきたものがあるんだ。絵なんだけど……今日はさ……」

「あら、もうできあがったのね！」

ロベルトは、コルドゥラの手を取って自分の部屋の片隅へと連れていった。このコーナーは、いつか部屋全体へと膨張して本物のアトリエになりたいと、常に夢みているようだった。

外では激しい雷雨がやんで、雷の閃光は遠くの雲がときおり光るだけに変わっていた。何度も繰り返し写真を撮らせるとは、うぬぼれの強い地平線だ。閃光のあとに雷鳴が聞こえてこないと、いつもロベルトは咳ばらいをしなければいけない気がした。

コルドゥラは、金属の物体を後頭部につけたサルの絵の前でうずくまり、絵を見あげていた。まるでそれが教会のステンドグラスで、その向こう側にある色のついた、でもよく知っている街の世界を鑑賞しているようだった。

「どう？」

コルドゥラは顔を背け、部屋の別の片隅に視線を向けた。

「これ本物？」

「何？　ああ、これのこと。うん、こいつは今日アポをとって——」

「ああ、なんてこと」コルドゥラは身を震わせた。

「どう思う？」

「知ってるでしょ、こういうの耐えられないって、ロベルト、どうしてこんな恐ろしいものを、わたしに見せるの？」

「ってことは、ダメかな？」

「違うの、ロベルト、悪くないと思う、ただ……。どうしていつもこんな恐ろしい絵を描かなきゃいけないの？　かわいそうな動物……。わたし……。ちょっと……」

コルドゥラの表情はすこしラーブルさんと似ていた。キュビスム的絶望だ。この眉の寄りかた。枝が折れたみたい。

「ああ、そんな」ロベルトは言った。

それから、

「ああ、そんな、こんなの信じることないさ……」

コルドゥラは部屋を出て、洗面台へ向かった。なんでもいい、とにかく洗面台へと。吐いているあいだ、それからコルドゥラの手は首筋をさまよい、水中で深呼吸しようとする人間のような動きをしていた。それから、足が崩れ、丸太棒のように倒れた。発作だ、ロベルトはそう認識して、最後の発作がどのくらい前だったのかを思い出そうとした。何秒か過ぎて、現実が血管へ流れ戻ってくると、何かをしなければならないことに気がついた。救急車をよぶ電話をかけようとしたが、ふたつめの番号を押すときにはもう、コルドゥラは起き上がり、静かにごめんと言って自分の部屋へと行った。ロベルトはついていった。

「こんなの本当に、信じることなんてないんだよ」ロベルトは懇願するように繰り返した。

3　メスマー研究

この現象に初めて注意を向けたときのことはまだよく憶えていますよと、ホイズラー゠ツィンブレットさんは語った。とある雑誌の記事を読みましてね、ハンガリーで長らく政治的な行きつ戻りつがあったあとに（結局、歴史の中へ後ろ向きに戻りつのほうで終わりましたけれど）、いくつものIチルドレンのホームが諸事情により閉鎖されて、職をなくした看護師たちが一部、ここオーストリアに求職に来ている、とありました。それで、そうしたホームについての記事を探して、最終的にとあるホームを訪ねたベルギーのカメラチームによるルポにたどり着きました。その状況は筆舌につくしがたいものでした。子供たちも、世話をする職員も、極端に狭い場所で一緒くたになって暮らすことを余儀なくされていて、慢性疲労、吐き気、偏頭痛を患い、神経過敏や広範囲の湿疹もありました。その施設のハンガリー名は*Fertőző gyerekek otthona*、訳すと「伝染病児童の家」といいました。インディゴという呼称は、あの頃はまだ使われていませんでした。あれは、ほかの変な名前と同じで、ドイツの発祥なんです。ここ数年のうちにドイツから世界じゅうに拡がり、ベリンジャー症候群やロチェスター症候群といった名前に取って代わりました。二〇〇二年に女性が一人、有名なトークショーのゲストとして登場して、自分は霊視のできる霊媒師で、人間のオーラを感じることができると主張しました。その女性の説明によると、何年ものあいだ、すべての人を信号と同じシステムで区分してきたのだそうです。赤色のオーラをもつ人はへそ曲がり、かんしゃく持ちで器が小さく、飲みこみも遅い。黄色いオーラの意味は、忍耐、気配り、理解。緑色は愚かさ、野性、怠け心を意味することもあります。でも数年前からあちこちで小さな青い存在、藍色《インディゴ》のオーラをもった子供たちが目立つようになった、というのです。司会者が質問したのですが、コウモリのような衣装を着たこの霊能者は首を振って、どうしてもこの色がどんな特徴を表しているのかわからない、と言いました。ただし新しい時代の到来、魚の時代の到来と関係があるのではないか、と推測しました。この話の脈絡はだれにも理解できなかったのですが、女性は続けて、もしかするとこの子供たちは、この惑星を救うために地球にやってきた、より霊的かつ知的な存在なのかもしれない、と説明したのです。

それから女性のもとには五人の子供が連れてこられ、女性は実際に、そのうちの一人から青みがかった色のオーラを感じると言いました。もちろんこの色が視える人はほかにいなかったので、二回目のテストが行われました。女性は目隠しをされ、もう一度同じ子供たちが連れてこられました。このとき女性は三番の子供のときに頭がずきずき痛むと言いました。この三番の子供は最初に選びだされた子供と同じではなかったのですが、この実験はなぜか成功と判断され、少なくとも観覧者は長いこと熱狂的に拍手を送り、二、三の雑誌がこの奇妙なコウモリ女についての記事を掲載しました。

二〇〇三年初頭、ホイズラー＝ツィンブレットさんが言ったように、**問題が明るみにでた**ころ、あちこちでインディゴチルドレンが話題となりはじめた。この呼び方はニューエイジの各グループが批判していたにもかかわらず。

「メスマー研究のグループが特に腹を立てていました。正直に言うと私もです。おそらく私たち全員、というか……まあ、ねえ」

彼女は扇子を脇におくと、本を手にしてページをめくった。探していたページを見つけると、本の向きを変えて僕に見せた。様々なカテゴリーのグラフだ。自尊感情、対人能力、集団力学的行動など、全部で二十四項目あった。そしてその横に美しい釣鐘型のカーブが、数々の異常から身を護るために自然がかぶっているヘルメットのように描かれていた。

「ええ、私たちもすこしがっかりしました。世界情勢とは無縁のままでいるスカパ・フローの清浄な鋼鉄というのは、そう、残念ながらこの問題とは似ても似つかぬものでした。希望的観測だったのです。執筆当時にはもうおおむねわかっていたのですが、すばらしい話で導入に使えると思って、つまり……。そうですね、この研究書は当然ですが、特に保護者のみなさんを下手に期待させてしまいました」

僕は、ページの釣鐘型カーブを手帳へと模写しはじめた。

「差し上げますからお持ち帰りくださいね」

ホイズラー゠ツィンブレットさんは、僕の方へ本をちょっと押しやった。

「それはとても助かります。ありがとうございます」

「私のわがままですよ。さもなければ初版から引用なさるでしょ、最新ではないものを」

「わかりました。では、リーゲルスドルフに計画されていた例の子供たちのための学校プロジェクトが実現しなかったことに、この研究書が影響を与えた部分はありますか？」

「トンネルプロジェクトですね。ええまあ、あれはいろいろな要因があって頓挫したんですよ」

彼女はまた扇子を手に取り、ゆるやかな風の流れのなかで顔をゆらゆらと動かした。小さな髪の束が耳の後ろでなびいた。

「本当ですか。でもこの研究書はだいたい同時期、二〇〇五年の終わりに刊行されています。その時点で施設とトンネルシステムについては役所の建築申請確認は済んでいましたし、助成金もとっくに採択されていました。にもかかわらず何もできなかったのです。もちろん相矛盾する情報は手に入るのですが、僕の知る限りでは、リーゲルスドルフのインディゴ学校プロジェクトは泡と消えたのではないですか」

「ええ、そうかもしれません。人はいともたやすく大局を見失うものです」

唯一本物の質問が込み上げてきた。ずいぶん長らく待ち続け、今放たれようとしている。話しはじめる前に、爆発前の空気が薄くなる一瞬をやり過ごした。

「お尋ねしたいことがあります、ホイズラーさん。学園に勤務していたころ、少なからぬ生徒が学期途中に引っ越してしまい、その後はほとんどというか、まったく――」

「続けてください」

「それで、一度見たんです、そういう子供たちの一人、マックス・シャウフラーというのですが、男性に迎えに来てもらっていました。それで彼、つまりマックスが、あの……ええと、煙突掃除夫に変装していたんです。顔をすすで汚して……。よくわからなくて、もちろんルドルフ校長に尋ねたのですが、ただ**リロケーション**が行われたのだと言うばかりでした。それに彼のことを学園ではもう抱えきれないのだと」

「それで？」

短い間。

「ええと、おかしくないですか？　つまり、あんなのは見たことがありませんでしたし、本当に薄気味悪かったんです、あのいでたちは」

「よく行われることですよ」彼女はおだやかに遮った。「変装は、子供が困難な状況に立ちむかう助けになります。おそらくですが、そのときはそのディ……その子の名前はなんでしたっけ？　マックスですか？　ええまあ、その生徒にはトラウマになるような瞬間だったのだと思いますよ」

「そうですか、でも――」

「墓地でもよく見かけますよ、葬儀の時に。小さな子供がメイクをして。ネコだったり……おかしな帽子をかぶったりね。よく見かけます」

「いいでしょう、変装のことがそこまで気になっているわけではないんです。むしろ学園の生徒たちがそんなにたくさん移送されるというか……」

「リロケーションされる？」

「はい」

「それについては何も申し上げられませんよ、ゼッツさん。でも訪問が可能な方がいますから書いておきましょう。その女性は以前、私の治療を受けていました。息子さんが生まれてからね。シングルマザーで。インディング……インディゴチルドレンの。うつ気味で。全部経験済みですよ。シュタイアーマルク州の南に住んでいます」

ホイズラーさんは住所録に手をやり、書き込みを探した。それから紙切れにすべての情報を書き写した。**グズルーン・シュテニッツァー。息子・クリストフ。〒8910、ギリンゲン市グロッケンホフ道一番地。**その下に携帯電話の番号。ホイズラー＝ツィンブレットさんはさらに扇子で自分をあおいだ。顔がわずかに汗ばみ、光沢が出はじめていた。

「もちろん、元患者の記録は、通常……」（何匹ものハエを追い払うような動きをした）「でもいいでしょう。彼女はこの件について話すのが本当に好きなんです。**そのために**息子さんはホームスクーリングまでしたんです。この問題のためにね。それはむろんディ……このコミュニティーではご想像のとおりよくあることなのですが」

「どの問題ですか？　リロケーションのですか？」

扇子が動く。はためく髪の毛。それから彼女は息を吐き、そっと頭を振りつつ静かに言った。

「煙突掃除夫って、チッ……。でもどうかしら、まあそうね、訪ねていかれて記事になさったら、きっとシュテニッツァーさんは喜びますよ。交流がお好きですからね。ほかの人たちと交わるとかそういうことが。彼女にとってもいいんですよ、内面にも外面にも」

「わかりました。ありがとうございます」

「お水をもう一杯いかがですか、ゼッツさん」

「いえ、結構です。ただ最後にひとつだけ質問を」

彼女はどっと笑った。

「ごめんなさい。今あなた、刑事コロンボみたいに額に手をやっていたんですもの。おっしゃられたときにね。アハハハ」

「フェレンツ《Ferenc》についてお聞きになったことはありますか」

扇子を動かす手が止まり、扇子は顔の隣にとまった。まるで僕が言いたいことを理解するためには第三の耳が必要かのようだった。

「なんですって」

「名前です。フェレンツという」

「それはゲームです。私の知る限り」

小さな間。

「ええ」ホイズラー＝ツィンブレットさんはもう一度言った。「ゲームですよ」

「ゲームですか」

「ええ」

「椅子取りゲーム《エルサレムへのたび》のような？」

「だいたい、そんな感じね」

扇子が軽く動き始めた。

「ありがたいことに、今ではI家庭は診ていないんです。私にとっては過去のことになりました」

「どうしておやめになったのか、お尋ねしてもよろしいでしょうか」

彼女は扇子をパチンと閉じて、目の前の机に置いた。

「母親。何をおいても母親たちです。あれはすこしの期間しか耐えられるものではありませんよ。あの眼のまわりのクマ、曲がった手指、洗っていなくてべったり貼りついた髪の毛、非難がましい口を叩く唇がいつもわずかに震えていて、バーンアウト、バーンアウトって、それから彼女たちが抱える不条理な考え……。でもまあ、本人たちももちろん、どうしようもないんですよ、自分の子供が、ほかの健常な子供たちと同じように元気でいてほしいだけなんですから。でもこういう母親たちのことは一定の期間しか我慢できないものなのです。そこに座ってただただ自分の疲弊ぶりを話しつづけるさまといったら……それにそのとき必ず響かせるあの苦しみの声色、あれは女性にしかできません」

彼女は笑い、つけ足した。

「いいえ、神経がすり減ってしまっている若い父親たちともたくさん知り合いましたよ。でも当然、子供たち自身だってそうなのです。あの冷たく離れた……。あの子たちが一切を我慢している様子といったら、何をしてあげようとも、その……」

再び空のグラスをみて、二度目の質問をした。

「本当にもういりませんか」

「ええ、結構です。Iチルドレンについて、何をおっしゃろうとしていたのですか？」

「ご自身でお会いになられたんでしょう？」

「ええまあ、遠くからですが」

彼女は笑った。

「Iチルドレンというと無害に聞こえますね……。彼らに思いやりというものはありません。バーンアウトした場合は、時間とともにわずかながら更生できる場合もありますが、そうでなければ……離れていく一方です。宇宙カプセルに入ったままでね」

彼女は黙り込んだ。また話し続けるまで、僕は待った。

「よかったです」ホイズラー＝ツィンブレットさんはようやく口を開いた。「こちらにいらっしゃる前に、すこしでも資料を読んできてくださって。お客様の多くはまったく読んでこないんですよ。でも、そういう方々ももちろんすべて、例外なしに受け入れているんですよ、本当に厚かましいのでもない限りは。つまり、本当に、本当に無作法な場合はお断りしています。でもありがたいことに、めったにありません」

彼女は身体を前に倒し、プレゼントの著書を手にとった。手編みのチョッキの脇のポケットからボールペンを出した。一ページ目を開いた。

「何かお書きしましょうか……？」

なんと答えればよいかわからなかったので、ただうなずいて手帳を閉じた。ホイズラー＝ツィンブレットさんは献呈の辞を書き、スピログラフの絵をちょっと思い出させるような勢いのある署名をその下にして、それから聞いてきた。

「今日は……？」

「二十一日です」

彼女は日付を書き入れ、不可解な方法でページに息を吹きかけると、プレゼントを手渡した。

「ありがとうございます」

「ご覧になったとおり、筆記体はきっと便利ですよ」彼女は自分のサインを指した。「練習したほうがいいですよ。毎日三十分か、ほんの十分だけでも、毎日やりさえすれば何分でもかまいません」

「了解です」

僕は立ち上がった。僕たちは握手をした。

ホイズラー＝ツィンブレットさんは玄関まで送ってくれた。今度は別のドアだ。このマンションは、その時になって分かったことだが、スーパーか遊園地の鏡の館のように入り口と出口のドアが別々になっていた。

外の天空はとても青く、その中へ針が落ちる音まで聞こえそうなほど澄み渡っていた。

二つの真理

児童心理学者との面会のあと、もらった本をすこし読んだ。彼女の主著の新版だ。旧版は大学図書館で借りていた。興味をひかれた数ページはコピーして、赤いチェックのファイルに入れてあった。

新しい版は前のものとわずかに違っていた。何カ所かで文の調子がいくらか強くなっていたり、彼女のこれまでの研究を概観する補遺が拡充されていたりした。比喩や例を多く挙げる特徴的な文体で、彼女は次のように書いている。

孤独なウラジーミル・イリイチ・レーニンの胸像が、南極の夜を見つめている。この記念碑は、いわゆる「南到達不能極」、南極大陸で地理的に最も海岸線から遠い（南極点から約八百キロ離れた）地点にある。昔は胸像の周りにソ連の観測基地の建造物が二つ三つあったが、今日では完全に天涯孤独である。像は北、つまりモスクワの方向をむいている。胸像そのものは、この間に完全に雪に埋もれてしまった小屋の煙突の上に立っている。小屋の中にはひょっとすると過去の亡霊がまだ何人か住んでいるかもしれない。太古の世界地図の上に身をかがめ、終わりのない議論をしながら……。この孤独な胸像のケースと同様に、「ディンゴの群れ」やインディゴ問題の「野蛮な解決」を求める声といった現象を考察するときには常に、二つの相反する真理にかかわることになる。「進化上の真理」（眼に見えない、不可視の埋もれた基礎部分）は、広くヨーロッパの都市景観を形成した。病人、感染者、異常者などの隔離監禁だ。ミーアキャットが、群れの繁栄を脅かすかもしれない病気の同胞を、力を合わせてかみ殺したり置き去りにしたりするのと同じだ。病気のネコは姿をくらませ、一匹で死ぬ。なぜならどのみちそれ以外の方法はないからだ。進化をする上での真理はつまり、人口の一部が死ぬことを、残る人口の生存を可能にするために、最初から計算に入れている。「人道上の

真理」（眼に見える胸像）はこうだ。全員が生き延びなければいけない、さらに言えば、全員が生き延びる権利を持っている。なぜと尋ねたところで無意味だ。その問いには、同情や痛みの回避といった援軍がなければ答えることができない。その根拠は我々の脳内にある。脳は何にでも同調し、何にでも感情移入し、特に病気、苦しみ、死などの自分の身を守らなければならないものに対して反応するのだ。これは、我々の思考のキャパシティが進化のために大きくなった、その奇妙な帰結である。つまり多種多様な他者の存在のイメージを思い描く能力が高められ、それによって必然的

に、進化上の論理にとらわれない考え方が発展した。人道上のモラルというものは、進化上の論理と重なる点は少ないのだ（例えば感染力の強い病にかかった人の隔離、伝染病の封鎖など）。

我々の時代に逸話のように繰り返されているのは、Iチルドレンがまさしくこの相手の気持ちになって考えることを放棄したか、放棄することを学んだということだ。この推察の裏付けはひょっとするといたるところに、我々の目と鼻の先にあるのかもしれない。しかしこれまでにその裏付けを見た者はおらず、ましてやそこから恩恵を得るなどできてはいない。

僕は奇妙な胸像の小さな写真をよく見ようと、ページの上に身をかがめた。本からは不思議な臭いがした。慎重に空気を吸い込んだ。消毒剤だ。

その臭いはある記憶を呼び覚ました……。二、三週間前のヘリアナウ学園の保健室だ。ルドルフ校長の部屋の開いていたドアの前で倒れたふりをした数分後のことだ。**恐怖《ザ・ホラー》だ、地獄の恐怖《ザ・ホラー》だ。**[9]

窓の外は暖かい春の日だった。建物の内部は空気がむっとして、大きくて重い両開きの窓は開けられたためしもなく、隅の方では塗りたてのワックスと強力な床用洗剤の刺すような臭いがした。どうやら週末ごとに防護マスクをした清掃集団が、一階から三階までの廊下に洗剤を塗りひろげているようだ。

「ゼッツ先生？　倒れられたんですって？　お怪我はなさいましたか？」

「いえ、ただ頭が……。頭痛に効くものはありますか？」

「本当に顔色がよくないですよ。こちらへ、ここにお座りください。さあ、こちらを見てください。とても青ざめていらっしゃいますよ、お気づきですか」

「それなら僕の場合は普通です」

「めまいが出ましたか」

「ああ、私の部屋のドアの前でね、事務室を出られた直後でしたよ」保健室まで付き添ってきたルドルフ校長が言った。

「すみません」僕は言った。

「まあ、では戻らねばならないんでね、ここなら大丈夫だ」

校長は部屋を出て行った。

「本当に顔色がよくないですよ」看護師が僕に言った。「でも先生、わたしが残っていて、運がよかったですね。本当はもう十一時に帰ろうと……」

「ちょっといいですか。お尋ねしたいことがあるんですが――」

「すこしのあいだ、話さないでください」看護師は手の甲を僕の額にあてた。

僕は待った。彼女の眼が天井へと泳いだ。

「まあ、すこし体温が高いようですね。どこか近接していらしたのですか」

彼女の視線を捉えようとしてみた。

「そのことでお話ししたかったんです。どのぐらいの頻度で、おわかりと思いますが、こういったことでの来室があるんですか」

また彼女は眼をぐるりとまわして、肩をすくめた。

「ええ、まあそうですね。うーん。なんとも言えないですね」

そして薬の棚に行き、錠剤の入った箱を取り出した。

「こういったことはあったんでしょうか？」

彼女は錠剤を手に押し出すと、それを僕にくれた。錠剤は淡いグレーで、その形はちいさなツェッペリンを思わせた。

「これはなんです？」

「頭痛に効くものですよ」

「水を一杯いただけますか」

彼女が持ってきた。錠剤を舌の裏においてグラスの中身を勢いよく飲みほし、手を振って別れを告げた。

廊下で錠剤を吐き出し、窓際の植木鉢に生えている貧相なツル植物の土の中に隠した。その後、職員室から自分の荷物をとって、歩いて駅へ向かった。だれにも出くわさなかった。


おそらくあのときが、もう学園へは戻らないと自分でわかった瞬間だった。その明くる日にルドルフ校長とちょっとした殴り合いをしたときに初めて気づいたわけではない。

ユリアは仕事から帰宅すると、奇妙に興奮して机に向かっている僕に気づいた。部屋に入ってくるとユリアは、療養中のコウモリやネズミたちの臭いをさせながら、どうして週の真ん中なのにこんなに早い時間にもう家にいるのと聞いた。ユリアは最初、僕の動揺を不安なのだと思って、何かまたテレビか本の写真でこわいものでも見たの、と尋ねた。

4　あの頃、ロビンは

　パニックになって自分ですこし赤くかきむしったコルドゥラのうなじは、あの頃の臭いがした。彼は二度と忘れないだろう。精神科での長い三週間の、薬の前の時間を、療法の前の時間を、それに血みどろのアクション映画や毅然としたアジア人たちがありとあらゆる暴力的な死に方を見せてくれる古いカンフードラマをいっしょに観た、幾晩もの前の時間を。

　ロベルトは、バットマンのシンボルマークがついたTシャツを着て、ぼんやりと静かに息をする彼女の後ろで横になっていた。サイドテーブルのうえで小さなiBall《アイボール》が瞬きをしてきた。ロベルトがにらみ返すと、iBallはまぶたを下げた。

　臭いはすぐに、あの頃を思い起こさせた。コルドゥラの（意識不明で、おそらく転倒して肩をひどく打ちつけての）搬送入院の三日後に初めて見舞いに行ったときの、あの精神科特有の臭いだ。ロベルトは、おもしろいと感じている自分を認めざるをえなかった。犬だったらこの臭いをきっと、音大生がオーケストラのスコアに向き合うのと同じくらい、細部までつまびらかに分析できただろうに。規則正しさともっかい気を取り直せや感を伝えてくる素っ気なく調理された病院食、そこへ不安症の人間の汗や合成繊維のベルトと胃ろう用ゴムチューブ、さらには気づかれないようあわててすりつぶされた錠剤、そういったものすべてが、建物に立ち入ると襲いかかってくるのだ。

コルドゥラは、三人の女性と相部屋で入院していた。

もう調子はだいぶいいの、と彼女は言った。だいたい、あなたのせいじゃないし（事が起こった時に二人で観ていた映画は、ロベルトが言い出したものだった。『鉄男』[10]という日本のカルト・ホラー映画で、力強い高コントラストの極めて魅力的なモノクロだ）、その前に何日か、発作の前触れがあったの。重苦しい気分だったり、心拍が不規則になったり、ときどきテレビの決まった場面で息ができなくなったりね、たとえばすごく高いビルの窓から外ばかりをみて、その下のほうで昆虫みたいにちっちゃい自動車が走っていく映画のときなんか、そういうのが全部自分の中に溜まっていって、でも言わなかったのね、だってすぐまた過ぎていくだろうと思って、でも今回は消えなくてね、そう、ハハh（彼女は不安になると、いつも笑い声の最後の母音が消えるのだ）、きっとすごく心配したんでしょう、こいつはどれだけ長くここに寝そべっているんだろう、こんな無防備《ヴェアロス》にって、あれ、言いたかったのはこんな微動だにせず《レーグロス》ってことなんだけど、わたしの顔って赤い？

「いいや、大丈夫だよ」ロベルトは言った。

「本当、だって、自分の顔が赤いんじゃないかって気がするんだもの。つまり肌の色の赤さじゃなくて、ちゃんとした赤、口紅を塗りつけたような、アレの影響に違いないわ、ああ、すごくいやな気分、いたたまれなくて、間違いなくすごくいい映画だったのに、また全部を台無しにしちゃったんだもの、いっつもやらかしちゃうんだけど、わたし――」

「もういいんだよ」ロベルトは無理やり口に出した。「あの映画は全然よくなかったと思うよ。芸術的ってかんじで。成功とは言えないね」

「そうなの？」コルドゥラは尋ねた。

それは、ひどく期待いっぱいに聞こえた。まるでこの日本映画の悪評の中に彼女の病の完治への鍵があるかのようだった。

ロベルトは、部屋に三つある使用中ベッドの足元に、小さなポストイットが貼ってあり、顔文字が描いてあるのに気づいた。彼の熟練した眼はすぐに、その笑顔が別々の手で描かれているのを見てとった。コルドゥラのベッドの枠にも似たものが貼られていないか確認した。

「それはね……わたしたち……わたしたちがどういう気分かをね」コルドゥラは、まるで今朝ひどく窮屈な皮膚を着てしまったかのように寝返りをうった。「わたしも子供っぽいとは思うんだけど、それがあれば看護師さんたちが調子はどうって、しょっちゅう聞かずにすむの」

なんだかロベルトは笑わないではいられなくなった。サル顔へとゆがもうとする自分の顔をコントロールしようと苦心して、顔をそむけ、窓際へ行って、手を背中で組み、外の駐車場もしくはこの独特の飾り気のない広場らしきものを眺めた。その後方には森だ。そうやってしばらく立ちつくし、喉の音をそっと鳴らせた。

「何がそんなにおもしろいの？」

「あ、なんでもないよ」ロベルトはあわてて彼女の方を向いた。「ただちょっと、外に熱気球が見えたんだ」

「本当？　どこ？」

「いや、もう丘の向こうに下がっていっちゃったよ。熱気球に乗っている人たちが話しているところを想像してみただけなんだ。それがおかしくて」

コルドゥラは深く息をついた。それから髪の束が顔に落ちてくると、指でつかみ、鼻の下へと持っていった。

立ち上がると、髪の束を洗面台で洗った。

ロベルトはそれまで洗面台に気づかなかった。普通あるはずの突出部がすべて、その洗面台にはなかった。水は、光電センサーの上にある貝殻のような突起のない口から出ていた。確実にこのテクノロジーが、つまり幽霊の洗濯ひものように部屋を横切っている不可視の光線が、コルドゥラやほかの精神科病棟の女性たちを夜な夜な不安がらせてきたのだろう。もしかするとこのセンサーをポストイットで塞がなければいけないかもしれない。ここまで考えると、また笑わずにはいられなくなった。

「いやだわ」コルドゥラは、髪を水にあてて洗いながらつぶやいた。**やめろ！** 自分に注意をした。**考えるのをやめるんだ！**

「何が？」

「ああ、なんでもないの。ただ吐いたものの臭いがして」

また髪の臭いを点検した。顔の表情から、ある程度満足した様子がうかがえた。それからその束を指で髪になじませると、ベッドに戻った。

「光電センサー」ロベルトは口にしたその言葉でむせそうになった。

やめろ、バカ！

「なに？」

「あ、言ったのはただ、その……えー……そこのアレだよ」

「どこ？」

ロベルトは指をさした。

「あれってなあに?」コルドゥラの声はわずかに不安で揺れた。

「ただの光電センサーだよ」できるだけなだめるようにロベルトは言った。「不安にならなくていいよ。でもそれが部屋を横切って直接、君のベッドの上を通って壁まで通っているんだ。光線がさ、赤外線のね……」

コルドゥラは自分の後ろの壁をみやった。それから頭を振った。

「薬のせいでおかしな気分なの。どうしてまたトリティコをくれないのかしら。あの頃はずっとうまくやり過ごせていたのに。でももう製造されていないんだって。どうしてなの? 人の役に立っている薬が一気に市場から引きあげられてしまうなんて。口に合う食品だってまったくいっしょ。半年後にスーパーの棚から消えるというのなら、絶対安心していられるのに。毎回毎回……」

彼女はさらに強く頭を振って、次には涙が出てきた。ロベルトは考えた。医療ドラマの心停止のときのように緊急ボタンを押した方がいいだろうか、そうすれば慌ただしい白衣の一団が部屋に走りこんでくるのに。電気ショックだ。一、二、三、クリア!

しかし、コルドゥラは泣くばかりだった。

「君の立場にはには本当になりたくないもんだね」

コルドゥラは驚いて、ロベルトを見つめた。泣いている女性の顔だ。

「どうしてそんなことを言うの?」

「まあ、代わってやれたらとは思わないなあって。ずいぶんきついことだと思うんだよね、朝早く起きて、……その上このベッドやら洗面台だろ、それに……」

ロベルトは口をつぐんだ。

「あなたどこかおかしいわよ、ロベルト。どうしてわたしにそんなことが言えるの？　この状況で！」

そのすこしあとで、ロベルトは感じた。ひょっとしたら、コルドゥラの最後の言葉が植え付けたわずかな罪悪感の結果かもしれない。心配だ。濃い金色の路面電車の中にすでに座ってはいたものの、できるならまた戻って、コルドゥラのそばにいてやりたいと思った。

初めてのことだった。

いいだろう、彼は深呼吸をして、この気持ちがなんなのかをはっきりさせなければならなかった。ひょっとしたら精神科の敷地で薬剤の粉塵でも吸い込んだのかもしれない、それが今、脳で悪さをしているんだ、ボタンを押したり、蛇口を開けたり閉じたり、実験用サルの後頭部についていたような……。あのサルのことを考えるのが効いて、落ち着いていった。

基本的には、ただの胸の中の気持ちなんだ、とロベルトは考えた。ただそれだけだ。思考に遠心力がついて、痛いぐらい伸びているゴムバンドみたいに感じたんだ。指先は影響なく、完全に自由に動かせた。足の指も大丈夫だ。すこし指を揺らしてみた。うん、すべて正常だ。ただ、喉の中からそのほんのすこし下、胸の中にアレが居座っている。伸びをすると特に不快で、何かがそこで、すぐにまた身体をゆるませろと言ってきた。

ただ服を取りにいくだけだよ、ロベルトはひとりごとを言った。

その後すぐに、何がいったいい起きているんだ、と自問した。

ただ服を取りにいくだけだよだって？　ったくだれに話しかけているんだ？　頭がおかしくなっているんだ。ぼくは月の光環をなくした、焼き切れた電球《バーンアウト》なのに、なんてことだ、しかも頭までおかしいなんて。手で顔をぬぐうと、もう一度その気持ちに集中しようとした。**戻るぞ。家にじゃない。あそこにいないと。**

やめろ、やめろ、やめろ！　ただ服を取りにいくだけだよ！

路面電車がメランガッセ駅に停車したとき、視線が偶然、洋菓子店の看板にとまった。路面電車がまた動き始めたとき、心配もそこに引っかかって、ロベルトから離れ、引きちぎれていったことに気づいた。

コルドゥラの洋服を入れようとした古い旅行バッグの臭いは、ヘリアナウのリヒテンベルクハウスの外壁に塗られた黒いタールの層を思い起こさせた。ロベルトはコルドゥラの洋服ダンスから適当に服を引っ張り出した。組み合わせにそもそも意味があるのか、格好がつくかはあまり考えなかった。それに（精神科のシャワールームの感染予防技術は信用できなかったので）シャワーキャップも探したが見つからず、ただ越冬中のおしゃれなサングラスの巣が見つかっただけだった。

扉のあいた洋服ダンスは、今度は別の役目ができてキャビネットになった。もう衣装収納ではなく……。大きな口をあけ、なかは鏡張りだ……

これはいったいぜんたいなんのためだ？　ロベルトは思った。なんのためにパニックの発作が？　昔のスタートレックのシャツに行きついた。コルドゥラに前に買ってあげたものだが、彼女をあの世界に誘おうなどとは、無駄な試みだった。シャツには赤を背景としてカーク、スポック、マッコイの三連星が並んでいた。超空間《ハイパースペース》、と彼は考えた。この単語はそもそもオリジナル・シリーズに出てきただろうか。スタートレック用語だったか？　エピソード・ワン、コルドゥラ、ハイパースペースに。

お前が考えていることはわかるぞ、ロビン。でもときには人に余地を与えてやらなくちゃいけないこともあるんだ。聖なる電気けいれん療法だ、バットマン、いいぞ！

路面電車で病院へと戻るときには、何も感じなかった。人のかたまりに挟まれて座っていれば、安全だった。運転席の上にいるiBallはどこか別の場所を見ていた。ロベルトはすれ違いざま、洋菓子店の看板に親しげにうなずいてみせた自分に気づいた。ひょっとするとさっきのいらつきは、ある記憶のせいなだけかもしれない。病院にいる伯父を見舞うためにヘリアナウから連れ出されたときのことだ。そうだ、あの頃あの人たちは、たしかに自分をいろんな意味で遮蔽して護ってくれていた。ヘリアナウの中庭で友だちのマックスに（二〇〇六年にリロケーション済。煙突掃除夫は幸運を呼ぶ[12]）、大声で呼びかけたあの午後のことはまだよく憶えていた。ぼくの伯父さんさ、精神病院の病気なんだ！と。ありがちなインディゴ発達の遅れで、特に言語表現にはっきり出るんだ、**くさったブタ野郎**だから。有名な遅れだ、ディンゴ遅滞《ディレイ》という。それでガリ勉のフェリチタス・ベルマンがすぐに間違いを正してきたのだ。身振り手振りが半分、半分は校庭越しにわめいて。フェリチタスは何になったんだろう。ヘリアナウの卒業生は集まったりするんだろうか。呼ばれていないだけで同窓会のようなものはあるんだろうか。ひょっとしたら飛行機格納庫やサッカー場なんかでやるのかな、あの頃の学級写真みたいに……

ロベルトの伯父のヨハンには、ごく幼いころから独特の計算癖があり、後年はバリエーションが減る代わりに、密度が濃くなっていった。伯父は、電灯や浴室のタイル、顔のそばかす、遠くの建物の窓の数を数えるのはやめ、現在はただひとつ、時間ごとに一ずつ足していく、その数だけに囚われていた。数はそのうちに六桁になり、値を尋ねると伯父はピストルから飛び出すように答えを言って、でもそれからすぐにまた一を足し、すこし小さな声で新しい値を繰り返すのだ。まともな会話はできなかった。彼に興味があるのはもっぱら、この数と関係のあることだけで、たとえばまた素数になったのではないかとか、ほかのおもしろい数の性質があるのではないかというような質問だった。たとえば、ちょうど一が六つ続いたときは記憶に残る瞬間だった。ヨハン伯父さんは部屋から走り出ると、廊下の開いた窓の前に立って、できたての新しい世界とその輝かしい光に感謝のあいさつをしたらしい。そのとき情熱的な投げキスをし、すこし傾いた十字の印を切ったので、介護士の一人がそれを指摘すると、廊下で少々口論になったという。

毎日、毎時間、一定の値ずつ成長する彼の頭の中の怪物のほかには、どんな話題も、伯父にとってはおぞましいほど興味をひかなかった。

伯父とのあいだに通常のコミュニケーションを切望している身の回りの人間とは違って、伯父本人は数が寄生していることで苦しむ様子はまったくみられなかった。伯父は花壇のように数を管理し、世話をしていた。赤ん坊のころから寄り添って、ごく早期の五、六、七から成長著しい二桁や三桁、ついには青年期の四桁の領域をこえて、それもまもなく過去のものになった。数はいまや壮年期に近づいてきたと言えるかもしれない。毎晩小さな手帳に伯父は数を書き込んでいたが、それは一日のできごとのまとめのようなものでしかなく、覚書ではなかった。なぜなら数そのものは、強力な鎮静剤で十七時間眠ったあとですら、決して忘れられたことはなかった。数は伯父の中に存在し続けた。

ときどき、数が控えめな時期にはいると、その日はよい一日になり、伯父と散歩に出たり、診療所の玄関のすぐ先にある静かなカフェでアイスを食べようと誘いだすことができた。伯父はプラスチックの椅子に座り、話しかけることができ、落ち着いていて、冗談を言うことまでできた。交流ができるのだ。ときおり無言でうなずくのだが、それは彼がまた一を足し、新しい数の味やかたちを味わっているのだった。唇をなめたときには、数に満足しているとみてよかった。しかし数が伯父の想像とは違っていても、それで腹を立てることはなかった。容姿や素行なんて自分ではどうしようもないんだからね、たった今、羽化したばかりなんだから、どんな数にも思いやりが必要なんだよ。わからないぞ、ひょっとするときれいに割り切れる性質を二つ三つ打ち明けてくれるかもしれないんだ、ひとめ見ただけではわからなかった隠れた才能をね。

数がどんどん成長しても、伯父は動揺したりしなかった。きれいにひとつずつ進むんだからね、と伯父は説明した。もちろん、いきなり三桁の数を足して、何百もの数の発達段階を飛ばしたら、その場合はきっと、うろたえただろうね。車をあまりに高いギアで急発進させようとするようなもんだよ。でも今みたいに、毎日だいたい五十歩ずつなら始末をつけることもできるし、ひどく手間がかかりすぎることもないさ。だって数が並んだときの危険はよく意識しているからね。神経の太さが僕より足りない人たちが、どんなに簡単に、あの世や天にあるほかの場所からの秘密のコードやメッセージを、数の並びから想像してしまうことか。数はただの数で、それ以上でもそれ以下でもないということは、僕にははっきりしているんだ。数に気を配り、責任をもって取り扱う。まだ間違いが起こったことは一度もないんだよ、数を二回進めてしまったとか、数の中にある二つの数字を取り違えてしまったなんて、そんなことはない、数は僕のところではごく安全だ。だれかが、君からいつか数を取り上げてしまうよと言っても、数には何も起こりはしない。そんなことは不可能だし、自己矛盾だとわかっているからね。どのみちこの貴重で無防備な存在に対する自分の保護義務は引き続き遂行するさ、だって、僕ヨハン・ラウバーは、この数にとって世界じゅうで唯一の保護者なんだから。僕がいなければ数に何が降りかかるか想像もつかないからね。

ロベルトは、グラーツ大学病院の精神科診療棟前にあるベンチに座っていた。精神科の施設はいつも何かが、つまり建築上の意味において何かが間違っている。司法裁判所みたいに巨大で迷路のようか、建築家が病というメタファーを文字通りに捉えて屋根の構造に使用しているか、ドアがひとりでに勢いよく開きそうな様子で威嚇してくるか、そうでなければここの建物のように、森の中に隠されているかだ。ほかの診療科はすべて、路面電車の七番線の終着駅から二つ三つ階段を登ればたどり着く。そこからならすべて理にかなっているし、案内板だって意味がある。精神科棟はそうではない。暗くて呪われた森の小道を道なりに行かなければ建物に着かないのだが、その建物も精神的疾患のある人がまた元気になれるとはどうやっても想像できない代物だった。窓から毎晩みる眺めひとつとってもそうだ！　一晩じゅう木々がざわざわと身ぶり手ぶりで話をして、見る者の思考を読みとっていくのだから。

少なくともここの駐車場のすぐ隣には、美しく凜とした樹木が、森には属さずに生えていた。コーラス隊の前のオペラ歌手のように立ち、無限に複雑なねじれの数々が一本の木を形づくっていた。

どうして木というものはこういう外見になるのだろう？　本来、単純な原理で育っているはずだ。直線、分岐、二本の直線、分岐、四本の直線、といったように。どこからこの狂った角度が出てきたんだ。まあ、水脈か磁場、日光なんかが作用した可能性はある。もしかすると、木もひどくセンチメンタルだっただけかもしれないな。ロベルトは、最近とある美術誌で、写真家デイヴィッド・パールマンの有名な作品を嫌悪感あらわに観たことがあった。その写真にはアメリカのペンシルヴェニア州にある一本の木が写っており、その木は枝で白い一戸建てを、言うなれば横から抱きかかえていた。はじめに枝は、ずっと開けっぱなしのキッチンの窓を突きやぶって伸びていて、そこから建物の南の壁をつたい、最終的には屋根にもまわっていた。外で起きたことになんの手も打たなかったこの家の夫婦が、その内側で歳を重ねた三十年間のうちに、木は家と溶け合ったのだ。今日そこに住んでいる家族は、大変もろい材料で作られた屋根の耐久性をいっそう危うくしているこの厄介な木の、伐採を依頼する前に写真におさめてもらうことにした。雑誌が報じるところでは、これはコンクールの類《たぐい》にも出品された。写っている木が非常に凛としてみえたために、デイヴィッド・パールマンの写真は一位を獲った。ひょっとしたらそれこそが問題だったのかもしれない、とロベルトは考えた。木はずっと、あらゆるものを抱擁したかったのだ。百年も前から同じ場所に生えていて、毎日が愛情でいっぱいだったのだ。池のカモたちであれ、公園のベンチでくっつくカップルであれ、カラフルで楽しそうに中身があふれているゴミバケツであれ、いわくありげに背中を曲げる公園の街灯であれ。そういった生きものやもののうち、ひとつでも木の注意をひき、抱きしめたいという願望が膨らんだとき、木は（もちろんゆっくり、おそろしくゆっくりと）相応の方向へと成長をはじめ、枝を手のように延ばしていったのだ。これは、あの有名な夢の中にいるようだ。

どうしても思うように動くことができないけれど、気持ちをゆるめれば飛んでいくことすらできる——ただしいつも間違った方向の空へ飛んでいってしまう夢だ。そして木は毎日、毎時間の細かな方向調整を成長の中で何年も続けて、奇抜な曲がりくねった姿かたちになったのだ。

木のくそったれめ。

それに精神科もくそったれだ。午前中に建物の中にいたら、すっかり知恵遅れになったじゃないか。木のくそったれ、フリスビーでもしゃぶっていろよ、下種野郎。自分を決定的に地面の上に戻すために、ロベルトは放射性のある禁句を唱えた。**便器女、ユダヤのブタめ、退廃的だ、ニガーめ**。それから立ち上がった。

ダメだ、コルドゥラのところに何時間もいたのはよくなかった。あとでいつも妙なことを考えてしまうんだ。他人の年寄りの脳みそから耳打ちをされるみたいに、遠隔操作されていると感じるのだ。まあ無理もない。それに、やっと二十二度というところなのに、いつも服がぐっしょりと濡れるほど汗をかいていた。あのヘリアナウのみじめな中庭で行われた発汗浴のあとみたいだった。みんながやれる相手が自分一人だけだ、というあの吐き気のする気持ち。ただロベルトのIスペース、ゾーン、勢力範囲が、この思春期後半特有の月の満ち欠けを切り抜けたからというだけで。あれは増えたり減ったりしながら、最後には消滅するものなのだ。虫唾が走る。

そして今日、この二〇二一年の晩夏に、仕上げたばかりのサルの絵を片づけおわってから、ロベルトはコルドゥラに感謝した。今回はひどい発作ではなかったからだ。彼女は眠っていた。呼吸も正常だ。彼女はいい状態に**はまり込んで**いた。

ボンドルフの仕立婦[13]

一八一一年のこと、ドナウ郡にあるボンドルフという町に、ベグラウという名の仕立婦が暮らしていた。この女は何週間か前に産んだ赤ん坊と一緒にいて、とても幸せだった。しかしその後、箒星《ほうきぼし》が秋の地球の上空にふりかかってきた。この星のことは、その手の読者の皆さんなら余所でお聞き及びであろう。

食堂の藍口亭で、昼飯どきに家の友に語られたところによれば、箒星が月のご近所にあらわれてから、ボンドルフの仕立婦が変わってしまった。箒星が変わらず、聖なる夕べの祈りのように、または教会の中を歩き回って聖水をふりまく司祭のように、さもなくば大きな憧れを抱いて接してくる品のよい地球の友のように、はたまた夜の空でいたずらっぽく瞬きをする眼のように空に浮かんでいた、その一方で時折、人間に次のように言いたそうにもしていた。私も地球だったことがあるんですよ、貴方みたいにね、すっかり吹雪や雷雲に覆われて、病院やランフォードスープ[14]を出す施設、それに教会の墓地ばかりでした。でも私の最後の審判の日は過ぎ去り、私は天の輝きへと変容しました。貴方のもとへ降りていきたいところですが、貴方の戦場の血で再び穢《けが》れはしないと誓ったので、いけないのです、と。箒星がそう言ったわけではないのだが、そのように見えた。というのも、星が近づけば近づくほどどんどんきれいに明るくなり、親しげに、嬉しそうになっていったからだ。そして宇宙原理に基づいて決められた一定の時間の後に遠ざかるときには、星はまるで心から悲しむかのように、再び青白く、陰鬱になった。ボンドルフに住む仕立婦のベグラウも毎晩、泉の脇の小橋を渡って赤ん坊の待つ家に帰るときに、この星をよく見上げていたのだろう。赤ん坊はまだ本当に小さくて、かまどの隣の揺り籠には小さな生ける肉塊

1811年の箒星

がいるようだった。仕事の要にかられて、女が箒星の出る夜に屋外で過ごせば過ごすほど、揺らめく天の川の幅広いベルトや、そのほか宇宙に散らばる天文学者たちのおもちゃが、どんどん奇妙に思えてきた。戸棚にあるやかんやポットのようなものが空に無秩序にみえるようになり、彼女はあれやこれやと想像をたくましくしたので、まもなく近所ではすっかり変わった人だと評判になった。それと同じころ、ベグラウは自分の子供を怖がるようになっていった。これもボンドルフの人々の耳に入り、彼女を診るための医者が差し向けられた。医者はこの母親の肉体には何も原因となる変化を認めることができず、今度は揺り籠の中の赤ん坊を診た。それはすくすく育った男の子で、白い清潔な敷布に包まれていた。医者がこの子供を観察していると、ひどい頭痛に襲われ、それから軀に痛みが走り、魂が不快になり、厳しく辛かった修道院での少年時代以来、一度も経験したことがないほど辛くなった。仕立婦も、そうこうしているうちに、まったく同じ病み患いを口にして、二人は一緒になって表にある泉へほうほうのていでたどりつき、泉の積み石によりかかることができた。一息つくと、医者は普段どおりの力が戻ってきていることに気づいた。

こうして赤ん坊は〈箒星の子〉と呼ばれ、隔たった区域で気のまわる修道女たちのもとで育つことになった。

〈御注意〉時によっては、まず司祭ではなく、医者を呼びにやるとよいことがある。こうしてボンドルフの町は、一八一一年の箒星の年に星の化身の降臨から自分たちの身を護ったのだ。

（出典：ヘーベル『ドイツ炉辺ばなし集——カレンダーゲシヒテン』木下康光編訳、岩波文庫、赤四四五－一、三三四頁）[15]

5　イン・ザ・ゾーン[16]——エピソード1　クレメンス・J・ゼッツ著*

ギリンゲンのペンション・タハラー

ギリンゲンは、起伏の多いワイン畑の景色がひろがるシュタイアーマルク州南部の典型的な小都市で、世界的に有名なロープウェイが隣町ゼールヴァントの観光資源にもなっている。[17]そこは——エルフリーデ・イェリネクが傑作『死者の子供たち』で書いたように——すでに山が自分のはいているズボンのポケットの奥深くつっこんでしまったような、そのいちばん外れ、あの最果ての地だった。[18]

電車でギリンゲンに到着したとき、気持ちよい千切れ雲が夕べの町の上を流れ、有名なロープウェイのゴンドラが、遠い西の山腹で揺れていた。屋根のある小さな駅の待合所では惚れ惚れすることに、昔のダルマ自転車を陽だまりの中へと押していく男性に気がついた。ダルマ自転車によじ乗り、こぎ出す様子を見たくて、僕はぐずぐずと駅前をすこしうろついた。でもその男性は何もせず、

* 『ナショナルジオグラフィック』（ドイツ語版）二〇〇七年一月号にダイジェスト版掲載。

何を待っているのか時計を見て、あらゆる風の方向に身体の向きを変えては見まわしていた。十分ほど待ってから、僕はがっかりしてその場を去った。

ホテルへの道すがら、僕は恋人のユリアに電話をした。彼女は僕の話を聞いてくれて、あとからその男が口ひげを生やしていたかと尋ねた。どうだったか自信はまったくなかったけれど、生やしていたよ、と答えた。それから二人で、ダルマ自転車に乗る男は絶対に口ひげを生やさなくちゃ、と合意して通話を終わらせた。どのみちペンション・タハラーにはもう到着するところだった。

切妻屋根の下に空室ありの看板がかかった大きな建物は、**エルンストル**という名の広々とした料理屋のすぐ隣にあった。歩道に立つチョーク書きの黒板には、本日のランチメニューが記されていた。豚のカツレツ新じゃが添え、ローストチキン半羽、牛肉の煮込みザワークラウト添え。

ペンションそのものは居心地のよさそうな印象であった。受付の脇には、ひときわ長いくちばしをもった大きな鳥が、扉のあいた鳥かごの中にいた。若い女性がコンピューターの前に座っていて、視線を上げた。

「いらっしゃいませ」

「こんにちは。クレメンス・ゼッツです。二泊予約をしているのですが」

「そうですか、はい……それでは……。ええ、たしかに」

彼女は日程表に書き込みを見つけた。

「以前にご利用になられたことはありますか」

「いいえ」

「わかりました、ではこちらにご記入をお願いします」

用紙を渡され、必要事項を記入して署名をした。書いているあいだに横目で、この若い女性が右の乳房をつかみ、さも当然といった動きで位置を直すのがみえた。自宅の住所を書きそこなって、新しい用紙をお願いした。

「大丈夫ですよ」魅惑的な微笑みで彼女は言った。「お客様もスキーリフトに乗りにいらしたのですか」

「スキーリフト？　いえ。ここには会いにいきたい人がいまして」

「あら」どうやらすこしがっかりしたようだった。「でもそうですよね、スキーリフトのためにたくさんのお客様がいらしているものですから、ええ……だんだん気味が悪いほどになってきたんですよ。でもお客様はお会いになる方がいらっしゃるんですか、いいですね……」

引き出しに用紙をいれると、彼女は部屋のカギを探した。カギは、だれかが彼女の作業スペースに置きっぱなしにしていったらしい朝食用の小皿の下から見つかった。ため息をつきながら女性は皿を鳥かごの脇に置いたので、エキゾチックな鳥はまどろみから醒めて、止まり木の上で一、二歩横に移動した。そして鳥は用心深そうに格子の向こう側の独特な世界を眺めた。

「十四号室です。二階にございます。エレベーターはそちら、後方右側です」

「ありがとう。ひとつ質問があるのですが」

「どうぞ」

「この辺りのことをよくご存知ですか」

「もちろん。どちらにいらっしゃるのですか」

「ここに書き留めたものが……。明日の朝早く行かなくちゃいけないんですよね……。ちょっと待ってください……」

メモ書きを探してコートのポケットをまさぐり、次から次へとポケットをさわって、すぐに見つからないふりをし、すこし手に汗を握る展開にしてみた。本当は住所を暗記していたし、インターネットの衛星画像も調べてあった。でもこの、全員が顔見知りの小さな町で、人々のシュテニッツァー家に対する態度を知ることは、役に立つに違いなかった。

僕は女性にメモを差し出し、その顔に集中した。

〒8910

ギリンゲン市グロッケンホフ道一番地

シュテニッツァー家

女性の視線は空虚になり、警戒態勢になってから、また力を抜いたように見えた。情報が呼びだされた。ひょっとしてこの名前を知らないのかな、と思った。ありそうもないが、まったくないわけでもない。彼女が口をひらいたとき、彼女の眼の中で僕自身が何か不気味なものに変化したことが見て取れた。

「そこへでしたら、ここを、この建物の前をまっすぐ行かれるといいですよ。ええと、違いますね、もう一回、この建物を出てですね、それから右です、通りを丘までのぼってそれから左に曲がってください、そこからずっとのぼって……上のほうへ、そうすればすぐ……」

彼女はカギに手をやり、僕に押しやった。

「ありがとうございます」

「そのお宅はかなり遠くて、町の外れですよ」彼女は言った。

それはすこし警告のように聞こえた。それで言ってみた。

「でもきっと大丈夫ですよね。どう思われます？」

「なんですか」

「つまり、徒歩で。大丈夫ですよね、歩いていっても」

「ええ、もちろん、いけますよ。丘のてっぺんです。どんどんのぼっていけば……」

僕は彼女の視線を受け止めて、もらった重要情報はひとまず保存しなければいけないといったふりをした。かごの中で鳥がガチャガチャと音を出すと、女性はびくりと身をすくませた。

「ありがとう」僕はエレベーターに向かった。

待っているあいだにもう一度、受付の女性を見やった。開いたままのかごの扉に指を一本のばしていたが、鳥は気にも留めていなかった。

「ねえ？」小さな声が聞こえた。「びっくりした？」


カギは、ジェンガと書いてある小さな木片にくっついていた。積み上げたジェンガが崩れたあとに、イライラしただれかがブロックを部屋で放りなげて、全部キーホルダーにしてしまおうと決心する様子を想像した。

部屋はこぢんまりとしていて、ミントの香りがした。

バスルームのスイッチが作動すると、鏡の上のチカチカする二本の蛍光灯のほかに、秋の落ち葉集め用の送風機が出すモーター音を思い起こさせる音の換気扇も動きだした。洗面台には水が半分入れられた花瓶があった。

夕方のホテルの部屋に一人でいるときはいつもそうなのだが、僕はテレビをつけた。人あたりのいい声や、自分とは関係のない人々やできごとで、部屋がわずかにあたたかくなった。そうしてはじめて孤独感からの軽いパニックにとらわれることなく、カーテンを閉めることができた。

窓のまえの幅の広い肘掛椅子に座って、外の夕日に包まれた近隣の様子を眺めた。すこし距離のある場所から、念頭の人物がいるはずの景色や町を見やるときのこの気持ち。その独特の色合いは、水中写真を彷彿とさせる七〇年代のテレビ画像のようで、色がにじみあい、角は丸まっていて、普段の太陽光が不自然にちらつく明るいオレンジ色へと変容していた。たしかなことは、**この家々のうちのどこか一軒に、この街並みの中のどこかの通りで**ということだ。目立った建物たちが手招きを始め、暗い区画が信号を送った。木々は集合写真のようにじっと立っていた。ギリンゲンというのは、教会の塔がひとつ、家が何軒かと、片手で足りるほどの商店。周囲には木の茂る丘。これが十四歳の、生後一年目から重度のインディゴ症候群を患うクリストフ・シュテニッツァーの郷里だった。母親は中規模の木工芸会社のオーナーだったが、クリストフの状態がどんどん悪くなっていった数年前に、何段階かに分けて売却していた。

まったく同じ言葉をグズルーン・シュテニッツァーは僕あてのEメールで使っていた。**Cの状態がその後どんどん悪くなっていって**と。もちろんクリストフは健康な、外見からは特に目立ったところのない子供だった。一度はしかにかかったこともあれば、ひどいインフルエンザで軽い肺炎を起こして一週間入院したこともあるが、そのほかにはどこも悪いところはなかった。動画で見たら、ほかの子供たちとのわずかな違いすら見つけられないだろう。問題、つまりその状態というのは、別のところにあるのだ。

　クリストフは、約四十平米の広さがある自分だけの家に住んでいた。トイレ風呂つきで、しかも――Eメールに添付された写真からわかった限りでは――屋根の上にパラボラアンテナまでついていた。彼はこの離れに三歳の誕生日に入居していた。**もう大興奮でした**、と母親は書いていた。**小さな家が、自分だけのものなんですから。**

　カーテンを閉めたあと、ホテルの部屋独特の不快な気分がやっぱり僕の喉を締め上げてきたので、テレビの映像に数分間集中して、それが過ぎていくのを待った。それからベッド脇のナイトテーブルにある読書灯をつけ、その前に座った。ケルンの動物公園にいる爬虫類の一生についての、テレビ番組の落ち着いたナレーションをBGMにしながら、もう一度すべてのメモに眼を通し、明日のためにいくらか整理した。というのも起床後すぐに、シュテニッツァー家へ向かう予定にしていたのだ。きまった時間は約束していなかった。**いつだって在宅しておりますよ、だって、どこへ行くことができるというんでしょう。**

　シュテニッツァーさんの最初のメールで（他のあらゆるものと同様、プリントアウトしてメモのあいだに挟んであるが）すでに、数行ごとに劇的な調子を響かせてくる傾向があることに気づいた。その調子といったら、もう長いことだれとも自分の抱える問題を話したことのない人間が、どのみち分かってもらえないのだからと思い込んでいたところ、今やっと、ずっと長く人知れず苦しんだあとに話ができるぞ、といった調子だった。しかし、もしかするとまだほかにも何か裏があるかもしれなかった。というのも、シュテニッツァー家はどうやらまったく孤立して暮らしているわけではないのだ。グズルーン・シュテニッツァーは何カ所かで、よく訪ねにくる近隣住民のことや、一年前に研究のため二、三カ月ごとに訪ねてきていたオランダ人医師のことを話題にしていた。

僕はベッドに横になると、電話をしてとテレビの中で懇願している女性ですこし、マスターベーションをした。その女性は斜視で、それがなぜかとても優しく思いやり深くしてあげたい気分を引き起こし、いやらしい想像を難しくした。女性はドラマチックに左右に視線をやり、眼を手でおおったが、まだ電話はならず、その間スタジオでは何秒かごとに青い回転灯といっしょにアラームが鳴り、当選金がちょうど二百ユーロに達したことが発表された。

彼女への同情が強くなりすぎたところで、あきらめて布団にくるまった。自分の睡眠を見張ってくれるのに害がなさそうな深夜番組のチャンネルを見つけたあとに、音量をもっとも小さく、完全な無音になる一メモリだけ上に設定して、眼を閉じた。

普段、番組は「スペース・ナイト」で眠るのが一番だった。それは深夜にバイエルン放送でよく放映されている地球周回軌道からの見事な遊泳映像で、太陽光パネルを直したりアンテナを新設したりするあいだ、へその緒をつけた宇宙飛行士たちがゆっくりとしたダンスをしており、その後方では大陸が泳ぎ、大西洋の上では渦を巻いた雲が動いていくのだ。しかし、このホテルのチャンネルにこの番組は入っておらず、コンテナ船の製造と荷積みについての「N24ドキュメンタリー」チャンネルで満足しなくてはならなかった。

グロッケンホフ道一番地

翌朝の受付にはメガネの男性が座っていた。そこでもう一度、同じ質問をした。すみませんここへ行く用があって、と説明して、しわくちゃの紙切れから読み上げた。グロッケンホフ道一番地の、シュテニッツァーさんの家なんですが……。

男性の後ろのモニターでは、オーストラリアのロックバンド、AC／DCのビデオクリップが無音で流れていた。汗だくのギタリストのアンガス・ヤングがステージ上で片足の不自由な鳥のように飛び跳ねていて、その口は、空気の塊をごくごくと呑み込んでいるように見えた。

「ああ、すぐそこですよ」男性は答えた。「でもちょっと今、ぱっと思い浮かばないんですよね。どうしてか……」

「だいたいどちらの方角ですか？」

「そうですね、地図を調べてみましょうか」

男は振り向いて、飛び跳ねるロックスターのウィンドウを閉じ、グーグルマップを開いた。

「丘の上へ行かれたことはないんですか」

男は首を振った。

「こちらにはお住まいではないんですね」

「住んでいますよ。でも上には行かないんです。行く理由がないので」

プリンターが喉を詰まらせながら紙を吐き出しているあいだ、二人で黙って立ち尽くした。コピーを受け取り礼を言うと、朝食ルームへ行った。またロビーに戻ると、あのメガネの男性と昨夕の女性が受付に座っており、静かに話をしているのが見えた。

僕が来るのをみると、男性は鳥ごと鳥かごを持ち上げ、床に置いた。それから背後のドアから退出し、女性が残った。前を通ると、女性は笑いかけてきた。鳥がわずかに音をたてた。


搾《しぼ》りたてオレンジジュース一杯の朝食で元気をつけて、シュテニッツァー家へむかって坂をのぼっていった。僕は気味が悪いほど興奮していて、少々自分を鼓舞するために iPod でレニングラード・カウボーイズの「スイート・ホーム・アラバマ」をまず聴き、それからロクセットの「ジョイライド／ふたりのときめき」を、ワレリー・ゲルギエフ指揮の「春の祭典」の序奏を、そして最後にアポロ440の「ストップ・ザ・ロック」を聴いた。

この日、晴れた朝に僕と出会った人々にとって、このよそ者の浮足だった歩き方は奇異に映ったに違いない。こんな歌声が聞こえたら、なおのことだ。

シェイク・マイ・パラノイア……キャント・ストップ・ザ・ロック……シェイク・マイ・パラノイア……

この曲は毎回、自分の陰鬱な、くよくよした考えを吹き払ってくれ、頭を空っぽにして乾いたスポンジのようになんでも受け入れ可能に、つまりはインタビュー前の理想の状態にしてくれた。ただこの高揚感はすぐにまた、土地の人々が僕に与える印象で鈍っていった。ここの人たちはみんな奇妙にひょろ長く、大げさなほど背筋を伸ばしていて、まるで天井のフレスコ画の人物像たちが、暮らしている丸天井を完全には埋めつくせずにいるようだった。二本足のトカゲたちだ。ひょっとするとこの僕の感じ方は、あの朝の押しつぶされた姿勢と関係していたかもしれないし、ひょっとすると自分の空間感覚にとって不慣れな山の風景も関係したかもしれない。町を囲んでいたのは高い山々というわけではなくちょっとした丘だったが、常に存在していて、どの道路、どんな小さな路地の先にも待ちかまえており、まるで背を向けているのでご機嫌をうかがうにはその肩を注意深く観察しなければならない、といった様子だった。

シュテニッツァーさんは、背の低い、均整の取れた四十代半ばの女性だった。髪は長く、青ざめた顔には深い、特徴的な眼のくぼみ――眼窩《がんか》[19]と、トランプのダイヤのような異常に赤く光る薄い口がついていた。彼女は敷地の庭へ入る門に立って、僕を迎えた。よく一日じゅうこの屋外で過ごすんですよ、草木とおつきあいしながらね、と。家の中はひんやりしていて、暖房はまだつけられていなかった。九月に入ってからつけるんです、とシュテニッツァーさんは言った。それでコートは着たままにした。

マフラーを持ってくればよかったな、と僕は考えた。リビングは特に寒かった。しかしシュテニッツァーさんは家の低い気温に慣れているようだった。寒さのほかに注意をひいたのは、この家にいるあいだじゅうずっと、洗濯機のがたつく音が聞こえることだ。一、二分ごとに小休止が入り、それからまた鳴り出すのだった。

僕たちは腰を下ろした。シュテニッツァーさんは両手をこめかみにあて、二、三度まわすような動きをした。

「それはあの……?」

「なんです？　頭痛ですか」

「いえ、そういうことを言いたかったわけでは」

「いえ、いいんですよ。どうぞ、ここでその方面のことは気になさる必要はありません」

「わかりました」

「大丈夫です。何も目新しいことではないんですから」

神経質な微笑み。

部屋の空気は消臭スプレーの強い香りがした。ボトルはテーブル脇の床にあった。ファブリーズだ。その隣にもう一本。本棚の中にも一本見つけたが、別のメーカーだった。

「ええと、それでは、この度はお話をうかがうお時間をいただき、ありがとうございます」

「あら、そんなこと」シュテニッツァーさんは、片手を鎖骨においた。「とんでもないです、こんなこと、なんでもないんですよ。お役に立てるのでしたら」

僕たちは黙り込んだ。自分のバッグから手帳を探りだした。

「すぐに庭にいらっしゃいますか？　離れを……」

彼女はうんざりした美術館ガイドのように言った。まわりにはるかにおもしろい絵画が何百と壁にかかっているのに、いつも来訪者にはいの一番に「モナ・リザ」を見せなければならない、とでもいった様子だ。

「ええ、ぜひ。もし息子さんに――」

「あら、もちろん大丈夫ですよ。今は部屋におりませんから」

「ではどちらに？」

シュテニッツァーさんは笑って、ひざの上で折りたたまれていた指を見て、それから言った。

「あの子の部屋をご覧になりますよね？」

「申し上げたとおり、息子さんがかまわなければ、ぜひ」

「あら、まあ、彼はいませんから……」

「わかりました。ただ、留守のあいだに知らない人間が私的な空間に立ち入っても息子さんが気にしないなら、と申し上げたかったんです」

「わたしは知らない人間ではありません。それにあなたはわたしといっしょにいらっしゃるんですから、大丈夫です」

シュテニッツァーさんは、文章を終わりまで話すたびに、毎度すこし唇を尖らせ、あごを前に出した。まるで唇とあごの筋肉を酷使したあとに休ませなければならないかのようだった。

僕たちは、テラスへのドアを通って庭に出た。リンゴの木が二、三本生えており、いくつか生垣や、優美に伸びた木の茂みもあった。土地の境界を示す生垣の脇には、小さな円錐形に積み上げられた盛り土があり、離れた場所からその用途ははっきりとはわからなかった。庭園芸術だろうか。

シュテニッツァーさんがメールで書いていた離れは、本当に小さな家屋だとわかった。

僕たちは中へと入った。ここでも感覚がなくなりそうな量のファブリーズが漂い、さらにほかの、もっと苦みのあるハーブの香りがした。

エアマットが、クリストフの寝室である一部屋目のドアのすぐ後ろ側に転がっていた。

シュテニッツァーさんはため息をついて、靴の先でマットを脇によけた。

僕の視線はまず部屋にあるたくさんの本に引き寄せられた。『ハリー・ポッター』、そのほかのファンタジー小説、テリー・プラチェット、意外なことにフレデリック・ショパンの厚い伝記もあった。それにフィリップ・Ｋ・ディックの『ユービック』[20]。

「へえ、僕の大好きな小説です」

本を指さした。シュテニッツァーさんはため息をついた。

「あら、本当ですか？」

半分口のあいたアコーディオン。何本ものテニスラケット。マトリックスの衣装を着たキアヌ・リーヴスのポスター。ベッド脇のテーブルの上には二、三の薬。**ズヴィルッパール**[21]と容器にあるのが見えた。

シュテニッツァーさんは、エアマットをベッドの上に敷いた。

「わからないわ、どうしていっつもこれがその辺に落ちていなくちゃいけないのかしら。でもこれなしにはいられなくて、毎週自分の息で入れなおしているんですよ。それでときどき、めまいを起こすんです。それでもエアマットが好きで。この上で本を読むことを覚えたんですよ。ＡＰＵＩＰのバウムヘルさんがあの頃、家庭教師《チューター》を薦めてくださったんです。本当にすばらしい青年でした。情熱のある写真家で、とても教養があって、クリストフの配慮の必要な面にも根気づよくつきあってくださって。それ以来、マットはずっとこの辺りに転がっているんです。かなり長い間、クリストフは字が読めませんでした。覚えるのを嫌がったんです。八歳ごろになるまで、あの子は非識字者を信条としていました」

この表現で僕はすこし混乱した。母親が自分の子供についてそんな風に話すのは、異例のことに思えた。非識字者という概念にはおぼろげな恐怖があった。おそらくそれが理由で、年単位で地下室に監禁された子供たちは、解放後いつも真っ先に読解力を調べられるのだろう。似たようなぞっとする放射をするのは、ほかにはオープンな無性愛者か自殺予備軍ぐらいのものだ。彼らは僕たちの世界から身を引いて、辺りに座り込んですべてに疲れきっており、ただ自分を解き放ちかつて享受していた平安へと回帰する機会を待っているのだ。それにしても**信条とする**というのは？　この単語は何の意味ももたらさなかった。どうやったら八歳の少年が自分の非識字性を認めて**信条とする**ことができたのだろう。

クリストフの寝室にはたくさんのおもちゃがあり、優しげなドラゴンの壁紙模様もチリひとつ落ちていない部屋の隅々も、すべて心をこめてきれいに片づけられていた。そんな非の打ち所のない部屋はすぐさま僕の中に、あのすさまじい部屋の記憶を呼び起こした。最近ウィーンで、五歳の少女が脱水症状で餓死した空間だ。手の届く範囲にあったはずの観葉植物ですら、かじられてはいなかった。ドアは施錠されており、両親は何日も昼夜パーティー続きで家におらず、最初に役所の人たちが、どこにも歯形がないことを確認した。ドアの木枠にも、はがれかけた壁のしっくいにも、本人の手首にも——**どこにもなかった**。この言葉は何週間も幽霊のように新聞上をさまよった。僕と恋人のユリアはこの問題で言い争った。ありとあらゆる、またはありえない場所にまで部屋に歯形があった場合と、どこにもなかった場合、どちらがより残酷だろうかと。そして愚かにも、今となっては、自分がどちら側に立ち、彼女がどちら側に立ってこの気味の悪い議論をしたのかすら憶えていなかったが、たしか、最後には歯形のない方が勝ち、二人で語りながら深夜まで神経質にベッドの中に寝転がって、二人ともその所業にふさわしくぞっとする悪夢をみた。しかも僕はいつか、深夜で疲れておかしくなって、まるで報道機関やセンセーショナルなことに群がる人間の悲しい性《さが》と暗黙の了解をしていたようじゃないかと、恐ろしいほど無抵抗に死んだこのかわいそうな少女に腹を立てたことまで思い出した。

あの頃ユリアは、僕の考え方はどこかおかしい、と言っていた。話が奇怪になり、しょっちゅうぞっとするものへと脱線して、ばかに大きく圧倒されそうになるという。僕はそれを、ヘリアナウ学園での勤務の結果患うようになった頭痛と集中力低下のせいにした。

「大丈夫ですか」シュテニッツァーさんが聞いた。

「ええ」僕はこめかみをゆるめた。

「すこし外へ出られたいのでしたら」（その声の調子に、この文がすでに何百回と彼女の唇から出てきていることに気づいた）

「いえ、平気です。あ、あれ……」

部屋の窓辺に妙に心動かされるものを見つけ、気づかなければよかったのにと考えそうになった。双眼鏡だ。三台あり、二台はまったく同じモデルで、もう一台はそれよりいくらか大きなものだ。子供時代の夜のことが思い浮かんだ。自分の寝室の向かいにあったオルフェウム劇場でコンサートがあると、別の部屋で寝なければならず、そのせいで朝まで一睡もせずに起きていることがあった。そこは自分の家のマンションだったけれど、夜には壁が違うように見え、通りの音もよく聞こえて、車がしょっちゅう暗い部屋の中を扇形の光の幽霊になって通っていった。いつの日か双眼鏡をプレゼントでもらい、双眼鏡といっしょに——というより双眼鏡の中で、僕は夜を過ごした。特に役に立ったのは、学校の友だちが泊まりにきた時だった。僕たちは一晩じゅう根気づよく、向かいの家の壁に何かおもしろいもの、話題になるものを探した。そういうものを見つけられることはめったになかったので、だんだん作り話にスライドしていったが、自分たちが話をつくっていることは意識していなかった。あれは自分の中でもっとも幸福でくつろいだ状態だったかもしれない。

　双眼鏡の丸い視界の中で幾夜か過ごせば、望遠鏡を手に入れるまでにはあと一息だ。シュテニッツァーさんが僕を案内した、まるでとっくに物故している名士の居間が保管されているかのような部屋には、一台、望遠鏡があった。僕自身は一度も手に入れたことはなかった。

「ここであの子は宿題をします。まあ、宿題があればなんですけど……。それからこれがインターホンで、わたしたちのいるキッチンや寝室につながっています」

「いい望遠鏡ですね。お高かったのでは？」

　彼女は息を吐いた。

「うーん、ああ、そうですね、どうなんでしょう。それはあの頃、わたしの兄が買ったんです。ですから安くはなかったと考えてよいでしょうね。兄はパイロットなんです。のぞいてみますか？」

「いえ、結構です」

　望遠鏡をのぞいてみた記憶が、一度だけある。数年前、親しくなったミュージシャンの家でのことだ。人生で初めて、月の表面やクレーターのおそろしく鮮明な山影や、灰色の月の渦、砂っぽい地面の稜線をライブで観察した。すべて灰色でどんよりとしていた。奇妙なことだが、たとえばヨハネス・ケプラーがあの有名な夢についての報告で月の住人のことを書いたように[22]、ほとんどの人たちはこの荒涼とした生存の難しい岩塊の上には建物や生命体があると空想してきた。月面には何世紀も前から、わずかの空想と怖れがあれば見分けることのできる、謎めいた顔が慰めにあるだけなのだが。それはつらい行軍のあとで深く息を吸い込むように、大きく口をあけた年老いた男の顔だ。

「わたしはよくのぞいているんですよ。よくこのクリストフの家にきて、ただそこに座って……」シュテニッツァーさんは、ちょうど言おうとしたことがごく個人的なことだったといった様子で、話を中断した。

要するに、月面に見える男とはアンガス・ヤングのような外見なのだ、と僕は思った。あの半分ひらいた唇、あの恍惚とした……。自分の思考が脇にそれはじめ、集中力が切れて瑣末なことへと分散していくことに気づいた。それで一度深く呼吸をして、指を一本、鼻のてっぺんにおいて言った。

「それで、クリストフ君は、どちらにいるかお聞きしてもよろしいでしょうか」

「ええ、あの子は……。あの、少々込み入っているのですが、わたしたち……。わたしたちはお客さまについては意見のすり合わせをしているんです」

「私的な領域を守ろうとかそういう」僕は言った。

「ええ、ある意味」

「訪ねて来ては質問を浴びせていく人たちを好きになれないというのは、それは、僕だってそうなると思います。でもこうして彼の部屋にいるあいだ、クリストフ君はどこで過ごしているんですか」

シュテニッツァーさんは、僕を明らかに見損なう気持ちが頭をかすめたかのように、ほんの一瞬、不審げに僕を見やったが、それから顔をすこしやわらげて言った。

「あの子ならどこへでも行けますよ。止めるものは何もありません」

「ああ、そうですね、もちろん」

シュテニッツァーさんは、僕からの次の不愉快な質問を待ちかまえるかのように立っていたが、それから息子のデスクにあるカードを二、三枚手にして、僕に差し出した。

「クリストフはつい最近、文通相手ができたんです。定期的に手紙を書きあっているんですよ。シカゴのディミートリアス・ローガンという子です」

「なんですって」

彼女は笑った。

「ええ、そう、本当にいるんですよ。確認しましたから。文通をする友だちって、素敵じゃありません？　だって、今でもまだそんなことがあるんですよ」

その声音から、何かを読み取るのは難しかった。僕は手紙を手にとった。

「ええ、本当にすばらしいと思います。僕は文通をしたことがありませんが」

「どうして二人がよりによって手紙を書いているのか、わたしもわかりません。普段はクリストフも当然、みなさんと同じようにEメールを使っています。でもこのディミートリアスは……、こちらが写真です」

黒人の少年が微笑んで、はやりの小さな帽子を頭にのせている。

「この子、本当にいるんですよ」

「ええ、拝見しました」

「シカゴにですよ。それで二人はまったく昔ながらの手紙を書いているんです。毎週一通、届きます。アメリカからね。いつもすぐにこの離れへ持ってきています。先に開封したりしないでね」

「すごいですね。もっとたくさんの人がやってもいいですね。昔ながらの手紙を書くというのは」

「ふん、まあ。そうですね」

彼女は僕の手から紙きれをとると、息子のベッドの上へ置いた。僕は、このむっとする建物から外へ出て、母屋へ行きたくなって、部屋のドアの近くに立った。しかしシュテニッツァーさんはベッドの上へ座った。

「問題は、まあ、ディミートリアスもまた……」

「Iチルドレンですか？」

彼女はうなずいた。

「それがこの……えーと、この件全体の悩みの種となっているんです。彼はこちらに来ることができず、クリストフも彼のところへは行けません。それで……ええ、もしかすると手にとることのできるものを通してのコミュニケーションは、その埋め合わせのようなものかもしれません」

「旅行できないんですか」

「もちろん無理です。クリストフが飛行機に？　どうやったら乗れるでしょう。パイロットたちが……ああ、もういいでしょう。わたしたちの生活すべてがそうですが、射程範囲の問題なんです」

彼女は両腕で、円を描くような、悲しげな仕草をした。

「あの子に説明をしなければならなかったときは、大変な一日でした。どうして大西洋を飛行機でこえてはいけないのか、まったくわかってくれませんでした。あの子にとっては八方が完全にふさがれてしまって、それで……まあ、単純に内側へと爆発したんです。ほかに言いようがありません。

ひどく荒れましてね……。あの子はまったく寝ようとしませんでした。ひどいもので、あの頃、わたしは六キロ痩せました。あまり、ハッピーエンドと呼べるものではありませんでしたね」

「まあ、ハッピーエンドはめったにありませんから。でもときどき」（ここで、本当にその場にふさわしかったので、ルドルフ校長お好みの言葉を使用した）「少なくともまあまあの、**フェアエンド**があったらもうそれでよいと思いませんか」

僕はそれを、微笑んで言った。

シュテニッツァーさんはびくりと肩をすくめて、僕をじっと見つめた。その様子はまるで、僕が警告なしにエリマキトカゲのエリをひろげて見せ、彼女に爬虫類の声で吠えついたかのようだった。その後、彼女は自分の両手を取り戻して、まるでぐちゃぐちゃになっていたかのように、左、右と並べなおした。それから半ば微笑み、半ば後ろの空間を注意深く視界に捉えながら、僕に背を向けた。

僕たちが母屋に戻ってきたあと、玄関のドアが開き、閉じる音が聞こえた。しかしシュテニッツァーさんは何もなかったかのようにしていたので、僕も何も言わないことにした。

「何かお飲みになられますか。桃のジュースにしようかしら。それとももしお好みでしたらワインでも……」

「桃ジュース、いいですね」

目の前のテーブルにグラスが置かれるやいなや、僕はひと口、それからすぐに全部を飲み干した。どれほど喉が渇いていたのか、まったく気づいていなかった。消臭スプレーの重い空気が僕の声帯までをも攻撃していた。数秒ごとに、僕は咳をせざるをえなかった。

「さて、ここでのわたしたちの暮らしぶりはご覧になったわけですが、あとは……」

「質問がいくつかあります」

「ええ、さあどうぞ」シュテニッツァーさんは、一人がけのソファに崩れこんだ。


シュテニッツァーさんは一度も結婚していなかった。クリストフの父親のペーターは、息子が産まれてすぐに出ていった。それから連絡をよこしたことはなく、シュテニッツァーさんも探さなかった。これまで一人でうまくやってこられていますからと言った。ご両親も、彼女が言うには援軍として、多くの時間をここで過ごしているのだという。

「クリストフ君の父親とはどうやって知り合ったんですか」

「あら、普通ですよ。ほかの人たちといっしょです。もう一杯、桃ジュースをいかがですか。お口にあいましたら――」

「いいえ、結構です」

「でもまだ一杯しか飲んでいらっしゃいませんよ」

「ええ、今はこれで満足です」

「そうですか、わかりました、では……。ええ、あの人は出ていきました。あまりおもしろい話でもないんです。あの人は、タバコを買いにちょっと出てくる、って言ったんです。いえ、本当に。そうなんです、タバコを買いにって、つまり……。まあ、たしかに吸ってはいました。それに夕方にタバコを買いにいくこともよくありました……。ああ、あの頃、わたしはとても世間知らずだったんです。でも何をしたらよかったというのでしょう」

シュテニッツァーさんは、僕にもう一杯、桃ジュースを注いできた。そのときすこしこぼして、液体を手のひらでテーブルからふき取り、あとでだるそうに、弱々しい仕草で手をズボンでぬぐった。物思いにふけっているようだった。

ちょっとタバコを買ってくると言って、以後、大地に呑み込まれたように消えてしまう男たちというのは、どうやってそれをやり遂げるんだろう、と僕は考えた。ひょっとしたらみんな無計画に地中の通路を走り抜けたのかもしれない。大きなトンネル都市となるリーゲルスドルフの**キリン**学校計画のために建設されていた通路を。

「たぶんあの人は、本当はタバコを一度も吸っていなかったんですよね」

僕は視線をあげた。

「どういうことですか」

「まあね。世の習いですよ。リハーサルで試しに試してそれから——ドンと、本番をね。だとしてもまったく驚きませんよ、本当に。いつもパカパカふかすだけでいてくれたらねえ。わかります？そういうところのある人でした。毎週一回は通し稽古をして」

「実際のところ、あのトンネルシステムのことをお聞きになったことはありますか、あの——」

「ええ、もちろん。たしかに、リーゲルスドルフの件ですね。ええ、あの人たちは問題をまったくの根底から解決しようと考えたんです……。さながら、去る者は日々に疎し、で眼中に置かなければ、忘れられるとね」

彼女は、僕のコップから桃ジュースをぐいっとひと口飲んだ。

晩になってようやくペンション・タハラーへと帰ってきた。入りしなに、受付で若い女性が鳥の入ったかごをあわてた動きで持ち上げ、（メガネの男性が朝そうしたように）鳥を僕から守りたいといった様子で床に置いたのが見えた。顔は愛想よくしていたが、僕から眼を離さなかった。

「こんばんは」僕は言った。

彼女は挨拶をかえして、段ボール箱や荷物が散らばっている受付の奥へと引っ込んだ。何かを探しているような動きをしており、なぜかわからないが、この瞬間、僕は何歩か彼女に近づいていくほかなかった。

「すみません、手がすっかり冷たくなってしまって、指先がほとんど麻痺してしまったんです。ちょっと触ってみてもらえませんか」

彼女はさらに後ろへ下がった。

「なんでしょう？」

「僕の手がなにか……わからないんですが、ひょっとすると何か体質的に耐えられないものがあったのかな、アレルギー反応か、それとも……」

「救急車を呼びましょうか」聞いてきたが、近づいては来なかった。

「いえ、大丈夫です」僕は手を引っ込めた。「もう、すこし良くなってきていますから。たぶん血行が悪いだけでしょう。うーん、おかしいなあ……」

若い女性の顔からは、血の気がひいていた。

階段へ向かう途中、にやつきを抑えるのに苦労した。部屋に入って初めて、良心の呵責を感じた。

すこし家に電話をして、それからいくつかチャンネルをまわし、メモをめくっていくつか書き足した。自分の中に湧き上がってくる軽い閉所恐怖症と戦うあいだのことだ。

まずは、ホテルの部屋にカメラやマイクが仕掛けられていないか探すことで、気を紛らわせようとした。

「フェレンツ、もしもし？」と、探しているあいだにつぶやいた。「フェレンツさんにかけているのですが？　フェレンツを呼んでください」

それから、スーツケースのタイヤの厳密な位置確認をし、中の荷物をチェックした。到着してから手を触れていなかったので、だれかが留守のあいだにまさぐったかもしれないからだ。しかし全部が所定の位置にあり、僕は喘《あえ》ぎつつ窓辺に座って、きらびやかな黄色の月のメダルで顕彰された夜空を眺めた。深夜には救いが訪れた。トゥーレット症候群の夫婦についてのドキュメンタリーだ。夫婦はカウチに座って、夫は妻の肩に腕をかけて、あばずれ、売女、くそったれと罵詈雑言の限りをささやきかけており、妻の左手は右手がつかんで止めようとするものの、夫の顔や首のあたりをさまよっては、何度も爪でひっかいていた。結局のところわたしたちは絶対にケンカできないんですよ、と夫はインタビュアーの質問に答えていた。この世のすべての罵倒は、わたしたちのあいだでは別の意味となります。だからやり方からして、ケンカをまったく知らないわけです、ハハハ。その後、さらに夫婦の日常からいくつかの場面が流れた。買い物のときには夫が妻にむかってすさんだ罵言をわめいており、その一方で妻は棚から商品を投げてはまた拾い上げていた。人々は立ち尽くし、カメラを、それからこの風変わりな夫婦をみて、最後には立ち去っていった。僕は興奮して、ベッドに座ったまま身体を上下に揺らし、ぱちぱちと手をたたいた。

すばらしいレポートに気持ちがなだめられて、僕は布団もかけず、外出着のままで寝入った。けれど、またしてもザプルーダー・フィルム[23]の二百四十二コマ目の夢をみてしまい、まもなく目を覚ました。こういうことはたぶん年に二、三回、たいていは旅行中に起こっていて、いつもひどい体験だった。それは、ケネディ大統領が一発目の銃弾を喉に受けた直後の瞬間なのだ。大統領は、ひっかかったファスナーをあけようとしている人のように、両手で負傷した箇所をおさえている。そして横にいる妻を見やる。妻は心配して優しく支えようと**うん、どうしたの?**といった様子で見つめている。大統領はこう言おうとしていたように見える。**ここなんだけど、これ、あけられないんだよね、手伝ってくれる?** それですぐに夫人が近寄って身体に触れ、助けを呼ぶのだが、それも二発目が宇宙からうなりをあげて発射され、大統領の頭蓋骨の半分を引きちぎるまでのことだ。しかしこの爆発する最期の着弾までに、まだとても多くのマイクロ秒がある。万物はまだ静謐で、致命傷を受けた男性の視線をのせて、でもその声はおそらく出ていない、もはや呼吸できないのだから、本当はこの男性はもはや生きている女性に話しかけようとしている死人で、二人は現実には何百万キロも隔たっているにもかかわらず、車の後部座席にいっしょに座っており、大統領は何が起こったのか夫人に説明するために話そうとしており、夫人はわかっているというように、いくらか心配そうに見つめかえしている。

この夢の別のパターンとしては、二百四十二コマ目の写真がシリアルのパッケージになっていたり、列車の客室であの姿で固まっている二人の向かいに座っていたりした。それから、半年ほど前に僕は、ひっかかったファスナーをケネディ大統領に売った店員をしており、それがひどく恥ずかしくて、夢から醒めるのに苦労した。

6　タバコを買いに

二人は三年前から同棲していた。秋からコルドゥラはいい感じにはまり込んでおり、言ってみれば、薬が彼女の中に腰を落ち着け、臨時ながらも機能的な暫定政権を発足させていた。

ロベルトはこの間に、コルドゥラを震え上がらせたサルの肖像画をクローゼットに片づけた。ここにいつでも使える秘密兵器があるんだと想像して、すこしだけ愉しんだ。ほかの手段が全部ダメになったときに、最後につかめる藁《わら》だ……。ロベルトは頭を振って奇妙な考えを振り払った。藁《ストロー》だって？

夜に歯みがきのあとで鏡の前を通ったとき、声もなくサル顔をして手で脇の下を掻いてみた。コルドゥラはゾルピデム[24]を半分服用ずみだ。半錠だけなら、やたらとぐったりして眠くなるだけで、完全な酩酊状態にはならない。それで、自分は気はしっかりしていて原則としては薬なしでも一晩を乗り切れるんだと、自己暗示をかけられるわけだ。さらに言えば、前にゾルピデムを二錠のんだときなど、ハンマーで殴られたみたいにベッドに倒れこんで、次の日は出勤のために起きられなかったことがあった。病院内でも一度、酩酊して夜に失禁してしまったことがあった。

「調子はどう？」と、ささやいた（むしろ、なんとなく大声でファルスタッフ風に歌い上げたいところだったが）。

「うーん、いたたまれないわ。いっつもすごく早いの、ちょっとしたことから、あの……」

ゾルピデム半錠が効いていた。これならパニック発作の薬はのまない方がいいだろう。それよりレキソタンかザノールかな[25]。こういう奇妙な薬の名前は、ファンタジー小説に出てくる魔法の呪文みたいだ。子供が考えたみたいだ。

「あの絵は布にくるんでぼくのクローゼットに入れてあるからね。どこにあるのか、知っておいた方がいいと思って。もう怖がらなくていいんだよ」

返事がなかったので、話を続けた（頭の中であの日本映画『鉄男』のワンシーンを再生した。狂った男が自分の太ももに鉄パイプを埋め込むシーンだ）。

「あの絵はどのみちよくなかったよ。芸術的ってかんじで。成功とは言えないね」

コルドゥラは、弱々しくうなずいた。寝入っていくように見えた。

「ぼくが何を考えたか、わかる？」大きな声で質問した。

コルドゥラは見上げた。目覚めてはいたが、心のほうはここにあらずといった様子だった。それから、毎晩溶けこんでいく心地よいナンセンスの中にようやくつま先で立っているだけの意識をかき集めた。これはロベルトに気をつかったのか、ひどい眠気のせいでひどく一次元的になった罪悪感もあるかもしれない。彼女は言った。

「なあに？」

ロベルトは、これが口をつぐむ最後の瞬間だとわかっていた。さあ言うんだ、あ、なんでもないよ、明日話そう、と。本当に、君の調子がよくなるまで待てる話だから、って。それ以上何も言うな。ただこう言うんだ。今回は不安の発作を本当にうまくやり過ごしたね。えらかったね。しかもたった半分のゾルピデムだけで済んだなんて。本当、信じられないよ。ロベルトは深淵の上にかけられた細い綱を足の指ではさんで立っていた。そこでバランスを取らなければと思った。

　彼は言った。

「思うんだけど、しばらくちょっと……」

まだ引き返せるぞ。言うな。今はダメだ。

「……しばらく留守にしようと思うんだ。ギリンゲン辺りへ、わかる？　昔の知り合いに会いにね。ロープウェイを観に。もう長いこと行ってなかったから」

　彼女の麻痺した、ただし動けないというわけではない身体がこわばるのを感じた。それはまるで彼女が縦方向に、たくさんの男たちに担がれた破城槌《はじょうつい》のように、頭から狭い裂け目へと突き入れられるようだった。彼女の首筋の、部屋の薄暗い光でもよく確認できる明るめの場所の筋肉が動く様子をみると、嚥下しようとしても、もう力が無くてできないことに気づいた。

　言ったことを彼女が聞いていなかったらよかったのに、と考えてもよいだろうか。しかし彼女は起きて、はっきり覚醒していた。なんてことだ、自分はどうしてしまったんだろう。ロベルトは立ち上がり、ひとつ、ふたつサル顔をつくると、部屋を出ていき、テレビの前に座りこんで、ネズミたちが出ていかないように顔を押さえておかなければならなかった。

　自分がすぐにも爆発しなければならない気がした――もっとも『地獄の黙示録』[26]みたいなナパーム弾の壮大な爆発ではなく、むしろただパンッと小さく爆発する癇癪玉のようなもので、思春期前の勃起の感覚に似て、小ぢんまりと、おびえ、怒りに満ちながらも、うろたえていた。

ぼくは身体から腕をはずして、大地に植えてしまいたい。

やめろ、やめろ、やめろ。

ロベルトはテレビをつけ、ヘッドホンをかぶった。ギリンゲンだ、あのシュタイアーマルク州の南にある風変わりな小さな町だ。テレビショッピングチャンネルでは、ダイヤモンドとバングルがカメラに映った。商品をあれこれ回して見せる手には、ひどく毛が生えていた。アムステルダムの港におけるコンテナ積込規則に関する報道。障碍のある人たちのゲームショー（盲人VS車椅子、トゥーレット症候群VSサリドマイド被害者）。ハムスンという名のノルウェー人ナチについてのドキュメンタリー。戦後に人々はこの男のもとを訪れては、庭の垣根越しに本を投げつけたという。ロベルトは、話を理解しようとしたが、集中できなかったので、またチャンネルを変えた。競馬とゴルフとビルダーバーグ会議、語学講座の「ビジネス中国語」、それから電話をちょうだいと懇願している女性。彼女は裸で、顔からするとたぶんパキスタンか、ひょっとするとインド系かもしれなかったが、ロベルトは特にこれといって考えることもなく、長いこと彼女を眺めた。

太陽の光は、ブリキのじょうろで埋めつくされたテラスの空気と同じくらいさわやかで、窓を通して入ってきていた。理論上の自由を手に入れた第一日目だ、とロベルトは思った。振り返ってコルドゥラを見ると、彼女は上半身裸で枕に乗りかかり、眠りながらその枕を抱きしめていた。髪の毛は背中に落ち、呼吸は静かで規則的だった。彼女の背骨、彼女の肩甲骨。部屋のどんよりと薄暗い光が脇腹に当たっている。

これはわざとやっているな、とロベルトは思った。直近の三晩はパジャマの上着を着て寝ていたのだ。**わたしすぐ寒くなるの、女の人って男の人と血の巡りが違うのよ、全然違うシステムなのって、**しかもすこし寒くなってきているし。彼女の肩をおおう皮膚は、丸みのある骨の上にのびると、繊細で起伏豊かなしなやかさがあった。丸いものはすべて、まさに丸いからこそ神秘だ。それが初めてわかるのは、リンゴのデッサンをやってみた時だ。やれやれ、たくさんの時間が静物素描の授業で無駄になった。あそこでは果物よりも受講生のほうがずっと動かずにいるのがうまかった。果物は少なくとも腐って、匂い始めたりする、それが命というものなのだが、受講生ときたら……。ロベルトのすぐ近くに座っても、なんの反応も示さなかった。あの頃ほど自分が丸裸だと感じたことは、自分のゾーンの外では初めてのことだった。

ロベルトは深呼吸をすると、一瞬また、ヘリアナウにあるリヒテンベルクハウスの中のねばりつく暑い空気をかいだ。しかもあの中、小さな読書灯がつくる静かな光の輪の中の空気だ。果物皿だ、セザンヌ以降の芸術家たちがその才能を捧げ、自らに鞭を打ってきた供物台。そしてそのまわりには、空気の皮膚病みたいに数えきれないほどのコバエがたかって。

深く息をついてコルドゥラが頭を上げた。辺りを見まわし、ロベルトを見て、言った。

「あー」

ロベルトは、彼女にうなずいてやった。

それから彼女の上に乗りかかると、すぐさま彼女の臭いが鼻についた。精神安定剤から立ち昇る酸っぱい臭いだ。それでもキスをしたかったが、彼女はぎこちなく不愛想に寝転んでおり、ロベルトは自身を彼女の脚のあいだに滑らせて押しつけることで我慢した。彼女は何も言わなかったが、中へと受け入れた。たった一、二センチだけ。まったく濡れていなかったので、どのみちひどい痛みを伴わなければ進まなかっただろう。ロベルトはその場にとどまった。入り口の、ドアと蝶番《せっか》のところに《ちに》。過去からまたねばりつくような暑い空気の息がきた。

　ぼくは残酷だ、と考えた。そして一瞬、あるイメージの影が浮かんだ。雪景色をかすめていく鳥のようだ。自分が箱に入れて雪の中を運んでいる、毛羽だったオンドリのイメージは、自分や今の状況から遠くかけ離れているように思えた。あれももう死んだが、それでも存在していた。トンネルの出口の光のように明るくはっきりと。

　ぼくは残酷だ。

　普段コルドゥラは、毎朝目覚めるとすぐにトイレへ行かなければならなかった。今は行くことができない。ロベルトが身体を押しつけているからだ。ひょっとすると膀胱を押しているかもしれない。残酷なことに。

「待って」コルドゥラは、静かに信頼した様子で話した。「ちょっと……いいかな……」

　彼女は彼を収まりのいい場所へやろうとした。別の日であれば、バカとかみじめな犬ねとか言って身体を押しやり、男の興奮が鎮まるまでバスルームでゆっくりしていただろう。それから部屋の中を裸のまま歩いてきて、あなたの今日の予定はどうなってるの、とか聞いてきたかもしれない。

　彼女の方はもちろん仕事、お金を稼がないと、ちゃんとしてとかなんとか、それであなたは、あなたは何をするの、一日じゅう？　それでそこからちょっとしたケンカになるかもしれない、中断した秘め事の代わりに。

　でも今日は――何もなかった。

コルドゥラは前後に動いた。まるで骨盤がなだめうなずくようだった。**ええ、ええ、わかっているわ、大丈夫、全部大丈夫よ**——ロベルトはこうなると憐みのようなものを感じかねないとわかっていた。今回は事実、彼女はロベルトが去っていってしまうかもしれないと恐れたのだ。しかもロベルトのほうも、明日にでもそうしようとしていた。今日は準備だけだ、電話をして、チケットをとって。出発は明日だ。彼女は出ていってほしくなくて、そのためにじっとしていた。ロベルトはこの態度、この一貫性に尊敬の念を抱いた。ぼくは残酷だ、ともう一度考えて、自身が縮み、柔らかくなり、彼女の中から滑り出たのを感じた。コルドゥラは手で頬を撫でてきた。

実のところ、彼女とは何もかもうまくいっていた。彼女のせいではない。彼女は優しくて、気が利いた。彼女の住む部屋は明るかった。彼女はとてもいい香りがして、頭皮だって、肩甲骨のあいだのいつもわずかに汗ばんだ皮膚だってかぐわしかった。それに濃い金髪はつややかで腰があった。ロベルトが映画で観たことをときどき試させてもくれた。我慢強いのだ。頭痛や片頭痛を起こしているときだって、八つ当たりしたりはしなかった。育ちがよかった。

「ちょっと出てくる」ロベルトは、立ち上がった。

「わかった」コルドゥラは言った。

彼は部屋から出ると、立ち尽くした。

ちょっとタバコを買ってくると言って、それから二度と現れない男たちはどうやっているのだろう。彼らは存在するはずで、この世のどこかでみんな、このタバコ難民たちはうろついており、冷たいホテルの部屋に座って、パスポートもなく、クレジットカードも、たいした現金もなしに、待っている。何を？　それはひょっとするとタバコ自販機そのものがもつ太古の秘密かもしれない。秘密のコードを、色々な商品ボタンを押すことで入力すると、機械が油圧式のシュッという音で開き、下界への通路があらわれるのだ。地球のあらゆる都市から、街角や公衆便所の壁にある入り口を通って、男たちは地下通路へと降りていき、互いに軽くうなずいて挨拶を交わす。話す気分ではないのは、もうずいぶん長いこと家で妻や子供たちから、調子はどう、どこ行くの、いつ帰ってくるの、と質問され続けてきたからだ。彼らは灯りで照らされた案内板にしたがって、巨大地下トランジット・ステーションへ、自分の人生からドロップアウトしたいすべての人のための秘密の乗換所へと進む。タバコ会社のロゴが光る大きなネオン看板の下、巨大なプラットホームで待つ。それぞれが独りで、それぞれが物思いにふけり、自分の次の電車を、トレンチコートを着たひげ面の姿で、キャップをかぶり、サングラスをかけて。なかには若い男たちもいる。大人になったばかりですぐに女を孕ませ、それに耐えられず今ここに、おどおどとびくついて、地下鉄の風に吹かれて震えている。不確かな未来、彼らの亡命地に向かいながら。そのうち黒い、中だけに灯りがついた地界鉄道があらわれる。地中を掘り進み、落伍者たちを遠く離れた街へと運んでいくのだ、シンガポール、サンクトペテルブルク、ケープタウン、ロサンゼルスへと。客車の中は、砂漠の中のトラック休憩地点のようにひっそりとしていて、乗客はあまり語らず、もしかすると何人かはひとりごとを多少言うかもしれないが、ほかは携帯電話を解体するか、ハンマーで叩き壊している。あらゆる種類の位置情報チップは、各コンパートメントに設置されている鉛の密閉容器へと呑み込まれる。なかには数ある電車に乗らず、偽名と新しい髪型で地球上の遠く離れた街へと出てはいかない人間もいる。そんなことはせず、何人かはこの乗換地下道の空気の冷たさや独特の爽快さに慣れ、タバコ広告のちらつくネオンの光に慣れ、盲人が営業するマクドナルドのカウンターに慣れて、腰を落ち着け、考えるのだ。明日だ、明日は電車に乗るぞ、そのためにこの一晩はここにとにかく座っているんだ、と。そして彼らは眠り込み、意識することもなく乗り切るのだ、かの有名な初夜を。その後、彼らは自由になって、トンネルシステムに残り、改良や拡張をする。この人たちがいるのは大事なことだ。彼らなしには、トンネルシステムも人工照明も電車も存在しなかっただろう。地中ですべてがひとりでに成長したわけではないのだ。すべては人の手で作られ、何世紀にもわたり、アリの地下都市のように、最初の無名の落伍者がタバコ自販機の隣の壁を爪でひっかき、地面が自分を呑み込んでくれますようにと願ったところから始まって――その後、何百万人という孤独な男たちが続き、自分の過去や家族と連絡を取ろうとせずに、素手か、家を出る時にたまたま持ってきた昔ながらの原始的な道具で地面を掘りすすめたのだ、我が家の団欒からどんどん遠ざかっていって――

「何を考えているの？」

コルドゥラは、後ろから彼の頭に指を置いて、頭蓋骨の継ぎ目に沿って、即興でジグザグに指を走らせた。レコードプレイヤーの針のピックアップのようだ。

「なんで女ってそればっかり聞くんだ？」彼は答えた。

ロベルトは、*Dingo Bait*（ディンゴの毒餌）[28]と書いてあるTシャツを着た。このシャツは、本当はコルドゥラへのクリスマスプレゼントだったが、包みを開けたとき、彼女は震え上がった。ロベルトは説明をした。おもしろいと思ったんだよ、ぼくはこういうの気にしないから、見下すような言い方でもされない限りはさ、などと、ゆうに一時間以上は説得したが、彼女は変わらず笑わないままだった。その後、試着して一、二歩歩いてみたが、また身体から剝ぎとるのがあまりに俊敏で、メガネが彼女の顔から飛んでいった。

「あ、コルドゥラ……」

「これは着ないわ。これを着て職場をうろついたら、同僚がなんていうと思う？」

「仕事に着ていくことはないよ、ユーモアのわからない間抜けがいるんならさ、でも少なくとも――」

「ロベルト、ごめん」

それから当然のように上唇が震え、後ろめたげな視線が床に落ちた。だってクリスマスだ、いつもすばらしく和やかに進行しなければならない聖なる時なのに、自分は彼からのプレゼントを拒否して、クリスマスの平穏を壊してしまった、うん、まさにこういう考えが彼女の小さくて愚かな頭を確実によぎっていったな、とロベルトは思った。彼女の手からそっとTシャツをとり、自分でそれを着たときのことは、今でもよく憶えていた。

あれから、彼はこの種のコレクションをさらに増やしていた。ほとんどはくだらない、オーストラリアと関係があるもので、例えば*I'm a father but I love my dingos.*（わたしは父親だが自分のディンゴが好きだ）とか、*A dingo ate my government!*（ディンゴが政府を食べてしまったの！）といったもの。もしくはシンプルに*I need a dingo breakfast.*（朝食は必要ありません）というのもある。[29]インターネットでも、直接（しかも自信たっぷりに！）インディゴのテーマに関連させたTシャツを何枚か見つけられるが、どれも耐えがたいほどにくだらなかった。

正午にヴィリーとエルケが立ち寄ることになっていた。ヴィリーとはベルリンで知り合った。ことあるごとにヴィリーは、ベルリンに三年暮らしていたんだと言っていた。ベルリンに三年。本当に？　三年？　二年だけじゃなくて？　いいや、三年だ。この数字は、裏通りひとつひとつにまで歴史がしみ込んでいる、あの活気ある世界都市と結びついて、彼の存在の中核を形成していた。ベルリンでヴィリーは、同じオーストリア出身の耳の聴こえない女性と同棲した。彼女は唇を読み、不明瞭ながら話すこともできたが、しばらくすると二人は手話だけで語り合うようになった。それはある種、二重の隠語だった。二人のザルツブルク方言の手話は、ドイツの聾唖者にはしばしば理解されず、路傍の健聴者には、どのみち何もわからなかったからだ。ヴィリーの彼女は再三再四、健聴者のむなしくぶら下がっている手をおもしろがった。なんてやる気なくぶら下がっているんだろう、まるで折れた風車の羽や、役立たずの二つの重たい飾り物みたい。時折ドアノブを押し下げたり、タクシーを呼び止めたりする以外に、何をすることもできやしない。二人はときどき、手を振るなどの日常の仕草に罵りやわいせつな身振りを入れて遊んだ。とはいえ、ヴィリーにはこの耳の聴こえない女性から得られたものは何もなく、イローナという彼女の名前さえ、口にしようとはしなかった。ヴィリーにとって多少意味のある唯一のものは、ベルリンと結びついている数字の三だった。これについて尋ねられれば尋ねられるほど、彼の一日は明るく、気持ちのいいものになるのだった。

ヴィリーの訪問はいつもいいものだ。彼がいればたいてい、ロベルトは落ち着いてリラックスできた……ただ、最近では大学の医用工学研究室のサルほどピリピリした気持ちを放電させてくれるものはほかになかった。彼はいまだに感じることができた。あの静寂は到着し受け入れられたようで、まるであれは——ああ、立ち上がらなくては、歩いて、身体を動かすんだ。

ロベルトは玄関へ行き、傘をバラバラに分解した。

頭の中では、傘をできるだけ速く組み立てろと怒鳴りつけてくる鬼軍曹を想像した。くそったれ、テッツェル二等兵め！　なぜまだ傘を仕上げていない！　実戦ならとっくに貴様は死んでいるぞ、このみじめなディンゴめ！

ロベルトは笑った。

コルドゥラは、ロベルトが四つん這いになって、変わらず古い傘の分解に没頭しているのを目にした。声はかけたものの、何をしているか質問はせず、ただそっと彼をまたいで、互い違いに五点形《クインカンクス》に似せて並べてある部品を踏まないように脇を通ると、つまみと飲み物の準備をしようとキッチンへとすり抜けた。

「白ワインってどこに片づけた？」数分後、彼女は尋ねた。

「流しへ」ロベルトは静かに言った。

「ああ道理で、見つからないはずね」

「知ってるかい、ロビン」ロベルトは、アダム・ウェストのドイツ語版バットマンの声を出した。「ぼくたちには木を見て森を見ずってことがよくあるし、枝を見て木を見ずってことすらあるんだ。それでも木の上には変わらず鳥がとまってさえずっているんだよ」

これ以上に優しいことを言うのは、この瞬間の彼には不可能だった。コルドゥラは理解して、この冗談に笑った。

しばらくして、すべての用を終えたコルドゥラは、玄関でバラバラの部品の真ん中で放心し、うずくまっているロベルトのもとへ来た。

「あなたたち、うまくいってる？」彼女は言った。

楽しげな声の調子がロベルトをいらつかせたが、怖がらせるのはいやだったので、静かに返事をした。

「ああ、今のところ大丈夫だ。ぼくは……ちょっと修理してみようとしたんだ。傘が開かなかったから、それで……」

「それで？　うまくできた？」

彼は首を振った。

「調子はどう、あっちの……？」

「余震は来ていないよ」コルドゥラは、彼の隣に座りこんだ。

隣人の憂欝症

アテナイの畫家パルラシヲスは、マケドニヤのフイリツポス二世が賣却する目的で本國に連れ歸つたオリユントスの捕虜の中から撰擇して、非常に老いぼれた男を一人買ひ求めた。彼が其の老人をアテナイで手に入れると、自分が畫かうとしてゐたプロメテウスの苦悶をよりよく表はさうとして、其の捕虜を極度に苦しい拷問にかけた。自らの器具を用ひて其の老人の顏から眼を捩じり取り、何日も拘束したまゝ、一緒に居ると人々が引きも切らず正氣を失つてゆく少年捕虜の脇に置いた。おそらく、此の少年の體液の配合の何かが妙な具合で、他の生物の身體或は精神の均衡を崩しにかかつてゐたのだらう。かういつた現象や此れに似た出來事は、若い男よりも若い女によく見られた。同じことをヒポクラテス、モスキオノス及び古代の著述家らは、メルカドの云ふところの「横隔膜が傷つくこと」を强調し、論じてゐる。つまり脾臟、横隔膜、心臟、腦等が未知の身體より發せらるる、何か相矛盾する惡質の蒸氣に依り侵される爲だと云ふ。獨特の方法で竝べ置かれた肉體により直の「近接性」にさらされた者は、メルカド曰く、度々頭、心臓のあたり、腹、胸に激痛を覚え、時としては胸部に痛みを感ずる事もあり、其の場合の痛みは激しく鈍いことが多く、閉じてゐる花とは似つきもしない。時には前觸れもなく眼前が暗くなることもある。顔はほてり、赤らみ、乾燥して喉の渇きを訴へ、突然、興奮して熱くなり、廣大な所や星の美しい夜空のもとでも窮屈に感じ、迷信や、不眠にひどく惱まされる等する。さらにこれが原因して、「動物的な耄碌」といふ家族に向ふことの多い狂氣、惡靈が取りつく先を探す際の胸苦しい不眠、惡夢、輕い掛布であつても重く押さへつけられる氣分、「馬鹿げた羞恥と尋常ではない遜《へりくだ》り」、田舍くさい不器用さ、ひねくれた考、意見、政治的失意、大いなる不滿、慈悲や宗教の問題に就いて口論する際の荒唐無稽な判斷が生まれて來るのである。地上には彼等を退屈させるものはなく、あの珍妙な體液配合の人物が近くに居る限り、些細なきつかけでも泣いたり、震へたりする。其の人間が離れると、あつといふ間によくなり、彼等は躍り、朗らかになり、頭の病氣も物事の決めつけもだん〳〵と霧散してゆく。隣人へ の生き〳〵とした感情も戻つてくる。隣人が安全で筋の通らない事をしない存在だと又みなす事が出來る爲である。(「*Proximus sum egomet mihi*(我は我自身に最も近接す)」テレンテイウス『アンドロスから來たむすめ』より)

(出典:ロバアト・バアトン『憂鬱症の解剖　1』明石讓寿訳、昭森社、一九三六年、三二二―三二三頁)[30]

7 イン・ザ・ゾーン――エピソード2 クレメンス・J・ゼッツ著*

頭

翌朝、ホテルの客室にバルコニーへと出る扉がついているのを発見した。僕が夢でうなされたおかげで、一晩のうちにこの部屋に出入り口が生えてきたみたいでうれしく驚いて、戸外へと踏み出した。何年も日光にさらされタールのように黒くなった木のあたたかい匂いがして、気づけば異様に大きく、異様に美しいじょうろの前にいた。ブリキでできたじょうろの頭は、何かに用心しているかのように首をのばしており、僕がさわると、長いことこわばらせていた身体を解き放ってくれるのを待っていたんだと言わんばかりに、カチャリと明るい音を出した。プラスチックのじょうろとは異なり、ブリキのじょうろには紛れもない個性があり、ターンの最中に写真に焼き付けられたバレエダンサーにも匹敵する、確固たる姿勢があるものだ。その肢体は円筒形で力強く、表面はたいてい粗削りで手のひらの皮膚に心地よく逆らってくる。指の爪など簡単に割れてしまうのだ。陽のあたるところへ持ち上げると、じょうろの内側に白い、羽毛のようなクモの巣の網目を発見して、すぐに僕は携帯電話を探すために部屋へ戻った。ユリアに電話してこの発見を話すのだ。呼び出し音が鳴るあいだ、僕は隣に立ってじょうろを眺め、呼び出し音が三回、四回と鳴ると、すばやく電話を切った。自分のしていることがいかに無意味か気づいたからだ。どうということもない、なかにクモの巣の張ったじょうろがひとつ、ペンション・タハラーの客室のバルコニーで、この朝早くから陽のあたる、どこかがブーンとうなっている土地にあるというだけのことだ。教会の尖塔とじょうろが、ほとんど同じ色をしていることに、今になって気がついた。携帯電話でこの見事な符合を写真におさめようとしたが、うまくいかなかった。逆光が写真に写るすべてを夜の漆黒へと沈めてしまった。

ペンションから出ると、馬のひづめの音がすこし離れた場所から聞こえた。まるで景色が咳ばらいをしているかのような、すばらしくくつろげる音だ。シュテニッツァーさんは、今日クリストフが僕とすこし話をすると知らせてきた。あの子がご訪問の理由でしょう、ハハハ、わたしではないですよね、と彼女は言った。ええもちろん、世の中で優先順位がどのように決められているのかはわかっていますとも、一般にね……。

すでに玄関先で漂う消臭スプレーの臭いは、前日よりもさらに耐えがたくなっていた。窓を開けてもよいかどうか、はやくも尋ねたくなったが、シュテニッツァーさんはすぐにリビングへと僕を案内した。彼女は汗だくの手をしており、携帯電話を蓋つきのポーチに入れ、腰のベルトにさげて

＊『ナショナルジオグラフィック』(ドイツ語版)二〇〇七年二月号にダイジェスト版掲載。

いた。

リビングに足を踏み入れ、ソファに座っているものを目のあたりにしたとき、僕は驚愕のあまり、ここへ来る途中に駅のパン屋で買ったマフィンと手帳を落としてしまい、玄関へとかけ戻った。落ち着かせようと両手をあげて追いかけてきたシュテニッツァーさんのおもしろがる顔をみてはじめて、自分が大声で叫んだに違いないと気づいた。爆笑する声が聞こえた。シュテニッツァーさんは手を僕の胸にあて、それから肩においた。

「大丈夫ですか？」くすくすと笑いながら彼女は尋ねた。「びっくりしたんでしょう、ヒヒヒ、ご自分で……本当に？」

「いったい何なんですか？」

彼女は僕とリビングへ戻り、ひきつづき忍び笑いをした。

「ああ、かぶりものの仮面ですか」

「ヒヒヒ」シュテニッツァーさんは笑った。

「それでこの下が……？」

「ええ、このようにしておきたいんです」母親は怪物へと話しかけた。「でしょ？」

明らかに息子のクリストフである、マスクをつけた人の形をしたものは、ソファから立ち上がると、僕に近づいてきた。握手をした。彼の手は氷のように冷たかった。厚紙でできた巨大な、グロテスクなモアイ像は、彼の肩の上でゆらめいた。

「特別な意味でもあるんですか」

「この子がそうしたいと。そうでしょ、クリストフ」

頭がぐらりと揺れた。うなずいたということだろう。

「本当にぎょっとしましたよ」僕は、落とした物を床から拾い上げた。マフィンは、完全にぺしゃんこだとすぐに判明した。仰天し部屋を走って出たときに踏んだのだろうか。おそらく違うだろう。少なくとも記憶にはなかった。僕はマフィンを紙袋から出した。それは車に轢《ひ》かれたリスのようだった。

「ヒヒヒヒ」シュテニッツァーさんは、まだ声を出して笑っていた。

僕は、不気味な頭をじっと眺めた。カーニバルのパレードでよく仮装につかうマスクにしては大きすぎるが、子供がかぶっているのだから、ただの眼の錯覚である可能性もおおいにあった。十四歳にしては、クリストフは小さく感じられ、痩せていて、腕の肌はきわだって青ざめ、歩くときはつま先がすこし内股になっていた。落ち着いて近くから見れば、この頭はそれほど怖れを呼ぶものでもないようだ。まじめな額とくっきりと影をつくる長く特徴的な鼻は、むしろ人好きのするジョン・アップダイクの顔にすこし思えてきた。

そうして僕たちはしばらく座っていて、僕は口がきけず、母親と息子は行儀よく口を閉ざしていた。明るい窓に囲まれて。

「三分です」シュテニッツァーさんは静かに言った。

彼女は近ごろ、自分以外の場合でも秒単位まで正確に計測することができるのだそうだ。ということは、僕のような見知らぬ人間の場合でもできるということだ。僕がいつ距離をおくのがよいか、正確に教えてくれるという。

「クリストフ君の数値は変わりますか」

シュテニッツァーさんは黙って首を振り、ほんの一瞬、眼を閉じた。

「やあ、クリストフ君。僕はクレメンスだ。今ルポルタージュを書いているんだ……。まあ、それで君がどうしているのかを聞きたかったんだ。つまり、知りたいのは……」

僕の文章は途中で割れて、その両方のかけらが床に落ちていった。

「そうですか」クリストフが言った。

彼の声はマスクでくぐもっていた。

「家で授業を受けているんだよね、あってる？」

「んん」

「僕は、君みたいな子供たちが住んでいる寄宿学校で働いていたんだ。たまにはそういう学校へ行ってみたいとか――」

シュテニッツァーさんが遮った。

「わたしたちはアレンジメントをしたんです。この子はそこの環境を知りません。どうやって答えろというんですか」

「そうですね。もちろん、そのとおりですね」

「コミックを読むのが好きです」クリストフが言った。

「へえ、そうなんだ、何が好き？」

「なんでも読みます。それにレスリング」

「レスリングが好きなの？」

「はい」

「もう長いこと観ていないなあ」

シュテニッツァーさんは腕時計を指さした。僕は何も感じなかった。彼女はこめかみを押さえたが、引き続き微笑んでいた。それから深く息をつき、咳ばらいをした。クリストフは部屋から出ていった。

歳を重ねて最終的に大人になったときに、何がインディゴチルドレンに起こるのかは、論議を呼ぶ問題だ。少なくないのは、ベリンジャー症候群などまったく存在せず、あるのは考え方の違いのみ、という意見だ。あるオーストラリアのケースが有名で、かれこれ二十歳になるケン・Sという男性が主張するには、子供のころ大変重いインディゴ症状が出て、両親は最終的に離婚へと追い込まれ、父親は生命の危険のある深刻なうつ病に陥ったという。現在、彼はコールセンターで働いており、ときおりトークショーに出演しては、どうすれば前向きに考えて自分の運命から距離を取ることができるかを話している。(オーストリアのゼメリング峠にあるヘリアナウ近接度《プロクシミティ・》意識学習センター《アウェアネス&ラーニングセンター》で僕が働いていたときにも、数値がだんだん高くなり、生体への作用が減衰していく子供たちのことを身をもって知った。しかしそのようなケースですら因果関係ははっきりしないことが多かった)
そのような「燃え尽きた《バーンアウト》ケース」の逸話の数々は、もちろんシュテニッツァーさんも知っており、僕がその話題に触れるとため息をついた。ええ、発展して燃え尽きることもありますよ。燃え尽きたIチルドレンがいるのは事実でしょう。でもね、と語った。

「正直に申し上げますと、そういうことは、わたしにはなんの意味もないんです。だって、そういうことが起きるのはいつもオーストラリアで、すごく、すごく遠いんです……。その次に近いところで起きるとすれば、たぶん月面でしょう。でもここでは、眼の前で見ていますし、つきあって暮らしているんです。おさまりなどしませんよ」

「進展はまったく感じませんか」

「自分が慣れたということ以外は……」

「研究書ではいくつかのケースが言及されていますが、そこ……」

「ええ、それこそが問題なんです、いつも話題にあがるだけですから。そこで取り上げられる人たちはイニシャルしかなくて、本当はどうなっているのか、だれも知りません。秘密主義の極みですよ」

　間があき、そのあいだに僕は、シュテニッツァーさんが遠慮なく怒れるように、礼儀正しく手帳を閉じた。

「あんな無意味なことを書く人たちは理解できません。あの人たちは、絶えず吐き気やめまいをかかえて暮らさなくてもいいんです。発疹も下痢も、そんなのはあの人たちにとっては、ただの症状のリストで、自分の生活にかかわることではないのです。いつもおんなじゴミばかりですよ、そこらじゅう！　でもそれをだれかが言おうものなら、すぐにはじまるわけです。ほら、この人もバーンアウトだ、あんまり家庭的な人じゃないし、精神に過重な負荷がかかっているのかも、なんて――違いますよ！　二十四時間、この圏内にいてごらんなさいな、この……」

　彼女は自分にブレーキをかけるために、指の関節を上唇に押し当てた。効果はあった。

「ごめんなさい。こんな愚痴を浴びせられたいわけではないでしょうに」

まさに口から出てこようとしていたでもそのために自分は来たんですよという言葉をのみこんで、ただ、理解があるといった風にうなずいた。

「でもクリストフ君のために、そうなったらいいなとは思いますか？」

「何が？」

彼女の視線は、すっかり困惑していた。

「大きくなったら状態が良くなると」

「いいえ、そういう希望は一切、抱いていません。本心からです。わたしはリアリストですから」

部屋の乾いた空気が、僕の声を再びざらつかせた。庭に出ませんかと言ってみた。シュテニッツァーさんは笑った。

「あの子はもういないんですよ。もうすぐおさまります」

「いえ、むしろこの部屋の空気が」

「そうですか」どこか面食らった顔をした。「わかりました。お好きなように」

リンゴの木々の存在が、僕の調子をすこしよくしてくれた。暖かい南風が家のまわりを吹くと、身が軽くなったように思え、動いている空気に包まれる気がした。敷地の端に円錐形の盛り土があることに気づいて、僕はそこへ歩いていった。シュテニッツァーさんはついてきた。じゅうぶんに近づいたころ、これが何なのかを尋ねた。

「ちょっとしたお試しです」

シュテニッツァーさんは、インディゴチルドレンには独自の埋葬条例まであることを、それまでずっと話題にしていたかのような口調で話した。私有地であれば通常の墓をつくって土葬してもよいが、公共の墓地では故人を灰にして骨壺に入れなければ埋葬が許されない[31]。なぜなら死を経てもなお人を病気にする作用が残っていないかどうか、疑念を払拭する説明ができていないからだそうだ。ひどく信じがたい話ばかりで、この家の主にうまく担がれている気がした。しかしグズルーン・シュテニッツァーさんはずっと、天気のことでも話すかのように話した。彼女が本気で言っているのだとやっと理解したとき、話は重大な剝奪行為のように思えてきた。人間がこの世にいる理由である、二つの偉大な使命のうちのひとつが取り上げられてしまうのだ。つまり、あらゆる微生物が地中で亡《な》き骸《がら》のためにひらく、愉快なお祭りに参加して、アリと同じぐらい小さなかけらになって運ばれていったり、消化され代謝されたり、ミミズやウジ虫に亡き骸にトンネルを掘ってもらうことができないのだ。チェコの作家で免疫学者でもあるミロスラフ・ホルブ[32]のテクストには、このすばらしく途方もないプロセスの描写がある。ホルブの隣の家のプールに一匹のネズミが落ちると、隣人は助け出すどころか銃器で撃ち、これによりかわいそうなこの生きものは文字通り辺りにまき散らされた。そしてホルブは、おそらく前世紀のすべての作家の中で——ゼーバルトとカフカをのぞいて——もっとも強くもっとも特異な感情移入ができる人間として、この死んだネズミに起こったことを描写した。その血球や、顕微鏡でしか見えないほど小さな身体のパズルのピースの数々、ネズミを形づくっていた液体・固体といっしょに、彼は即座にはじまった形態の変化や化学的相互作用を描きだした——大地と血と生きものを前にしながら、最後にはネズミの死を完全に忘れてしまうまでずっと。次のことを知ると、参考になり、同時に気味が悪くもなるのだが、ホルブの長年の糊口を凌ぐための職は、研究計画にしたがって実験動物を痛めつけ毒物を投与することだった。免疫学者としてホルブは、感染症の撲滅と予防を専門としており、わざわざ実験室で宇宙ステーションのような環境を作って繁殖させた齧歯《げっし》類を、考えうる限りの身の毛もよだつ影響下にさらし、致死量の病原体や毒性のある物質を投与したり、効果の不明なワクチンを打ったり、極端に低温や高温の環境にさらすなどした。インタビューで彼は一度、毎晩書く詩はたいてい、無意味なネズミ虐待をして過ごした勤務日の反作用として生じたものだと言ったことがある。この男がやったことをどうやったら説明できるというのだろう。SF的装置でヌードマウスを次から次へと考えうる限りもっともぞっとする方法であの世へと始末し、もっとも心打たれるチョウの詩を書き（競争相手は膨大にいるのに！）、さらには無脳症の子供の描写は、誕生直後でまだわずかに脈を打っている、空っぽの袋のような後頭部をした子が容器の中に横たわり、すこし遅れてやってくる死を待っている、そうした描写があまりに細やかで優しいために、読むと胸がいっぱいに膨らんでしまうのだ、肉体を持ったツェッペリンのヒンデンブルク号へと変身したかのように——って、なんだって、そんなことが可能なのか？

円錐形の盛り土のある小さな囲いの脇に立ったまま放っておかれたのは、グズルーン・シュテニッツァーの意図だったかどうかはわからない。彼女がそんなことを考えもせず、単純に、これ以上適したときはないと思われる瞬間に母屋へと戻ったこともじゅうぶんにありうる。いずれにせよ、今僕は一人で陽だまりの中に立ち、ミツバチの羽音やさまざまな緑の色合いを吸い込み、数分間は何度も続けて自分の腕時計を見ながら、ある程度は落ち着いて人前に出られるようになるまで待ち、それから自分も母屋へと戻った。この瞬間に**僕は地獄にいる**という文が頭をよぎったことは認めよう、そしてなぜか円錐の山という謎めいた存在を背にして歩き去るあいだに、ジェイムズ・メリルの次の卓見について考えずにはいられなかった。**ヒロシマカラ　ヤッテキタ　タマシイハ　ヒトツモ　ナカッタンダヨ／チキュウハ　エネルギーノ　フシギナ　アタラシイ　ゾーンヲ　ミニ　ツケタンダ**[33]。チェルノブイリでもそうだ、と僕は考えた。きっと死者の魂と出会うことはできなかっただろう、夢ですら一度も。放射能に汚染された廃墟は僕たちから遠く離れすぎている。あれは形而上的方法で何の実も結ばず、除染され、**初期化**されるのだ。キッチンへと戻ってくると、シュテニッツァーさんが、フィルムケースのようにみえる小さな黒い容器から白いクリームをとっては額や首筋に塗っているのが見えた。

「ゼッツさんも塗りますか？　効きますよ」

どう返答していいものかわからなかったので、シュテニッツァーさんに『距離の本質』の序文のことを語り始めた。沈められた戦艦と放射線を浴びていない鋼鉄の話だ。

彼女はうなずいた。ええ、聞いたことがありますよ。本当のことを言いますと、何度もね。あの頃、あれはかすかな希望だったんですよ、子供たちにもいいところがあるんじゃないかって、ひょっとしたらほかの人が持っていない、何か霊的な能力だってあるんじゃないか、なんてね。

彼女は容器のふたを閉め、指をズボンでぬぐった。

でももちろん、真実はまるで違っていましたよ。もちろん何人か、才能のあるIチルドレンはいますよ、まあ読解力の領域だけですが。

「そのことについて研究は？」僕は質問した。

「まあ、たいしたことではありませんよ。どこへいこうと常に、直径十メートルぐらいの立ち入り禁止ゾーンの中心点を自分がつくっているとしたら、あなただっていつの日か、読書を始めるかコンピューターと会話を始めるでしょう。そういうわけで、その逆ではありません」

「実際に定期的にゾーンに入ったりされますか？　それとも意識的に外にいるようにしていますか」

まあね、ゾーンといっても人が近づいたり、ゾーンの重なりができたりするようなものとしては見ていません、と彼女は言った。むしろ観覧車のように思っているそうだ。観覧車にはいろいろなゴンドラがついていて、ゴンドラとゴンドラの距離はいつも同じまま、互いに近づくことは構造上できない。それで動きは輪になって、ずっと互いに多少なりとも離れたまま、それぞれが回ることになる。もし比喩を使わなければいけないとしたら、少なくともこうです。海底にある神聖かつ清浄なる魔法の鋼鉄ではないですね！　ちなみに距離を保つのはそれだけでも健康にいいですし、たとえばある種のダンスならまったく触れ合うこともなくて、ほかの人のアウラをテレミンのときのように爪弾くだけですよ。熱気球競技でもよく知られたことですが、同じように天空に浮かんでいるほかの気球に近づきすぎてはいけないんです、だって近づくと、えー、なんだったかしら、気流の渦か何かが。何か空気熱の現象だったと思うのだけど、詳しくは忘れてしまいましたね。

考えもせず、最近読んだとある決闘について、僕は語った。それは十九世紀初頭のパリで、向こう見ずな二人の紳士、ド・グランプレ氏とル・ピック氏とのあいだで、有名な踊り子のティルヴィ嬢をめぐって行われた。決闘人たちは、当時二つの熱気球でテュイルリー宮殿の上空約七百メートルの高さへ上昇し、交互に相手の気球を撃った。グランプレが勝利し、ル・ピックは気球とともに（そして同乗していた立会人とともに）屋根の上に墜落し、死亡した。

「彼はこの春に屋根の上に立ったんですよ」シュテニッツァーさんが言った。

「そのあとでティルヴィは——」僕は言いかけた。「失礼、なんですって？」

「彼。あの子がよじ登っていったんです」

「息子さんですか？」

彼女はうなずいた。

そうしてはじめて、自分の気球の話が話題と全然あっていないことに気づいた。

「ええ。それから、屋根の上にいたときは……ああ、あれは不気味な……」（彼女は両手で不可視の雪の玉をつくった）「……あの頃は、不気味にも凝縮された時間でした、わかります？　こう、もう外へ出られなくなって、中でそのままからめとられてしまうような……そうなったときには……まあ、ええ」

「人生の幕引きをはかりたかったのでしょうか」

彼女は肩をすくめた。

「だれにもわかりません。あの子本人だってわかっていないでしょう。あとで言っていました、そんなに出なかったよと。ドアの外には」

僕は何も言わなかった。

「あの子はそれからまた、ひとりで降りてきました。結局はね。まあ不思議でもないでしょう。身体が疲れますから。下に降りてきたので、わたしたちは話し合いましたよ。一日じゅう話して……それであの子を腕に抱いて、もちろんあの子は……まあええ、もちろんあれなのですが……もうわかりません、どうなってしまうんでしょう。というのもね、去年の夏から、土地の若い子たちが何度もやってきて、あの子の窓の前に立つんです」

「クリストフ君の窓の前に立つんですか？」

「ええ、うちの垣根を登ってきて。ご覧いただいたとおり、すこし助走でもつければ、だれでも簡単に越えられるものですから」

「それで窓のところで何をするんですか」

「耐えるんですよ」彼女は言ったが、その声はとても遠く離れていて、まるで宇宙カプセルから聞こえてくるようだった。「我慢して耐えぬくんです、輪になって立って。ときにはラジオを持ってきてまで。それで我慢比べをするんです」

「我慢ですか？」バカみたいに繰り返した。

「度胸試しですよ」

宇宙カプセルがさらに遠く離れた。

「缶ビールを飲んで、庭じゅうに空き缶を捨てるんです。ほかに残していくものはありません」

「それで追い払ったらなんと言ってくるんですか」

「それが問題なんですよ」シュテニッツァーさんは天井を見上げた。「いいですよ、行きますよ、って言うんです。でも、その窓際にいる子が居てほしいみたいですけどって」

「クリストフ君がですか」

「ええ、あの子は……あの子は窓辺に座って、おしゃべりするんです。若者たちが汗をかいて茂みに吐いているあいだ、なんていやらしい、毎回あの子にビンタでもしたらよかった！」

「つまり、彼の友だちということですか？」

「友――！　いえ、あれは……。違います、どうしてそんなことが言えるんですか」

「すみません、でもそう聞こえたものですから、息子さんのところへ遊びに来て、それで……まあ、つるんでいる若者たちというように」

「あの子を利用しているんですよ！　どのくらい長くあの子のところで我慢ができるかを確かめにくるんです。なんてこと、毎回あの子をビンタしたらよかったんです、誓って言えます、ただ簡単にはできないんです」

「彼らを追い払うためにですか？」と尋ねた。彼女の言葉が実際どのようにつながっているのかわからなかったからだ。

「そのとおり」宇宙カプセルの声で言った。「そうやってあの子はほんのすこし、人との接触を持ちます。でもそれが、利己的な動機だけで近づいてくる悪い人間なんですよ？　そういうことはあの子には理解できません。ええ、それにはあの子はちょっと……ええまあ、ちょっと世間知らずすぎる、とでも言いますか」

「そもそも、どうやったらあの子が世間を知ることができるっていうんでしょう」苦々しく彼女はつけ足した。

僕がいまだに何も言わなかったので、シュテニッツァーさんは毒づいた。

「どうしてあのならず者たちは、距離をとれないのかしら」

僕は、エベレストに登って高山病になり、もうどうにもならなくなった人は、救助されないこともあると読んだのを思い出した。高い山の上では互いに距離をおくものなのだ。アルピニストたちは時には、雪の中に座ったり倒れたりしている仲間が混乱し幻覚をみているのを見ても通りすぎ、後からその様子を語ることもある。二〇〇六年にエベレストで死に瀕して命乞いをしていたデイヴィッド・シャープの脇を、およそ四十人の登山者が無視して通りすぎていった[34]。この光景から、僕は郷里の有名な作家のことに思い至った。この作家はもう何年も本を出していないのだが、それでもときおり朗読会に招待される。一緒に朗読する他の作家たち（彼女は絶対に単独で呼ばれることはないのだ、それではだれも来ないだろうから）がイベントの最後まで残り、同席することで仲間のパフォーマンスに敬意を表しているなかで、彼女は自分のテクストを読んだ直後にたいてい、自分は多忙だからと来場者に断りをいれて、急いで退場する。一度、たまたま僕が野外で行われていたこのような朗読会で、同じように中座せざるをえないことがあった。そのときに見かけたのだが、彼女はとても遠く離れて、実際に来場者には見えないようにしていて、じっと身体をこわばらせ、肩をいからせて、サマードレスをゆるく身体に巻きつかせ、まるで海岸に立っているようだった。なかに立ち入るやいなや、毎度すぐにいとまを告げてきた作家たちの活動の輪を外から眺めながら、すでに半時間以上は立ち尽くしていたに違いなかった。

若者たちへのインタビュー

混乱したまま、僕はシュテニッツァーさんに別れを告げ、休息をとるためにホテルの方角と思われる方へ進んだ。思考はたえず脇道へそれ、この土地を訪れた本来の理由よりもはるかにおもしろそうなものが、いたるところにあると気づいた。ちょっとした小道や路地へと迷い込むことまでやってみて、何度も見たことのない壁に行き当たっては方向転換をしなければならなかった。恋人に電話をかけようとしたが、ちょうど電波の穴《圏外》と呼ばれる一息休憩空間に入ってしまっていた。携帯電話は不可視の触角を自ら空へと伸ばしたが、それではだれもつかまえることはできなかった。

　ギリンゲンの中央広場へ来るまでには少々かかった。僕は時計を見て、四十五分ほど街を歩き回っていたことを知った。

　それから彼らを見つけた。三人の若者で、うち二人は、シュテニッツァーさんが言ったとおりスキンヘッドだった。彼らはちょうど居酒屋の戸口から出てきたところで、年上の青年二人と、おそらく地方版ゴシックファッション代表と思われる十五、六歳の少女が一人。青年たちは少女より頭ひとつ分近く背が高かった。

　彼らは立ったまま、僕の方をちらりと見てきた。それから行ってしまった。あわてず、きちんと距離をとって、彼らを追った。何度か立ち止まって、陽の当たる家の壁の陰に入って一休みしなければならなかった。このさまよい歩きのなかで知らぬ間に育っていた急激な不安を麻痺させるために、iPodのスイッチを入れてセロニアス・モンクの「モンクス・ムード」をループ再生させ、通常どおり規則正しく和音で呼吸しようと努めた。若者たちにはようやく橋のたもとで追いついた。もうこの辺りに家はなく、この地区で不用意に足を踏みいれればすぐに、列車の窓以外からは見ることのないような無人地帯にぽつんと立つことになる。地面から斜めにのびている素っ気なく興味なさげな草、半分アスファルト舗装された道路や、道路の脇に落ちている、まだ自然ではないが文明には属さなくなっている奇妙な用具類の数々。

「すみません」僕は大きな声をだした。「ちょっと質問したいことがあるんだけど」

反応なし。でも立ち去る様子はなかったので、それを承諾と判断した。

「やあ」僕は近づきながら話しかけた。「僕はここの人間じゃなくて、人に会いに来たんだ。シュテニッツァーさんちは知っているかな、丘の上の」

僕はだいたいの方向を指し示した。

「クソ」青年の一人が、スキンヘッドの頭を大げさな調子で後ろへやった。

「まじできたぜ」もう一人が言った。

「いや、違うよ」僕は片手をあげた。「何も来ていないさ。ただ訪ねて行っただけだ。それで君たちがクリストフ君の唯一の友だちだと聞いたもんだから」

少女が、一人の青年の手首をつかんで、そっと引き寄せた。

「大丈夫だ。クリストフ君も元気だし」

「それで、何を話すことがある?」もう一人の青年が聞いた。

「なんでもないよ、ただちょっと尋ねたいことが――」

「ああ、あんなずっとギャンギャン言ってくることはないんだよ」最初の男が叫んだ。「ほんとにうざくなってきてさ、だんだん……」

「シュテニッツァーさんかい?」

「ああ、おばさんが口をはさむことじゃないんだ」

背後で大きな騒音がした。僕たちが脇によけると、トラクターが独特のゆっくりとした、発熱時の夢のように思考をめちゃくちゃにするスピードで橋を渡っていった。巨大なタイヤに薄茶の泥がはりついていた。

「質問してもいいかな？　さっき言っていた、まじできたぜってどういう意味？」

スキンヘッドは、僕が信じられないほどわいせつな冗談を言ったみたいに笑った。片手をシャツの中に入れ、布で口のようなものをつくった。

「アブアブアブアブッ！」

僕と少女をパクリとやるふりをした。少女はすこし笑った。それから男はポケットナイフを出して、ひらいた。こいつを殴ってKOし、この小さな禿げ頭に何か刻み込んでやりたいという、とてつもない衝動を感じた。

青年は飛び出しナイフのあちこちを押しており、よく見るとそれはナイフなどではなくMP3プレイヤーだった。僕は頭を振り、一度、深呼吸をした。田舎の空気だ。トラクターの音。僕は今ここにいるんだ。

小さな音で音楽が聞こえてきた。がなり声と叫び声に、エレキギターと巨大な足で空間を蹴るようなドラムの伴奏がついていた。

「なんの意味もないよ」青年は言った。

「クリストフ君のことは知りあってどのくらいなの」

また彼らは笑った。少女は手を叩いた。

「何がそんなに可笑しいの」

「あんた完全にイッちゃってるな」MP3プレイヤーを持った少年が言った。

「どこへ？」

彼らはさらに笑った。

「クリストフといっしょにいると音楽がよく聴こえるんだ」ここまであまり話していなかったもう一人の青年が言った。「それに音楽があるとイけるんだよね」

彼の友人たちはうなずきあった。

「音楽があると、簡単になるのかな?」僕は尋ねた。

僕の声は事実、どこかおかしな響きがした。若者たちはひざを叩いて大笑いした。

「待てよ、音量をあげるぞ。かわいそうなやつ」青年が、MP3プレイヤーをいじった。

普通のテンポで話すのがつらく感じていたにもかかわらず、音楽の話はフランスの偉大な昆虫学者ファーブルの著作のある箇所を思い起こさせると、若者たちには説明をした。その箇所には、イタリアのカラブリア地方の農民独特の迷信が書いてあり、それによればタランチュラの毒は女性の場合、ひどい四肢けいれんの発作と、制御不能の舞踏病を引きおこす。この**タラント病**と呼ばれる病に対する、たったひとつの有効な治療方法は、音楽である、とファーブルは言うんだ、と僕は話した。特に耳に入りやすい、癒しの作用が書き込まれた特別な旋律まであって、そういう旋律は何世紀にもわたって収集され、クモに噛まれた女性ならだれにでも楽譜が手渡されるんだ。[35]

スキンヘッドの二人は息をスーハーさせて、お互いに小突きあった。

「クソ」二人のうち無口な方が言った。「こいつ、だいぶ底が抜けているぞ……」

少女はすこし戸惑い、僕がどんな反応を返すのか不安な様子だった。でも僕は彼らといっしょに笑った。ギリンゲン出発直前のこの明るく危険のない瞬間に、僕らが何を笑っているのか、正か負かどちらの符牒のもとにいるのか、もはや全然わからなかったのだが。

［赤いチェックのファイル］

四　ヨーロッパに於ける災厄の轉移

これまでのところでのべられた災厄轉移の實例は、主として未開人乃至野蠻人の慣習から引かれたものであつた。しかし病氣、災厄、罪などの重荷を一人の人物から他の人物、或は動物、或はまた物に轉移しようとする同樣な慣習は、古代にも近代にもヨーロッパ開化諸民族の間にさへ珍らしいものではなかつた。ローマ人の熱病治療法は、患者の爪をつみとり、その切屑を蠟と一緒にこね合はせて、日の出前にそれを隣家の戶につけておくのであつた。さうしておけば熱は患者から隣人へと移つてゆくのであつた。キリスト紀元の第四世紀にボルドーのマルセルスは、人の頭痛を自分の身に引きうけた男のことを記錄してゐる。——マルセルスはさらにこれを、人間の原罪について同樣の行ひをしたキリスト教の救世主にまで譬へてゐる。この男には苦惱する子供の兩親から謝禮が渡ると、子供や半人前の者らが男の隣室に置かれた。時が經つと子供たちの苦痛は消え失せた。この男が死ぬと、男の爪がとり去られ、頭髮もとり去られて、その地の人〻に崇められた。イエズス會祭司のキルヒヤーにはベルギーの修道院ノイトレーゲンにいた僧の記述がある。その僧の宿坊には誰も長い時間とどまつてゐられないのだといふ。その僧と長い時間かかずりあふと必ずや、頭や節〻が痛み、手足がリユーマチになつて、ひどい吐き氣がする。ベラムら著述家たちは此處にむしろ隱遁運動の源泉があるとみてゐる。ウエールズはランデグラの村には、處女殉教者聖テクラに獻げられた一つの教會があつて、そこでは（ベルギーの僧と同樣）災厄の遠隔への作用が、鳥、多くは家畜の鷄に轉移されることによつて癒される。患者は先づ近くの聖井でその手足を洗つたのち、供物として四ペンスをその中へ落し、三たび鷄をかかへて井をめぐつて三たび主の祈りを繰返へす。それから、鷄がほかの鷄から痛めつけられ、つつかれ、むしられると、病氣は男又は女からそれに轉移したものと考へられ、患者はその痛苦を永久にとり去られるのである。一八五五年ののちまでも、この村の古い教區の書記は、鷄に轉移された惡性の遠隔作用の結果、孤立しひどく距離を置かれ、木の上に獨りとまる鷄を見たことを、極めて明瞭に記憶してゐた。

少なからぬ中世の療法指南書や、と或るニユー・ジーランド行きのイギリス商用船船長の旅行記では、特定の優れて自立した、多くは完全に孤立し生きてゐる人物の近邊を探すよう薦めてゐる。かうした人物は自身がこの遠隔作用に見舞はれてゐることも多く、人間の集落で日ゝ忌み嫌はれないやうにする爲、草木との付き合ひを好む。このやうな場合、反感が徐ゝに形づくられる。仲間がびくりと身を引いたり、暗黑の力が魔術的に關はつてゐるとしか説明出來ない譯のわからぬ嫌惡感などである。大變珍らしいのは、生れて直ぐに生じる厄災の遠隔への作用である。チエシヤトではこの異例の事態に對する處法がある。當の子供の頭を三日間、ベーコンのきれと煙突のすすでもつてこすりつけて置くのだ。後に、まだ子供が脂であつく覆はれてゐる間に、櫟《かしは》の木に穴をあける。子供を洗ひ、すすと脂の殘りの入つたその水を煮立たせ、それを木へと注ぎ入れる。小さな患者が生後五箇月でこの惡性の作用を失つてゐれば、木がかはりに病氣になつたと考へる。結果その木は忌避され、木がもたらす果實も不味いと考へられた。ハートフオードシヤーのバーカムステドには數十年にもわたつて赤子や大人の惡性の身體作用が詰め込まれた櫟の木ゝがある。この櫟林の近くに住居を構へる者は、次の二代、三代にわたつて不運に襲はれることが確實とされた。

（出典：J・G・フレイザー『金枝篇』第四巻第五十五章「災厄の轉移」永橋卓介訳、岩波文庫、一二四—一二五頁）[36]

8　ホロデッキ

「そうだよ、アメリカの文化のさ、特にテレビドラマの人気ぶりっていったら」ロベルトは言った。「完全に圧倒的だよ。もう五十年間ぐらいアメリカ一辺倒だからね。ぼくなんて絵を描くときに、あの古いテレビ画面に出るような波が見えてきちゃうよ」

「圧倒的かあ」エルケが繰り返した。「この言葉ってどこから出てきたの？　圧して倒すって……」

エルケは自分の手を顔の前に持ってきて、手のひらが答えをそっと教えてくれるみたいに眺めた。ヴィリーはエルケに、二人してマリファナでラリって、静物画《シュティル・レーベン》なのか様式画《シュティール・レーベン》なのかと一時間以上かけて議論したことがあっただろ、と話した。そのときはテレビでマルクス・リュペルツ[37]のどこか常軌を逸したインタビューを観ていたのだが、たしかにこの高齢の画家が様式画《シュティール・レーベン》と言ったのだ。エルケは、生まれてこのかたこの言葉を間違って発音し続けていたなんていや、と怖れた。それでは、この言葉を過去までさかのぼって剝奪されるようだもの、と言うのだ。

「そうね、あなたは子供の時、テレビばっかり観ていたんでしょ」コルドゥラはロベルトに言って、頭をなでた。

ロベルトは、できるなら耳あたりのよいバットマンの名言を挙げたかった。あの格言の威光に現実で匹敵するものなどなかった。だがロベルトは言葉をのみ込んで、代わりに言った。

「ああ、ぼくはただ、アメリカ西部開拓時代の文化が単純に頭抜けて圧倒的だと思ったんだ。どんなありふれたテレビドラマだって脚本家たちは西部劇のエピソードをまぎれこませてみせるからさ、だれかがタイムマシンを使ってアメリカ西部に着いちゃったり、頭の上にレンガが落ちてきて開拓期の西部《ワイルドウェスト》にいる夢を見るとか、じゃなけりゃホロデッキへ入って西部劇の中に行きつくと、コンピューターが狂ってホロデッキから出られなくなっちゃったりして」

「だれのこと?」エルケが尋ねた。

「ウォーフとアレキサンダーだよ」[38]ロベルトが答えた。

「それってピカードじゃなかった?」コルドゥラが聞いた。

「ああ、やめてくれよ! ピカードはフランス風の名前だからヨーロッパ人みたいにしてるんだ。世渡りがうまくて賢いんだけど、もちろん全部がアメリカ目線でつくられているから、ひっくるめてみればバカで嘘つきなんだ。しかもフルートを吹く」

「オカマだな」ヴィリーが言った。

「このホロデッキってやつもさ」ロベルトが言った。「これも厄介で、ホログラムを手では触れないのに、ホログラムが人間を操ることはできるんだ。それっていうのは、つまり——」

「ねえ、これって、まったく話についていけないのってまずい?」エルケが聞いた。

「いいや」ロベルトが言った。「まずくないよ、でもどうしてついて来られないのかわからないな。テレビのことを話しているんだからさ、芸術の話じゃないし、思うことはあるんじゃないかな。話題はさ。つまり、そのものはね」

「まあね……」

「『冒険野郎マクガイバー』を考えてみようよ。とあるエピソードではね、マクガイバーの頭に植木鉢が落ちてきて、目覚めると開拓時代の西部にいるんだよ。それが理にかなった筋の運びだと考えているんだね」

「まだサラダいるひと？」コルドゥラが声をかけた。

エルケが首を振った。彼女の顔は、初めて痛みというものを感じた乳飲み子のようにひどく当惑していた。

「でもみんなサラダを片側からしか食べていないじゃない。ほら、キュウリが左側にあって、まったく手がついてないのよ」

「ごめんね」エルケが言った。

「ああ、いいの、わたしが悪かったんだから」コルドゥラが言った。「食べているときにこのサラダの鉢をもっと回したらよかったのよ。そうすればこんなことにならなかったでしょう」

コルドゥラはフォークを二本とってサラダをかき混ぜた。キュウリはコーンや豆と混ざった。

「植木鉢がだよ」ロベルトが言った。「頭の上に落ちてくるんだ、たったそれだけ」

「でもそのあとアーサー王のところにいたんじゃなかったっけ？」

「なに？」

「目が覚めた時に」コルドゥラが言った。「その回はわたしも観たの。頭の上に植木鉢が落ちてきて、それで目が覚めるとアーサー王の時代で、そこで奇跡を起こしちゃうの」[39]

「マクガイバーが？」

「そう」

「いや、そんなわけないよ」

ロベルトは、ほかの人に気づかれないように、ティースプーンの首を折り曲げた。

「そうだよ、絶対そう」コルドゥラが言った。「当たり前だけど、現代技術の知識がすごくあるもんだから、奇跡を起こしちゃうの。頭の怪我からギリギリ助かって、最後にはアーサー王時代から現代に帰ってくるわけ、つまり八〇年代だか、その番組制作の時代にね」

「ちょっと混乱してきたぞ」ロベルトは白状した。

「でもそうだよね」突然エルケは言って、もう一度自分の手のひらを眺めた。「ロベルトの言うとおり。こういうテレビドラマって、本当にいっつも西部開拓の回が入ってる。たとえば『スーパーマン』。思うんだけど、あれはタイムマシンが悪いんだよ、あんなに昔に戻っておいて、そのあとしばらくいたら、もう未来に戻れない、なんて。あたし、いつもこのシリーズにはイライラしちゃうんだけど、だって、スーパーパワーを持った人がいるわけでしょ？　なんでもできるじゃない？本当になんでも――なのにほかのだれよりもたくさん問題を抱えていて、実際には何ひとつできないんだよ、いつもどこかにクリプトナイトがあるからって。いったい何のためにあの話はあるわけ？　スーパーマンがいて、スーパーパワーを持っている、でもダメ、本当は、パワーはないの、だって全部クリプトナイトでできているから。まったくバカげてるわ」

「ああ」ロベルトが言った。「ひょっとしたら、たとえ話みたいなものかもしれないね。当時の歴史的状況をあてこすった」

「どういうこと？」

「ほら、スーパーマンって翻訳したら超人[40]だろ？」

エルケは感動してうなずいた。

「たしかに」

「で、こういう人ってのはもちろんメトロポリスに住んでいるんだ。もちろんこれはフリッツ・ラング映画のタイトルだよね」

「どのフリッツ・ラング映画？」

「『メトロポリス』[41]さ。あの映画はドイツの作品で、全能感や大帝国なんかを扱っているんだ」

「おい、お前、昔はテレビしか観ていなかったのかよ」ヴィリーが笑ったので、ロベルトはじっと眼を合わせた。ヴィリーは仕草でゴメンをした。「俺が子供の頃に観ていたシリーズをやたらと知っているよな、お前はそれよりずっと後に――」

「それに未来も扱っているよね」コルドゥラが横から付け足した。「ロボットやなんかが出てくるもの」

「だんだん気味が悪くなってきた」エルケは笑って、一人がけソファを座ったまま揺らした。「全部暗号だって言うわけ？」

「もちろん。だって……ハリウッドにはとりわけナチから逃げてきたり、それ以外にも歴史に押し流されてきた亡命者や移民がいたから、つまり……。自分たち自身の話を……言ってみれば……作りこまざるをえなかったんじゃないかな」

「きっとそうね」エルケが言った。

「でもまだよくわからないんだけど」コルドゥラが言った。「どうしてホロデッキは、ホログラムでいっぱいの部屋というだけじゃなくて、ここみたいに全部が立体的な別の世界になっているのかしら。ホログラムって、そもそも自分がホログラムだってことを知っているの？　知らないのなら、それもまたどこか不気味じゃない？　ピカードはよくホロコ――あ、間違えた、ホロデッキの中に入って、そこで馬を乗り回していたでしょ。つまり――」

「『スタートレック』に詳しい女性がいるなんて！」ヴィリーはワイングラスを掲げた。

「そのとおり、ホログラムのことははっきりしていない」ロベルトは言った。「あるエピソードではデータだけが、ホログラム世界にいることを知っていて、なぜかっていうと……まあ、データはロボットで、ほかの登場人物みたいな人間らしい想像力がないからね、だからこそ彼は――」

「待って、だれのこと？」

「データさ。えっ、知らないの？」

「うん」エルケはうなずいた。

彼女は若すぎた。二十歳になったばかりなのだ。

「データは、人間みたいに見えるロボットなんだけど、すごく青白くて、血の気のない、真っ白な顔をしているんだ。本当に一度も観たことない？」

「うん、ないと思う」

「そういう青白い顔をしているんだけど、振る舞いは完全に普通で、人間みたいなんだ。取り外し可能な感情チップも持っているんだ。……いや待てよ、チップは後になって手にしたんだ。最初はまったく感情がなかった」

「こわい」エルケが言った。

「ああ、でもまったく同じ外見をした兄がいてね。双子で、この兄は言ってみれば悪いヤツなんだよね。同じ外見なのに、兄はいやな笑い方をして、感情があって、権力を欲しがるんだ。それで戦ってデータを殺そうとするんだ」

「だれが？」

「兄さんがだよ」

「自分の弟を殺そうとするの？」

「ああ、データを殺そうとするんだ、弟には感情がないから……いや、何が理由だったのか憶えていないや、たぶん世界は二人にとっては狭すぎるから、一人は退場しなくちゃいけないんだ。でも……あぁ、どこまでいったっけ……そうだ、あるエピソードでね。お互いにつかみ合いになって、それで、悪いデータがいいデータをしばりつけて、いい方も悪くなるように感情を与えようとするんだ。でも間違って自分に植え付けてしまって、それで二人は入れ替わるんだ」

「待って、よくわからなかった」エルケが言った。

「わたしも」コルドゥラが笑った。

「オーケー、もう一回」ロベルトは、二人の登場人物を手で表した。「こちらがデータ、左手ね、それでこちらが悪いデータ、ぼくの右手。それで悪い方がいいデータのところに来て、歯医者の椅子に相手を縛り付け、感情を流し込む。するといきなり二人が入れ替わっているんだ、それでこっち（左手）が言う。あれ、俺は何でここに、縛られて動けないぞって。それでこっち（右手）が言う。そうですよ、悪いデータめ、私と戦わなければよかったですね[42]」

コルドゥラとエルケ、ヴィリーはどっと笑って、拍手をした。ロベルトは、自分も笑ってしまわないように自分を抑えなければならなかった。横隔膜がけいれんし、急いでトイレに行かなくてはならなかった。毎回同じだ、クソッ。あの日の教室でのつらい記憶がよみがえってきた。年配の生物教師のウルリヒ先生が、こちらを見つめてから近寄ってきた。先生の顔を見れば、内心数えていることがわかった。ゾーンのカウントダウンだ。爆笑がロベルトの喉にひっかかっていた。大丈夫です、と先生に言った。膀胱が小さくてですね、大丈夫です、ときどきこうなるんです。何メートルも離れて座っている同級生の視線。途中で止まってしまったエレベーターのようだ。

ロベルトはビールを一口飲んだ——そして全部を自分のシャツに吐きだした。中座を詫びて素早く立ち上がると部屋を出ていった。

「おい、ロベルト」ヴィリーが言った。「いいんだよ、そんな——」

しばらくして、コルドゥラがロベルトの部屋へやってきた。コルドゥラは背後から慎重に近づいた。ロベルトを驚かさないように咳ばらいをしてから、新聞購読のことでも話すようにさりげなく尋ねた。

「まだズヴィルッパールを服用しているの?」

「ズヴィルッパールね」ロベルトは静かに言った。

ロベルトは、額縁に入れた絵が似合うかどうか見るときのように、クッションを壁に押しつけた。それから殴りつけた。

「ウリポール、トリムコ、ズヴィルッパール。薬の名前はいつだって、ファンタジー小説から出てきたみたいだ[43]」そうつぶやいてもう一度クッションを殴りつけた。

コルドゥラは一歩さがった。ロベルトは見ないでも感じ取ることができた――またあのクソを我慢し始めなければならない最初の兆候だ。警戒レベル1。

「新しいシャツを……持ってこようか」

ロベルトは自分の姿を見下ろした。

「君が考えているようなことじゃないよ」

「そうだね、わかった」コルドゥラは、すこし横をむいた。

「やめろ」

「何を？」

「ぼくを怖がるのをやめるんだ。イライラする」

手を叩く音が聞こえてロベルトは振り向いた。

「腕にとまった蚊を叩いただけよ」コルドゥラは腕を持ち上げた。「ほら」

「もういいよ。かまわなくて……」

それからロベルトは、自分がどう見られているかに気づいた。隣の部屋でお客が座っているのに、ロベルトは自分の寝室で怒りのクッションを手にしているのだ。自分の怒りのクッションを。赤ん坊みたいだ。チャンネルを変えるために、脱いで裸になった方がいいか悩んだが、そうしないことにした。コルドゥラは部屋から出ていき、物干しから洗いたてのシャツをもってきた。その香りはロベルトには少々きつすぎた。眼をつむって着ると、ベッドに横になった。

すこし後になってコルドゥラが隣に腰を下ろすと、ロベルトは言った。

「ギリンゲンだ。あそこには世界的に有名なロープウェイがあるんだ。知ってた？」

コルドゥラは親しげな笑みを見せた。それがロベルトには生意気にも卑屈にもみえた。黙ってじっと、彼女が口を開くまでみつめた。

「いつ出かけるの？」

ロベルトは、身体を壁に向けた。

「ねえ、ちょっと持ってきたんだけど、みて」

ロベルトはうなり声をあげ、自分の顔にクッションを押しつけた。

「クレメンス・ヨ……なんて読むの？　ヨドクス……」

コルドゥラは新聞をタップした。画像がクリアになった。

「クレメンス・ヨハン・ゼッツだって。知っている人？」

クッションが床に落ちた。ロベルトは座りなおした。

「なんだって？」

「この名前に心当たりがある？」

「数学の先生だった。なんで？」

「これ、みて」

「死んだの？」

「ううん、彼はこの……もう、自分でみて」

コルドゥラは、ロベルトに新聞をわたした。親指と人差し指で画像を拡大した。新聞が音をたてた。笑顔が現れた。メガネをかけて、べたついた髪をしている。あの頃とまったく同じ姿だ。ただすこし丸くなった。両眼は若干フクロウらしくなった。それに今も眉毛が、だんだんくっついていくように生えていた。

「クソ」ロベルトはざっと読み流しながらつぶやいた。

ルーマニア出身の男性の暴行死に関する裁判で、無罪判決。数年間、犬を地下牢で多頭飼育。深刻な虐待。ゆっくりと面の皮を剝ぎとられて死亡。第一容疑者のゼッツは、本日より自由の身。被害者の親族は小さな写真。悲しげに立ちつくしている。近年では主にサイエンス・フィクションを。純文学から転向して。現在はフリーの作家として近郊に――

「記事には、あなたの学校で働いていたって」コルドゥラが口をひらいた。

ロベルトは遮った。

「いいか？　こいつはクビになっているんだぞ。いっつも酔っぱらって授業にきていたからね。あの頃は全然気づかなかったけど、今となってみれば全部の筋がとおるよ、いつもえらく神経質で、絶対にひとつの話題にとどまっていられなくて、ただくっちゃべってばかりでさ、何時間も……」

「それで現在はどうやら、無罪となったみたいね」コルドゥラは言った。

「動物虐待者の皮膚を剝いだって？」

「いいえ、違うわ、彼は――」

「クソッ！」

「今日、彼は無罪になったの」

「クソ、あいつは家に訪ねてきたことがあるんだ！　あのすぐあとに……。でもいいか？　あれは全然まともじゃなかった、つまり、やつの振るまいがさ。あいつは完全にあちら側へいっちゃって、すっかり頭がおかしくなっていたんだ。両親が家に呼んでさ、というのは……あぁ、なんていうか、あいつはとにかく変なやつだった……」

ロベルトは居心地の悪い記憶の集合体の中へと落ちた。クラゲの足が絡みあう中へと。

「ラーバの家にきたの？」

「母さんは最初、心配していたんだ。あいつが完全に酔った状態で家に来るんじゃないかってね。あの人がそういうことにアレルギーみたいに反応するの、知ってるだろ」

コルドゥラはうなずいた。

「ああ、あったわね。大晦日に」

「二〇〇七年よりルポルタージュ執筆か」ロベルトは、四角く囲ってある教師の経歴を拡大して、一行一行読みとった。「『ナショナルジオグラフィック』だって。なんだ、これ？」

コルドゥラの顔が雄弁に物語っていた。また溝《ギャップ》に向かって走りこんでしまったのだ。一般常識か。ディンゴ遅滞《ディレイ》だな。

「皮膚だって。皮を剝いだんだ。こりゃ、病んでるぞ！」

「ええと、ここにあるのは少なくとも……」コルドゥラがまた頭から読みはじめた。

しかし、そこであきらめた。

ロベルトは先を読んだ。

インタビューの文字列は、脳が我が道をいくあいだにロベルトが眼でしがみついていられる梯子の横木でしかなかった。二〇〇六年の秋の日が眼に浮かんできた。両親が無理に礼儀をつくしていたことや、加速する会話に与えられた六分間が頭をよぎった（あの頃はまだ、恵まれたことに三百六十秒だった）。

当時の会話を思い出し、客人を先生と呼ぶのがいかに無意味に感じられたかがよみがえってきた。あいつはもう先生ではなかったのに。勤務中に飲酒をして、クビになっていたんだから。それにやつが話したたわごとといったら！　その上にまたこれだ！　無罪になった残虐な殺人者だって。なんてこった《イエス・マリア・ヨセフ》。

犬、犬たちだ――ロベルトの眼が大きくひらいた。再びその場面が眼に浮かんだ。ラーバの家の自分の部屋だ。カーテンは閉じられていて。狂った教師がいつもの筋の通らないひとり語りをしているが、何についてかはわかったものではなかった。

つまりさ、外へ出られない人がたくさんいるなかで、君はまだいちばんラッキーなほうだよ、ロベルト。みんなは君にひどいことをした。それでも君は行きたいところへ行けるんだ。外国へだって。舞台の上にだって。パフォーマーにだってなれるぞ、アーティストだ。一九九九年にボンで剣を呑みこむ曲芸師[44]が、傘を呑みこもうとした。この人はうっかり間違えて傘をひらくボタンに触ってしまい、死んだ。数年もたたないうちにカナダ人が同じスタントをやり、やっぱり死んだ。それからもう一人、曲芸師が同じ剣のパフォーマンス後に拍手喝采の中でおじぎをした、その際に傷を負うたのだ（ロベルトはいまだにこの独特の書き言葉への変化を鮮やかに思い出すことができた。おそらく昔に暗唱した文章が数学教師の心をとらえた時なのだろう）。ひどく内臓を損じた。別の一人は何歩か歩き、舞台より落つ。剣を喉に入れたまま下へとな。

たしかに、ロベルトはそれで笑わないわけにはいかなかった。おかしかった。けれど、そもそもなぜこの変人がこの話をすることになったのかは、まったくわからなかった。

「でも先生、ちょっと外へ行きたくなったら、言ってくださいね」

身も蓋もない露骨な言い方だ。ゼッツ先生はわからなかった。

「これは何かな？」先生は、ロベルトの部屋のベッドの上に貼ってある小さなポスターを指さした。

「これですか」

「ええ」

「宇宙犬です」

先生の顔が暗くなった。

ロベルトはベッドから立ち上がった。

「人工衛星の中で直接撮影されたものです。ベルカという。この犬は当時、はるかかなた、ほぼ外気圏にいて……まあ、その時に撮られたものです、たしか……」

数学教師は後ずさり、言葉もなく部屋から出ていった。おい、六分経っていないぞ、とロベルトは思った。ホモめ。意気地なし。ヘッドホンをかぶって、大音量でホワイトハウスの不朽の名盤『グレート・ホワイト・デス』を聴いた。ロベルトの意識はノイズとがなり声に溶けていき、皮膜のように柔らかく透過可能になっていった……。

ロベルトを地上に引き戻したのは、点滅する携帯電話だった。ショートメッセージだ――隣の部屋にいる母からの！　**グラタンを忘れないで**と書いてあった。死ね、カス、チェルノブイリめ！　奇妙な人間がひどく奇妙な訪問をした奇妙な日が、まるでこれ以上には奇妙にはならないみたいじゃないか。でもそうだ、くそったれめ、とにかくグラタンを食べるか。なんなんだよ。不条理な人形劇でいっしょに踊らされるなんて。

母親はあとになって部屋まで来ると、ワインがあのお客様には合わなかったようだと語った。もしかしたら元アルコール中毒者のぶり返しの症状かもしれないと。

先生はわたしたちに謝罪までなさったのよ、と母親はロベルトに言った。教師としての仕事を放り出してしまったことをね。でもそれからすぐに帰らなくちゃいけないっておっしゃって、というのも、まあ、眼を見ればわかったんだけれど。めまいがするからって。まあね。グラタンはどうだった？ おいしかった？

携帯電話のあれはなんだったの？ 今ぼくは外部から遠隔操作しなければならない放射性廃棄物なの、それとも――

いいえ、なんてこと、違うの、絶対に、あれはただ、先生から眼が離せなかったから、だってあの人は……あのね、あなたには言いたくなかったんだけど、お父さんとお母さんの二人で先生を……物理的に……外へ連れていかなくちゃいけなかったの、だって先生は……まあいいわ、あなたにはわかるでしょ、ほら……。

第二部

はじめに反復ありき。

ジャック・デリダ[45]

牝牛から仔牛がとりあげられてしまうと、母は子をなくして大変さみしそうだった。代わりに、仔牛の皮に干し草を詰め込んで小屋に入れてやった。牝牛は落ち着いて、贋作の仔牛をなめ始め、とてもねんごろに扱ったために、詰め物の仔牛の皮は破れて、干し草がこぼれ落ちた。そこで牝牛は泰然として干し草を食み、やがて「仔牛」すべてを食べつくしてしまった。

フランク・レーン『アニマル・ワンダー・ワールド[46]』

1　卒業論文

二〇〇五年の晩秋に僕は、数学の授業におけるいわゆる父子問題に関して学位論文を提出し、数学と国語の教職課程を修了した。

ある父親には二人の子供がいる。少なくともそのうち一人は息子とする。そのとき二番目の子供も息子である確率は？　その驚くべき答えは三分の一だ。二分の一ではない。それでは父親には二人子供がおり、そのうち少なくとも一人が息子だと仮定したら――そして父親が隣の部屋に怒鳴りこむと、それに応えて息子がドア口まできて、たしかに僕はあなたの息子だ、それでも僕はまったくのまともだ――と言う場合、第二子も男子である確率は？

僕は自分の論文で、少々この問題の歴史に、つまり数学教授法でたいへん人気となっている現象に立ち入り、主に確率論（有名なモンティ・ホール・パラドクスの類題）と太陽系幾何学の領域からいくつか例を選んで言及した。

論文は、指導教授にとても褒められた。面談では、博士論文もこのテーマで書こうと思っていると打ち明けてみた。

教授はすこし椅子の背もたれに身を預け、脚を組んで、それはよく考えなくてはいけませんね、博士論文というのはまったく別種のプロジェクトですから、と話した。規模だけを考えてもね、と。

「自分で反復して考えてみるといいかもしれませんね」教授はやんわりと言った。

「そうですね、まずは実習をやろうかと思います」

「そうですとも」安堵したように聞こえた。「学問での次の一歩を考える前に、まだやることがありますね。どこでなさるんですか」

「なにをですか」

「実習ですよ」

「ああ、まだ決めていません」

「あのね、ゼッツさん、いい案がありますよ。おすすめできる案が」

2　不気味の谷

それは、ポスターサイズにプリントアウトされたスナップ写真で、宇宙船スプートニク五号の二匹の乗組員のうちの一匹が写っていた。犬のベルカとストレルカは一九六〇年八月十九日に宇宙空間へと打ち上げられた。有名な宇宙犬ライカのケースとは違って、二匹はその翌日、大変に混乱はしていたものの、生きたまま怪我もなく地球に着陸した。ストレルカが仔犬を出産すると、一匹は当時の大統領だったジョン・F・ケネディの娘へプレゼントされた。[47] CIAは大統領に対し、この犬にはソヴィエトが小型マイクを埋め込んでいるかもしれないから、即刻殺さなければと強硬に進言したが、ケネディは犬を生かしておいた。

この写真をヴィリーに見せたとき、ロベルトはひどく興奮していた。何年もこれを見ていなかったので、引き出しの中で丸まっているのを見つけるまでに時間がかかったのだ。

「それで、犬は中和処理ってやつをされたわけ?」ヴィリーは質問した。

ヴィリーは、友人のロベルトがリビングに戻ってきてほっとしていた。ロベルトは中座すると、そのまま客が帰るまで黒く塗りつぶされた自室の隅に隠れてしまうことが、今までに何度も起きていた。

「いや、それが違うんだよ。ケネディは自分の娘に犬をまかせたんだ」

「腰ぬけだな。でもその話がもう……。おいなんだ、この犬の顔！　ほら！」

ヴィリーは写真を女性たちに差し出した。コルドゥラはすぐさま視線をそらした。

「それで、その頃にはもう、そのゼッツっていうヤツは頭がおかしかったわけ？」

「ああ。記事を見て、すぐピンときたよ」

「まあ、そりゃそうだよな。つまり、すべてがもうあの頃に予告されていたってわけだ、な？」

ロベルトは笑った。

「十五年後に動物虐待者の皮を剝ぐって？」

「いや、直接にではないさ。でも認めるしかないだろ――」

「この人には無罪判決が出たんだよ！」コルドゥラが言った。「記事を最後まで読まなかったの？」

「読んださ」ヴィリーは言った。「無罪だろ。無実ってわけじゃない」

「そんなのひどいよ」コルドゥラが言った。

「あたしはむしろゾッとするけど」エルケは肩をすぼめた。

「でも、この犬の顔はゾッとはしないだろ？」

ヴィリーはもう一度、女性陣に見せた。コルドゥラは再び視線をそらした。

「抱きしめたくなるよ、この眼差しは。本当にゾッとなるのは、この顔がほとんど人間みたいに見えるときだ。そうなるとあの谷、科学史の現象で……あの……えーと……」

ヴィリーは言葉を探した。自分の顔の前で両手で空をつかむ動きをした。

「ああ、あの……その……アンキャニー！　アンキャニー・ヴァリーだよ！」

「なんなのそれ？」

「ほら、さあこの紙ナプキンを取って。そこに赤ん坊の顔をいくつか描いて」

ロベルトはそのとおりにした。

「オーケー」ヴィリーが言った。「じゃあ、データのことを考えてみて」

「データのこと？」

「そう、『スタートレック』のね」

「わかった」

「ロボットみたいに化粧をしただけの人間が演じている役だよ。ブレント・スパイナーさ。あの男は今では禿げのデブで、野生の熊の保護活動をしている。でもあの頃はまだ見目のいい男だったんだ。そいつに銀色の化粧をして眼に細工する……と、ロボットのできあがりさ」

「わかった」

ロベルトは、先ほど赤ん坊の顔を落書きした紙ナプキンをくしゃくしゃにした。なんの意味もなかったのだ。

「方法のひとつはこうだ、いい？」ヴィリーが言った。「人間から出発して、今回はあの俳優だね、それで変形していくんだよ。人間にまだ近いけれど、もう人間ではない何か——つまりロボットに見えるまでね。これは問題の少ない、簡単な方法だ。でも反対側からやる方法もある。そうなると問題だ。俺たちの精神にとってね」

「どんなふうに？」

「それが頭のおかしな先生となんの関係があるわけ？」エルケが尋ねた。

「お前が何か、画面上で絵を描くとする」ヴィリーがロベルトに言った。「なんでもいいけど、パソコンでもリアルでも雑なアニメをつくってさ、人間の顔の粗いシミュレーションをね。それを見てひとりごとを言うんだ、よし、これはどうにか人間を表しているぞ。オーケー、わかるぞって。でもそのあと――」（ヴィリーは人差し指で直接エルケの胸を指さした）「あとでだれかが現れて、本当に高性能のコンピューターを使いこなす。iSocket《アイソケット》みたいな社会的スキルのあるコンピューターをね。で、そいつがお前に、人の顔の本当にすごいアニメーションを、表情やら動きも全部込みでつくってくれる。で、あとからさらにもう一人、もっと上手くやってのけるやつが現れる。で、できたものをたくさんの人に見せる。すると、たいていの場合、どういう反応になったと思う？」

　ロベルトは、先ほどまでナプキンだった紙の玉をテーブルの上で突つきまわした。

「さあね。ひょっとしたら感動したとか」

「ぎょっとしたんだ。パニックに襲われたんだよ。列車が向かってきた途端に、劇場から走って逃げた十九世紀の人みたいに――」

「でも、当時は知らなかったんでしょう」エルケが言った。

「そうとも、この間に、人はあらゆることに順応してきた。でも人々はショックを、ひどく深いショックを受けたんだ。このギャップを不気味の谷《アンキャニー・ヴァリー》と呼ぶ」

「アン……」

「不気味の谷さ」ヴィリーが言った。「この谷は九十五から九十九％のところに広がっている」

「なんの？」

「顔だよ。人間の顔への類似度さ」

「なるほど」ロベルトが言った。「顔面の皮とか全部ひっくるめてだね」

ロベルトは、自分の顔の上で皮を剝ぐ仕草をし、さらに痛みでゆがんだ表情をしてみせた。

「あなたたち、本当にひどいわ」コルドゥラが言った。

「何か、ほかのことについて話せない？」エルケが聞いた。

「この不気味な作用は、すごくリアルにみせるシミュレーションには必ずあるんだ。特に赤ん坊のはね。だからさっき、赤ん坊を何人か描いてみてってって頼んだんだよ」

「まだ描いたことないな」ロベルトは言った。「裸の男なら問題ない、でも果物かごに入った赤ん坊はまだ一度も見たことがないんだ、デッサンの授業でもね」

ロベルトは想像してみた。

「現在では、不気味の谷っていうのは、夢の中で偶然すれ違う人に見られることもあるんだ」ヴィリーが言った。「このスレスレの感覚っていうのは、これは……これはだれにも耐えられない。人間によってデザインされた人間って、ひょっとしたらあれもあるかもしれないね、宗教的な要素がさ……でも表向きは宗教が理由じゃなかった。おそらくもっと心理的なものだったんだ、わかるかな？　俺たちはそういうものは見たくないんだよ。あちら側の、つまり無機質な方から、こっちへだんだんと近づいてくるものはさ……言うなら……」

言葉はなかなか文章にならず、手がぐるぐると神経質な動きをした。まるでやり直すために、うまくいかなかった構文のかけらを空中から払いのけているようだった。

「リボーンドールなら。あれなら注文できるぞ。亡くした赤ん坊とまったく同じ外見のやつを」

ヴィリーは、部屋を見回した。

コルドゥラは、ため息をついた。

「うん、絶対にわからないわ。どうして女の人たちがそんな複製をつくらせるのかなんて」

「幻肢痛だよ」ヴィリーが言った。

「よし、ぼくは幸せだ」

みんながロベルトを見た。

「そうだよ、話についていくのをやめたからね。みんなが何のことをしゃべっているのか、わからないもん」

「よかったね」エルケが言った。「本当に身の毛のよだつ話だよ」

「それでぼくの昔の数学の先生は、残虐な狂人だって。ハッ！」

いいかい、ロビン、人間の注意力は風に吹かれる葉っぱのようなもので、あっちに飛んだり、こっちに飛んだりして、どこかの葉っぱの山の上に落ちるものなんだよ。

「思うんだけど、本当の問題は、ロボットが人間のように見える必要がないってことじゃないかな？」ヴィリーが言った。「でも俺たちは違う、進化の……進化をする上での技術上の理由でさ、そうじゃないと絶滅しちゃうし、だって、えーと、生殖できないわけだからさ、つまりね、もし俺たちが人間に見えなかったら、女性が近寄らせてくれないわけで。でもロボットは、ロボットたちには人間の見た目はなくてもいいんだよ、俺たちみたいな姿形や表情も、両眼も両手に五本指がなくても生き延びられる。だからロボットが俺たちみたいな見た目だと、すごく暴力でねじ伏せられ、整形手術を受けさせられたみたいに感じるんだ」

「でもロボットなんていないじゃん」エルケが混ぜ返した。

「ちゃんといるよ」

「でも本物のロボットはいないよ。話しているような、歩きまわって会話ができるのは」

「もちろんいるさ！　ロボット選手権だってあるんだから！」

「でも現実にはいない」エルケはこだわった。

「現実をどう理解するかによるな」ヴィリーが言った。

「あのさあ」ロベルトが言った。「すごく変なんだ。ぼくはおしゃべりから外れていたけど、今いきなり中へ入って、全部わかったよ。なんて言うか逆再生したらね。それが不気味だな」

「ああ、なんでずっとそんなに注意深く聞いていたんだ」ヴィリーが言った。

「実はぼくも不気味なのかな？」ロベルトは突然、死ぬほどまじめに尋ねた。

ヴィリーは、保安バッジの星を眼に直接突きつけられたような顔をした。

ロベルトはにやりと笑い、ピストル状に伸ばした指でひっかかった！とヴィリーを撃って、解放してやった。

「お前、ひょっとして……」

「ひょっとしたら、ぼくはいつか『スタートレック』に出られるかもね。エネルギー・フィールドか何かで」

だれも笑わなかった。

「でもオリジナル・シリーズはダメだぞ」ヴィリーが言った。「旧約聖書はそっとしておいてくれ」

「じゃあ新約は？」

「宗派によるさ。ピカードとその仲間たちは不可侵だから、お前は入れてもらえないよ。でも外典《アポクリフ》ならひょっとすると入れるかもな、『ディープ・スペース・ナイン』とかなら――」

「あのセクシーな熟女のジェインウェイ艦長が出てくるのは、なんだったっけ？」コルドゥラが聞いた。

「『ヴォイジャー』だよ！」ヴィリーは大いに感心した。「くっそー、お前、『スタートレック』に詳しい彼女がいるって、どれだけ幸せなことかわかってるか？」

　ロベルトは肩をすくめた。

「でもあれは本当にひどい話だっただろ？」ヴィリーは言った。「あれはあのさ、なんだろ、あの生物が、汚いジャガイモか爬虫類みたいに見えるやつだけど、そこらじゅうにシミがあって。本当に気持ち悪い。で、それが珍しい種族の変な女と結婚したんだ。それで女が発情期になるとホロデッキのドクターが女の足をマッサージしなくちゃいけなくなって[48]」

「なにい？」

「そうだよ、おまえ観てないのか？」

「うん、観てない……。ぼくは古典のシリーズにはまっていたんだ。『ディープ・スペース・ナイン』や『ヴォイジャー』やそのほかのゴミは、ぼくに言わせれば海賊版だね。カバーバージョンだよ」

ロベルトは、ヴィリーが先ほど使ったアで始まる単語がだいたい同じ意味だといいなと思った。

ぼくたちの言葉の限界は、ぼくたちの世界の限界を意味するんだよ[49]、ロビン。

「なあ、さっきは本当におまえを怒らせたりするつもりはなかったんだ」ヴィリーが言った。

「もういいんだ。コルドゥラがちょっと復活させてくれたから。この病んだ野郎でね」

ロベルトがつついてやると、新聞は明滅して消えた。ロベルトは空をつかみ、かわいそうな不可視の機器を、また出てくるまで振り動かした。

「みんなでミディ＝クロリアンについて語りあった、あの頃みたいだな」

「ハン・ソロが先に撃ったんだ！[50]」ヴィリーが言った。

「そのとおり！」ロベルトも声をあげ、二人はハイタッチを交わした。

エルケが笑った。

「でもさ、俳優たちは黒人だったでしょ？」会話の輪に入りたくてエルケは粘った。

「それは別のシリーズだよ[51]」ヴィリーが首を振った。

「クリンゴン人だね。そもそもクリンゴン人って何？」

「人種差別的だったってわけ？」

「エルケは正しいと思うな」ロベルトが言った。

「この腰抜け」ヴィリーがロベルトに言った。

ヴィリーとやりあうのは楽しかった。彼がいるとロベルトはいつも安心した。二人は近づきすぎることもなければ、離れすぎもしなかった。一定の関係だ。ときどきロベルトは、昔のジェスチャーゲームにはまったり、まだ昔のゾーンの境界を感じられるかのように部屋を歩き回ったりした。

すこしそういったものが懐かしかった。考えてごらんよ、生まれてからずっと影をくっつけているのに、ある日それが細く、短く、透明になっていって、ぱっと消えてしまうんだ。太陽風に溶けてしまうんだ。粒子線へとね。それか、何へ溶けてもいいんだけど。

「ああ、クリンゴン人ってたぶん汚いフェイスペインティングをしたメキシコ人かなにかなんだよ」ヴィリーが言った。

ロベルトは笑ってしまい、すぐに手を腹の上においた。安全第一だ。

「壁へと走りこんで、おでこをぶつけたメキシコ人か」

「それでウーピー・ゴールドバーグはエンタープライズ号に乗らないんだな？　だれでもすごく歳をとっちゃう、どこか変な惑星の出身だから……？」[52]

「アフリカか？」ヴィリーが言った。

コルドゥラは眼をぐるっとまわして、まじめな顔に固定しようとして失敗し、笑ってしまった。

「変なんかじゃないよ」コルドゥラは抗議した。

「エイズ」ロベルトが言った。

コルドゥラは止めようとしたが、さらに笑ってしまった。ロベルトは言った。

「子供にたかるハエ。吐血。紛争で使われる大鉈《マチェテ》、切り刻まれた顔の数々」

こいつは、いつになったら笑うのをやめるんだろう？

ロベルトは手を、くすくす笑いをコントロールできない恋人のひざにおいた。

「いやな人《ブタ》ね、わかってる？」やっと落ち着いたコルドゥラは言った。

「だからって、ぼくは仲間の顔の皮を剥いだりはしないよ。それで何をしようっていうんだ？　毛皮のケープでも作ったのか？」

知ってるかい、ロビン、バットケープはただのユニフォームというわけではないんだ。天の賦与なんだよ。

「おえっ」

エルケが身震いした。

「この人の本をどうしても読まないと」ロベルトがつぶやいた。

「やっとおしまいになる？」コルドゥラは笑った。「みんな、ありえないよ！」

ロベルトは、小さな顔の落書きが丸まって、チョコチップアイスのチョコのように混ざりあった紙の玉に火をつけたくなった。この瞬間に、ダイニングテーブルの真ん中にひとつだけ、冷たく、淡い炎があったら、どんなにきれいだろう……

「まあな、でもほんとにさ、つまりほんとの**本当に**、正真正銘に不気味《アンキャニー》なものって、何かわかる？」ヴィリーが言い出した。「面の皮を剝ぐことは忘れろ、宇宙犬も忘れるんだ。俺、とんでもないものを見つけちゃったよ」

ヴィリーは手に新聞をもっていた。

「見てみろよ、写真のこれは、お前になじみのものだろ……？」

これ、というのは明らかに、メガネをかけてまじめな顔をした、たった今、無罪放免となった数学教師ではなかった。彼はまっすぐカメラをみていた。その視線はどこか老成したフクロウのようだった。ただ、その隣のテーブルの上に瓶が一本あった。なんの瓶かははっきりしなかった。しかしラベルには小さな犬の頭がみえた。

「ひゃあ……」ロベルトは静かに息をはいた。

「神経が太いな」ヴィリーが言った。「でも流儀はある。かなり控えめに言ってもね」

「気分が悪くなってきた」エルケが言った。

ヴィリーは笑った顔をすればいいのか、あわれんだ顔をすればいいのかわからないようだった。その両方をしたので、笑える見た目にしかならなかった。酔っぱらったピエロみたいだった。

「ぐびぐびぐび」ロベルトは、親指から飲み干してみせた。「ほらごらんよ」

ヴィリーは写真を細かく調べた。

「いやあ、見た目だけではわからないもんだなあ」

「ああ、先生はその点しっかり心得ていたよ。少なくともぼくはそう思うね。あの頃も先生は見ただけではわからなかった……」

「発作のあと……隠棲……最後まで潔白を主張……執筆に専心……」

ヴィリーの読む人さし指が、記事の各行をスキャンしていった。

「発作って？」コルドゥラが聞いた。

「なんの病気かここには書いていないな」ヴィリーがつぶやいた。

「あの頃の転送ビームのウィルスみたいなもんだよ」エルケのために話題を変えたいロベルトがいった（エルケの顔はまっ青だった）。

「ええ？」

「あの頃、エンタープライズ号の転送装置にノイズが混入したんだよ。コンピューターウィルスの類で、転送ビームを受けた人たちはみんな、再物質化したあとにひどい発作を起こしたんだ」

「それが白い外階段となんの関係があるわけ?」指でたどりながら記事を一行ずつ読んでいたヴィリーが言った。ロベルトが言ったことを聞いていなかったのだ。

「おい、これもしかすると、こいつ本当に無実かもしれないぞ。ちょっと俺ら――」

「ちょっとお前、こいつに会いに行ったらどうだ?」ヴィリーが言った。

「君は頭がおかしいのか? 読まなかったの、こいつは……。それにぼくがこいつのところへ行くんだって? ぼくが何を聞いているのかも、理解できやしないよ。つまり、こいつは発作を起こして、飲んで……それに剝いで……」

「ロベルト」コルドゥラが言った。

「この人、そんな風には見えないわ」勇気を出して写真へ近づいたエルケが言った。

「どんな風に?」

「うーん、わかるでしょ。この人の眼はなんか澄んでいるもの。ほら、みて」

「それはたぶん古い写真だよ。今は絶対こんな風じゃないはずだ」

間ができた。新聞は一段と暗く、不鮮明になった。コルドゥラがタップした。

「わたしは、何がこんなことを引き起こすのか不思議。つまり、どうしたらそうなるかってこと。だんだん道が拓けていくのか、それとも……」

「どうして自分が聞きたいことを聞かないんだい」ロベルトが怒って言った。

「何?」

「もうわかってるくせに」

「違うよ、わたしは――」

「ああ、無邪気な人間のふりをするなよ。ぼくに聞きたかったんだから聞きなよ。頭の中にあるんだろ、外に出たがっているものが。恥ずかしがることなんてないさ。もっとひどいことも聞いたことがあるんだ。先週はラーブルさんが来て、汚いクソガキのことで謝ってきたし」

「ロベルト、何のことか本当にわからないわ」

「そうだよ、コルドゥラはきっと……」ヴィリーが言った。

「ああそんなに難しくないだろ。ぼくに聞けよ。さあ。ぼくはちゃんとできるから。もう持っていないからってあれがないと思ってるのかい。たぶん完全には消えないんだよ。一生涯ひきずって歩くパラシュートみたいなもんだ。わかる？　地面に着地したあとに折れた巨大な翼みたいなパラシュートを後ろにひきずって歩く落下傘部隊のようなものなんだ」

「すてきなイメージ」コルドゥラが言った。

「ええ、あたしもそう思う」エルケが言った。

「なんてこった」ロベルトが笑った。「話をそらすなよ。少なくともそんなわざとらしくするなよ。ぼくは、君に質問してほしいんだ。ぼくたちの友だちの前で。ほら、お願いまでしてるんだぞ」

「ロベルト……」

「ひざをついてお願いしようか？　それとも……」

「もういいのよ」

コルドゥラはロベルトのもとへ行った。ロベルトは、自分が部屋の角にまで後ずさりしていたことにまったく気づいていなかった。コルドゥラは突き出していたロベルトの手を取って、とても優しく下へおろした。

「そんなに怒鳴らなくてもいいいんだよ。傷つけるつもりはなかったから」

「言えばいいんだ」ロベルトが言った。

彼女の顔と眼がとても近かった。これは問題だ。ロベルトは床に視線を落とさなければならなかった。お客さんが来ている。その前でお笑い種をしているのだ。コルドゥラはその緊張を感じてロベルトを解放し、一歩後ろへ下がった。

「そんなこと言ったりしないわ」

「そうだよ」ヴィリーがそっと言った。

「何を言わないって？」

コルドゥラはため息をついた。

「確信があるんだけど。ちゃんと聞いて？　絶対そう思うんだけど、あの頃のこの人の仕事とは何も関係がないわ。わたしが言いたいのはそれで全部よ」

腰抜け野郎という言葉の女性形は何て言うんだろう？　腰抜けオンナ。腰抜けブス。でもそれではきつすぎた。また語彙に穴が見つかったぞ。二十九にもなって。インディゴの溝《ギャップ》だ。

「あの頃の仕事とはね」ロベルトは言った。「学園では、って言いたいんだ。そうだろ？　ぼくたちとは。ぼくたちに近いところでは。ゾーンの中では――」

「ちょっと、ロベルト。お願い」

彼女は両手をあげた。なだめるような仕草だ。あの頃、ヘリアナウではそうやって挨拶を交わしたものだ。両手を空中へ突き出し、自分と相手とのあいだで不可視の柱を押しつぶすのだ。一年もすれば空気の抵抗が感じられた。やわらかいふくらみが、想像上で心地よく、手のひらに逆らって、まわりの手つかずの空気よりいつも一、二度は温度が高かった。

少女Mの運命を聞いて、会議に招かれていた私たちが思い起こしたのは、幸先の良いことに、史上もっとも孤独な木であるテネレの木のことだった。それはニジェールにあるテネレ砂漠のただなかにあるアカシアの木だ。半径四百キロメートル圏内に、このアカシアはただ一本のみで（隣の木よりも、文字通り宇宙のほうが近い状態で）、推定二百五十年以上ものあいだ立っていた。この木は長いあいだ旅人や遊牧民に、重要な現在位置の確認ポイントとして使われ、その近くには井戸があった。一九七三年には、酒に酔ったリビア人がこの木にトラックをぶつけ、倒してしまった。今日その場所には小さな金属の彫刻が記念に立っている。近くにあった井戸は以来、汚染されて有毒となった。

ホイズラー＝乙
『距離の本質』一三一頁

3　ヘリアナウ学園

僕が電車に乗ってよく脇を通りすぎていたのは、山腹から直接生えてきているように見える、この堂々とした建物だった。この印象は、建物を取り囲む木々やあちらこちらに茂るツタがあることでより強められている。天気のいい日には、きまった箇所ですべての窓が一斉にきらめくのだ——内部で爆発が起こるかのように。

僕は扉のないコンパートメントに腰を落ち着け、お気に入りの小説、安部公房の『カンガルー・ノート』[53]を読み、デヴィッド・ハッセルホフの「自由を求めて《ルッキング・フォー・フリーダム》」[54]を無限ループにして聴いた。向かいには男性が座り、ミネラルウォーターのボトルを自分の前の小さなテーブルに立てて置いていた。ゼメリング峠区間の無数のカーブで、テーブル上のボトルは右へ左へとずっとうろついていたが、（普通のメガネではなく、昔ながらの鼻メガネをかけた）男性の視線はボトルに集中し固定されていて、まるでボトルの動きをテレパシーでコントロールしているかのようだった。

パイエルバッハ・ライヒェナウ駅[55]には迎えがきた。口ひげを生やし、片頬にフェルトペンで丸が描いてある男が、黒いフォルクスワーゲンのバスから降りて、挨拶をしてきた。

「ゼッツさんですか」

「はい」僕は言った。

「どうぞ」

男はフォルクスワーゲン・バスのサイドドアを開け、乗るように示した。ビニール袋の山のあいだの座席に僕は腰を落ち着けた。見分けのつく限りでは、袋の中身は本やおもちゃで、なかには洗濯物もあった。数分後にはこれらの物体が不快な感情を伝えはじめた。

谷へと向かってカーブの多い道をくだっていき、すこしすると道路はまたのぼりになり、尾根へと出た。きらきら光る窓のついた巨大な建造物に近づけば近づくほど、僕はどんどん落ち着かなくなっていった。最初はビニール袋の不快な中身のせいということにし（カラフルな洗濯物は、カーニバルの衣装に関連したものに見えた）、車内のこもった空気や、何秒かごとにカーブで左右へゆれる遠心力のせいにもした。

それからしばらくは、多少なりともまっすぐ進み、スピードも前ほど首がもげそうにはならなかったが、それでも突然、吐きそうなほど気分が悪くなり、前の座席をつかんで運転手の肩を叩いた。

「すみません、停めてください、ちょっと……」

小さな爪やすりが異様に揺れるバックミラーごしに僕たちは視線を交わすと、その眼の表情から運転手がすぐに理解したのがわかった。車の内装が危機にさらされていた。車は速度を落とし、脇に寄ると、エンジンが切られた。僕はサイドドアを開け、車から転がりでて、かがみこんだ。吐いてしまうと思ったからだ。

運転手は、落ち着きのんびりした歩みで車の周囲をまわると、僕の前に立った。

「気持ちですね」

僕は、ひんやりした酸素豊富な森の空気を肺に満たした。いい気分がして、多少は気が軽くなった。吐き気がおさまり、僕は身体を起こした。

「気持ちの問題ですよ」運転手は繰り返した。「実際には、ここでは何も感じられやしませんよ。まだ百メートルは離れていますからね」

それとは関係がないんだと説明したかったが、あと数秒立ち止まって、ゆっくり呼吸をしたい気持ちのほうが大きかったので、何も言わなかった。

「おそらく思い込んでしまったんでしょう」静かな声で男性は言った。「もうすぐゾーンに入るぞって。そういう方は多いですよ」

彼は親しげに僕の肩をたたいた。

車が一台、脇を通り、林道をのぼって行った。ベンツだ。カーブを曲がるまで見送った。それから運転手に言った。

「いえ、そうじゃないんです。僕は……。実はですね、巨大な建物が苦手でして、つまりこういう学園とか、療養施設《サナトリウム》とか……ええ、単純にこの種の建てかたというのがどうも……」

またすこし気持ち悪くなった。ひざに手を置いて身体を支え、深呼吸した。

「何が苦手なんですか」運転手は聞いた。

それで涼やかな陰がさす林道の脇に立ったまま、ごく小さな頃からもち続けている奇妙な幻の記憶のことを説明した。ただし、そういった記憶をすぐに前世の証左とみる人たちとは違って、僕はこの記憶が脳の間違ったところに片づけられていると考えていた。正しくはテレビで見たか夢に出てきたであるところ、それが自分自身で体験したところに片づけられている。そうした取り違えが起こっているのだ。

「それで、その記憶が関係しているんですか？」

彼は、大きな建築施設を指さした。実際に近くからだと、電車の窓から見るよりもずっと畏敬の念を起こさせるように見えた。まばらな並木ごしに、一部しか見えないにもかかわらず、とてつもない規模を感じさせた。

「まあ、よくわからないんです。巨大な建物のなかで過ごした時間や……それに午後のあいだずっと庭で待っていたときに感じた退屈さを憶えているんです」

「何を待っていたんですか」

「迎えが来るのを待っていたんです。庭からは不気味な、雪のように白い外階段が上方のドアへと伸びていて……そのドアの向こうには、廊下の両側に何百もの部屋のドアが並んでいて、それでいちばん奥に、医者のいる部屋があるんです」

運転手がうなずいた。

僕はこの話を、恋人のほかにはまだだれにもしたことがなかった。それでいて今この、名前すら知らず、頬にフェルトペンでおかしな丸が描いてある男性に語っていた。彼はタバコに火をつけ、気づかわしげな深い一服を肺にいれて、天を見上げた。

「まあ、ありますよね。そういったことも」

「笑えるのは、当たり前のことですが生まれてから最初の三年間の記憶がはっきりしていないことなんです。多くの人と同じように四歳か五歳ぐらいになれば、何があったかわかるのですが、その前はすべてがどことなく……」

両手であいまいな仕草をしてみせた。

「うーん」運転手は同じことをすでに何百回も聞いているといったようにうなずいた。

「それでさっき動揺してしまって」

「そりゃそうでしょう。だれでもそうなりますよ」

もしこの学園の庭で、記憶にある外階段を発見したらどうしようと考えてみた。そうしたらパニックになるだろうか。

僕の胸騒ぎに気づいた運転手は、タバコを差し出した。僕は手で断った。

「いいえ、結構です」

彼は箱をポケットへ戻すと、自分のタバコをもう一度深く吸い込んだ。それから言った。

「よろしければ残りの道は歩いていけますよ。着いたら守衛には知らせますから」


バスは陽の当たる正門の前で待っていた。その隣の地面には筋骨たくましい褐色の男性像を思わせるガソリン缶があった。暖かい日で、かすかに食事の匂いが漂っており、正門の右側から延びている黄色いイトスギの生垣のなかでは、スズメが羽音をたて、さえずっていた。

門のところでは運転手が待ちかまえていた。彼がインターホンのボタンを示すので、僕が押した。応答があり、運転手はインターホンへ向かってお辞儀をした。

「はい、どうも、九時にお越しのザイツさんです」

それから手を振って去っていった。背後で彼が口笛を吹くのが聞こえた。おそらくほっとしたのだろう。門がブーンとうなってひとりでに開いた。

　建物へ足を踏み入れると、控えの間にいることに気づいた。左側には美術館のチケットカウンターのようなボックスがあり、右側には背の高いゲートが閉まっていた。僕はだれもいない様子のボックスへ近づき、中をのぞいた。口にテーブルパンをくわえた頭が現れた。口からパンを出さないままで、ニッコリと、うなずいて挨拶された。彼は壁から突き出ているマイクを指さした。それで会話をするのだ。

「こんにちは！」僕は叫んだ。「ゼッツと言います！　お約束をしておりまして、え——」

「はい、わかりました」マイクの隣にあるスピーカーから声が出てきた。「ようこそいらっしゃいました、えーっ……と……少々……お待ちください、ね？」

　彼は後ろのドアをくぐって消えた。僕は立ったままで、今度は小さなデスクに置かれたパンの歯形をみつめた。その横には原子炉の冷却塔のような形をした魔法瓶のポット、ラップトップと分厚い英独辞典があった。デスクの後ろには段ボール箱が積み上げられていて、その隣には消火器が、壁には少年エーリス人形[56]の写真カレンダーがかかっていた。携帯電話で写真を撮ろうかと考えたが、撮らないことに決めた。この部屋はもしかするとカメラで監視されているかもしれないからだ。

　しばらくすると、守衛が戻ってきた。彼がスイッチを操作すると、ゲートが開いた。すると再び彼は後方へ消え、ゲートを通って僕のところへ来た。小さな入館許可証を手にしてきたので、僕は首からそれを下げた。

「何か不審物をお持ちではないですか、催涙スプレーやスタンガン、刃物など……」

「いいえ」

「上着はこちらにお預けください。こちらの預かり証をお渡しします」

僕は上着を脱いで渡した。引きかえに番号の書かれた小さな紙きれをもらった。7／44とあった。

ヘリアナウ学園の校長である、オットー・ルドルフ博士はクラーゲンフルト大学の教育学の名誉教授だ。彼はまた、途上国での教科書普及運動に携わる慈善団体「新ベンヤメンタ」[57]の後援者でもある。彼の握手は、確固とした、意志の強さがうかがえるものだった。

初めて彼に会ったとき、もともとは完全に違う形で存在していたに違いない何かのようにみえた。少々明るすぎるように見えたし、顔のコントラストも奇妙な具合だった。想像上の調節機能をいじって色の構成を変えたい気分になった。ただ彼の眼だけは取り立てたところがなく、普通だった。水色だ。まるで彼の創造主がまず眼をつくり、残りの設計は弟子にふったようだった。

「ようこそいらっしゃいました、ゼッツさん」彼は言った。

「はじめまして」

「運がよろしいですな」ルドルフ校長は言った。「シーベルト教授[58]は昔からの知りあいなんですよ」

「そうなんですか、知りませんでした」

「通常はキャンセル待ちのリストがあるんです。でもあなたの場合は……」

彼は両腕で勢いよく、羽ばたく仕草をした。

本館のすぐ隣には大きな木が大地から斜めに生え、建物から逃げようとがんばっていた。二階の下側をくぐり抜けようとするリンボーダンサーのように見えた。

すこし離れたところに、動かないろうそくの炎のように木の杭の上に座る、小さなトラネコを見つけた。

「あれ」ルドルフ校長に言った。

「何です？」

「ネコが」

彼はうなずいて、足を進めた。

歩きながら僕は、視線で追いかけてくるネコに手をふった。

「ここでは全ての生徒に、自分の自由な空間があります」ルドルフ校長が言った。「彼らが必要とする場所があるのです。子供が搬送されなければならないときは、こちらのバスを使います」

「そういうときは一番後ろの席に座るんですか？」

ルドルフ校長はうなずいて、それとなく知らせた。

「子供たちを我々の近接性理解に従わせようというわけではなく、彼ら自身の近接性を尊重することが大切です。そしてそれは、残念ながら実際には、ここのような学園のなかでのみ可能だと言わざるをえません。ここでは彼らが頼ることのできる社会構造がありますから。ネットワークに埋め込まれることで……ちょっとした刺激ではダメにはならないのです」

「年間の寮費はどれほどなんですか」

ルドルフ校長はまず、そのような質問に吐き気を催すかのように顔をしかめ、それから両手を挙げていった。

「保護者のかたが支払う基本料金は、年間二万ユーロほどですよ」

「二万ユーロですか?」

「失礼、笑ってしまって。しかし典型的な数学者の質問ですな。ハハハ。もちろんまだ、そこにはほかの特別なオプションが追加になりますよ。例えば拡大用機器などです。日常生活の克服のためのものが」

「教室をひとつ見せていただくことは可能ですか?」

「もちろんです、それはそうと三教室しかないんですよ。でも」(彼はメガネをあげて時計をみた)「現在はすべて使われています。十時半ごろにはA講堂が空くでしょう」

4　授賞式

ネコの額にあるMは、特にうまくいった。残りは、そうだな、よく言ってもまあまあだ。傷跡はかなり陳腐だ。この動物が入っている装置も遠近法的にどこか丈が詰まっていた。それに木の杭も色が暗すぎた。残念だが何度も繰り返している失敗だ。それでもみんなこの絵が気に入ってくれたようだ。絵のなかに、ありとあらゆるものを見ていた。ときには女性が絵の前でわっと泣き出して、自身の服をぎゅっとつかむこともあった。

今回は写真をつかって制作した。さらに言えば、写真を直接というわけではなく、映画の静止画を使用した。メディアで再三、悪しき事例として挙げられてきた、アメリカのある大学についてのドキュメンタリーだった。ついに、ある学生が隠しカメラを持って実験施設を歩き回り、十四時間以上の動画資料を集めた。この十四時間を、オーストラリアの映画作家夫妻が、最終的に二時間にまとめた。なかにはインタビューもいくつか挟まれており、そのうちのひとつに撮影を敢行した学生のインタビューがあった。そこで彼は、どうやってカメラを野球帽に隠したかを説明し、これらの部屋を歩いたそもそもの個人的動機についても少々語った。この作業で難しかったことは？　身体検査をされたり、あるいはここで何をしているのか質問されたりしなかったか？　具体的に何を感じたか？と。ロベルトはこの若者の静止画も絵に使うことをも考えてみた。しかし、それほど難しくはならなかった。この男を構成している色合いはごくシンプルで、その組み合わせも大きなチャレンジにはならなかった。シャツはひょっとすると別かもしれないが。1:35:21の時刻表示でみたネコはそれよりずっと難しかった。しかも胸に一物がある。特に目立つわけでもないが、それでもあるのだ。

この絵は吉報さえももたらした。州の奨励賞だ。ロベルトは、いの一番にヴィリーに知らせた。ヴィリーは電話口で敬意をこめて笑いころげたので、ロベルトは途方もなく幸せになった。次にようやくコルドゥラに話した。彼女はハグをした。授賞式は銀行のロビーで行われた。火曜日の夜、十九時に。まず二人の年配の男性のスピーチだ。

一人目は責任と芸術について、二人目は責任と社会についてスピーチをした。二人目はさらに過去の犯罪にもふれた。最後に将来にも少々話題をひろげ、彼の言うところでは、将来というのは今日では、いわば希望の使者として多く現れてきているそうで、その後で、スピーチのあいだじゅうずっと身体をひどく曲げて覆いかぶさっていた演説台から一歩下がった。それはまるで、いっしょに長くやっていた乗馬の休憩チャンスを演説台に与えたようだった。それから各部門の受賞者たちの名前が呼ばれ、舞台に上がった。ベスト舞台映え賞は驚くほど美しい女性がさらっており、ロベルトは絶えず彼女を見つめてしまわないよう自分を抑えた。

最後に全員がシャンパングラスを手にした。銀行の玄関脇の掲示板には、先週ここで開催されたフルート・コンサートが告知されていた。ロビー入り口のiBallが瞬きをした。

閉ざされている防犯ガラスの板の向こうにある銀行カウンターは、厳粛できらびやかにみえた。

今年の受賞者たちは二人組や三人組にされ、あらゆる角度から写真を撮られた。一人の男が、ロベルトをほかの受賞者に近づけようと肩を触ったので、ロベルトはすんでのところで賞状でその男の頭を叩いてしまいそうだった。

銀行のロビーにはひどい抽象画が多数かかっており、ロベルトはパニックにならないようにそうした絵にしがみついた。これらの絵がこの空間の本当の住人だった。夜のあいだずっと、だれにも望まれない不格好な形象たちはここにかかっているのだ。

ロベルトは一、二度、狂ったブドウの味がするスパークリングワインをすすり、頭のなかで絵を描きなおす作業にとりかかった。仲間としてのポーズだ。最初の絵は、手足がそれぞれ様々な鮮明度を見せるねじ曲がった棒人間へと変えた。棒人間は帽子をかぶっており、その顔からはタバコか煙突のようなものが突き出ていた。紛れもなく人間の形をしてはいたけれども、描かれたものは、教会の明るすぎる片隅か、コントラストの奇妙な部屋の夢で見られるもののけの印象を与えていた。

「本日はおめでとうございます」後ろから声が聞こえた。

ロベルトはひどい咳の発作を装った。眼に見えない祝賀客はひき下がった。

パーティーの出席者たちは次第に酔っぱらっていき、たがいに秘密を語りはじめた。ロベルトは数分、若い女性の話に聞き入った。彼女は長い年月の後にようやく世界と宥和し、その結果できた芸術作品に「男たちの真なるすべての血《メンズ・トゥルー・オール・ブラッド》」とタイトルをつけたと説明した。ロベルトはうなずいて、それが何を表現しているのか質問した。女性はロベルトが冗談を言ったかのように笑った。ロベルトは、この人に眉毛がなかったらどう見えるのか、想像してみた。はんだごてで、こうちょっと……。それから眉毛の代わりに小さなXでできた縫合痕の筋を。盛りあがったケロイドだ。ビュッフェに行って、チーズをのせたパンとブドウ半房、マヨネーズ一すくいを取った。スピーカーからはジャズトリオが演奏する『ジュラシック・パーク』のサウンドトラックが流れていた。

ロベルトは時計をみた。

今いなくなってしまってはまだ、主催者たちに失礼になるだろう。一枚の絵に対して三千ユーロもロベルトにプレゼントしてくるこの種の人間たちは嫌いだ。こうして権力を行使しようとしてくるのだから。まるで、隣のマンションの車を運転して壁にぶつけさせることのできるリモコンのようだった。

先ほどの若い女性がまたやってきた。ちょっと外にいたんです、と彼女は言った。すこしおびえているようだった。おもしろい暇つぶしを欲していたロベルトは、何があったんですか、様子が変ですよ、と話しかけた。あら、なんでもないんです、と若い女性は言った。ただ家へ帰ろうと思ったのだけれど、小さな生きものたちが外の木の上で飛び回っていたもので、また銀行のロビーに戻ってきたんです、と。

「マーメットですか?」

「いえ、別のものです」

「ああ、そうですか、あの生きものたちですね」ロベルトはうなずいた。「ご心配いりません、あれはぼくのためにいるんですよ」

女性は、まるでロベルトが眼前で巨大な牡牛に変身したかのように[59]、眼をみはった。彼女は若者ってバカ目線でロベルトを捨ておいた。それから、酔っぱらい、時が経つにつれてどんどんセンチメンタルになっていく人々の集団が、ロベルトのまわりに濃く迫ってきたので、ロベルトはおしゃべりを始めてまわりに気泡をつくり、呼吸できるようにした。話題は、今日の芸術そのもの、特に写真について、（たまたま耳に入ったテーマである）双生児研究、それからもちろん、昔ながらのニワトリが先かたまごが先か問題について、それにブリュッセルの法律についても、法律のホの字も知らなかったが軽く触れておいた。なんでもかまわない、みんな話を聞いてくれた。それでもう一度、受賞を祝ってくれるのだ。ロベルトは礼をいって、あらゆる人々に、外にはまだキツネザル《レムレス》が木の上にいるだろうか、と尋ねまわった。おもしろがって見つめたり、何か聞きたそうな顔をしたりする人もいれば、笑う人もおり、まじめにうなずく人もいた。

ロベルトは、廊下のつきあたりにある煌々としたトイレ表示へと向かった。ここにある蛍光管は、おそらく数年前にはすでに、孤独から気が狂ってしまっていた。チカチカとした光とブーンといううなりで、モールス信号の理解不能なメドレーを奏で、不規則にまぶたをけいれんさせていた。だれかが下に立ちどまるまで、あまりに長いこと待ったので、せき止められていたものが一気にあふれ出たのだ。

トイレに入ったとき、ロベルトはひどくホッとした。そこは天国だった。なんて自分を発散できる場所なんだろう！　蛇口の取っ手は（コルドゥラの精神科棟の病室とはちがって！）簡単にねじを外すことができた。それに個室のドアノブはすこしゆるくなっていた。気をつけてノブに触れてから、とどめの一撃を喰らわせてやった。ノブを手に、深呼吸をし、眼を閉じると、瞬間的に満ち足りて、自由になった。それから膀胱を空にして、手を洗うことなくロビーに戻った。できるだけたくさんの人と握手をして、奇妙に痩せた男の順番が回ってきたときには、ロベルトは最初、自分に話しかけたあの男だとはまったく気づかなかった。あけっぴろげで注意深くみえる顔を、長いもみあげが飾っていた。髪の毛は後退しており、昔は黒かっただろう白髪交じりの髪でできた環礁がわずかに残っているだけだった。男は異様に細かったが、もっとも人目を引いたのは、まったく肩がないことだった。もし黒いケープを着ていたら、手巻き寿司のように見えたことだろう。

「バットマン」ロベルトは、この痩せ男が言ったことに対して返事をした。

これで自分の立場をはっきりと示せているといいが、と考えた。

「お会いできてうれしいです、テッツェルさん」

「えーと、知り合いでしたっけ？」

「いいえ、違いますよ」相手が言った。

独特のアクセントがあった。どこかフランス語のような、でもそれとも違うような、ひょっとするとルーマニア語だろうか。ロベルトは、何千もの自分の尿の分子がこのいたずら者の手の上へ移っていくところを想像した。

「失礼ですが……」男が言い始めて、ため息をついた。

ロベルトは待った。

「失礼ですが、あなたの絵はいいですね」男は、すこし近づいてきた。

「ああそうですか」

「受けた作用を何と比べたらいいのかわからないのですが。もっとも近いのはたぶんあの……。アルヴォ・ペルト[60]の『アリーナのために』という曲をご存知ですか」

ロベルトは首をふった。

「特別な一曲だと私は思います。見識ある人間は、今日ではもはやメロディーやハーモニーなどで作曲をしません。常に構造や抽象的な形式で……まあ、いいでしょう。しかしペルトの曲はまったく違うもので、どこから手をつけていいのかまったくわからないのです……」

「ああ、なるほど」ロベルトは、身体の向きを変えた。

男はロベルトの肩をつかんだ。ロベルトの眼が開かれた。痩せ男は笑っており、バッグの中に手を入れると、名刺をロベルトの手に押しつけた。そこには名前がなかった。ただ会社の名前だけがあった。**インターエフ**と。

その下にはベルギーの住所。メールアドレスは、*inter_f@apuip.eu* だ。

「ペルトの音楽は、このあなたの絵とまったく同じです。このネコのね。この静寂。あれはね、ピアノ曲なんですよ。左手の伴奏はロ短調の三和音だけでつくられていて、単にあちこちで鳴らされるだけなんです。まったく退屈です。右手の方は、似たようなメロディーを弾いて」男は短いフレーズを口ずさんで見せた。「それが合わさると絶対的な静寂が産み出されます。この曲を人通りの多いところで聞くといいですよ、ヘッドホンでね……すると突然、一人っきりになれます。突然やすらかにね。骨のなかやいたるところにあるあの電気は消え去ります、私の言っていること、わかります？」

ロベルトには、ほかの客たち全員が二人から少なくとも一メートルは離れた感じがした。できることなら彼らに腕を伸ばしたかった。手に持っているグラスが汗をかき始めた。

「そうなんでしょうね。えっと、お名前はなんとおっしゃいました？」

「そのような長い時のあとにはね、ふっと時計の針が静かに止まる瞬間があるんですよ。またはガイガーカウンターが。そうでなければサイレンが。ただただ、静寂です。それは強烈な仕事ですよ。どうやって成し遂げられたのです？」

「えー……」

ロベルトは両手をあげた。

「存じておりますよ。言ってみせるのは簡単じゃあない。芸術的なプロセスですから。でもあなたが見つけた静寂は、ワインの当たり年のようなものです。すこしずつなら愉しめますが、大量にはいけません。生徒でいらしたのでしょう？　あの学園の？」

「ヘリアナウのことですか」

「ヘリアナウ学園、そうです。ご経歴に書かれていますね」

「まあ」

「バーンアウトした事例だ」男は口元へ持っていきながら、シャンパングラスの中につぶやいた。

「なんですって？」

「興味深い例ですよ。全部ひっくるめてね。もっと早くお知り合いになっていたらよかったですね、テッツェルさん。でもそうすればパラメーターがずれていたでしょう。というよりずらされていたかもしれません」

「何がですか？」

「私たちが存在している基準のパラメーターですよ。状況です」

「学園で授業をされていたのですか」

バカな質問だ。ロベルトはその答えが否であることを知っていた。なんといっても教員全員を知っていたし、数人の名前と顔を頭の中に入れておくぐらい、記憶力を使うことでもなかった。

「いいえ。実際にあそこに行ったこともないです」

「はあ」

「ひとつ個人的な質問をしても？」

「聞いてみないと答えられません」

「まあ、それではお許しいただけるならお尋ねしてみましょう。試す価値はありますからね。学園ではきっと寮にいらっしゃったでしょう。つまり、通学していたごく少数の学園生ではいらっしゃらなかった。そういう例はあまり多くありませんでしたよね。でも待ってください。質問はそれではないんです。私の質問はあそこでの日常生活についてでして、すでに言いましたが、いくらか個人的なことになるやもしれません。でも悪く思わないでいただけるとありがたいのですが。ゾーンゲームをなさったことはありますか？」

ロベルトは視線に耐えた。

「ご存知なんですか」

「ええ、まあね」まるでロベルトがお世辞を言ったかのように、男は言った。

ロベルトは首を振った。

「いいえ、やっていません」

「本当にやったことはないですか？　つまり考えたのは……。うーん。おかしいな。とすると間違った前提から出発したに違いない」

男は一口、スパークリングワインを飲んだ。そのとき人差し指の関節がわずかに上唇に触れた。尿が、とロベルトは思った。ぼくの尿が。

「あなたのメンターはお元気ですか」

「だれですか」

「当時の数学教師ですよ、あの、ああ、なんと言いましたか、辛子《ゼンフ》……ゼッツでしたね？　あの頃、彼は……」

男は左手で奇妙なジェスチャーをした。それは人ごみをやんわりと、しかし威厳をもってきっぱりと押し戻そうとする警察官を思わせた。

「あいつとはなんの関係もありません」

「ああ、テッツェルさん……」（男はがっかりしたようにふるまった）「そんな風にしなくていいんです、まるで……。でもいいでしょう、わかりますよ、もちろん。でも彼が無罪になったとお聞きになって、きっとほっとなさったでしょう？」

「何なんですか？　警察の方ですか？」

男は笑った。

「いいえ。彼はどのみち違いますよ。つまり、彼らが面の皮を剝いだ間抜けの件ですが」

「何をぼくからお聞きになりたいのか本当にわかりません」

それに今は放っておいてほしいんだけど、と頭のなかで付け加えた。男は、指でロベルトのへそを突いた。ロベルトは瞬間的に凍りついた。助けを呼びたいと感じたが、同時にトンネルのようなものにはまって動けなかった。トンネルのなかで上昇した注意力。男の顔がロベルトの顔のごく近くに寄り、スパークリングワインに油絵の具が混じった男の息の臭いが漂ってきた。油絵をなめたみたいだ。

「私のところに訪ねてきましてね、ご存知でした？　数年前のことです。彼は私のところに現れまして、何かの、ああ、わかりませんが、なんらかの調査ということでした。それはもちろん出版されませんでしたが。別のことを書いているんですよ、あのお人よしはこの間にね。でも私はもちろん、本当は、何のために彼が訪ねてきたのか知っていますよ、テッツェルさん。あなたのことだ。ねえ、どうやって彼を仕向けたんですか？　つまり、私ならまあ……ひょっとするとあの……シャウフラーさんに、そういう名前だったと思いますが、ええ……マックス・シャウフラーさんにこの質問をしてもいいかもしれませんね。あなたがどうやったのか、つまりどういう説得のテクニックをあの頃に使ったのかということです。どうやったんですか、つまり、細かいことまで漏らす必要はありませんよ……何年も前の神聖同盟のことはね、テッツェルさん――」

ロベルトはやっと恐怖の硬直状態から脱し、男の顔に自分のスパークリングワインをかけた。男はすぐに笑い始めた。人々が寄ってきたので、ロベルトは詫びを口にすると彼らの脇を走り抜けた。


ロベルトは苦労して家路をたどった。やっと自分のマンションに到着した時には、どの道を通ってきたのか言うことができないほどだった。コルドゥラは迎えに出ると、彼の視線がどこかおかしいことに気づいた。コルドゥラはわかっていた、彼女の仕事だ、言うなれば子供のころからの。助けて、助けて、とロベルトは思った。ぼくに起こったことを見てごらんよ、もしかすると君との付きあいのせいだ、君は、君は……、と。ロベルトの歯はガチガチと震え、話すことができなかった。

そしてコルドゥラは――一歩下がった。

「アルヴォ・ペルト」ロベルトは言った。

「何?」

「んんん」

「何があったの? だれかがあなたを怒らせたの? 待って、何か持ってくるから、そうしたらすぐに良くなるよ……」

ザノール、ゾルピデム、いや、彼はそういうものが必要なわけではなかった、こうなったのには、この状況には理由があるのだから。でもロベルトはまだ何も言えなかった。もうすこし、ただもうすこし辛抱して。

コルドゥラは戻ってくると、マッチで組み立てられた小さな農家の模型を顔の前に差し出した。

「つぶして。いいんだよ。そのために作ったんだから」

ロベルトは、その家を手に取った。

「いいのかな」ロベルトは口ごもった。

「いいの」コルドゥラは繰り返して、促す仕草をした。「壊して。そうしたらいつも気分が良くなるでしょ。緊張がほぐれるから」

ロベルトは、人生でまだ一度も木を、少なくともマッチをかじったことはなかった。でもこの小さな、恋人によってつくられた家を噛みしめ(ひょっとするとアルノ・ゴルヒの指の骨も噛んでいたら、こんな風に砕けたのかもしれない……)、彼女のびっくりしながらも自制した、母性にあふれたまなざしに気づくと、次第に自分の声を聞くことのできる太陽系の中へと戻ってきた。

「変なやつが話しかけてきたんだ」

ロベルトは嚙んだ。怒りの家のかけらを吐き出した。放心状態でコルドゥラの肩を軽くたたき、小さな声でありがとうとつぶやいた。

「授賞式で？」

「たぶん酔っぱらっていたんだ。たぶん」

ぼくたちは用心しなくちゃいけないよ、ロビン。自分自身に嘘をつかないようにね。人間は、人間にとってオオカミなんだから。[61]

「その人は……何かいやなことを言った……？　ラーブルさんちの子供みたいに」

マックス・シャウフラーって。どこから……？

ロベルトは泣くのが苦手だった。性に合わないのだ。泣くのが上手な人ならたくさん知っていた。彼らは人前で本当に泣くことができるのだ、物語を読んだり、ショパンのエチュードを聴いたり、契約を結んだり、大幅な昇進をして。でも、ロベルトはできなかった。まったく習ったことがないのだ。ロベルトの顔は毎度ただ大陸移動のように崩れて、それぞれのパーツが好き放題した。

「ああ、ロベルト、そんなことないわ、それはただちょっと……」（十分の一秒間のためらいがあった、何もわからなかったので推測しなければならなかったのだ）「……バカで心のせまい間抜けね、その何かを言ってきたひとって……。ああ、泣かないで、ほら……」

5　五点形《クインカンクス》

サッカー場にはひざの高さまで草が生えており、長いこと刈られていなかった。校長に聞いてみたが、ただ肩をすくめるばかりで、夏になればどのみちまたここでゲームが行われるようになるんですから、と言った。サッカー場の隣にある広い芝生には何本か、ちょうど花の咲き始めた木々があった。そのあいまに細身の影が、妙にぎこちない変則的な歩きかたで動いていた。校長は立ち止まって、僕にも先へ進まないよう指示した。両手で眼をかばってから、指を二本、口に突っ込んで指笛を吹いた。その細身の少年は何か、空っぽの鳥かごのようなものを運んでいたが、似たような笛を返してきた。校長の顔はいくらか緊張してはいたが、同時に目前の出会いを喜ぶ、嘘偽りのない興奮もみられた。

「マックス！」校長は叫び、こちらへと少年を手招きした。

「彼は……？」

校長は僕に向きなおり、うなずいた。

「ええ、彼はここの生徒です。本当に愛すべき少年で。我々の希望の星ですよ！　ご両親もすごくいい方でしてね。お父上は紙工場のオーナーで……。そうだ、マックス、おーい！」

「おはようございます！」少年は叫び、十メートルほど離れて立ち止まった。

校長は近づいていき、少年は最初すこし後ずさったが理解して、校長が握手できるよう手を差し出した。

「こちらへどうぞ」僕に近づくよう合図した。「この子は嚙みついたりしませんよ。あはは！」

マックスという名の少年は僕にも手を差し出した。その手を握ると、氷のように冷たいことに気づいた。たぶん緊張していたのだろう。

「二、三分いることにしましょう」校長は、僕にむかってやわらかな笑みを浮かべた。「さて、そうだ、マックス、こちらはザイツ先生といって、ここで……」

校長は、この文を最後まで終わらせてくださいと知らせる仕草をした。

「僕はここで実習をするんだよ」

少年はうなずいた。草のうえに空の鳥かごを置いた。

「そうだ」校長は熱をこめて言った。「ウンガー先生の代講をされるんだ」

「んん」マックスは言った。

チックで手が高くあがったが、マックスはその甲を唇にあてて押さえこんだ。それから三度まったく同じ動きをして、額から空想上の髪の束をはらった。

何かを聞いてみたほうがよいことはわかっていた。元気かい？　ここで暮らすのは好きかな？　普段、何か問題は？　先生たちはどうだい？　代わりに僕は言った。

「今日はあたたかいね？」

「そうですな、まただんだんと暖かくなってきましたな」校長が言った。「マックス、君はどこへ行くところだった？」

「本部棟です」

「ああ、我々も行こうとしていたところだよ……。そうか、そうか……」

この間ずっと僕は考えざるをえなかった。何も感じないのだ。まったく、何も。普通の少年だ。普通の一日。なんの影響もない。全部、脳が紡《つむ》ぎだしたことなんだ。

マックスはうなずいて、またしても存在しない髪の束を脇へと振りはらった。

「それでは、そろそろ行ったほうがいいでしょう」校長は、袖で額の汗をおさえた。「君に会えてよかったよ、マックス。あ、それから……マウリッツさんに、今晩はカギを十八時ごろには持ってくるように言ってくれるかな。バスのためにね。それから……」

「わかりました」マックスは、一、二歩下がった。

「ああ、それから、庭へ出るドアがまだきしむことも伝えてくれるかい。見てもらわないと。今日のうちにね。いいかな？」

「んんんっ」

マックスの逆再生するような動きは、無意識になされるようだった。何か決心したときについ手のひらをこすり合わせたり、イライラと待つときに足を組みかえたりするような、自然の反応にみえた。

「よろしい、では、いいですよ」校長も、自ら一、二歩下がった。

一人だけ真ん中に残されるのはいやだったので、僕も後に続いた。

マックスはもう一度手をふると、時折チックやけいれんが混じるぎこちない歩みで本部棟へと向かった。

「もちろんあの子は、影響がはじまれば気づきますよ。子供たちはこの件に関してはバカじゃあない。それで礼儀作法の類が発達しているんですが、それも、だんだんわかるようになっていきますから。それだけでもこの学園にいるのはいいことなんです」


はるかかなたでベルが鳴った。直後にまた、別の生徒が運動場を通っていった。マックスと同じくぎくしゃくとした歩きかたをして、離れたところから僕たちに手をふった。その仕草はフェンシングの選手を思わせた。

ルドルフ校長が手をふりかえしたので、同じようにした。十三、四歳ぐらいの少年が立ちどまったので、近くで挨拶しようと足を踏み出しかけたが、校長が僕をそっと引きとめた。少年も手のひらをこちらへ見せ、礼儀正しくストップの仕草をした。

「新しいチューターの先生だ！」校長は叫んで、僕を指した。

少年は優雅な会釈をしてから、何かを言った。僕にはそれが聞こえたものの、すぐには理解できなかった。その話し方は、インターネット動画の途切れがちなライブ配信のように、速いと同時に遅かった。この日にはじめて僕は、学園の子供たちのこの奇妙な混成言語に出会ったのだ。それはおそらく手話から分化したものに近づきつつある、非常に高速な手信号のシステムで、いくつかの音節を不自然に長く引っ張る、少々大音量で訛《なま》りの強い話し方を伴っていた。まるで、音がすこし響きすぎるメガホンを使っているために、言葉を区切って話しているかのように聞こえた。（すぐそのあと、学園の食堂では実際に、小さな水色のメガホンに黒革のひもを通して首にかけている生

徒をみかけた）

少年が行ってしまった後、もう一度チャイムが鳴り、また別の子供が現れた。

「一人ずつ出てくるんですか」

「順番があるんですよ。順番は……」

校長は気もそぞろのようだった。

「ロベルトの様子はおかしかったな。彼の眼に気づきました？」

「いいえ」

「そうですか」考え込むように言った。「またあれ……なら、バカげた話だ。いいですか、私はすこし……ちょっと失礼しますよ」

ルドルフ校長はポケットから携帯電話を出して、だれかに電話をした。僕から数歩離れたので、何を話していたのかはわからなかった。僕はその場にひとりで立ち、身動きしなかった。動かされるのを待っているチェスの駒みたいだ。駒は自分では持ち場を離れるなんて思いつきもしないのだ。

食堂はきわだって天井が低かったが、広々とした空間だった。そこには延々とテーブルの列ができており、数メートルごとに椅子が添えられていた。音量調節のつまみのようにテーブル沿いに椅子を滑らせることができそうだった。

校長と僕が入っていくと、何人かが顔を向けた。ルドルフ校長は壁ぎわにおかれた演説台へと行き、マイクのスイッチを入れた。

「おいしく食べていますか、みなさん」部屋の四隅に取り付けられたスピーカーから声が聞こえてきた。

「こんにちは」生徒たちが答えた。

食堂内で、生徒たちの食事音の脇を歩いていった。僕は気づいた。スプーンがスープ皿に当たると、鐘のような明るい音がひびき、それが草を食《は》む牛の群れがそっと鳴らすベルを思わせるのだ。

「それで、一クラス何人ぐらいのインディゴチルドレンがいるんですか」僕は質問した。

ルドルフ校長の眼が一瞬、見開かれた。それから静かに言った。

「ここでは、Ｉワードは使いません」

「えっ、知りませんでした――」

「ええ、基本的にはあまり外の世界でどう思われているかは引き合いにださず、むしろ自分自身の周囲との関係や近接性のコンセプトを大切にするよう指導しています、この若者たちが――」

「失礼しました」僕は言った。

僕たちは、開いているドアを通って廊下へと出た。ここの壁には大判の写真が数枚かかっていた。ルドルフ校長は額の汗を拭いた。それから言った。

「あなたの数学の指導教授、シーベルトさんですが……。あなたを推薦したのは、彼が言うには、本当に熱心な学生だからだと。自らを律してよくがんばっている、と言っておられました」

「そんなことをおっしゃいましたか」

「ええ、そういった推薦文を私はいつも真に受けるんです。でもひとつ質問があるんですよ、ザイ……ゼッツさんでしたね？」

「はい」

「ゼッツさん。お尋ねします。なぜこの学園に興味を持たれました？」

「ええまあ、実習先というのは……」僕は言いかけた。

ルドルフ校長の眉がぴくりと上がった。

「つまり、青少年と協働するというのはとても興味深いチャレンジで、……その……あの……」

「なるほど、今どきは実習先を見つけるのはひどく難しいというわけですな。それはきっとそうでしょう。それで申し出のあったものをそのまま受けたと」

「違います！」

「どうぞ」ルドルフ校長は片手を上げた。「いいんですよ。このような学園にやる気いっぱいでいらっしゃるなどとは、まったく期待していませんから」

「人に教えるのが好きなんです」

校長は微笑んだ。

「教員には全員、我々の未来なんだよ、と伝えているんです」

「僕たちがですか？」

「いえ、ここの子供たちですよ」

「ああ、ですよね、すみません――」

「ここの教員たちには、情熱を要求したりはしません。普通の学校より、互いに接することも少ないでしょう。みなさんに要求すること、いや期待することはただひとつ、ここの子供たちが未来を体現していると、意識していただきたいのです。繰り返し自問しなければいけません。大きくなったら何になるだろうかと」

「僕が自問しなければいけない、ということですか」

「ええ、あなたです、子供たちではありません。燃え尽きて、成長するにつれ消失したとしても、まあ、必ずそうなるわけではありませんが、消失した場合でもあれは簡単におろすことのできないリュックサックですからね。エジソンはご存知ですよね」

「発明家ですね」

「ええ。エジソンは規格外の人間でした。彼の名前で何百もの特許があります。十九世紀末には子供向けのおしゃべり人形を初めて作りました。一八八〇年代にですよ！　残念ながらかなり不気味な代物で、胸に納められたちっぽけな蠟管でわずかな単語を言えるのみでした。しかも録音済みの蠟管を交換するには人形の胴をぱっくりと開けなければならなかった。まあかなり身の毛のよだつ話です。三度か四度、再生されると、音質がひどく低下したので、人形はただ離れた場所で子供が泣き叫んでいるようなぞっとする金切り声をあげるだけになりました。数カ月後には製造中止になりましたが、それでエジソンの意欲が落ちることはありませんでした。エジソンは生涯で一度も意欲を失わなかった。普通の人間の体内にある、あの小さな**もういいやスイッチ**が、彼の体内にはないんです。恐れを知らず、本当に何に対してもしり込みしませんでした。一九〇三年にエジソンは、コニー・アイランドの遊園地のトプシーという名のゾウを一頭、強い電流で殺害しました。直流電流のほうが、テスラ社の交流電流よりいいのだ、効率的だと証明するためでした。その様子は映画撮影までされ、そういったすべてを本当にエジソンが考えたのです。[62]ただゾウを殺すことは非難できませんでした。動物園が先に処刑を決定していたからです。そのゾウの調教師は、何年も火のついたタバコを食べさせていて、それで……。大丈夫ですか？」

「ええ、ただちょっと僕……」

僕は一度、深く息をついた。

「じゅうぶんに距離はとっていますよ、ゼッツさん。気持ちの問題です。いずれにせよ……。そのゾウには本当に残虐な調教師でした。何年も虐待しており、その後ある日、ゾウがその男を殺してしまったのです。死刑執行には千五百人が立ち会い、ゾウが倒れた時には拍手喝采しました。千五百人ですよ。まあねえ。人生にはめったにハッピーエンドはないものです。でも少なくともフェアエンドならあります。ゾウは長く苦しまずにすんだのですから。強電流でしたからね、何千ボルトもの。ゼッツさん？」

「はい？」

「すこしお座りになりますか。食堂に戻りましょうか」

「いえ、大丈夫です、僕はただ……」

「わかりました」ルドルフ校長はうなずいた。「それで言いたかったことですが。エジソンは特別なものの見方をしていました。いわば見事に**はまり込んで**いたんです。電球の開発では失敗を次々と乗り越えなければなりませんでしたが、どの挫折にも心が動くことはありませんでした。反対に、失敗でさらに拍車がかかったのでしょう。彼は、少なくともこの観点から言えば、まさに自然とまったく同じでした。その自然がこの子たちを生み出したんですよ。そしてある意味ではあの子たちは電球みたいなものです。いつかは燃え尽き、焼ききれて、影響は消失します。ほとんどは成人になる頃に。もちろん……対立する学説もありますけれども、まあ、細かいことはここでは問題ではありません。重要なのは、広く長期的な展望です。どういう指導的立場にこの子たちは就くことになるのでしょう。そういうことを私はよく自問しているんですよ」

ルドルフ校長は、食堂の外の狭い廊下の壁にかけられている、立派な木の額縁に入った集合写真を示した。写真には、十五人から二十人ぐらいの男子がサッカー場にいた。数メートル離れたところに似たような女子の写真がかかっていた。どちらのグループも、五点形《クインカンクス》として知られる文様をつくって並んでいた。次のような様子で。

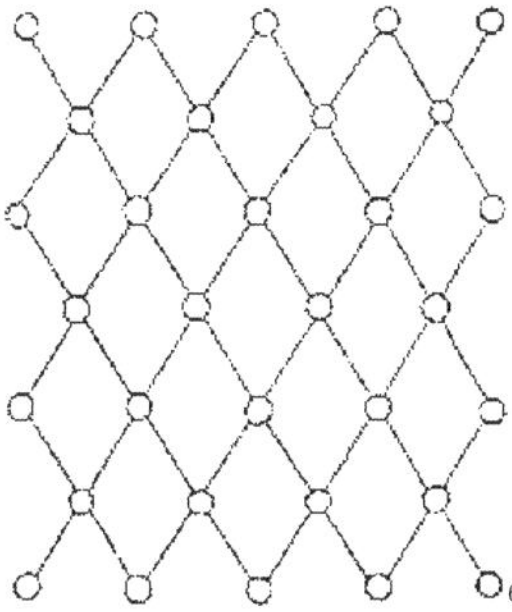

[63]

自然や芸術のあらゆるところでみられるこのデザインが、とても落ち着きと安心感を与えてくれた。並木のように少年たちは凜と立っており、彼らを倒せるものはなかった。未来が彼らのもとにあるのは間違いなかった。目につくのは、完全に等間隔で、しかも全員同じ服を着ていたことだ。白いシャツに黒いズボン、それに、おそらくズボンと対になっているジャケットを右手で肩に引っ掛けていた。全員が白い手袋をつけていた。写真は暑い夏の日に撮られたように見えた。

九九年次卒業と、額縁の下にある銀色のプレートには書いてあった。

「我々の希望は、壁が全部こういう写真でいっぱいになることですよ」校長は僕に笑いかけた。「壁を埋めつくすんです……」

校長の顔は、一気にまた真剣になった。

「あのですね、あの日のことははっきりとまだ憶えているんです。本当にものすごく誇らしかったので。なにしろ、過去数年の仕事全部が、この一瞬に凝縮されるわけですからね。あの頃、省庁むけに記録をしましたよ、カメラをつかって、全部記録書類にしてくれる人も頼みましてね。我々には大切なことでした。その日のためにずっと励んできましたから」

ルドルフ校長は、実際にとても感動したようだった。

「本当にすばらしい写真ですね」僕は言った。

「何枚かの中から選べたんです。航空写真、近影。そのほか。でもこの写真は本当に一番で……壮大なんです」

校長は写真の額縁をそっと触った。何分の一ミリか、傾いていたかのようだった。

「間隔のとりかたが感動的ですね」僕は言った。「完全に等しい。定規で測ったみたいだ」

「数学者の話しかたですな」校長は称賛するように笑って言った。「そうなんですよ、これが子供たちの悲劇でもあり、また勝利とも言えるのです。子供たちの身体感覚は球形をしていて……我々とは違うのです。二つは完全に異なる位相空間なんですよ。なのにかかわりを持たざるをえない。子供たちは距離を数センチ単位まで正確に感じとることができます。なかには、その距離の測定やらなにやらを夢みる人もいます。ちなみに私もそうですよ、少なくとも最初のうちはね、ハハハ……」

まるで今、いたたまれない話をしてしまったかのように、校長は頭を振った。

「あの頃の生徒とは、まだ連絡を取っていらっしゃいますか」

校長の顔が明るくなった。

「ええ、もちろんですとも、まあ、全員とはいきませんが、ええ、まあ、たいていは……」

「それで男女は授業も分かれているのですか、それとも……」

「いえ、クラスでは分かれていません。でもここで……分けたのはむしろ芸術上の判断です。でもお考えはわかりますよ、ゼッツさん。もちろん我々は注意していますとも、そういうこともありますからね、まあ当然、そういった傾向は、この年齢となればあるものですから……」

6　マックス

あれは、「国葬」のすぐ後のことだった。あの頃はそうやって冗談で呼んでいたのだ。木々は心地よく張りつめた空気をまとい、朝の風が容赦なく吹きすさぶ春の日だったが、ちょうど連邦大統領の来校には間にあい、正午には天気もいくらか和《やわ》らいでいた。

ご来席のみなさまにおかれましては、本日わたくしは大変このようにとりわけ多くの近接度《プロクシミティ》意識学習センター《アウェアネス&ラーニングセンター》においていつもご質問いただきますのはこの若者たちから何を実際に未来が今日すでに行われており熱心で心より尊敬いたしますオットー・ルドルフ博士とまたオーストリアのみなさまの将来のためにもより深い理解とまた社会の枠組みにとって可能性をご提供できますことを総じてみなさまにご挨拶に代えさせていただきます。

だいたい、このようにロベルトは大統領の講話を記憶していた。ほかにこの行事から想い起こせるものといえば映像があるが、それもさして変わりはなかった。二、三年もすればモノクロで再生されるようになるだろう。来校は、全部足しても一時間もかからなかった。中庭の真ん中で大統領が演説台の前に立ち、その脇に数人が付きしたがっていたが、その仕草から察するに、その数人は自身を不可視として扱っていた。それから記者も何人かいたが、あれはもしかすると学校の人かもしれなかった。生徒たちはすこし離れたところに等間隔に配置されていた。その間隔でロベルトは平気だったが、アルノ・ゴルヒやフーベルト・シュテーガーのような人たちは汗だくになっていた。

それからあのおかしな映像。連邦大統領の前に校長が立っているのだ。気温が低く、すこし風があったのに、校長はコートなしで、いつものジャケットだけだった。連邦大統領の前でやたらでっぷりとした様子でうれしそうにしていたので、その光景をみてロベルトはひどくいらだった。人というものはどこまで赤くなれるものなのだろう？　血管の壁がいつか破れるに違いない。

できることなら、指定の位置からこの二人のもとへと走っていき、鐘を打つように二人を打ち鳴らしたかった。ある種の人間は、ひょっとするとただ打ち鳴らされるためだけにこの世に存在するのかもしれなかった。

たとえばローマ教皇だ。

教皇の僧衣《スータン》は、見た目が釣鐘とまったく同じで、年寄りの白いすね毛の生えた細い足が中の振り子をしている。ウィーンのシュテファン大聖堂の大鐘《プンメリン》だな、とロベルトは考えた。新年を告げるプンメリンの生中継に歌合戦、あの気ちがいじみた高揚感は、血なまぐさい戦闘の後みたいだな、ヘルメットが傾いたまま血まみれでふらつく人たちがいるような。

血まみれの教皇たちで埋めつくされた野戦場か。カトリック教会最高位の腹の出た、たまごのはちきれそうな姿を想いうかべると、ロベルトの胸には強烈な電気ショックが走った。十字架にはりつけにされたハンプティ・ダンプティだ。[64] 神の祝福を与える手に祭服か。どぎついファッションデザイナーの悪夢から出てきたペンギンみたいだ。教皇は最高神祇官《ポンティフェクス》ともいうからな。ロベルトは考えた。あれはテレビで橋大工という意味だと言っていたから、橋をかける仕事をしていて、いつかはその橋たちが教皇のところにまで届くから、そうしたら教皇のはち切れそうな、じいさんの身体が入った布製の鐘をつまみ上げて、ぜんまいじかけの兵隊のように橋のうえを歩かせられるぞ。

教皇っていうのは、いつもひとりっきりで壇上にあがるもんだ。二人いたことはないんだし。

教皇っていうのは、ローマ市と全世界へ、をラテン語に訳しもどして話すもんだ。[65]

ロベルトは手で口をおさえなければならなかった。

教皇っていうのは、カトリックの教えにしたがって、右の頬を打たれれば左の頬を差し出すもんだ。教皇っていうのは、バチカンの野良ネコたちに赤い毛糸玉を投げてやるもんだ。教皇っていうのは、一年でもっとも深く静けき夜、クリスマスに身体を打ち鳴らされた後に余韻をながく響かせ続けるもんだ。障碍のある幼児イエスが産まれてすぐ、両親が車椅子を請い願う前に十字架にかけられる、クリスマスの夜に。

大声でわめくんじゃない！

自制の天使が銀行強盗のストッキングを顔にかぶる。

教皇っていうのは、地下鉄の車両と同じぐらい大きい女王バチの上半身だ、とロベルトはさらに考えた。この女王バチは、黒くつぶらな眼を二つ持っていて、教皇の手のひらから外を見ているんだ。ぼくたちが教皇と呼んでいるものは、女王バチの身体の下半身（ピクピクと脈動しているところ）が上からかぶせられているだけで、円錐状のスカートをはいた聖夜の天使がクリスマスツリーのてっぺんにかぶせられているのとおんなじなんだ。だから教皇はしょっちゅう祝福のために手をかざしているんだ。そうすることでやっと、つぶらな聖痕の眼でものを視ることができるから。教皇っていうのは、クリスマスツリーの飾りと同じ程度には世のなかのできごとに影響があるんだから。

　ロベルトは、助けを求めてまわりを見渡した。

　このばかげた思いつきをだれかに伝えずにはいられなかった。さもなければかんしゃくを起こしそうだ。内へも外へも同時に爆発する。あの、ウラル地方に建てられたソヴィエトの初期原子炉のようだ。[66]全域が荒廃して、五百代先まで子供たちは水頭症や心筋の奇形を患ってしまう。それで母親たちは、村で唯一ガイガーカウンターを持っている男のもとへ子供を連れていくと、計測を頼んで、極端に高い数値が告げられると喜ぶのだ。ガイガーカウンターが子供たちの放射能を吸い出すと信じているから……。

　こんな想像までしても、笑いの発作を鎮めることができなかった。

　放射線を浴びた子供たち、放射線を浴びた子供たち、放射線を浴びた子供たちと、繰り返し自分に言い聞かせ、剝がれ落ちる皮膚や黒い雨のことを考えたが、心のなかの眼で視えたのは、でっぷりと脂ぎった、ロイヤルゼリーがパンパンに詰まった教皇だけで、前へかがみこんで作業机にあるろうそくの火を、掃除機のようにぱっくり開けた口で、消えるまで吹きまくっていた。それで頭からサンタの帽子が落ちた。

　教皇っていうのは、帽子がないと——何グラムか軽くなりすぎるもんだ。

　教皇っていうのは、セールスマンで、家から家へ、土地から土地へ、塵から塵へと渡り歩くもんだ。教皇っていうのは、他人の名前がつけられて——いつも番号がふられている。

　教皇っていうのをぎゅっと身体に押しあてて、そのはち切れんばかりの腹を自分の胸で感じたら、どんな感じだろうか。

ロベルトの笑いの発作は、もう愉しくなかった。つらいだけだ。彼の眼には涙がたまっていた。マックス・シャウフラーがこちらを見やると、奇妙なことが起こった。彼はロベルトの話したくてしかたのない視線を、まるで何をすべきかよくわかっているとでもいうように受け止めた。二人は黙ったまま、この行事がどんなにつまらないかを仕草で伝えあった。マックスは新しいカンフー映画を持っているからいっしょに観ようと言った。ジャッキー・チェンの壮大な妙技のバレエが観られると思えばたしかに、ロベルトはすこし落ち着くことができた。

残りの時間は、比較的リラックスして座っていたが、それも全員が起立してウィーンからの賓客にバラバラと力ない拍手を送らなければならなかった、ちょうどその瞬間までのことだった。マックスがどういうつもりなのかが、異様な激しさで疑問に思えてきたのだ。**いっしょに観よう**だって？　プロジェクターのある部屋のカギを盗んだのだろうか？　もしかするとただDVDを貸してくれるだけか。ロベルトは一週間前に『バットマン』の劇場版を貸してやったところだった。「サメ撃退スプレー」は、一九六六年における人類の発想の豊かさの頂点だ。[67]

その後、ロベルトの部屋のドアがノックされた。そこにはマックスがいて、顔はテニスの試合後のようにぎらついており、手にはDVDを何本かもっていた。

マックスは、中に入ってもよいかと尋ねた。

ロベルトは入れてやった。マックスの方が間違いなく先に、めまい、吐き気やその他の全プログラムを受けることになるとわかっていたからだ。

マックスはとても興奮していた。部屋の反対側の隅にいないで（ロベルトは行儀よく、すぐに窓ぎわへと引っ込んでいたが）、隣に立ってきた。

「できるさ、我慢してみせるぞ」

ロベルトはマックスの腕に鳥肌が立っているのを見た。

「さあ、こい」マックスは言った。

ロベルトは、マックスの値がとても高いことを知っていた。そして自分の値は――自分でももうわからなかった。百五十か百六十秒ぐらいだ。ときどき、とても長くなることもあって、つまり、本当に長く……星雲が飛び過ぎていくぐらい長くなることもあった。やつらがいつもターゲットにしてくる理由だ。アリの巣の中にいるシロアリなのだ。

そこで最悪なのが、初めの数秒をいつも愉しんでしまうことだ。タバコと同じで、火をつけるといつもいい香りがするが、そのあとで煙が不快になるように、ロベルトの身体じゅうを触ってくる手も吐き気がするようになる。やつらのゴツゴツした指の爪がロベルトの薄い氷の膜を割り破ってくるのだが、アルノは最悪だった、あいつの指は毛が生えていて、毎回その指を毛の生えているところまでロベルトの口に突っ込んでくるし、それでたきつけられて……。

「耐えてみせるぞ！」マックスが言った。

もはや自己暗示ではなく、大発見のように聞こえた。ロベルトの毛も逆だってきた。腕時計の下まで鳥肌だ。シャツの袖を上からさすった。

ロベルトは母親のいやなところを思い出した。あの人は、自分のそばに長くいるときにはいつも、この言葉を口にしていた。しかもいつもそれは正しかった。実際にすべて我慢し耐えぬいてみせたのだから。吐き気を覚えつつ、ロベルトは通常の距離である三、四メートルまで下がった。マックスは反対することなく、これまでと同じように太陽の下での人生の不条理を受け入れた。ロベルトはできることならマックスに平手打ちを喰らわせたくなったが、そこでマックスがTシャツを脱いだ。

もう一度ドアをノックする音が響き、直後にドアがひらくと、マックスはロベルトよりもぎょっとした。ロベルトはまだ服を着ていた。

ルドルフ校長が手で顔をかくすと、行儀よく一歩下がった。

「シャウフラー君、見ましたよ、君は……」校長がはじめた。

「すぐに退室します」マックスは言った。

マックスは、まるでロベルトが魔法で彼を消してくれるのではないかというように、懇願の表情でロベルトを見やった。

それからジーンズとシャツを着て、部屋から出ていった。

ドアが閉ざされ、ロベルトは一人になった。額に手をやった。熱くない。痛みもなかった。

翌日、二人は生物学教室に呼び出された。

そこは変な臭いのする部屋で、贋物の（カラフルな骨をつかった）骸骨が隅にあった。剝製の鳥たちは、フクロウ、カラス、ほかにもロベルトが名前を知らない鳥も含めすべて猛禽類ばかりだった。

生物教師のウルリヒ先生は、まだいなかった。

二人が座った席には、開いたままの雑誌があった。その隣にもう一冊。『ナショナルジオグラフィック』だ。表紙には透明な足をしたカエルがいた。

ロベルトは首をのばし、もう一冊の開いている雑誌に何が載っているのか見ようとした。

鳥肌が立った。

それはまるで、幾何学的な美しさに驚く不可解で妙に清潔な夢の部屋を、ドアの隙間からのぞき見ているかのようだった。写真は美しいどころか残酷で、見る者を恐慌に陥れた。そこにはミミズが写っていた。ミミズは針のようなもので突き刺されており、身体を曲げてクエスチョンマークの形になったちょうどその瞬間を、実験助手に撮影されていた。人間の所業に反応できた唯一の仕草だ。ト音記号だな、とロベルトは思った。

生物教師は変わらず待たせ続けた。マックスは絶えず視線を合わせようとしてきたが、ロベルトはうっとうしい虫のように何度も追い払った。

ついに我慢できなくなって、雑誌を引き寄せた。文字はやっと意味を生み出せるとひどく安心して、ロベルトの元へするりと寄ってきたが、ロベルトはあまり受け入れることなく、もっぱらミミズの実験が記録された（四コマ漫画にするには、あとはセリフの吹き出しを足すだけの）短い連続写真から目を離せなかった。針に刺されたあと（図2）、明らかに処置のため短い休憩が狭まれ、あるいはひょっとするとずいぶん時間がたったのかもしれない。いずれにせよミミズはただそこに転がっていた。

ロベルトはまだ興奮しすぎていて、意味を授けてくれる静謐なテクストの格子に集中することができなかった。

次の写真では、ミミズは拷問具から解放されていた。ロベルトは想像してみた。すでに一枚目の写真の背景で不鮮明ながら見えていたのだが、ミミズは小さな箱の砂底に落ち（図3）、ゆっくりと慎重に身体の収縮を前へと進め、這い始めていた。十中八九、平衡感覚が針で損傷をうけたためだろうが、ミミズは半円を描いた（図4）。ロベルトは呆然と写真を眺め入った。どんな人間もこれほどひどい目にあった後に、このような安らぎを放射できはしないだろう。針金が頭に突き刺さり、脳を貫通しているのだ。でもここには恐ろしい拷問をされたのに復讐や自衛など想像だにしない生きものがいる。この生きものはただ砂の上を、先ほど引きずり出された土穴を目指して這うだけだった。また仲間の元へ戻り、みんなの元で丸くなって、化学伝達物質が来るのに対処したかったのだ。おそらくミミズはもうじゅうぶん苦しんだからと、全身の環節を使ってただ先へと進み、いつか自分の穴へ到着するだろうと思われたが、それにはあと数センチ、ミミズは仲間たちから隔てられていた。

頭のなかでロベルトはミミズへと歩みより、持ち上げた。自分の下に固い地面がないと、ミミズの身体が気づくまでにはしばらくかかった。前進をやめて、再び意味もなく丸くなると、頭が左右にゆれた。そのシーンは全部、胸が引き裂かれるほど無意味だったので、ロベルトは笑ってしまった。マックスが口から驚いた音を出した。それでロベルトは、先生が入室し座っていたことに気づいた。ミミズの話が載った雑誌をすばやく突きはなした。まるで雑誌のほうが自分を離さなかったのだと言わんばかりで、雑誌は正三角形となる位置に三人が座っていた生物教室の、長い、長い机のうえを一メートル近く滑っていった。

ウルリヒ先生は機嫌が悪いわけでも怒っているわけでもなさそうだった。その反対で、雑誌を手に取るとページをめくり、記事をざっと見て言った。

「本当だ、ねえ？」

マックスはそれから数日打ちひしがれ、落ち込んでいた。おそらくは、自分の行動に何の罰も与えられず、何かがあったということすら認められなかったからだろう。どこかで二人の視線が合うこともほとんどなかった。

それからまもなく、マックスはリロケーションされた。海外のナンバープレートのついた車がきて彼を連れていった。ロベルトがマックスを見たのは、マックスが（教員がよく冗談交じりにカタカタ鳴子と呼んでいた楽器で騒音をたて、近接度意識《プロクシミティ・アウェアネス》しながら）自室の脇を通りかかったとき、そしてそのすこし後、マックスが上半身裸で部屋の角にある洗面台の前に立っていたときだ。マックスは、鏡で顔を見て、すすか黒い化粧のようなものを手で顔につけていた。隣の椅子のうえには葬式かピアノの発表会で着るような黒い燕尾服がかけてあった。背もたれにはつぶれたシルクハットがバランスをとっていた。その後マックスは、すすで汚れた手をみんなに振った。小さなぬいぐるみがいくつか吸盤でくっついている、車のリアウィンドウからだった。その同じ日の朝にあの数学教師は、たまたま生物の授業で講堂に置きっぱなしだったミツバチの記事を読んで、急に泣き出した。変人だ。ロベルトはいまだにあの場面をあまりにはっきりと思い浮かべられるので、その怒りで拳を固めるほどだった。

ロベルトは、銀行の玄関ホールで声をかけてきた男の名刺を探した。*inter_f@apuip.eu* とあった。

カードを破り捨て、隣の部屋へ行った。コルドゥラが帰ってくる前に、壊してまた元通り直せるものを探さなくては。

7　学園のロミオとジュリエット

当然ですが、いくらかは、ええまあ、なんと申しましょうか、そうですね、ロミオとジュリエット傾向というのは生徒たちのあいだにはありますよ、とルドルフ校長は言った。それはまったく正常なことですし、体内でホルモンが相応の値に達すれば生じてしかるべきです。そしてまさにこれから、だんだんまた夏が近づいてくると、さらに空気が常軌を逸してさまざまな物質で充満していって、自分の身体というものを言うなれば一日じゅう鼻の下につきつけられるようになりますからね。花粉や草花に、暑さそのものも、汗や皮脂の汚れ、それに自分の臭いの**周辺への拡散**がもたらされます。ちょうどこの時期にひときわ、若者たちに激しい感情がわくことがあるのもごく正常なことでしょう。教育者としては常にそうした状況を予期し、落ち着いて先を見通しておかなければいけません。というのも自然はあらかじめ配慮してくれているんですから、本当の意味でね。そうです、アレルギーだって、学園生の多くにここ何カ月か症状が出ていますけれども、あれも人には身体があるんだと常に思い出させてくれているのです。身体というのは持ち主の意思や希望を気にかけることなく、勝手に環境に反応して作用し、分子を取り込んでは間違った解釈をしてしまうんです、そう、このアレルギーというのは実際、この歳ごろ、この成長期の子供たちの生活に、この夏というものが及ぼすあらゆる不快な影響のシンボルなわけです。そこへもちろん、近接性の諸問題と各人各様のゾーン行動がさらに加わるわけで、これらもしきりに子供たちの神経に大きな負荷をかけています、とルドルフ校長は語った。特に昨年の、フェリックスとマックスの事件はまだよく憶えているそうだ。フェリックスはもう学園にはいないものの、少なくとも近接度意識《プロクシミティ・アウェアネス》の一般への普及活動はやっているという。

ルドルフ校長は、言葉を独特の言い回しで繰り返した。まるでほとんどマントラか、さもなければ死者の名前の後に急いで付け加えられる**安らかに眠りたまえ**といった決まり文句のようだった。

それからもちろんマックスですよ、とルドルフ校長は続けた。あれは本当に異様なケースでしてね、なぜかというと、少なくとも初めのうちはですが、だれも感じ取ることができなかったんです。彼はおそらく歪曲近接性のごくまれな変種を患ったんでしょうな。

「ときとして研究というものは、あまりにも早く成長して幼児期を卒業してしまうものです」

「マックス君というのは、あの先ほどの……？」

「ええ」ルドルフ校長は自慢げにうなずいた。

「そうですか」

「フェリックスはこの間にリロケーションされましてね、でもマックスの問題はホルモン性というより――」

「すみません、**リロケーション**とは何ですか」

ルドルフ校長は、僕を驚いたように見やった。

「ローカス。場所を意味するラテン語です。ロケーション。リロケーション」

「つまり、別の学校へ転校したということですか」

「ええまあ、そう言ってもよいかもしれません。ザイツ先生、社会的な選択肢が限られている子供たちにとってこの世界は、我々とは少々異なる動きをするのです。いつも言っているのですが、ハッピーエンドはこういうものにはないのですよ。でもフェアエンドなら求めることができます。フェアエンドです、おわかりですか」

僕はうなずいた。

「Fairends《フェレンツ》です」ルドルフ校長は笑って繰り返した。「フェレンツ！ これならいつだって信頼がおけます。起こるんだとね」

この言葉にはどこか校長の気分をよくするものがあるようだった。その言葉にいつも結びついている甘い記憶のようなものが。


僕たちは再び狭い廊下を通って庭へ向かった。ドアをくぐり外へ出ると、建物からすこし離れたところで話に興じる二人の若者を見かけた。二名の測量士のように互いに向き合ってジェスチャーをかわしていた。彼らの声は聞こえなかった。長く観察すればするほど、言葉でのコミュニケーションを補う彼らの仕草の何が動揺させるのか、ますますわからなくなっていった。その後、それが仕草のやわらかさに違いないとわかった。特に二人が一定の間隔で送りあうジェスチャーのひとつは、僕が子供のころに大人がボッチャの球やほかのおもちゃを投げてくれたやり方を思い起こさせた。すっかり力を抜いて手を上にむけ——対象物が放物線を描かないことを願うかのように——ボールをこの惑星の重力場のなかへ解き放つと、その後は僕のひろげた手の中までの軌道と加速度をその重力場が調整してくれるのだ。

ゾーンゲーム

学園の生徒たちのあいだでいちばん人気のスポーツは、ドッジボール、サッカー、テニスだった。ルドルフ校長いわく、月に一度は、近くのゴルフ場へも歩いていき、十七ヘクタールを超える広い敷地で小さな白球を叩くものの、こちらは全員の保護者から支持を得られているわけではない。目下、ゴルフをしている子供は三人だけだという。広大な（生徒や職員からは、いつも「庭」とだけ呼ばれている）校庭には卓球台もあったが、だれかが台の上にバケツを積み重ねていた。小さいバケツが大きいバケツの中におかれて、ブリキのジッグラトのようなものができていたが、その目的はわからなかった。その塔の隣には、コーヒーカップがいくつか、ほとんど使った形跡のない台の上に並べてあった。

庭での子供たちの行動を目のあたりにするのはかなり感動的ですよ、とルドルフ校長は言った。ただ最近はあまりしょっちゅう起こるわけではないですね。今はその時期ではないんです。秋になれば、みんな本当にずっと庭に散らばって立つようになりますよ。なぜだかわかりませんけどね。つまりですね、ゾーン行動は秋に著しく変化して、個々人の境界線がとつぜん計測されるためだけに存在するようになるのです。そのころには針金の分子モデルのように生徒たちは庭を動き回ります。鉄の結合棒にくっついているみたいに、距離を常に一定に保ちながらです。人間モビールですな。ときには見ているだけでめまいをおこす人もいますよ。私の部屋の窓からはこの神秘が十月のあいだ、ほぼずっと観察できましてね、子供のころに一度みた、秋のユトランド半島のムクドリの群れを思い起こすんですが、知られざる原理にしたがって陸を渡っていく、膨れたりしぼんだりするあの巨大な鳥の雲は、形態発生のような長距離の移動で互いにぶつかりあうことは決してありません。もちろん、子供たちの場合は最終的に、この日常の所作の特殊形式のため何年もトレーニングに費やしてきた日々を振りかえることができますし、そうした要素を考慮すればこのショーはずいぶん神秘性がなくなります。それでもですよ、全員がこの方法が普通のことのようにあちこち動きまわり、互いに言葉を交わしているのを見ると、いつもまったく不思議な気分になります。まるで前にも後ろにも眼があるようで。あるいは触覚があるみたいなんです。そうでなければ蜘蛛の巣のようなものをまわりに張りめぐらせていて、一人が一カ所をつまむだけで、ほかの人は正確に、どこがつままれたかがわかる、といった様子なのです。そして一度も、いじめや男子同士の身体的なやりとりのような俗っぽい例外も含め、だれひとり体調を崩したものはおらず、ええ、一度たりとも、めまいの発作もなく、壁にぶつかったり、ほかの生徒のゾーンに押しつけられたりということもなく、限界に達したときには、ただ新しい模様ができるだけなんです。どの状況にアレンジメントするのかを心得ているのも、注目に値する、とてつもないことです。その後また息をのむような幾何学模様ができあがるのですから。我々は地球の内部にだって住めるでしょうな。完全に光のない環境で、空気も水も汚染された地域でも、悠久の氷の中に閉ざされた極地観測所だって、酸素濃度が低すぎて全員神へ帰依してしまうような海抜数千メートルの修道院にも住むことができるでしょう。

「ええ、いつか人は、どんなものにも抗いながら慣れるものです」ルドルフ校長は言った。

それにここの生徒たちは、制服を着て、きちんと手入れしたようにみえる靴を履き、表現力ある仕草をするそうだ。正しい距離を保持して。それでときどき感動してしまうそうだ、どうしようもなく。

「ところでこの集団《クラスター》は、最近では軍隊や経営セミナーでも応用されています」いくらか変わった声音で校長は言った。

「なんですか」

「クラスターは、ああ、まだ言っていませんでしたね。あれに我々がつけた名前ですよ」

「子供たちが庭に散らばっている方法の名前ですか」

「散らばっている、ですか。このやりかたで**散らばって**ごらんなさい。あなたにチャンスはありませんよ。あなたのベン図[68]は常に隣のひとのベン図と重なりあってしまうでしょうね。でもチームワークや、もっと言ってしまえばチームの団結力がすべてとなる領域では、クラスターがとてもよい練習になるんです。我々はオーストリア唯一の認可された指導団体なんですよ」

僕が感心してうなずくと、校長は続けた。

「そうです。この互いに理解しあうこと、わずかなニュアンスを見分けること、しかも常に距離のあるところからですが、そういったことが極めて有益なんです。この上なくね」

学園の裏庭は、僕が怖れていたようなものではなかった。雪のように白い不気味な外階段という子供っぽい恐怖の記憶は呼び起こされずにすんだ。ものすごいバカをやらかした気がして、できれば運転手のところへおりて行き、クロロホルムを嗅がせてどこかに埋め、だれにも口外できないようにしたいと思ったが、そのとき何か異様なものによって現実へと引きもどされた。ずっと奥の、樹木のある庭が芝生へと変わるところに、ひときわ暗い色で、ところどころ漆黒の木材で仕上げてある小屋がいくつか立っていた。各小屋の間隔は少なくとも十メートルはあると、ルドルフ校長は僕に説明した。重なりあいが起きないようにです。すべて配慮されているんですよ、そう言って僕についてくるよう合図した。小屋に近づくと、僕は二の足を踏み、校長はそれに気づいた。僕に向きなおると、笑っていんぎんな仕草をした。

「この時期のリヒテンベルクハウスは空っぽですよ」

「リヒテンベルクハウスですか」

校長はうなずいた。

「どうしてそういう名前なのですか」

校長は顎をひき、まぶたを下げると、軽く首を振ってみせた。

「わかりません。昔からずっとそう言うのです。製造会社の名前でしょうか[69]」

それからまた笑った。明らかに僕を元気づけるためで、僕も愛想笑いを返した。

一軒目の小屋のドアは開いており、中をのぞくことができた。最初にしたくなったのは、勤務中のユリアに電話して、この異様な光景を語ることだった。屋外のトイレみたいだ、と僕は思った。

農家の裏にある古い外置きのタイプで、中からネズミが飛び出てこないか心配しなくてはならない代物なんだよ、冬だったら自分が出したものが凍りつくような――

「さあ、中を見てみましょう」ルドルフ校長が言った。「ここは今のところ片づいていて、見せられますからね。奥のほうにあるのは……ええと、ルディ・チルナーとマライケのリヒテンベルクハウスですが、見ないほうがいいでしょう。難しいケースでしてね。こちらのユリウスとマウリーツェは大丈夫です」

ずっと僕は、小説の中の人間だけが薄ら笑いできると思っていた。間違っていた。

「ここにだれか暮らしているのですか」僕は質問した。

「もちろんです。夏の数カ月のあいだは本当に快適なんですよ。間隔もここのような土地でだけは守ることができますから、ご覧ください、これが奥へずっと続いていって、ポプラの木が生えているところで終わります」

僕は遠くを見てみたが、ポプラに似たものは見つけられなかった。何本か背の低い木があるだけだ。茶色の物見台が歯の矯正器具のように梢《こずえ》から突き出ていた。

「ドアは閉めますか、それとも開けておきましょうか」

「大丈夫です、閉めてください。閉所恐怖症ではないので」

「電気のスイッチはここです」ルドルフ校長はスイッチを押した。

ルドルフ校長がドアを閉めたあと最初に気づいたのは、異常な暑さだった。三十度は超えているに違いなかった。この小屋は一日じゅう暑さを充填し、太陽エネルギーを蓄えて、今は僕へと放射しているのだ。空気はむっとしていた。そこらじゅう埃だらけだった。おそらく頻繁に使用するものにだけは埃がなかった。

ドアの内側には時間割が貼ってあった。毎日三時限か四時限、さまざまな色に塗られていた。その隣には細い板にカギが下がっていた。キーホルダーは小さな銀色のUFOだ。窓はなかった。小屋の低い天井からぶら下がっている電球には、おそらくニスで、黒い輪が描かれており、それで光が二つに分かれていた。

狭いが不思議と不快ではない部屋の中にいると、数年前に『クローネン』新聞[70]の日曜版で読んだ記事を思い出した。ほとんどすべてにアレルギーがあるドイツ・バイエルン州の若い女性に関する記事だ。その冷淡かつ雑に書かれたレポートが飽きもせず強調していたことには、その女性は空っぽの部屋に住み、回りのものすべてを無垢の木製にしていた（ただしその木材にも当然わずかながらアレルギーがあった）。どんな種類の合成物質も寄せつけてはならず、煉瓦やコンクリートでさえ、たちまちひどいじんましんや呼吸困難に陥るので使用できなかった。日に三度、食事と薬を乗せた盆が運ばれてきて、彼女はそれを苦しみながら飲みこんだ。トイレはタンクに水があるだけで命の危険があるため、ずっしりとしたドアの向こう側に隠されていた。僕は、その記事を繰り返し読んだときに感じたフラストレーションを、今もよく憶えていた。ひとつ、またひとつと石を積み上げるように、悲惨な詳細が次々と明かされていって、いつかただただ可笑しくなってしまい、日曜版を部屋の隅に投げつけたのだ。病気の進行具合の描きかたは特に狂っており、十字架の道行きを思わせるドラマだった。住まいは森の入り口にあるキャンプカーから、森の中にある木の小屋へと移り、最後にはオランダかベルギーのどこかにあるこの不気味な病気専門のコロニーで、泥でできた家に住むのだが、それにもかかわらず、この女性はそこでも一度すでに意識を失ったことがあり、自分の吐瀉物で窒息しかけていた。それで一日じゅう何をしているんですか、とジャーナリストが質問していた。しないということです、と女性は答えた。合成繊維を身に着けないように、シャンプーもボディーソープも使わないようになどなど……この箇所についての詳細を僕は思い出した。そして僕自身も数週間は少なくとも、同じことをやろうとしたことがあったにもかかわらず……(当時の僕は、ヘビー・メタル・バンドの長髪のキーボード担当だった)……僕は興奮して金切り声で、バンド仲間にこの記事を何度も読みきかせ、僕たちはだんだん不条理な陶酔の中に入っていき、大音量で、かっこよく、不協和音で即興の演奏をして、このひどいナンセンスについて、天へと叫ぶそのような人生の無意味さについて、終わりへと近づいている二十世紀のゴミ、クソ、なんでもあおりたてるマスコミについて演奏したが、ああ、この全部をミニディスクに録音しておこうとだれも思いつかなかったのは残念至極、一生の後悔だ、もったいないことをした、若い女性がその後どうなったのか今日まで突き止められないままという事実と同じぐらい残念だった。

くしゃみが出てしまった。

ルドルフ校長はドアを開けた。

「無理もないですよ。掃除の人たちはこの小屋にはまったく来ませんから。掃除は本館だけなんです。今のところ話し合いをしても変わらないんですよ」

8　生きもの

もし何千本も指のある手があったなら、ミミズの神経細胞の数を自分の片手で数え上げられるだろう。それにミミズの脳から細胞をひとつ選びだして、その特性や周辺のものを覚えたら、そのすべての特徴を兼ねそなえた完全に同じ細胞を、同じ種の別のミミズの脳の中に見つけることができる。ここから導かれることは、ミミズは同一構造の脳を持っているということだ。

つまり、ひとつのミミズしか存在しないのだ。

ロベルトは、自分が生まれてこのかた、ずっとこの情報を待ちわびていたことがわかった。それは、説教やお小言といったものの代わりにウルリヒ先生からもたらされた。マックスは、生物教師が話すあいだ、ロベルトの隣で溶けて消えかけていた。コーヒーにいれた角砂糖みたいだ。ウルリヒ先生はアメリカとノルウェーの研究に言及した。先生は雑誌をみやり、話すときには繰り返し天井を指していた。まるで同じテーマのおもしろいドキュメンタリー映像が上で流れているかのように。

ロベルトはこの情報をベッドの中へ持ちこみ、身体をまるめて、残酷な拷問で頭に針を刺されたミミズのことを考えた。なぜこの写真を見るとこんなに落ち着いてくつろげるのだろう。それにたったひとつのミミズしか存在しないとは――なぜこれが、今までに聞いてきたどの祈禱や宗教的な文言よりもずっと慰めになるのだろう？　ロベルトは明日のことを考えた。ゴルヒやその取り巻きがロベルトを部屋の隅へと押しやろうとする瞬間を、そうでなければ……わからないけど……あいつらは間違いなく何かを企んでいた。でもその想像そのものは、もはや驚くことでも恐ろしいことでもなかった。ロベルトは埃の中を這う二匹のミミズを見ていた。前から物質を摂取し、ミミズのこね土に変容させ、後ろからまた排泄する、二匹の生けるチューブ。しかもこの二匹はまったくの同一で、同じ考えを持っているのだ。

僕：僕はここにいるよ。

僕：そう見えるね。

僕：知ってる。

僕：僕たちがどこにいるのかよくわからないんだけど。

僕：僕たち？

僕：僕だよ。

僕：僕はあっちから来たんだけど。

僕：僕は違うな。

僕：そりゃないよ。

僕：ああ、方向はひょっとすると決め手にはならないのかも。

僕：たしかに。

僕：怖いよ。
僕：怖さというのはそれぞれ違うよ。
僕：怖さというのはそれぞれ違ったりしないよ。
僕：ああ、それが問題なんだ。
僕：僕たちはいったい何匹？
僕：僕はここにいるよ。
僕：それで何匹……？
僕：どうやって答えたらいいかわからないな。

その後も続けてウルリヒ先生は繰り返し関連する資料を持ってきた。頭が無い状態で一年半生き延びたニワトリのマイクは、飼い主からピペットで餌をもらい、毎朝鳴こうとして、ぽっかりあいた喉から空気を押し出したという話[71]。ソヴィエトの科学者がつくりだした頭が二つある犬の話[72]。移植したサルの頭が数時間生き延び、以前調教師といっしょに習い覚えた上唇を曲げる仕草で水を所望した話。細胞が老化しない謎多きナマコの話。ロシアの貴族が飼っていた変わったオオバンが、すでに石化しミイラ化したヒナの入ったたまごばかりを産んだ話。生物発光、透き通った皮膚、無原罪の御宿り（アリマキの生殖）に関するレポート群。驚嘆に値するアンコウのつがいの儀式。またはシーラカンスの歴史。

ロベルトはコルドゥラに、銀行の玄関口で何が起きたのか話せていなかった。彼女も尋ねてはこなかった。

彼女はむしろ、ロベルトを自分の身体に受け入れることを好み、愛しいこの風変わりな、いつも感電したみたいにぼんやりしている存在をなで、癒すことを好んでいて、彼の腰の動きひとつひとつは、傷を縫合する針がもぐっているようだった。コルドゥラはキスをして、ロベルトがキスのあいだに眼を閉じるようにしてみた。普段ロベルトは眼を閉じられないのだ。そのうち成功すると、コルドゥラはロベルトの肩の筋肉が緊張するのを感じた。

「ギリンゲンね」彼女はささやいた。

それは、ロベルトの心をくすぐることのできる言葉だった。

「世界に知られたロープウェイ……」

この親密な言葉に反応してロベルトの身体が小刻みに震えるのを、コルドゥラは内側で感じた。それからロベルトの小さなひし形をしたコンピューターをベッドへと持ち込み、さらに愛しあいながらたわいのないビデオをみた。外では雨が降っていた。今年初の本格的な晩秋の雨は、街に早々と雪明かりを生じさせ、雷鳴のかわりに何時間も凍えるような霧雨をもたらし、代わるがわる激しい強風と入れ替わって、大粒の雨をネックレスの糸から滑りおちる真珠のように飛び散らせた。数週間前から季節の変わり目が訪れていた。冷たく、長い夜に、濡れ踏まれてジャムのように歩道に塗りつけられた紅葉たち。十一月との境目にある、十月のことだった。

こういう時期には互いの中に身をひそめる以外、何ができるというのだろう、とコルドゥラは思った。唇をロベルトの胸に押し付け、速くなった鼓動を感じながらじっとしていた。

二人でいっしょに観るインターネット・ポルノにも秋が訪れていた。多いのは熟女、人妻、懐かしの太陽が降りそそぐ野外ものだった。チャットルームは放置され、公園のアイス・スタンドや屋台のように板切れのバリケードで閉じられていた。無料動画サイトのポップアップは普段はひどく熱心に、裸の女の子たちが眼に視えない幻影と話している有料のライブカメラへと誘導してくるのだが、今回示されたのは、冬場のスケートボード用ハーフパイプぐらい活気のないリンク切れのサイトで、雪のように白い袋小路、まっさらな本のページだった。コメント欄はそっけなくなり、自動でおすすめされる動画はだんだん長く、気晴らしは多くなって、外が寒いときに潜り込むことのできる場所はより暖かくなっていた。（ロベルトのブラウザのスタートページにあるグーグルのロゴでも、カーソル大の落ち葉がアニメーションでひらひらと舞っていた）ロベルトにとってもっとも心地よいのは、なんの変哲もないクリップだった。二人がただ折り重なって、前後にちょっと動くような。ほかはすべて、うろたえるかいらつくかして萎えてしまった。最近見つけたものの中には、「ブッカケ」という奇妙な単語が特色の動画群があった。そこで観られるものはいつも同じだ。床にひざをついた裸の女性。その女性を同様に（滑稽なスニーカー以外は）全裸の男性たちがとりかこんで、かわるがわる女性の顔に射精するのだ。これがかなり淡々と行われ、精液の放出以外はほとんど何も起きないので、ロベルトには快適だった。コルドゥラはおもしろがりはしたが、本当に愉しめたわけではなかった。もっともロベルトもこの動画をあまり長くは観ていられなかった。四回か五回かけられると女性の顔は毎度、インディ・ジョーンズの『レイダース／失われたアーク』で溶けていくナチの顔のように見えたからだ。この効果がさらに大きくなるのは、動画の女性がたいてい口を（おそらく卑猥にみえるように）ヒナのように大きく開けるためだった。聖櫃《アーク》から放たれた火柱に撃たれてわめくナチの顔とまったく同じなのだ。[73]ブッカケものがこうした段階にまで到達すると、その光景はただただおぞましく、寒々とした季節につきものの絶望が、ものすごい勢いで戻ってきた。

　コルドゥラが、何か別のものを観たくないかと聞いてきた。コルドゥラはうつぶせで、ロベルトが覆いかぶさっていたので、コルドゥラが検索ワードを入力しなければいけなかった。

「そうだな」ロベルトは息を切らせていた。「入れるのは……。ああ、待って、ちょっと……」

「もういっちゃう？」

「あ、まって……」

　速度をゆるめ、頭を彼女の頭へと沈めた。

「何か関係ないものを考えて」コルドゥラが言った。「それから深呼吸してみて」

「わかった」

「何を考えているの」

「どうして知りたいの」

「なんとなく」

「考えていたのはね、有罪なのに無罪釈放されるってどんな気持ちなのかってこと」

「ええ、やだ、ロベルト、またそんなこと……」

「何を考えているか、君が知りたがったんだろ！」

「ええ、でも……。どうしてよりによってそんなことを考えるの、わたしたちが……」

「さあね。今は君も同じことを考えているだろ」

「ええ、でもそれはあなたのせい。自分じゃそんなこと考えつかないもの」

「君が新聞記事を見せてきたんだ！」

「でもただそれはあなたが……」

ロベルトは彼女の中をスローモーションで動いた。コルドゥラは腰の動きで寝返りをうちたいと知らせてきた。ロベルトは彼女の中から滑りでて、腕立て伏せの姿勢のまま彼女の上で浮かび、人間の檻のようにその狭い境界内でしか彼女が動けないようにした。それからコルドゥラが正常位になると、ロベルトは彼女の内部へ戻り、温かく、硬く、彼女の内臓組織は（適切な瞬間に考えればセクシーな言葉だ、組織というのは）伸びてロベルトを引き入れた。

「そんなひどいことは考えてほしくないの」

「あいつはきっとうれしかっただろう」

「もしあなたが……奥まで入ってきてほしいの」

彼女はうまく言えず、どこかおかしな文になったが、ロベルトはすでに高まっており、そのような些末なことにまで注意を向けられなかった。ゾーンの中にいたのだ。喘ぎ、眼を閉じ、口を半分あけて、絶頂の直前まで来ていた。

「絶対、あいつがやったんだ。でも証拠が……」

すこし突くのが激しくなった。

「まわりのこと、全部忘れてほしいの」コルドゥラは耳にささやいた。「わたしがいるのよ、それであなたは……外で起こっていること全部、このひどいできごと全部……全部忘れて、入ってきて、奥をさわって……」

コルドゥラは腰骨を前に突きだして、ロベルトの先端が深く突きささるようにした。普段は触れられることのない場所へ、秘密の扉のカギ穴へと……。ロベルトは、コルドゥラの考えていることがわかっていた。この傷つき、混乱している生きものを元気になるまで看護しなければならないのだ。この生きものは懐《なつ》いて彼女のところにきたのだから。とりもなおさずコルドゥラはほかのだれよりもロベルトの近くにいて、ロベルトの身体の隅々までその匂いを知っており、何度も精液をのんだことがあって、そのたんぱく質がそのうち骨や歯に固着し、彼女が壊れるのを防いでいた。ロベルトの絶頂は補助の必要な面倒ごとではない、とコルドゥラはいつも請けあっていた。むしろ宇宙のゆかいなオーバーフロー・エラー、二度あらわれるネコのようなマトリックスの異常[74]、反復が常に刷新を意味する、魔法のように生まれ変わり強くなるデジャヴだ、たとえ全体ではどこかおかしく見えるのは否めないとしても……。

「そうよ」（あの頃、根つきの悪いクリスマスツリーみたいにふらつくロベルトの手を取って、スケート靴ごと氷上をひっぱったときと同じように）「そこ……きて……」

「絶対、あいつがやったんだ」ロベルトは興奮してかすれた、うつろな声でうなった。

［赤いチェックのファイル］

ホセ・ミゲル・モレイラ著

はじめの三つ

『はじめの三つ』――それは、ホセと愛娘マリアとのはじめの３年間のことである。マリアは1999年にインディゴ症候群を患って生まれた。本件が特殊なのは、３年が過ぎて初めて病に気づいたことである。そこで初めて症状が出たわけではなく、その反対に、ホセがはじめの３年間あまりに距離をおいて娘と接していたために、単純にインディゴの他者への作用に気づかなかったのだ。マリアの名前の由来にもなった母親は、出産直後に感染症で亡くなっている。

この心を打つ回想録は、親子関係をより近く、より温かくしようという情熱的な意見表明であり、自分の孫や子との早期接触を怠らないようにとの警告である――そして同時に距離への礼賛でもある。

「もし普通の子育てをしていたら、自分の仕事をしかるべき体力でこなすのは不可能だったでしょう。きっと定期的に病院へ担ぎ込まれるか、療養に出なければならなくなっていたはずです。娘が幼いころにわたしが近くで面倒をみる気がなかったがゆえに、娘にきちんとした生活をさせられたことは、わたしの人生の性質《たち》の悪いパラドックスのひとつです」

核数出版
2004年

9　F組

名前	年齢	I値（概算値、単位：秒）
フェリチタス・ベルマン	14	120
アルノ・ゴルヒ	16	0（直接）
マクシミリアン・シャウフラー	16	1000+
ザラ・シティック	16	45
フーベルト・シュテーガー	17	10
エスター・ライヒ	14	250
ロベルト・テッツェル	14	60（二〇〇二）、180（二〇〇四）
ダニエル・ヴァルトミュラー	15	?
ヘートヴィヒ・ヴォーブルッフ	17	666
ユリウス・ツァールブルックナー	14	50

このリストについてのルドルフ校長のコメントは、以下のとおり。

シャウフラー君は千秒もしくはそれ以上です。調子の良い日には、何も感じないまま何時間もずっと近くで過ごすことができます。この子が我々のところで何がしたいのかさっぱりわかりません。まあ、ご両親は裕福ですから。シュタイアーマルク州で建築会社をやっておられるんですよ。それからヴァルトミュラー君は謎に包まれています。彼は四、五秒だという人もいれば、半時間までは大丈夫だという人もいる。おそらく思春期やアイデンティティの問題でしょう。彼にはプライベートな空間が必要なんですな。まるでもう車一台ぶん、いやそれどころか、遊園地一個ぶんの自分のスペースもまだもらっていないかのようなんですよ。ヴォーブルッフさんの値はどちらかというと六百あたりというところでしょう。でも彼女はゴシック好きで自分さがしの真っ最中でしてね、なんでしょうね、まあ彼女にあわせてやって、このばかげた値も受け入れているんですよ。もちろんこれが正しければおもしろいですがね。よかったらストップウォッチでお試しになられますか？　それともクラスで有志を募って社会プロジェクトをやるのはどうですか？　このテッツェル君は問題児です。ご両親は比較的裕福ですが、目立つほどではありません。むしろ控えめで、感じのいい方たちです。お母様は定期的に面会にいらっしゃいますが、お父様はまだ見たことがありません。古典的ないじめのターゲットです。溶け込むのに社会的感受性の配慮や対応が必要です。スライドやブレインストーミング、ポスター制作などにはよく反応しています。不良たちがテッツェル君と療浴を行うと、テッツェル君はたいてい授業には来なくなります。これは比較的予想可能なパターンですね。

近接度意識学習センター《プロクシミティ・アウェアネス&ラーニングセンター》は毎時限、復習から始まる。一週間もすると、この学年の残りの期間を新しい数学教師——またはここの呼びかたでは数学のチューター——が受けもつという事実は、生徒たちにとってまったくどうでもよくなっていた。彼らは大きな講堂に均等に分散して座り、うつろな顔をして僕を見下ろすのだった。

朝、このぞっとする面々を眼にすると、毎日僕は、できることなら叫んで逃げだしたくなった。僕はプロジェクターのカメラの下に、授業内容をいつもの小さなブロック体で書きつけた。白いスクリーンいっぱいに拡大されて初めて、この文字がいかにこっけいに見えるかに気づいた。小さな文字たちは、嵐に吹き倒された小屋のようで、特にMはそっくりにみえた。Iはたいてい傾いてお隣さんにもたれかかっていた。数学記号は多少はっきり書こうとやってみたものの、必ずしも成功はしなかった。

「先生、もうすこし大きく書いてもらえますか」

だれが話しかけてきたのか知るのに、座席表を見なくてはならなかった。最上段にいる青白い顔の女生徒だ。眼に小さなオペラグラスをあてていて、おかげでひどく上品に映った。

講堂から再び外へ出られるのは毎回うれしかった。照りつける太陽光の中、壁の隅によりかかり、頭の不快な緊張をゆるめた。

教員出口のドアの枠には、油性マーカーでこう書いてあった。**ディンゴがわたしの赤ちゃんを《わたしのせいじゃ》食べたの《ない》**[75]。

数年前に僕は、事あるごとに自分の赤ちゃんのベッドに吐瀉する母親がいると聞いたことがあった。たいていは子供に直接吐いてしまうのだという。あの頃は笑ってしまったものだ。

今では、彼女らのことがよく理解できた。

頭痛は特にひどいわけではなく、空気が変わったせいだとか、毎朝通勤のために一時間も電車に乗るせいにしていた。オーストリア連邦鉄道の車内は、現実の気温や気圧とはめったに関連性のない独特の空調になっていた。そのうえ僕は一日ずっと、なにかを食べることはほとんどかなわなかった。生徒たちが食堂へ向かうころには、僕は時間通りに電車のホームに着くために、学園を出なければならなかった。そうしないと丸二時間が無駄になるのだ。

一度だけ長く残り、生徒たちと昼食を食べたことがある。その日は例外的に数学の授業が午後にずれたのだ。

レニという名の、一日じゅう姿が見えない給食係の女性が親切にテーブルまで持ってきてくれた皿には、グリンピース、ニンジン、濃い黄色のマッシュポテトがたっぷりと、それら一切とかかわりを持たないニジマスがのっていた。魚の眼はひらいており、姿勢ははっきりとしていた。僕はほとんど一口も飲み込めなかった。食欲を減退させる生徒たちの咀嚼し嚥下する音や、食堂でいやにブーンとうなる空気が、僕の食欲をなくした。それで戸外へ出て、太陽の暖かい清浄な空気で身体を満たした。

その後、玄関ホールの自動販売機でコーヒーを買った。ブラックで、何も入れずに。瞳孔でいっぱいの紙コップだ。

A講堂の空気はよどみ、むっとしていた。開けられそうな窓はなかった。そのうえ暖房が効きすぎていた。消火器からは白い泡が床へとしたたっていた。僕はもう何度も、用務員のマウリッツさんに知らせようと思ったが、その度に忘れてしまっていた。

「では、はじめます」僕は生徒たちに呼びかけた。

彼らはただそこに座っていた。顔にくっついている眼の数々。何人かはガムをかんでいた。最上段にいる女子は、ひらいたノートの上で寝ているようだった。

僕はため息をついて、教壇の後ろに腰をおろした。何だったかな。二次曲線だ。一瞬眼を閉じて、(ここの生徒には失礼かもしれないが)手をこめかみにやり、そして授業の導入を思いうかべようとした。二次曲線だ。二次曲線。教科書の知識は吹き飛んでしまったようだ。頭の中には背の低い円錐のイメージしかなかった。僕は深呼吸をし、さっきコーヒーを飲んだのだから、きっとすぐにその効果を感じるはずだと自分に言い聞かせて、立ち上がった。

教壇に散らばっていた数枚の紙に、視線が落ちた。

R・Tへと、一枚には書いてあった。裏返してみた。学術誌の論文をコピーしたものだ。写真は腹部の後ろ側が千切られたミツバチだった。僕は写真の説明を読んだ。**ミツバチは防御に針を使ったあとに必ず死ぬわけではない。このミツバチは針なしで七時間生存した。**

僕はめまいがして、後ろの黒板につかまらなければならなかった。

このコピーされた記事の別の写真には、小さな白い箱のなかで横たわるミツバチが写っており、むなしくも自然の摂理に従い、とうに死を迎えていた。混乱した。支えもなく。

「失礼」僕は講堂から走りでた。

足元の芝は、ベビーベッドの中の子供だと想像してみた。何度かこみ上げたが、何も出てこず、ただ焦げたコーヒーの味が胃酸と混じって食道を上がってきた。草の上に落ちた唯一のものは、自分の頬を流れたしずくだけだった。

僕は振り向いて講堂へ戻ろうとした。しかしそれから数歩、後ろへ足が動いた。エラーにはまりこんだみたいに。逆作動だ。

静かな、人気のない職員室の隅に座ると、ユリアに電話した。ユリアが応答するまでは時間がかかった。受話器の向こうでは甲高く混乱した声が聞こえた。おそらく新入りのオンドリの鳴き声だ。もしくはコウモリたちがまたケンカをしているのかもしれない。その合間には鳥かごのガタガタいう音が聞こえた。

「ああ、ユリアもまだ家に帰っていなかったんだね」

「そうなのよ、今どこ?」

「午後に授業があるんだ。例外的にね。でも気持ち悪くなっちゃって」

「いやねぇ」

「そうなんだよ。これは想像しうるなかでいちばん奇妙な仕事だよ」

「こっちの仕事のほうが奇妙よ」ユリアが言った。

「動物保護施設が? さあ、どうかな……」

「そっちは少なくとも言葉が通じるでしょう。私は毎回、新しい言葉を覚えなくちゃいけないんだよ。もう大変」

「オンドリは元気?」

「食べて元気をつけているところ。私のこと好きみたい」

「もう名前は付けたの」

「ええ」

「なんていうの？」

「んー、まだ教えるのには早いわ。本人もまだ慣れていないんだから」

「まじめな話、この実習はちっともおもしろくないよ」

「ほかに行くところはないんでしょ。自分でそう言っていたじゃない」

「ああ、そもそもなんで僕たちはいるんだろ。僕たちは余分なのに」

「私も？」

「いや、つまり僕たち教師がってこと。僕はラッパーかグラフィティ・アーティストになったらよかった」

「それかコウモリにね」

「ああ、そのとおりだ。コウモリたちは元気？」

「うーん、どうだろう。ちょっとうじうじしてるの。カーテンを閉めて、だれも近づけないようにしているの。私は仲介役みたいなものね」

僕は眼を閉じて、緊張性頭痛がおさまるのを待った。

「気分が悪くなった？　だいぶひどいの？」

「いや、そこまでじゃないよ。すべてがひどく不条理で、ここの生徒は、つまり、全部なんなのか、まったくわからないんだ」

「それはだれもわからないよ」

「この巨大な建物の中でお互いに離れて席についていて、そうだ、まだ話してなかったんだけど、ここの鳥ときたら……あれ、もう話したっけ？」

「ううん、何？」

「ここの鳥たちって、ほんとに変なんだ」

「どうして」

「ああ、わからないな……。また集中力がどこかに行っちゃった。感じるんだ。身体から糸が引き抜かれていくみたいに」

「鳥はどんなふうに変なの？」

「だれが？」

「ああ、いいの。声が疲れているみたい。まだ本当に残っていなくちゃいけないの？」

「交代したんだよ、ウルリヒ先生と。生物の先生でね。ヴァージニア・ウルフみたいな見た目で。完全に同じ顔をしてる」

「気持ち悪い」

職員室は小さな田舎の駅の待合室のようだった。使い古され角の取れた木製のベンチが乱雑に置かれていた。全体的に茶色かった。教科書や教授用資料の入った棚があり、地球儀、業務用コピー機に、人の背の高さぐらいの観葉植物も何鉢かあった。

「講堂でやる午後の授業でさ。ひどいものを見たんだ」

「何を」

「すごくひどいものだよ」

「生きもの？」

「そう」

「本物の生きもの？　それとも写真？」

「写真。ほんとぞっとするよ。論文にあったんだ」

「そう、かなり混乱しているのが声からもわかるよ。すぐに電話をくれてよかった。待って、別の部屋へ行くから……ここは鳴き声がけっこううるさいの」

「それであのみじめな銅像たちがさ。やつらはもちろん気づいたよ、僕がさ……。もう、どうやったらさらに我慢できるのか、想像もつかないよ。あいつらを見てみたらいいんだ！」

「何か書いたらいいんじゃないの」

「なんのために」

「単純に、気晴らしのために。今までもそれでうまくいったじゃない」

「ああ、でもあのおぞましい写真……。ミツバチだったんだけど、それが……」

続けて話しはしなかった。

「今は考えないで。もう家に帰ってもいいんじゃないの？」

「基本的にはそうなんだけど。次の電車が来るのは、えーと……」

僕は時計をみやると、不愉快な待ち時間が伝わるようがっかりした音を出した。

「それなら図書室に腰を落ち着けるとか、庭に──」

「庭はダメだ。あそこには狂ったやつらがうろついているんだ。なんてこった、**あれ**は本当に一回動画に撮ってネットに上げなくちゃ……。あいつらは名前までつけているんだ。庭を動きまわるやり方にだぞ。名前を！　このクソッ」

「それなら図書館ね」ユリアは落ち着いて言った。「そこで腰を下ろして考えてみて……あれこれ、その子たちの内部で起こっていることを」

「なんだって、本気で言っているのか？」

「わかったよ、じゃあ考えてみて、うーん、そうだなあ、何ができるか……」

「ふん」

「その子たちの中から一人を選んで。それで考えるの、その子が大きくなったらどうなるか。どんな人生が待っているか。それにどうしてその子がそんな写真を見なくちゃいけないのか」

「だれが？」

「だれでもいいから一人選んで考えてみて、その子が大きくなってからどうするのか」

R・Tへ。

「それでいつ？　未来って何？」

「さあ。二、三年後かな。十年か、十二年か」

「十二年後には人類はもう存在していないよ」

「それなら十年ね」

「そのころはちょうど内戦だな。そこらじゅうでね」

「どの国でも？」

「ああ」

「ねえ」ユリアは言った。「仕事に戻らなくちゃ。私のコウモリたち……。続きは家で話そう？」

「わかった」

10 オンドリ

秋は、太陽が無精ひげを生やしているように見える。

木々の葉は、グロッケントゥルム通り二十―二十一番地にある古い家の中庭に落ち、階段の木の踏み板は、数えきれないほど踏まれてつぶれ、古いインクパッドみたいにつやが出るほどすり減って、気温や気圧の変化でぎしぎしと鳴り、カレンダーが薄くなって、月の名前は長々と物憂げになり、それから、いつの日か、表に出るときにマフラーが必要になると、そこからはもう夏の暑さに戻ることはできなかった。

この方法以外には。

ロベルトはコルドゥラの隣に横たわり、彼女の脇の下に身体を添わせた。ギリンゲンの世界的に有名なロープウェイをロベルトは考えた。パノラマの景色の上での優しい揺れを。コルドゥラは一度も言ったことも、勘づかせることもしなかったけれど、こうやって長くいると、軽い緊張性頭痛がよく起きていることには気づいていたので、ロベルトはちょっとすべり下りて彼女の温かい脇腹に頰をつけた。信じられない、女性の腹というのはいつもなんて温かいんだろう。ロベルトは何度も自分の腹と比べてみた。昼と夜ほどの差があった。

ロベルトは眼を閉じ、ヘリアナウの秋を想った。学生寮の暖房はいつも九月中旬にならないとつかなかった。その前なら部屋だろうが建物の中だろうが好きなだけ温水ヒーターのバルブをひねることができた。そこで出てくるものといえば、パイプの中でためらいがちにこもるプシュッという音だけで、たぶん空気か、または暑い季節にずっとここで出番を待っていた淀んだ水の残りかもしれなかった。残り水には、その長い待ち時間を埋め合わせるかのように藻とオタマジャクシの混ざった微小な生物が発生し、温水ヒーターの中をうごめいて、共生と分裂という自らもよくわからない新しい方法で増殖しており、壁の中に隠された配管の中にいて（ロベルトはヘリアナウの自分の部屋の壁を、自分で描いた絵の一部のようにありありと思い浮かべた）、挨拶を交わすときには舌をちょろちょろと出し、秋冷えの中、半透明で薄緑色の身体をぎゅっと押しつけあって（マックスの上半身に塗られた保湿クリームのぎらつく皮膜へと、ロベルトの手は伸ばされていき……）そうしてまた、新しい生を産みだし、何年もかけて家から家へと渡っていき、あらゆる稼働停止中ヒーターの試験管ベビーたちが、壁の中で菌のようなコロニーになり、耳をそばだてる強大な大群を形成して、人々の暮らしの中で、家や部屋の中で語られるあらゆることを録音していた。

面の皮を剝がれた男の悲鳴をだれかが聞いただろうか。その人はなんだと思ったのだろう。ロベルトは眼を開けて、新聞を探した。この間に事件についてさらに詳報が出ていないか確認したかったのだ。

秋にはいつも、情緒がもっとも不安定になった。ロベルトはズボンをはいて、空手チョップのふりをするためにキッチンへ入った。ブルース・リーだ、と考えた。あいつは身体のエネルギー全部、つまり「気」を手の一点に集中させてから、そっと触れるだけで心臓を止められるのだ。もしあの頃にこの技が使えていたらよかったのに。ヘリアナウで、寒くなってくる頃に。しょっちゅう凍えて動けなくならないためにも、それにときどきはゾーンゲームで勝つためにも。

　あのばかげている、でもまあ、そうだな、けっこう楽しくもある立ちんぼごっこや、ほかの人のに触れたときのゾーン感知の感覚といったら、外壁のちっぽけな原始のよどみにいる暖房管生物みたいで、あれはもうすごかった……。見られているあいだは、当然いつもゆっくりとチェスの駒みたいに動いたけれど、自分たちだけになればすごい勢いになった。アルノ・ゴルヒはいつも最初にルールを破るやつで、いつも飽きるのがとても早かった。なんてこった、あのアルノがPETROPAで企画のトップをやるとはなあ、油田開発か、開拓の仕事って、ジョン・フランクリン[76]かよ。じゃなければスヴェン・ヘディン[77]だ、どうでもいいけど、南大西洋のペンギンやカワセミみたいに黒光りに顔を塗りたくっていたな。早くもあの頃に。いつも先頭をきって風穴をあけるんだから。

　ロベルトは、秩序だった群衆の中へ飛び込んでいき、ほかの生徒を捕まえてひきずり出す最初の人間を、フェレンツ《Ferenz》と呼んでいたことを思い出した。マックスはいつも、この言葉が電波障害《インターフェレンツ》からきていると、（オシログラフの波を両手でまねながら）ジェスチャー豊富に主張していた。そのフェレンツというのはいつも思いがけずやってきて、まあそこが大事なところなのだが……ああ、そうだ、すぐ隣の人を捕まえて引きずり出せたら、百点だかどうだったか、とにかくすごくたくさん点がもらえたんだ。秋の学園の庭は有限要素の格子が形成されていて、その中へこの妨害信号が入っていき、ワールド・トレード・センターのビルへ飛行機が突っ込んだ後に外壁で巻き起こった波のように、動かないはずのガラス面が巻きあがり、はじけ、大きく息をついて……そういうのをドキュメンタリーで、コンピューターシミュレーション・モデルとして観たことがあった。

ロベルトは一度もフェレンツになったことがなかった。のろまで遅すぎ、あまりにも簡単な獲物だったからだ。卒業してから十二年たってもまだ世界が滅亡していないなんて、だれが予想しただろう。でもぼくたちは滅びようとがんばっているところなんだ、とロベルトは玄関にいるiBallの脇を通りながら考えた。iBallはまぶたを閉じていて、ロベルトが横を忍び歩きしても眼を開けなかった。


新聞は本棚で見つかった。だれにも気づかれずほぼ不可視の状態で本棚に置かれていることはよくあった。並んだ本の背後の壁に薄い影がかかるので気づくのだ。ロベルトは新聞をとって、記事検索を始めた。検索ワードは「ゼッツ　クレメンス　皮　剝ぐ　男　犬」だった。

ヒットしたのは多かれ少なかれ無罪判決の記事をコピーしたものだった。この間に三十九歳となった数学教師の写真だけは違っていた。ロベルトの記憶にあるとおりのものもあった。眉毛がなければ何もないだろう顔だ。気だるげな眼。細縁のメガネ。妙に突き出た喉仏《アダムのリンゴ》。曲がった前歯。生え際の後退したこめかみ。柄物のベストの下にはボールのように丸い太鼓腹。

ある記事では、被害者の家族があらゆる法的手段を使っての判決への不服申し立てを予告したと言及してあった。被害者自身は二年前の死亡当時、四十五歳だった。男性は娘を二人遺していた。犬を多頭飼育していた農場は、売却されていた。男性の苗字はどこにも出ていなかった。あるのはどれも、フランツ・Fさん[78]、ルーマニアのクルジュ市（クラウゼンベルク）生まれ、だった。娘たちが生まれたのはオーストリアに移住した後で、犬の飼育は当初は趣味として、のちに本業として

ていた。

——畜生、やっと本題に入ったぞ。しかし、記事は残虐な犯罪にまったく言及することなく終わっていた。

ロベルトは新聞を解放してやり、机にむかった。インターフ……秋にやるフェレンツ・ゲームか……。奇妙な、まとまりのない思考だ。マックスか。あいつに何があったんだろう？　それにあの話しかけてきた男、やつが言ったのは……どんな言葉を使っていた？　お手本、じゃなくて、メンター、そうだ……。皮を剝いだ……マックス・シャウフラー……メンター……クラウゼンベルク……ブルク……。

叫び、手足をばたつかせる男の面の皮を剝ぐところを想像しようとした。いちばんいいのは銀行のロビーにいる、肩のない、たまご型の人間だ。男が気を失うまでどのくらいかかっただろう？　それに失血はどうだったか？　それにどこから始めたのだろう。どの時点で身体を固定し、どういうものを使ったのだろう。ひょっとして全身麻酔で？

そんな人間に自分は教わっていたのだ。

たしかに、そうだ、やつには無罪判決が出たんだ、でもそれでもだ。現在、外を歩きまわっているだれかが、どのみち男の皮を剝いだのだ。このルーマニア出身のやつの顔を、犬を地下牢にいれた、いやなんだったかな……？　ロベルトは新聞を求めて部屋を見まわしたが、おそらく新聞はバルコニーをぶらついているようだった。どういうわけか新聞は、太陽の光や、何の役にも立たない、小さな、羽のように軽い、記憶のないものが好きなのだ。

地下牢という単語は、もしかすると別の記憶から来ているのかもしれない。ラーバの家にあの奇妙な家畜がいたのだ……。それというのも、実家ではなくて、ご近所さんの地下に。オンドリだ。あのオンドリの鳴き声といったら、一年じゅう聞こえてきて、毎日ほんのすこしずつ時間が早くずれていくのだ。オンドリは地下で飼われていて、ロベルトが気づいた限り、日の光というものがちっともわかってはいなかった。もちろん、自然が与えてくれた体内時計はあるのだ。この時計が、オンドリの眼には見えない朝一番の太陽光がいつ外で屋根の上に降り注ぐかを告げていたが、どういうわけか精確には設定されておらず、おそらく制御担当の遺伝子が、まだ地球の一日が数秒長かった何千年も前の状態にはまり込んでいた。昔は地軸の傾きに影響を与える大きな地震にまだ地球がさらされていなかったのだ。オンドリは、言うなれば先に進んでいた。ただ鳴き声が常に聞こえるという点は変わりなく、オンドリは一日たりとも休まなかった。戸外ではまともな昼がこないような真冬でも、周囲のひとは早朝の鳴き声をあきらめる必要はなかった。冬のおぼろげな光では、郊外の人々の多くは陰鬱な気分となり、家族にまで嫌悪感を催し、自分をこの惑星と結びつけるものは何もないのだという特別な気分を起こすものだが、そんな中ですら、地下で飼われているオンドリの鳴き声は明け方に、夏とまったく同じように響きわたるのだった。オンドリはその通りの人々にはある種の拠りどころとなっていた。もちろん神経に障る人もいた。そういう人たちはこのオンドリが死んで解放されればいいのにと願った。

「オンドリを見にいってもいい?」ロベルトは母親にいつも尋ねていた。

二日も家にいれば、昔の虫がまた騒ぎだすのだ。ぼろぼろになった生きものを見たいという欲求が。スケッチブックを絶対に持っていきたかったが、光のない地下室ではどのみちあまり描けないかもしれなかった。オンドリと対面できなければ、きっとハリネズミを虐待したり、ハエを捕まえて虫メガネで集めた日光にあてて、じっくり溶解しなければならなかっただろう……。

「なんですって？　どうやってやるっていうの？」

母親の声は、記憶の中ですらうるさかった。ロベルトは音量を下げられなかった。

「オンドリって、眼に見えないわけじゃないでしょ？」ロベルトは口にすると、普段のやりとりよりも、自分が速く話し始めていることに気づいた。

「ええ、そうね、でも……。ママのオンドリじゃないから。なんていうか……」

「本当に見てみたいんだよ」

「そう、でもね……」

「ママ」

「そんな眼で見ないで。ママはね……。ああ、頭が、待って、ちょっとだけ……」

「ええ、ちょっと、それはないでしょう」

ロベルトは道をふさいだ。

「ロベルト、お願い」母はだるそうに言った。「ほんのちょっと、休んで回復しないと」

「ぼくは――」

「ロベルト！」

母はロベルトの肩に手をやり、ロベルトを脇へと押しやった。それから玄関にいった。ロベルトはドアをバタンと閉じてやろうかと思ったが、そんなことをしてもなんにもならないだろう。

「じゃあ、次の週末にね！」ロベルトは叫んだ。

マックスが学園から消えたことで異常に攻撃的になったアルノ・ゴルヒが、運動場でロベルトに合図してきた。それから大股で近づいてきたのでロベルトは逃げたが、すぐにゴルヒが追いついた。「この野郎《ブタ》！」ゴルヒが怒鳴って蹴りを入れてきたので、ロベルトは地面に倒れた。

ロベルトはすぐにひどい吐き気とめまいの発作に襲われ、それがあまりにひどかったので、頭を下にしたまま垂直な軸を中心に回転している気がした。食肉業者のフックに吊り下げられた半身の牛だ。

「その忌々しい口をひらくんだ」ゴルヒは言った。

「ぼく……わからないよ、君が何を言いたいのか……あ、うう……」

ロベルトは吐いた。

「オレが何を望んでいるのかわかるか？」ゴルヒはひざをつき、手をロベルトの喉に置いた。「**お前を捕まえにくることだよ、あのフェレンツが。あいつが**お前を手にかけるんだよ。そうしたらお前、どの衣装を着るつもりだ、ええ？」

ロベルトは何も言わなかった。

すると突然、肺に空気が戻ってきた。ゴルヒが手を放したのだ。一人の大人の声がグラウンドに轟いた。

冬のある日、オンドリは姿を消した。

どうやって地下から逃げたのかはだれも知らなかった。雪についたおぼろげな足跡が示していたのは、二百メートルほどは自分の脚で歩いたあと、おそらくもっと大きな動物に捕まってひきずられていったことだった。いずれにせよ、爪の跡はある地点で消え、二度と現れなかった。もしかすると風がこの動物のかすかな痕跡を吹き消したのかもしれない。周囲の住民は、圧倒されて舌を出したオンドリがコケコッコと昼日中に走った様子について、冗談を飛ばした。自分の細胞が本当にあるんだと伝え続けていたのに、自分では信じようとしなかった世界の明るさに驚いて、半分バカみたいになったんだろう、と……。ロベルトの母が昼食時に部屋の片隅に座り、ロベルトもダイニングルームの反対の隅でジャガイモの薄切りをすくっては口に運んでいるあいだ、母は一言も発さなかった。母が何も言わないのはあの件についてであり、ほかの件ではないことを、ロベルトは見てとった。ロベルトは、にやりとした。彼のスケッチブックはいっぱいだった。興奮した、でも決して不安がってはいないオンドリをコンラートに手渡してしまう前に、ロベルトは名前をつけた。コンラートは寒かったのにわざわざ隣の村からモペットで木箱を持ってやって来て、父親の農場へのプレゼントが無料でもらえると喜んでおり(父親からは、光の加減によっては原付がピンクに見えるぞと嘲笑されるばかりではなく、これでやっとほめてもらえるかもしれなかったからだ)、ちゃんとオンドリの世話をすると約束していた。ロベルトは母をじっと見ながら唇を動かさずに、オンドリの名を告げた。母親には絶対に教えない。あのコンラートにさえ教えなかったのだ。世界じゅうだれもその名前を知ることはないだろう。少なくとも現在までは、だれもその名を知るのにふさわしくなかった。

11　二次曲線の意味とその秘密

僕は眼を開けた。僕の視界の縁を鬼火がさまよっていた。歯をかみしめると消えたが、力を抜くとまた現れた。

「あっ、眼が覚めちゃったね」ユリアが言った。「起こしたくなかったのに」

「今、何時？」

「四時半だと思う」

目覚まし時計を見やった。そのとおりだった。

「やれやれ」僕はうめいた。

「新しい目覚ましは小さすぎるわ」ユリアが言った。

目覚まし時計を眺めた。

「ほんと？」

「ええ、表示が見えないもの」

「しまった、すぐ起きなくちゃ。四時半だって、なんて時間なんだ。もう全部に火でもつけてしまいたいよ……」

「たとえば何に？」

「できるなら……ああ、わからないけど……。僕が生徒たちの前で泣きくずれたときから、あいつらは僕のことをまともに取り合わなくなったんだ。あれは僕の死刑宣告だった。あいつらは畜生だよ。どういう見た目かわかるかい？」

「言ってみて」

立ちあがってカーテンをひくと、部屋がすこし明るくなった。それから電気をつけた。ユリアは光に敏感な眼を手で覆って、光の加減に慣れるまで待った。

「お祭りの屋台を思い浮かべてみて。いい？」

「うん」

「さて、屋台だ。その中の一軒には風船がつけてある。ダーツを投げて狙う風船だよ。ありとあらゆる色の。ちょうどそんな風に子供たちは見えるんだよ」

「生徒たちが？」

「ああ」

「動物保護施設に青いネズミが何匹かいるの」ユリアが言った。「どうして飼育放棄されたのか、わからないんだけど。それから別の一匹は完全に定義不能な毛の色をしていて。とにかくみんな違うことを言うの。茶色だっていう人もいるけど、私はどっちかというと緑っぽいなって思うし。ほかの人たちは赤に見えるって。その子をどこで見つけたのか、もう話したっけ？」

「いや、でもいいよ、今は聞きたくないんだ。僕は……」

「本当に？　前はいつも聞きたがっていたでしょ、動物たちがどうしているか」

「もちろんだよ、僕は……。ただ、今はすっかり参っちゃって。学園はあれもこれもひどく気味が悪いんだ。ルドルフ校長はリロケーションのことを話すし。それがなんなのかすら、僕はわからなくて。でも昨日、別のクラスの生徒を一人、見たんだ、あれは……ああ、なんだろう……まあ、道化の衣装みたいなものを着ていて、ピエロみたいな……」

「私ピエロきらい」

「ああ、とにかくそういう衣装で歩き回っていて、あとで運転手が車で連れて行ったんだ、たぶんふもとの駅まで送っていったんだろう。別のときには生徒が煙突掃除夫の格好をしていたことも……ああ、どうでもいいや。あの吐き気のする山の雰囲気、あの田舎の空気、草むら……草むらまでが敵意を向けてくるんだよ。どんどん伸びるんだ。人間や建物のことなんて気にしちゃいない。街の草とは違うんだよ。街の草は品がある。街のハトみたいにさ。あいつらは僕たちと折り合いをつけようと自分たちでアレンジメントをしている。でもあそこの草は……」

僕はズボンに片足を突っ込んでよろめいた。

ユリアも起きあがった。

「でも知っているかい？　君のアドバイスは役に立ったよ」

「アドバイス？」

「書いたらいいってやつだよ。あのディ……あいつらが大きくなったらどうなるか想像してみるとかなんとか」

「そんなこと言った？」

「ああ」

パイエルバッハ・ライヒェナウ駅のホームでは新聞が飛びかっていた。身体の不自由な紙の鳥たちは、風には無防備だった。本当はアスファルトの上でちょっと眠りたかっただけなのに、いまや辺りに投げ散らされていた。一部は物乞いをする子供のように、僕の後を数メートルバタバタとついてきて、僕は養子にして連れ帰ったほうがいいだろうかと少々迷ったが、寝かせておいた。

変電設備の壁に小さなグラフィティ・アートを見つけた。モノクロのステンシル技法でスプレーされた子供の顔だ。機嫌が悪いせいで並外れて大人びて見える表情と、怪訝そうに頭を傾げた様子が、そこを通り過ぎる人に否定的評価を出しているように見えた。僕は思わず視線を下げた。

学園へあと数メートルというところで、山道が僕のまわりを一度ぐるりと回転した。これはほぼ毎回起きていた。ちょっと立ち止まって、白い外階段という、静謐な、僕の思考につなぎ留められたイメージのことを考えた。ときには、彗星を思い浮かべることも役に立った。天空に動かずあり続け、眼でしがみついていられるものだからだ。

職員室で僕は、自動販売機で手に入れた緑茶を一杯飲んだ。まだ時間があったので、赤いチェックのファイル（父からの十五歳の誕生日プレゼント）をリュックサックから出した。数学の授業のための非現実的な資料の中にある、心を軽くするひとかけらの真実だ。

さて、僕たちはどこまでいったかな……宇宙暦二〇二一年だ[79]……。

背後から低い声を聞いた時、僕はすぐさま頭をあげたが、紙切れを手で覆ってファイルへ戻すのは間にあわなかった。ウルリヒ先生は見たのだ。

「ひどいなそれ」彼は笑った。

「いや、そうでもないですよ」

ウルリヒ先生は鼻もちのならない読み手だった。彼はハンターで、本人が言うところの、心躍るライフル生活の話で生徒を愉しませるのが好きだった。しかもしょっちゅう資料を講堂に置きっぱなしにするのだ。彼の生物のテストはたぶん、正しい鹿のはらわたの抜き方とか、迷彩柄の双眼鏡の有力メーカーはどこかという問題でできているのだろう。

彼を見かけるたびに、僕はどこかで彼をしばり上げてから撃つ空想を膨らませた。まずは弓矢で、それから小型の火器で、最後に昔ながらの火縄銃、十七世紀のモーリシャス島でドードー鳥をも絶滅させたやつを使おう。それとも尻の毛までむしりとってやろうか、骨の折れる細かい仕事だが、本人がウサギやキツネにやっているのと同じだから。

「顔色が悪いぞ」ウルリヒ先生が言った。

「ええ、ここの空気が」

「わかるよ。俺も一年目はどうにもならなかった。でもだんだんましになる」

「たぶんそうですね」

「いや、たぶんじゃない。絶対だ。絶対ましになる。そこから眼をそらしちゃいけない。生徒は先生に慣れていくから、そうすればもうそんなにひどくはならないさ」

「わかりました」

ウルリヒ先生は、僕の役に立ててうれしそうに部屋を出ていき、僕はまた一人で巨大な古めかしい家具の置かれた職員室に座っていた。部屋の角にある茶色い地球儀には一七九九年以前の国境が描かれていた。安物のレプリカだったが、厚く積もったほこりが古く本物らしく見せており、自分が過去にいる感覚を強めていた。ときおり、この部屋のすばらしい反響音をじゅうぶんに味わえるよう、指を鳴らしたり、舌打ちをしたりした。ささやかな、私的な書きものを片づけて、バッグから数学の本を出した。昼の授業の準備はさほど手間のかかるものではなく、基本的には続きの円錐曲線、いわゆる二次曲線の意味とその秘密を説明しようとしていた。前回の授業で講堂じゅうに均等に点在する生徒の顔という顔が、興味なさげに見つめてきたことにはもちろん気づいていたので、どうやったら彼らの興味を呼び起こしながら、その興味を数学の問題へとつなげられるかをよく考えてきた。最近、新聞の切り抜きを入手していた。ある男が二十年間双子を付属物として、つまり自分自身の縮小コピーを身につけて暮らしていたという記事だ。双子は腰の上半分にかろうじて座っている状態で、その顔は半分しか見えず、片方の眼はいつも閉じていて、二十年間一度たりとも開いたことはなかった。しかしこの双子には血が通っており、心臓が動いていた――そしてこの兄弟を分離する七時間に及ぶ手術の過程ではじめて、彼は生きるのをやめたのだった。記事には、いまだ入院中の男が集まったジャーナリストたちに長い傷跡を見せ、人生で初めて左腕をぶらりと下へおろしたと書かれていた。その歩き方は、わずかに横に傾いていたという。病院の廊下を通りバルコニーへ行くと、当然カメラが追いかけるのだが、風に向かって身構えているように見えたそうだ。取り除かれた双子については、最期の七時間が過ぎても眼を閉じたまま、外科医たちの前で安らかに横たわっていたと報じられた。そこで初めてはっきりとわかったのは、彼が生前、足から先に小窓に入り込もうとする小さな男の姿勢をとっていたことだ。たとえば宇宙船に乗り込む宇宙飛行士とそっくりに、さもなくばちっぽけなプロペラ機に腰まで身体をはめ込んで、驚嘆する観客の何百メートルも上空で命知らずの宙返りをしてくるくると回転する曲芸飛行機乗りのような姿勢をしており、その飛行機の回転はまるで夜に部屋の冷たさのなかへと掛け布団をしょっちゅう落としてしまうよく眠れない人の寝返りのようなのだ。二十年前に彼は、この遺伝子的に同一の大きな身体へと乗り込み、そのままあちこちを旅して、二〇〇五年七月二十二日の大手術の日までにいっしょに三つの大陸を訪れた。けれども、数学の授業と関連するのは、少々別のことだった。双子の兄弟が何年も座席のように腰をおろしていた男性の脇腹の傷は、その形からしてほぼ正楕円形だった。楕円形にとじられた傷は、不規則瘢痕形成という大変興味深い部門で、学生時代に解析幾何学入門講義で勉強したことがあった。なぜそうなるのか、なぜフラクタル状の瘢痕形成がおそらくこの世の地獄にちがいないのかを授業での問題提起に使おうと考えていた。そこまでたどり着かない可能性も大いにあったが、いざというときの備えはしておいたほうがいい。

しばらくして職員室の窓から外へ視線をやると、中庭に独特の人だかりが見えた。いつものゾーンゲームは輪になって座る形へと変化していた。中央には生徒が一人、あお向けになっていた。それからすこしすると、横を向いて吐いた。

僕は立ち上がって、外へ走りでた。

生徒たちは僕が来るのをみると、すぐさま散り散りになった。僕は何も悟られることなく、彼らのゾーンを横切った。生徒たちはぶつぶつと文句を言って、立ち去った。ロベルト・テッツェルが草むらに倒れていた。肩に触れると、びくりとして僕を見た。彼を助け起こした。

「みんなで何をやっているんだ？」僕は尋ねた。

ロベルトの息はアルコール臭がした。

「わかりません」ロベルトは、二、三歩下がった。

「あれは、なんだった?」

「知るもんか!」叫んで、袖で口をぬぐった。

それからまた二、三歩僕から離れた。ルドルフ校長の声が階段から聞こえてきた。

「テッツェル君!」

校長は直接、この少年へと向かっていった。ロベルトは無意識に後ろへ、背中が壁に当たるまで下がった。

「何を約束したんだったかね?」ルドルフ校長が鋭い声を出した。「ええ? 何を約束した?」

ロベルトはうなずいた。ルドルフ校長は後ろへ一歩さがり、腹立たしげに息をはいて、眼の前の空気に空手チョップを喰らわせた。

それからまた現実に戻ってきたようで、僕のほうを振り返ると言った。

「先生は……」

身振りをしてみせたが、文章はこの形では最後までいかなかった。それでロベルトのほうに向きなおって言った。

「こちらのゼッツ先生がお手伝いしてくださいます。玄関ホールの電話ボックスです。今回はご両親にすべて話しなさい。いいですか。全部ですよ」

校長は、僕が首を縦に振るのを期待するように見てきた。振ってやった。ロベルトは地面を見つめていた。ほんの一瞬で、Iチルドレンの異様な泣きかたが心に刻まれた——気味の悪いほど芝居じみてみえた。ここ数週間で何度も観察できたはずなのに、今になって初めてその共通点に気がついた。満足感と魅入られた寒気が自分の中にひろがった。つまり君もか、と僕は思った。古代ローマの役者のお面のように、口はナスの形に、眉を寄せていて。「能」のお面だ。僕は言った。

「おいで、もう大丈夫さ。さあ行こうか……」

そして僕は、まだわずかに揺れている少年の本物の肩の約半メートル先にある眼に見えない肩の上へと自分の手をおいた。


ロベルト・テッツェルが前を行き、僕がついていった。今まで本館の電話ボックスの近くをうろついていた生徒には一人も気がつかなかった。知るかぎりでは、どのみちみんな携帯電話を持っていたのだ。ロベルトは中庭から数段のぼって建物に入り、それから刑に服すかのように中央階段へと続く廊下を歩いていった。まるで自分の鞭打ちに使われる若枝を切ってくるように言われて藪への道を歩いているかのようだった。ロベルトには電話ボックスが何だというのかと聞きたいところだった。けれどロベルトはあまりに静かに、まっすぐ僕の前を歩いていたので、声はかけられなかった。

電話ボックスの前でロベルトは財布を出し、カードを取り出した。穏やかではあるが絶望した、**これで満足ですか**視線を僕へと向けた。僕はただうなずいた、混乱して。

ボックスの中へ入り、機械にカードを差し込むと、受話器をあげた。受話器を頬と肩のあいだに挟み、ダイヤルした。昔の回転ダイヤル式だ。そのあいだに袖で顔の涙をぬぐっていた。手で髪の毛をかきあげると、変わらず黙ったまま、空気の抵抗に向かってスローモーションで殴りつけた。

それから話しはじめた。この時になって初めて僕は、外からでは中で何が話されているかわからないことに気づいた。それでいいのだと思った。でもルドルフ校長がどう思うか……。おべっか使いの畜生め、と自分に毒づいた。それで身体の向きを変え、これ以上、電話ボックスの透明なドアの前に立って、中をのぞかないようにした。

約五分後、ロベルトは出てきて、僕にテレホンカードを差し出した。僕は手を出そうとしてすぐにひっこめると、ロベルトはまたいつもの距離に戻った。約三メートルだ。

「どういう仕掛けなのか、まったくわかっちゃいないんですよね？」彼は言った。

僕はズボンのポケットから両手を出した。

「えー、本当のことを言うと――」

「ちっ」

「ご両親はなんとおっしゃっていた？」僕は聞いた。

ロベルトは笑った。

「わかった。なら別のことを聞こう。リロケーションだ。あれはどのくらいの頻度で起こるものなのかな？」

ロベルトの眼が見開かれ、まわりを見渡した。

「わかりません」

「どうしてあいつらは君を殴ったの」

「殴られてなんていません」

「そうか、でもどうしてあいつらは……」

「知りません、それでいいですか」

「わかったよ、ロベルト、大声を出さなくてもいい」

「すみません」

ロベルトは腕組みをして視線をそらした。

「ああ、ここにいたんですか」ルドルフ校長が言った。「電話を済ませなくちゃいけなかったのでね。もう大丈夫です。お疲れさまでした、ゼッツ先生、あとは引き取りますよ」

「でも――」

「ロベルト君、ゼッツ先生に手伝っていただいたんだから、お礼を言いなさい」

「ありがとうございました」ロベルトは僕を見ないまま言った。

「どういたしまして。でも僕は――」

「ちょっといらしてください」ルドルフ校長は、玄関ホールを数歩、僕と歩いた。

「あれはただの鍛錬ごっこです。基本的には害のないものです。でも間に入っていただいたのはよかったんですよ。今回はまだやさしいものでしたが。ご存知でしょう、生徒の近接性理解が変化するとまた……」

「それでその遊びに、毎回アルコールが入るのですか」

「ゼッツ先生」ルドルフ校長は僕の肩をつかんだ。「いろいろな子供がいるクラスなんですよ、年齢ひとつとってもね。そういうことも起きますよ」

「問題は、ロベルトのゾーンの……近接性理解が、それが減退してきたと彼らが気づいていることです」

「エジソンは電球を確実に手にするために何百回と実験を繰り返しました。電球はいったい何回、数分後に燃え尽きては切れたと思いますか。平衡状態というのは当時はまだ発見されていなかったんですよ」

「ええ、でも――」

「自然というのは時間がかかるものですから、そこは折り合いをつけていただくほかありません。もちろんそれが残念なこともありますよ、つまり、今回のような個々の発達や展開についてはね。でも全体としてみれば、事態は明るいんです。もって生まれた個体のなかには、持続する場合もあるんですから。年数が経ってもね」

ルドルフ校長は僕の前に立っていて、そのメガネには何か、水の流れの幻のようなものが映っていたが、僕はそれを確かめるために振り返るのはいやだったし、すでに校長は続きを話していた。

「何の話かおわかりにならないでしょう、ゼッツ先生。つまりですね、先生はご専門では才能あるチューターだと思いますよ。それに生徒たちもあなたのことが好きですね、私のみたところでは」

それからルドルフ校長は、生徒のテッツェルを連れて立ち去っていった。

そこで僕は彼らのあとを追った。

目立たないように。どちらかといえば探偵映画の俳優のように。後ろからついてくるカメラだけに集中して、尾行するはずの人たちのことは考えずに。

校長室の前にきた。ここで見つかったら僕はどうなるだろう？　頭痛がしたが、不思議なことにそれで冒険心が出てきた。腕時計で確認したところ、昼の授業は十三分前から始まっていた。僕は頭を振り、まるで時計が冗談を言ったかのように笑った。

僕はそこに立って、身体をじっとさせようとがんばった。少々、酔っぱらったような気分がしていた。スパークリングワインの泡が僕の理性の中をのぼっていき、全部を軽やかに、踊るように変えていって……。

新鮮な空気が開いている窓から流れてきた。足元にその風を心地よく感じた。今朝は靴下をはくのを忘れたのだった。

「フェレンツ、元気かい？」ルドルフ校長が尋ねているのが突然、聞こえた。

僕は息をのんだ。校長室へのドアはわずかに開いていた。

「ああ……そうだ……。そりゃあビアン・シューール《もちろーん》」

明らかに電話中だ。

ロベルトはどこだ？　校長が受話器にがなりたてているなか、その隣に座っているのだろうか。

「ああ、問題だよ……。今しがた思いがけないことがあってね……。ああ……。わかっているよ、彼のことを考えてもらっていたけれど、減退してきてね……ゾーンがさ……近接……ああ……うん……。ああフェレンツ、君ってやつは！　待てよ、私はただ……。そのことは任せてくれていいよ、君にとってのハッピーエンドになるさ……。ちょっと待って……」

僕は固まった。足音が近づいてきた。ドアの外を見なければいいのだけれど。身を引きちぎるように廊下の窓際へと数歩動いた。そこでロベルト・テッツェルが外で、しょんぼりと中庭を横切っているのがみえた。頭をうなだれていた。手には円錐形のパーティー用帽子を持っていた。どうやってそんなに速く……。僕の脇を通っていったただろうか、それなのに僕が気づかなかったのか、それとも……。しかしそのとき校長の靴音はもう僕のすぐ後ろにせまっており、校長が部屋から出てきたのが、僕にははっきりと大きく、まるで肩甲骨が耳を持っているかのように聞こえた。おそらく校長はコードレスホンを頬に当てていた。

それで僕は身体の力を抜き、その場にくずおれた。

「かけなおす！」ルドルフ校長の声が聞こえた。

その後、肩を触れられ、話しかけられた。眼を閉じたままで、再び眼をあける前に落ち着いて十まで数え、ちょうどひどくめまいがしたみたいだと、つっかえつっかえ話した。そんなわけで僕は、親切に助け起こし、腕をとって保健室へと付き添ってくれた校長の眼を直接見なくても済んだ。

第三部

これは、ヴィクトリア女王治世六十年の記念年である一八九七年の六月四日に、左官業者たちが作業中に置いたものです。これが発見されました折には、左官業協会が変わらず盛栄、発展しておりますように。

あちらの世界の皆様、これを手にされましたらぜひ我々にお知らせください。皆様の健康を祝って乾杯《ドリンク・ユア・ヘルス》させていただきます。

（一九八五年に偶然発見された、テート・ブリテンの壁の中にあったタイムカプセルの手紙[80]）

あの頃、初めての子供が生まれたときには、突然生きることに意味ができました、とマリアンネ・テッツェルの父、ヘルベルト・ラウバーは言った。そして今、孫のロベルトがいることで、死ぬことにもまた意味ができたのだという。若者の前で死んでみせるほかに、何か祖父母のやることはあるでしょうか。ピアノ教師が教え子に曲を弾いてみせるようなものですよ。一音、一音、教え子が深く理解できるように、細かいニュアンスや音の流れ、メロディーのまとまりを具体的に示すんです。意味づけやアレンジ、解釈の範囲といったものをね。そういうものが存在し、どんな生命にもあるものだと見せるんですよ、ばらばらに分解されるものなのだとね。祖父母が四人いる人間は、死を四つ知ることになります。四人は、若い、新しい代の人間が存在し、この世にとどまりつづけられるように死ななければなりません。つまり、できる限りうまく生きてみせ、また死んでみせるわけです。孫に対しては優しくふるまい、両親よりもたいてい無条件で絶対の愛情を示し、しつけの役目はお遊び程度に、如才ない明るさでどんないざこざにも対応して――そうやって孫の記憶に残るんですよ。そして孫は（そういう認識に耐えられる唯一の時期である）幼いうちに、そういうことがありえることだし必然でもあると学ぶんです。故人がひきつづき存在しつづけられる後世というものは、その人を生前知っていた人たちの記憶にある思い出のかけらを縫いあわせた指人形のように護られていくのですよ。最善なのは、孫に死んで見せるだけではなく、同時にこの最期の行為がそれほどひどいものではなく、真に絶望するきっかけにはならないと示すことです。これが歳をとってから遂行できる、もっとも気高く意味のある仕事でしょう。初孫が産まれたその日に、将来がんばることになるんだとわかるんですよ。そう、うまく死ねるように勇気を出すんだって、大騒ぎせず、安らかに痛みなく、許されたかのように、自分の芝居の勘にしたがって、和《なご》やかに、人生に満足して、円熟したようにうまくね。死んでみせる孫がいない人は、お気の毒ですよ。慰めがないんですから。そういう人は、不安にさいなまれて助けも求められず、この世でまだやるべきことがたくさんあったのにという感情に全方向からさいなまれながら、真空の中でみじめにくたばるのでしょう。孫がいないということは人間としてこうむりうるもっともひどい欠損ですよ、とラウバー氏は言った。そして孫が死ぬということは、この宇宙で起こるあらゆることの中で、もっとも自然に反することだという。ロベルトがあの新学校プロジェクトに参加したほうがよいと言われたあの頃にも、天につばを吐く非道に思えたそうだ。

　彼自身にも一人、まあ、精神障碍のある兄がいるという。ヨハンだ。ラウバー氏は常に、どんな形の隔離にも反対してきたそうだ。良かれと思ってこの兄にしてもらったことでも、みんなで苦楽を共にしていくという、ラウバー氏の世界観とは相いれなかったらしい。

　ヘルベルト・ラウバーは七十歳だった。その声は異常に高く、女性のようだった。彼はやたらと落ち着きをあたりに放射していたので、僕の頭がおかしくなりそうだった。僕は、少なくとも四メートルは天井高があるテッツェル家のリビングに座っていた。ラーバにある淡いブルーの邸宅の中央にある部屋でのことだった。

ラーバというのは、グラーツ市の南側にくっついている一地区という以上のものではなく、アンコウのオスが自分よりずっと大きなメスにくっつくようにグラーツ市に溶け合っていた。長い道路が一本、その左右に旗竿が並ぶ会社の駐車場が数カ所。それがこの土地の第一印象だった。

シュテニッツァー家を訪問したあと、まだ気持ちの整理がつかないなかで、間をおかずにテッツェル家へのこのこ出かけるのは、はたして賢明なことだろうかと僕は迷っていた。ユリアはダメだと言った。それでも僕は出かけることにした。ギリンゲンから帰った後に自宅である種の硬直状態になって座りこみ、何が起こったのか理解しようとした。ときおり熱っぽい眠りに落ちて、羊が大きな灰色の人型のお面をかぶり、パーティー用の帽子を頭にのせている夢を見た。その帽子は、電話ボックスまでロベルトに付き添った日に見たものだった。学園最後の日だ。保健室の看護師さん。中庭でルドルフ校長とちょっとしたつかみ合いをした際には、これといった怪我もしなかった——眼のまわりの青あざだけは別だが、あれは短い腕を振り回していたあのデブのまぐれ当たりだ。最終的に僕たちを引きはなしたのは運転手だった。校長には腹にパンチを喰らわせてやったから、やつは身体を折り曲げて、運転手が手を背中に置いているあいだ、吐かなければいけないか様子をみていたようだ。でもそれから無理に飲み込んで、静かに言いわたした。今すぐ学園から、この敷地から消え去るように、さもなくば――

「さもなくば、何ですか？　僕に衣装を着せてどこかへ連れていくのですか？」

ルドルフ校長は、何の反応も示さなかった。でも運転手はぎょっとしたようだった。運転帽をとって片手を腰にあてた。僕は中指を立ててみせた。すると一歩、僕に近づいてきた。ルドルフ校長は運転手を押さえた——僕たちをみている生徒たちが中庭にいたからだ。ホラー映画のゾンビのように生徒たちはゆっくり近づいてきたが、立ちどまると散りぢりになっていった。

しばらくの後、僕は手を震わせながら電車のコンパートメントに座っていた。ユリアをつかまえようとしたけれど、彼女は電話に出なかった。携帯電話を座席の仕切りの向こうまで投げつけ、あとから悔やんで部品を集めると、組み立てなおした。この一切合財が、ちょっと二つ、三つの質問をしたせいだ。**パーティー用の帽子、変装、リロケーション**。言葉がつっかえてしまったから、この件について僕がどんなに無知か、丸わかりだったに違いない。

そこへ、ルドルフ校長のまじめな口ひげ声がかぶさってきた。私は我慢が足りませんな、まだ古い価値観に囚われていて。でも生徒のニーズに応えて、近接や一日の流れなどについての自分の考えは生徒に押しつけないことにしています、と。自分の立場を説明するために、ルドルフ校長はちょっとした話をした。彼が読んだ話だが、アブハジアの街スフミ近郊にあるソヴィエトのサル研究所では、一九五〇年代に毎朝、アカゲザルの子供を十字架の姿勢にしばりつけた木製の構造物を、日の当たる場所へ押していったという。この装置の意義は二つありましてね、とルドルフ校長は言った。ひとつは、アブハジアの住民には当時まだ優勢だったキリスト教信仰を嘲けることです。ソヴィエトの権力者にとっては眼の中のとげで目障りでしたから、グロテスクなサルのイコンを使ったある種のショック療法で駆逐しようとしたんですな。もうひとつの意義としては、新しい時代とその医療技術の可能性を披露することでした。どういうことかというと、磔にされたサルには頭皮がなく、むき出しの頭蓋骨からは導線のつながった電極が突き出ていたのです。このパラダイム・

シフトは失敗しましてね、研究所附属の動物園へ向かう人たちは、見た人が描写しているのですがね、サルの台架の脇を通りすぎるときに、人目につかないようにあわてて十字を切っていったのだそうですよ、通行中ずっとね、ゼッツ先生、聞いていますか？

「わかった、お前わざとやってるんだな」

「わざと？　ゼッツ先生、どういう意味かわかりませんが。それにお前などというのは――」

あとは取っ組み合いだった。


ロベルトの部屋に、訪れた人は六分間とどまることができるようになっていた。学園を離れてからインターバルがどんどん大きくなり、流域が小さくなってきたのだ。

「六分ですか」僕は感心して言った。

十五歳にもかかわらず、彼は驚くほど大人びていた。しかし身体のパーツすべてが、つい最近むかえた成長期に、同じような勢いでついてきているわけではなかった。肩の一部はまだ癒合するのを待っていたし、頭蓋骨もまだ引っ込んでいた。

「わたしはもちろん、もうすこし耐えられますよ」母親のテッツェル夫人は言った。「それに最近では回復にもずいぶん時間がかからないようになりました」

「おはようございます、先生」ロベルトは言った。

彼の部屋にいるあいだに、パーティー帽を眼で探した。でも帽子は見つからなかった。代わりに、心をかき乱されるポスターを壁に見つけた。宇宙カプセル内で撮影された犬が写っているものだ。

ロベルトと僕はすこし言葉を交わすと、僕はリビングへと戻った。

「この紅茶はおいしいんですよ」テッツェル夫人が言った。

「うれしいな」

「あの、メモをとっても本当にかまいませんか？　自分で使う以外の用途はないのですが、こうするとよく集中できるものですから」

僕は手帳を高くかかげた。

「どうぞ」

「テッツェルさん、ロベルト君をまた家にお戻しになったことに、とても興味がわきました。最近ギリンゲンへ、お子さんをずっと家でみておられる女性に会いに行きまして――」

「ああ、そうですか」

テッツェル夫人は脚を組んだ。

「それに、このようにご親切に受け入れていただき、ありがとうございます。きっとルドルフ校長が僕のことを――」

テッツェル夫人は手をあげた。

「いえ、いえ、ゼッツ先生。校長先生は先生のご退職については何も言っていませんよ」

テッツェル夫人の父で、ロベルトの祖父であるラウバー氏も同じように首を振った。

「それでも僕は大変にご親切にしていただいていると、申し上げたかったのです。僕がアルコール依存症だという噂が広まっていると思います。少なくとも僕はそう聞きました。それは違うとお約束します。僕は別に理由があって学園を去ったんです」

「わたしどもは、ご意見したりしませんよ、先生」

「それはありがたいです。質問してもよろしいでしょうか」

「どうぞ」ここまで黙っていた父親のテッツェル氏が言った。

「ありがとうございます。もしかすると、すこし奇妙な感じがするかもしれませんが。ひょっとしてご親戚かお知り合いにフェレンツという名前の人はいらっしゃいますか」

テッツェル夫人は、ティーカップをソーサーに傾けて置き、親指で位置をなおした。

「いいえ」彼女は言った。

「確かですか。発音が間違っているかもしれませんが」

テッツェル夫人は背を後ろにもたせかけた。顔から微笑みが消えたが、とてもよく似たもので置き換えられた。

「ごめんなさい、携帯電話の電源を切っておくのを忘れていました」彼女が言った。

「かまいません。どうぞそのまま――」

しかし夫人はすでにズボンのポケットから取り出して操作をしており、それからパチンと閉じてもう一度言った。

「失礼しました」

「なんの問題もありませんよ。あのですね、僕が学園にいた間、いくつか奇妙なできごとがあったんです」

「最初はだれでもそうですよ」テッツェル夫人は言った。

テッツェル氏は小さな声を発した。

「うーん」

　僕は変装や中庭でのゾーンゲームについて語った。

「その歳ごろなら普通ですよ」テッツェル夫人は言った。「お子さんはいらっしゃらないとお見受けしましたが？」

　僕はうなずいた。

「ずいぶん変わりますよ」テッツェル氏が言った。「子供がいると。そうだね、お義父さん」

「そうそう」ヘルベルト・ラウバーはうなずいた。

「そうでしょうね」

「さらにロベルトのような子供だと、まあもちろん、もっとずっと変わります」テッツェル夫人が言った。「あなた、ロベルトと最初に車ででかけたこと、憶えているでしょう」

「ああ、ハハハ！」と、テッツェル氏。

　ラウバー氏はため息をついた。

「あのおかげで、外にあるのを買ったんですよ」テッツェル氏が言った。「ピックアップトラックをね。荷台があるので。ロベルトとの初めてのロングドライブは、あれは絶対に忘れられません。あの頃、ロベルトは体調を崩していて、病院へ連れて行ったんですよ。ずっと泣いていてね、腹が石みたいに固くなっていた。それで当然、心配しましてね」

　そして彼は、泣き叫ぶ赤ん坊を後部座席に乗せたとき、軽いめまいがはじまっていたと語った。息子は身体をぎゅっと丸めて横になっており、慎重になったのとかわいそうなのとで、貴重な数秒を失ったという。

「知っていましたからね、あと一、二分しかないんだって。そのあとはめまいが強くなるし、吐いてしまうかもしれない。最初のめまいをみくびっていたんです。なぜって……。ハハハ……。ガレージを出たときに蛇行しましてね、憶えているかい？」

テッツェル夫人は微笑んでうなずいた。ええ、しっかり憶えていますよ、と。

「しばらくするとライトがおかしくなって、つまりですね、おかしく視えたんですが」

「ライトですか？」

「ええまあ、ほかの車のライトや街灯が……。オリヴァー・サックス[81]をお読みになられたことはありますか」

「ええ」

「まったくあのとおりですよ」

「もうすこし詳しく教えていただけますか」

「そうですね、もちろん脳の血流が滞《とどこお》るせいだろうと、少なくとも自分は考えています。それが原因でひどい頭痛と顔面麻痺も起こります。まったくひどい状態ですよ、わかります？　いっぺんに暑くなったり寒くなったり、歯がガチガチと震えてかみ合わないのに、同時に身体から服を剥ぎとりたくなるんです」

「病院へ向かい始めた直後からそんな感覚だったんですか」

「いいえ、自分でよくわかっていましたからね、最初の五分から六分をうまく使わなきゃいけないぞって。それでアクセルを床まで踏み抜きました」

彼はまた笑った。

「大胆でしょ」突然、テッツェル夫人が言った。「ほかに言いようがないわ。大胆なやりかた」

残念ながら現在は多発性関節炎なので、もう車を運転することはできないのだと、テッツェル氏は言った。それで夫人が運転を覚えなければならなかった。そもそも人生のもっともひどい時期を乗り越えたあとになってから、言うなれば両手にこの家の舵《かじ》を握ることになったという。舵ですよ、とテッツェル氏はもう一度繰り返して、顔の前に腕で恐竜のくちばしのようなものを作った。

妻のほうは笑って、夫のひざを二度たたいた。

この家のその他の部屋とは違って、リビングには天井からたったひとつだけ、とても明るい電球が、不規則にちらつきながらぶら下がっていた。そのちらつきの周波数はじゅうぶんに高かったので、集中しなければ気づかないほどだった。

「人生のもっともひどい時期というのはどういうことかお聞きしてもよろしいでしょうか」

「長い間、うつだったんです」テッツェル夫人は言った。

彼女の父親は大きな、人好きのする手を彼女の肩において、一度、短く力を込めた。

「日が暮れると想像するだけでも、あの頃のわたしはすっかり参ってしまいました。今は明るいけれど、そのうち暗くなってしまう。今はお店も全部あいているけれど、そのうち閉まってしまう。そうしたら何も買えなくなって、お腹がすいて、喉も乾くかもしれない、カルキ臭で気持ち悪くなるから、水道水は飲まないし。そんなことを考えてしまうんですよ、一日じゅう」

「それというのは……あのせいで……？」

僕はどじを踏んだことに気づいた。

「いいえ、ちがいます。これはあれとは関係ありません。いわゆるうつというのは、ちまたで考えられているのとは違って、悲しみや過労、落胆や失望とはなんの関係もないんです。まったくの反対です。悲しみは、うつの期間にはむしろ望ましいものです。救いですから。ご理解のきっかけになるかわかりませんが、うつは、何よりもまず、完全な興味の喪失を意味するのです。すべてが退屈でくたびれているようにみえて、好奇心がすっかり過去のことになってしまって、まるで……そうですね、自分が生まれるよりはるか遠くのことになってしまって、何かに興味をもったことすらまったく思い出せなくなるんです」

彼女は夫をみたが、夫は手の甲に生えた毛で遊んでおり、妻がもっと話をしたほうがよいかサインはくれなかった。

「もちろん」彼女は続けた。「うつの人間も日常をやり過ごして、ほかの人とコミュニケーションをとることはできますが……でもそれは綱渡りで、いつだって終わりになる可能性があるんです。そのうち目を覚ますと気づくんですよ、身体を動かすのは何の意味もないんだって。何かを飲み食いするのは何の意味もないんだ、我が子の世話をするのも何の意味もないんだ、って。喉もとが絞めつけられて、もうすごく小さな声でしか話せなくなるんです。わたしは知り合いにはいつもはっきり伝えるようにしています。いっしょに席について、いくらか筋の通ったことを話すことが、わたしにとってどんなにひどく体力を消耗することかと。ほとんどの人はわかってくれませんでしたけれど。それはまるで、何十キロもある洋服か、潜水服を着て歩かなければならないみたいなものです。頭の隅から隅まで行ったことがあって、自分が可能なことすべてを裏も表も知りつくしているみたいなのです」

彼女は笑ってまた夫のほうをみやったが、夫はまだ自分の手の甲で忙しかった。

「ねえ？」妻は言った。

夫は視線を上げた。はじめに僕のほうを見てから妻を見た。

「うーん。あの頃は、とても難しい時期でしたよ。でも君は最後には車の運転ができるようになったね。彼女が運転する様子をご覧になるといいですよ」

「うつの人間は自傷行為をはじめることもあります。針や伸ばしたクリップでね。でもそれも、まもなくわかるんです、意味がないんだって。血が出ようが出まいが、とりたてて違いはないんですよ、でも――」

今度はテッツェル氏が妻の手を取ると、すぐに彼女は話すのをやめ、ひどくホッとしたように見えた。

僕は注意深くメモをとっていたのでもう一度、手帳の前のページをめくってみた。僕の文字はひどくて読めなくなっていることに気づいた。そういう傾向はこれまでにもあったが、今回は本当にひどかった。直近の半時間にびっちりと書いた三、四ページにはただ小さく意味のない雲のような落書きがあるだけだった。まるでだれかが暗闇で、頭を下にして枝にぶら下げられ、筆を口にくわえて「漢字」という文字を書こうとしたみたいだった。どれも使えないぞ、これは捨てることになるか……。

「すみません、たぶん、ちょっと間違えてしまって、僕……」

めまいがした。そのうえ、たぶん前かがみに座っていたせいで、空気がうまく吸えなかった。僕は肘掛椅子から立ち上がった。左足がしびれていた。

「大丈夫ですか」

この質問には答えたようだった。靴を左右反対に履いてしまったんです、と。でもそのことは憶えていない。

「そろそろ帰ります。ちょっと僕……」

僕がそう言うと、テッツェル夫人とその夫と父親は部屋を離れた。僕はふらつきながら、ひとりで残った。短い間をおいて夫のテッツェル氏が戻ってくると、ついてくるようにと合図した。帰る前にまだ見せたいものがあるという。本当に美しいものを。

僕たちは外へ、手入れの行き届いた庭の前方部へと出た。新鮮な空気が気分を良くしてくれ、めまいが消え去った。その場からはご近所の庭ごしに直接、大きな保険会社の駐車場が見えた。銀色の双眼鏡の形に建てられたツイン型の建物のまわりに旗を立てるポールが立っており、日曜らしくゆるんだ布切れが揚げられていた。

テッツェル氏は、自身は三年前から運転していないという自家用のピックアップトラックを指し示した。

「なかなかのものでしょう」

「えー、はい」僕は近づいた。

「この荷台ですよ」

ポケットからリモコンを出した。関節炎を患った指では動かすのに苦労した。

「彼女はね」家の方向に首をやりながら言った。「彼女は知らないんですよ、まだこれを持っているってことを」

ボタンを押すと、車の幌があがった。ゆっくりとルーフはここちよく穏やかに、こちらのひじやひざの関節にもよく効きそうなめらかさでアコーディオンの形へと折りたたまれていった。最終的にすっかり後ろの、ピックアップトラックの荷台へと折りたたまれ収納された。僕はこんなものをそれまで見たことがなかった。

「すばらしいでしょう?」テッツェル氏は言った。「中もご覧になりますか」

「ええ」肩をすくめた。

運転席のドアを開けて、ハンドルの前に僕を座らせてくれた。それから後ろのドアを開けて、後部座席に座り、さらに別のリモコンのボタンを、道路に面した庭の門を開けるために押した。ゆっくり厳かに金属の門扉が、招き入れるような仕草で互いに離れていった。

「カギはささっているんです。すばらしくないですか」

「ええ」僕はバックミラーごしにうなずいた。

彼は奇妙な目つきをしていた。何度も家のほうを振り返っていた。

「運転免許はお持ちでしょう?」

「ええまあ。でも変な話なんです。あの頃たしかに試験には受かったのですが、六年前のことでして、それからは――」

「お願いします」

「え?」

「お願いします、ちょっと車を出していただいて、それから右です。そのあとどう行くのかは、また申し上げますから、ね?」

「どういうことですか」

「どうぞお願いします、本当に。これは……。あそこの中に漂う空気がどのようなものか、ご覧になったでしょう？　つまりね、見たんですよ、どうやってメモをとっていらしたか。ご自身でもお気づきになったはずです。わたしたちのどうでもいいおしゃべりだけを書いていたわけじゃないでしょう。事情はおわかりですよね？」

「テッツェルさん、僕に何をお望みかがわかりません」

僕は降りようとしたが、曲がったかぎ爪がのびてきて、ロックを下へとおろした。僕は手を横へ出し、ロックをまた上げた。

「なんなのですか」

「なんでもないですよ、お願いです」テッツェル氏は言った。「これは、ああ、待って、すっかり間違った方法で始めてしまいましたね、問題はただ、わたし、わたしたちにはある意味で時間が限られているんですよ。全部運転中に説明しますから、そのためにはまず出発しないと、ね？」

「これって誘拐になるんじゃないですか」

「いやそんなことは、ちがいますよ、間違った方向にお考えです、あなたをどうにかしようなんて考えていませんよ……でもお願いですから、ちょっと言うことを聞いてください、ね？　お願いします、本当にお願いですから、エンジンをかけて、外へ出てください」

「いいですよ、でもなぜ？」

僕は指をイグニッションキーにかけた。

「なぜって？　なんてこった、わたしたちは今、全部をお話ししている場合じゃないんですよ。お願いですから……すみません、ゼッツ先生、わめくつもりはなかったんですが、でも時間がないんです、この瞬間にも――」

「ロベルト君に関することですか？」

「ここから出ないといけないんです、ゼッツ先生、助けてください」

「でも出ていきたかったら、なぜタクシーを使うか駅まで歩くかしないんですか、じゃなけりゃ――」

「お願いなんです。この療法をもう一日でも続けるなんてことはできません……。早くここから出なくちゃ、インターフェレ……。何が起こっているか全然わからないっていうんじゃありませんか？　本当にまったく何も理解されなかったんですね？　本当にわたしたちの世間話を書きとっただけなんですか？　どうやったらあれに気づかないでいられるんだ！」

「なんなのですか？　教えてください」

車の走らせ方を正しく覚えていればいいがと考えながら、クラッチを踏み、キーを回そうとした。

「そこで何をしているの？」テラスのドアから明るい声が聞こえてきた。

テッツェル夫人がやってきた。片手は背中に隠していた。テッツェル氏は不自由な身体が許すかぎりすばやく車から降り、妻を避けて、車の脇にあった空の雨水タンクの縁にリモコンをおくと、頭をうなだれて家へと数歩むかった。その横顔は、パーティー帽を手にしてヘリアナウの中庭をとぼとぼと歩いていったロベルトとまったく同じに見えた。

僕も同じように車から降りた。

「あのひと、この車がすごく好きなんです」テッツェル夫人が言った。

背中にまわしていた手が前へきた。その手には分厚い鍋つかみがはめられていた。

テッツェル氏は鍋つかみを見るともう一度、僕のほうを向いていった。

「さあ、じゃあまたリビングに戻りましょうか、ね？」

リビングにはまたもや、不快な照明。僕は思わず、このブーンと音を立てて瞬いている電球を交換してあげましょうかと提案しそうになった。そのとき、テラスへ続くドアのすぐ脇の床に、ランプの傘が取り外しておいてあるのに気づいた。すでに先ほど見えてはいたのだが、おもちゃのUFOの模型だと思いこんでいた。

「では帰ります」僕は言った。

「残念だわ」テッツェル夫人が言った。

僕の視野の端で何かが動いた。それを直視しようとすると、どこか死角へするりと逃げてしまい、テッツェル夫人の方を見たり、卓上のティーセットや夫人の手にある携帯電話やもう一方の手につけた鍋つかみを見たりすると、また戻ってきた。僕の周縁にある定義不能のものは、明るい色で少々ちらついてすらいたが、同時に実体がなくセロファンのようで、まるで白い壁に映る水の噴射の影のようだった。

部屋が突然ひっくり返り、床が僕に飛びかかってきて、まるでトラバサミの罠に足を踏みいれてしまったようだった。鼻や口からは液体が流れ、我慢できないほど熱くてすっぱくて、僕は眼を閉じて力を振り絞ろうとし、それから突然また立ちあがっており、だれかが僕を支えてくれて、いや、僕の腕を背中にねじりあげていて、吐いた物はあごからしたたりおち、僕は頭をあげて自分の状況を理解しようとしたが、うまくいかず、上半身は前に倒れていたので歩行がどんどん困難になり、まもなくまたくずれおち、背後にあった何か重いものが落ちてきて、とてつもない痛みを与えた。パニックになってそれから逃れようとし、両足をばたつかせたが、硬いものが頭に当たって、先ほどセロファン状のものがあったのと同じ場所で明るいフラッシュがひらめいた。

一瞬、静かになったので、僕は眼を開けると何かが見えたが、ひどくめまいがして、ひっくり返らないように床にしがみつき、一ミリも動かないように頭を両手で押さえつけた。それでもまだぐるぐるしていて、まるでナイフ投げ師にビィンと震える刃物で身体の輪郭をなぞってもらうために、あの回転盤のうえにベルトで固定されているみたいだった。僕は助けを求めて叫んだらしく、いつしかだれかが部屋に入ってきた。背は低く、ジーンズをはき、アディダスのTシャツを着て、頭には大きな潜水鐘をかぶっていた。そいつは僕の頭上に立ち、手を伸ばしてくれた。そして脇へとひっぱられた。

激しい頭痛がして車の助手席で目を覚ました。僕はじっとしていた。どこにいるかも、付き添っている人たちが僕によくしてくれるかもわからなかったからだ。病院の救急外来ではじめて記憶が次第に戻ってきた。テッツェル夫妻とぼんやり見覚えのあるような濃い白髭の男性がお大事にと言って別れを告げると、なんのことだったか、なぜここにいるのかがわかってきた。僕を担当した若い医師の名前はウールハイムといった。それが彼に言った最初の単語でもあった。

「ええ、わたしの名前ですよ」医師は言った。

その声の調子から、彼が僕を白痴だと考えているのがはっきりわかった。または頭を強く打った人間だと。

救急外来に到着してからの数分間、僕は耐えがたいほど強いデジャヴの感覚と戦わなければならなかった。僕のまわりで起こっていることすべてが、振り付けされた百回目の公演中のことのように思われた。

家に戻って、ベッドにあおむけになると、僕は考えた。だれかが僕の健康を飲んでしまったのだ、それで明らかにコップが半分空になった……**あなたの健康を祝して乾杯**《ドリンク・ユア・ヘルス》だ。

問題がおきると、いつも僕がそっと這いよることにしている飼いネコのドードーは、ちんまりと足を丸めて座っていたので、ちいさな木馬のように見えた。

部屋へよろめき入ったときに、僕はうっかり尻尾を踏んでしまっていた。動物に謝るのは不可能だ。ドードーはうなり、毛を逆立てて、走り去ると、離れた場所から呆然と僕をみた。**失敗、ごめんね、仲直り**というカテゴリーをネコは使いこなせなかった。でもさらにひどく苛立たせるのは、僕の理由なき暴力の発露を——僕の不注意はドードーにはそのように見えたはずだ——受け入れる気味の悪いものわかりのよさだった。一分後にはすでにすべてを忘れて毛をつくろい、僕に撫でさせてくれたが、居心地の悪さが残った。それは不手際というゆがんで映る鏡で実際にはできたかもしれないことを見せつけられたときにいつも襲われる気持ちだ。

ドードーは今、ベッドで僕の隣に座っていた。僕は布団の中で丸まってたまごになっていた。まだしばらく部屋が僕のまわりを回転していた。眼を閉じると、サーカスで綱からぶらさがっている曲芸師のように、頭を下にして回転している気分がした。ただじっと静かに動きをとめ、僕の頭が知らずに動こうとするのをミリ単位で先回りして止めさせるときにだけ、宇宙は回転をやめた。フィンセント・ファン・ゴッホは、このような極端なめまいの発作が習慣的におこるメニエール病を患っていたとされることが思い浮かんだ。この観点からすると、有名な夜景の作品群にみられる宇宙の渦も僕にはまったく当然のことに思えた。それにうねる庭や、地面から斜めに突き出た明るいちらつきのある壁の家々、収穫作業中の人たちのぼやけた顔つき、真昼時の穀物畑のざわめき、ほかには何を描けたというのだろう……。試しに眼をあけてみると、部屋はすこし傾いてはいたが、すっかり静かになっていた。少々瞬きをして眼球《アウグアプフェル》[82]をあちこちに動かしてみた。なんでもない。

僕は身体を起こして座った。ドードーは隣で横になり、今は平和に身体を丸めて、あごは脚の上にのせていた。僕が見ているのに気づくと、眼を開けて頭を上げた。僕はウィンクをしてやった。ドードーは丁寧にウィンクを返してきた。それから二人でまた寝転がった。僕はベルギーにいる夢を見た。どこか田舎で、背の低い白い建物のあいだにいた。僕の後ろ、はるか向こうには、乗ってきた観光バスが停まっていた。そして足元には、バルコニーに置く野菜用プランターぐらいの大きさの墓があり、こぶし大の石がひとつ飾ってあった。それは、あの背中に人間の耳をはやしたネズミの墓だった。やっと見つけたぞ、と僕は夢の中で思って、涙のこびりついた顔で目を覚ました。

ベッド脇の壁にはマックス・エルンストの絵画『かまどの天使』[83]がかけてあった。この有頂天で笑いながら大地に浮かんで踊りまわる、馬のような頭をもつ不思議な生きものには、普段はどこで出会っても、いつも幸せな気分になっていた。今となってはじっくり観ることはできなかった。学園の子供がこの衣装を着て、あとで連れていかれてしまう様子を想像せずにはいられないからだ。

午後になるとユリアが仕事から帰ってきた。ユリアはネズミ、干し草、羽毛の臭いを連れてきた。ベッドにいる僕のところに来て座ると、インタビューはどうだったかと聞いてきた。僕が答えず、ただ首を振ったので、ナイトテーブルにあった小さなすみれ色のプラスチックの恐竜をつかむと、僕の胸の上を走りまわらせた。

僕の怪我を見て、彼女は驚いた。

その後、僕がまた起きあがって歩き回れるようになると、二人ですこし散歩をした。地域一帯の空気はすこし焦げた臭いがしていたが、不快ではなかった。たぶんどこかでバーベキューパーティーをしていたのかもしれない。

エーヴァーゼー公園[84]近くの建物の高いところに描かれたおもしろいグラフィティを、ユリアにいくつか説明してやった。手の届かない場所にあるグラフィティほど美的に満足できるものは、街に少ない。眼は一瞬あれば、こうした作品を生み出す羽の生えた存在を眼前にすることができる。何本も腕を生やし、身体を斜めに傾けた危険な体勢で建物から建物へと弧を描いてなめらかに移動していて、観る者の視線はさらに、マーベル社のスーパーヒーローを思わせる、このありえない見事な場所にたどり着くのに不可欠なクライミングの芸当を再構築することになる。橋の真ん中にある鉄骨の横の突っ張り、どのバルコニーからも離れている建物のでっぱり、二十四時間通行のあるトンネルの内部。またはエレベーターの外壁——数年前に一度、そういう実例を読んだことを思い出した。ウィーンにある二十二階建てのビルの改築で、エレベーターの昇降路が拡張され、エレベーターボックスは新しい大きなものに交換された。作業員が古いものを取りはずした時、普段は鋼鉄のロープにつけられて上下に揺れ動く金属のボックスの外側が、落書きやスプレーで描かれたラブシーンでぎっしりと埋めつくされていたという。どうすることもできず作業員たちは、この古いエレベーターボックスをすぐに処分してもらったそうだ。

ユリアは、僕がいつもよりゆっくり話していることに気づいた。

「もうはっきり見えないんだよ。何もかもが難しくなってしまった」
「どうして?」
「おでこが変なふうに感じるんだ」僕は言った。

家ではデスクに向かい、赤いチェックのファイルの中をちょっと整理した。ノーマン・コーンの魅惑的な著作『千年王国の追求』[85]で子供を疎外するさまざまな儀式について読み、関連するページをコピーしてファイルに入れた。ドイツやオーストリアでは十八世紀にいたるまで、新年に選ばれた子供のカップルが象徴的に結婚をするのは、田舎での公然の慣習だった。コーンによるとこの子供たちは、白い毛皮の衣装に身を通し、その後一週間の接触は禁忌とされる。路上で出会っても、だれも彼らに答えたり、反応したりしてはならず、彼らは完全に孤立させせられ、ものを盗んでも罰せられず、絶望してこのゲームをやめたいと懇願した場合ですら無視される。二人は、コーンが名付けるところの、**儀礼上不可視**だった。この**リーデルン**または**リートサー**と呼ばれる子供たちは、さらにこの週のあいだ、だれにも家に入れてもらえず、食事と寝る場所を自分たちで確保しなければならなかった(もっともたいていは両親や近い親戚が、非常食の入った小さな包みを事前に約束した場所においていた)。この慣習は罰とはみなされておらず、完全な社会的孤立の中で過ごす一週間ののち、子供たちは盛大なお祝いで村の共同体に再び受け入れられ、たくさんのプレゼントで報いられた。

赤いチェックのファイルにある切り抜きや紙片をめくり整理をする際、スカルラッティの五百五十五曲からなるソナタから何曲かを、アメリカの名演奏者スコット・ロスが八〇年代に全曲録音したCDで聴いた。[86] ロスはだれよりも繊細かつ壮大にチェンバロを弾くことができた。そのトリルはただ二つの音をすばやく行き来するだけのものではなく、すべてを表現できた。動かなくなった関節の不安げな震え、ガラガラヘビの威嚇音、お腹を空かせた人間の腹の鳴る音も、風にそよぐ旗のはためきや、夜空の星のいらだたしげな脈動をも。

第四部

もし僕が完璧だったら、聞くものすべてを信じるのだが。

ウィリアム・T・ヴォルマン『レインボー・ストーリーズ』87

コミュニケーションというものは、常に受け手に有利になる傾向があるようだ。蛾が炎のまわりに集まるように、コミュニケーションは受け手のまわりに集まってくる。

チャールズ・A・フェレンツ＝ホレリース

1　モアイ像
【緑のファイル】

名もつげずに電話をかけ続けていた人の最後の消息から数週間が経つあいだに、浸みわたっていく厳かな空虚感はなんとすばらしいのだろう。その人は今また自分だけのために、だれにも聞かれることなく息をしているのだ。もしかすると死んで、ひっそりと壁にくっついている虫のように、六本足を折り曲げて消えていったのかもしれない。こういう電話をかける人はすっかり珍しくなった。十年も前ならまだ何千人もいたのだが。今ではヨーロッパ全体でもせいぜい片手ぐらいだろう、このやり方の稀有な最後の代表者たちは、まだときどき自分の寝床から身体を起こしては、部屋の隅にある旧式の黒いダイヤル式電話へと這っていくのだ……。

二〇〇七年初めの数週間は、見知らぬ人から無言電話が頻繁にかかってきていたので、番号がわかるときだけ電話をとることにしていた。サイレントモードにしていた携帯電話にシュテニッツァーさんの名前が光るのを見て、僕は電話にでた。

「もしもし？」

「ゼッツさん？　お元気ですか？　グズルーン・シュテニッツァーです」

「こんばんは、シュテニッツァーさん。お声をきけてうれしいです」

「ええ、うれしい、ね。うれしいかしら。わたしの電話をうれしいと言っていただけるとはお優しいですね」

「何かありましたか」

「かなりばかげたことを考えたんです。こう思ったんですよ、ゼッツさんはわたしたちを裏切ったりしないってね。ハハ。まったく電話にお出にならないものですから。わたしたちのことがひどい思い出になっているわけではないんでしょう？　聞きましたよ、ブリュッセルへいらっしゃったって……」

「どなたからお聞きになりましたか」

「だれだったかしら……。あの、ただ、うちへおいでになるのはいつでも歓迎だと知っておいていただきたかったんです。火を見るより明らかですよ。おもてなしの気持ちはいつでも変わりませんから」

すこし間があいた。

「ありがとうございます」僕は言った。

「あら、どういたしまして、本当にね……。話は変わりますが、クリストフが申しておりました、あの子は……。あの子が、あなたにすべてうまくいきますようにって。そう言っていましたよ、本当に」

「わあ、ありがとうございます。僕の記事がお気に召したらいいのですが」

「まあそんな、ご謙遜がすぎます。今まで全然お気づきになりませんでした？　いつもそんなに守りに入っていらして……まあ、いらしたときにも感じましたけれど」

「そうですか？　そうか、ええ、もしかしたら多少控えめなときもあるかもしれませんね……」

「いずれにせよ、わたしたちはうれしいんだって言っておきたかったんですよ、もしあなたが……。ああ、どう言えばいいのかしら……」

僕は黙って待った。

「全部こちらでは、今のところうまくいっているんですよ、ええ。でもそれで新しい問題も抱えることになって、はああ……」

「どうしたんですか」

「ああ、もちろんあなたのせいではありませんよ、でも……はああ」

僕は待った。

「あの若造たちがまた来たんです。それであの……ああ、なんて言ったらいちばんいいのかしら……干渉してきたんです。またですよ。今度こそ次の手を本当によく考えないと」

「その子たちは何をしてきたんですか」

「ふん。あの、どうしたらそんなことがお尋ねになれるのかわかりませんね。だって、ご自身で記事に書かれましたよね？」

「ええ、書きました」

シュテニッツァーさんは間をとった。タバコを一服すったように聞こえた。**ちょっとタバコを買いに。地下世界の丸天井。**

「あとであの子が家に帰ってきたとき」シュテニッツァーさんは苦々しげな声で言った。「濡れた髪でそこらじゅうに塩素の臭いをふりまいて、もう信じたくありませんでしたよ！　あれは本当に……非現実的でした。あー、ケニー」

「だれです？」

「アンキャニーです。この言葉、ご存知ではないですか」

「ああそうか、わかりました、アンキャニー。不気味ですね」

「ええ、本当にあれは不気味《アンキャニー》でした。もちろんすぐにあの子だとわかりましたよ、でもすごく変わってしまっていて、人となりが」

「クリストフ君はどこにいっていたんですか」

またしても彼女は間をとった。残念ながら言わなければならない不愉快な伝言のために、自分のエネルギーを全部かき集めたようだった。

「公衆水浴場《プール》です」

「プールですか？　つまり、彼は泳いだと」

「不気味《アンキャニー》ですよ」喘ぐように笑った。「あの子の顔は見ものでしたよ、ゼッツさん！　クリストフは普段あんなじゃありません」

電話越しに、彼女が首を振ったのが聞こえた。もしかすると眼も閉じたかもしれない。それに、もしかすると椅子の背もたれに頭を乗せたかもしれない。

「えーと、シュテニッツァーさん、残念なことに出かけなければいけないのですが――」

「うちの子が水浴場《プール》へ連れていかれたんですよ！」

「ええ、そうですか」

「それで何も感じないんですか？」

「きっと悪気はなかったんですよ」僕は言った。

彼女はぎょっとした音を出してのみこんだ。通りがかった人が彼女の口に直接つばを吐いたみたいだった。

「あの子が泳げるかどうかさえ、あの人たちは知らなかったんですよ。そんなことどうでもいいんです。大事なのは、自分たちの……度胸試し、発汗療法、我慢くらべ、いっつも耐えるぞって、ゾーンを……。そういうことを親から、間違いなく親から聞いているんです！　外見に騙されるんですよ。外面は単なる不良少年みたいにスキンヘッドにしたり髪の毛を逆立てたりしているんですけど、本当は裕福な家の子なんです。靴を見ればわかります。知りたくなくてもわかってしまうんですよ、よくクリストフの家の外に靴を脱ぎっぱなしにしますから！」

「なるほど、そうなんでしょう」

「学校をさぼって、音楽を聴いて、ツェチュン橋の下でたむろして、そういうことを一日じゅうやっているんです。それで家へ帰れば、ゴールドのマスターカードが待っているんです」

「ふーむ」

「あいつらが何を考えていたのか、本当にわかりません。うちの子をあんなふうに、サーカスの馬みたいに連れ出すなんて！　それであの子、あの子のほうも、それで全部いいことにして！　あの子のエアマットは……濡れて戻ってきました。ドアの前の芝生において乾かしました」

この時点でわっと泣き出すこともできただろう。しかし彼女はそうしなかった。ただまた、タバコのような音が聞こえただけだった。

「でもエアマットは水遊び用に考案されていますから」僕は言った。

「なんですって？」

「エアマットというのは――」

「そのうえであの子は本を読むんです！　あの子の読書用のマットなんです！　濡れていたので、一日じゅう本が読めなかったんですよ」

「シュテニッツァーさん？」

「なんですか」

「すみませんが、切らなければいけなくて、外で……人が待っているものですから」

「どこで？」

「うちの庭です。何かが燃えていて」

そうして通話を切った。

ユリアが部屋へ入ってきた。

「嘘をつくとき、自分の声がどんなふうに聞こえているか、知ってる？」

ユリアは歩いていって、窓を開けた。外は日が射していた。

「どんなふう？」

「スプーンを呑みこんだみたいよ」

「スプーンを呑みこむ」

「そう、ヨーグルトを食べているところを想像してみて。それでがつがつ食べ過ぎて、間違ってスプーンをごくんって呑みこんじゃうの。でも、喉にはりついちゃうわけ。あのレントゲン写真みたいにね。知ってる？　どこかの変なアメリカ人がありえないものを呑みこんじゃったやつ」

「そんなふうに聞こえるの？」

「そう。全然気づいてなかった？」

「それで、君が嘘をつくときにはどんなふうに聞こえるの？」

「何、知らないの？」

「うん」

「これだからまったく」ユリアは首を振った。


二〇〇七年のはじまりは、ほかにも何度も戸惑うことがあった。ほぼ毎回、奇妙な染みがかかわっていた。うちのバルコニーの脇にある外壁に巨大なカビの染みができて、雨が降っても庭のホースで水を吹きつけても消えなかった。赤っぽい色をしていて、ジャガイモを貯蔵しておく昔の地下室を思わせる不快な臭気を放散していた。この悪臭は家のなかまで、特に僕が好んで作業をするキッチンにまでよく入ってきた。それで僕はよく家を空けるようになり、邪魔が入ったり話しかけられたりしない、さまざまな場所で時間を過ごした。

三月のある日、地区大手の食肉工場近くにある小さなカフェに僕は座っていた。もう夕方の入り口で、僕はすることもなく、ただズボンにできたかなり大きな紅茶の染みが乾くのを辛抱強く待っていた。もしすぐに立ち上がったら、粗相があったように見えるだろう。しばらくすると別のテーブルに男性が一人座った。彼のベストには片メガネがぶら下がっていたが、ひょっとすると懐中時計だったかもしれない。彼は僕をじっと見た。最初、僕は眼をそらしたが、それからなんですか？

と見返した。男はうなずいて、バッグから『ナショナルジオグラフィック』を出した。

それは明らかに僕の記事「イン・ザ・ゾーン」の第二回が掲載された号だった。彼はページをめくりにめくり、あらぬところを見て、これ見よがしに欠伸《あくび》をするとさらにページをめくり、まるで何か異様なものを見つけたように驚いてみせた。姿勢が変わり、顔の表情は真剣になり誌面に集中した。それから何ページか雑誌を破りはじめた。僕は立ち上がって、彼のところへ行こうとした。しかし初めの一歩を僕が踏み出すより先に、男はもう店から立ち去っていた。追いかけたが、彼の姿は消えていた。何分間か僕は途方に暮れ、大通りでおびえて、遅い時間にもかかわらず明かりのつかない街灯の下に立ちつくした。

戸惑いながら家に戻ると、僕はすぐにベッドに横になったが、長いこと眠れなかった。いつしか僕は、半分バルコニーになっているカヌーのようなものに乗って漂流していた。夜になると、頭蓋骨の大きな、物思いに沈んだ様子の悲しげな白い生きものが訪ねてきた。生きものはその頭を苦労して、でも見たところ急ぐ様子もなく僕のベッドまで引きずってきた。巨大で飾りにもなるあの石頭には、泣く人が細める眼と幾何学的で大きな鼻、横に唇がのびた口がついていて、その口から無力感や負い目を暗黙裡に認めるかのような、荒く溝のついた前歯が一本突き出ていた。その生きものは僕のベッドの前に立ち、金属のきしむ前足で頭を掻きはじめた。それでくたくたになりつつも、まもなく頭を胴体から切り離すことに成功した。満足げな息遣いとともに頭は床へと落ちた。その生きものに残ったのは白い毛皮のボールで、手足も判別可能な穴もなく、まるでまだ呼吸をしているようにリズミカルな収縮をする、毛深く白い袋だった。僕はつま先でそれに触った――するとそれは突然すさまじく叫び、うめきはじめたが、数分もすればまた静かになり、疑いようもなく崩壊に身をまかせている二つの部位、石頭と毛玉は、どちらも一種の荘厳な無意味さの中で固まり、僕のベッドの前で生気をなくし、転がった。注意を向けつづけたら、このお芝居が繰り返されるのではないかという不安から、僕は布団を頭からかぶった。約一分後に息苦しさでまた布団を剝ぐと、僕は完全な闇の中に横たわっていた。まわりを手探りし、掛け布団のシーツの横側に一列に並んでいるプラスチック・ボタンのひとつをつかんだ。ボタンは気持ちよくひんやりしていて、幸運が重なれば至福の一瞬、触れることのできる他人の耳たぶと同じように、触ると心がとても落ち着いた。すべてが、少なくとも輪郭だけでも、僕が知っていたとおりの状態だと確かめるために、頭を枕の上であちこち動かしてみると、枕が汗でぐっしょりと濡れていることに気づいたので、頭を起こしてひっくり返すことにした。でも枕を持ち上げてみると、知らぬ間に一晩じゅう、湿原のやわらかい泥の上で横になっていたことに気づいた。ただ薄いシーツと枕だけが、泥や黒い腐りかけた水から僕を隔てていた。

このことはユリアには話さなかった。この奇妙な幻は二度と現れなかったし、彼女を不安にさせたくもなかった。僕がこの間に普通の学校で働いていることを彼女は喜んでいた。僕はほかの人の半分だけ授業をすればよく、あの頃へリアナウ学園で働いていたときのように早起きしなくてもよかった。

考慮にいれなければならない諸要因

まもなく僕はまた、グズルーン・シュテニッツァーから電話を受けた。

「どうも」彼女は言った。

「ああ、こんにちは、シュテニッツァーさん。お元気ですか」

「ふう、ええ、何からはじめ、元気かですって、ああ、ええ、実際元気だったのかしら？　あー……」

息を切らせているようだった。

「クリストフくんは元気ですか。あれから回復して……？」

電話のボタンが押された。**ツゥーッ**。

「本当は、このあいだお電話したときにそのことをお話ししたかったんですよ。変化のことを、あの……起こったことを、次から次へと、それで全部が……あああ、なんだったのか……」

受話器に比較的近いところで紙が丸められるのが聞こえた。

「変化ですか？」

「ああええ、ご存知でしょう、そういうものだって。万物は流転す《パンタレイ》、すべてのものが変化してゆくんです。常に変遷の中にあって。何ごとも、かつて留め置いたままではいられないんです。クリストフは……。つまりね、あの子はうまくお出かけをやりましたよ。マットはもちろんとっくに乾いています、そうこうするうちにね。あの子はまた本を読んでいます、ありがたいことに。それで……ええ、つまり、あの子はもちろんあなたのことをまだよく憶えています。あなたがいらしたことを」

「うれしいですね」

「まあ、あの子の状況では……まあ、実際には、もちろんダメなんですよ、どうやったら元気で過ごせるというんでしょう。おわかりですか、あなたにどうしてももう一度お電話を、連絡をつけたかったんです、そうしなければひとりで放っておかれるように思えて、わかります？」

「どうしてひとりで放っておかれると？」

激しい、いらだち混じりのため息がシュテニッツァーさんから出た。それから言った。

「ひどいのは、いつもあとになってからやっと知恵がつくことです。そういう気持ちはご存知だと思います。あとになってから、前より賢くなったなって。しかもあの頃のあの二つの記事や何もかも、あれはもう、だから……とにかく、わたしも知恵がつきましたよ、そう申し上げたかったんです。電話で。もう顔を合わせないのなら」

「記事がお気に召さなかったのですか。あの頃、記事を二つともお送りしましたが。まあ、あとでかなり短くされてしまって写真も足されましたが……」

「ええ、えええ、全部、ええ、もちろん、当然知っていますよ……もちろんね……。わたしはただ、それで何の誤解も起こらないように、ただ……。クリストフにはすべてが良くなかったんですよ、おわかりです？　あの子は、つまり……。あの子はもう前から内向きでしたが、記事やらなんやらで、それが、つまり……しかもその後で水浴びですよ、あれはむしろ症状がでていました、おわかりです？　つまり、ただの屋内水浴場《プール》でしたけれど、それでもね」

もう一度、重いため息。僕はベッドに座った。

「待ってください、ヘッドセットに交換します、もっとよく話せるように」

「ヘッドセット、いえ、必要ないですよ」シュテニッツァーさんは叫んだ。「どのみちわたしは――」

僕は、もう聞いていないふりをして、コードをつないでマイクと唇のあいだで適切な角度を探すのに時間をかけた。

「もしもし？　お待たせしました。これでうまく話せます」

「ええ」シュテニッツァーさんは、つぶれた声を出した。「あまり長いことお邪魔したくはなかったんですが。クリストフは引っ越しをうまくやり通せなくて、それからあなたの記事があって、今は仲間たちも姿を見せない――ふっ、あの汚いスキンヘッドたちのことをあの子はまだ仲間って呼ぶんですよ、笑っちゃいますけど……」

「待ってください、よく理解できなかったのですが。引っ越しされたんですか？」

「ええ、もう憶えていらっしゃいません？　うちにいらっしゃったときですが？　段ボール箱やらガレージやら全部、まあ、そうですよね、二日間いらっしゃっただけですもの、それでは見なければいけないものしか見ませんよね。お仕事のために、ハハ」

「本当に気づきませんでした。それでクリストフくんの友だちはもう来ないっておっしゃいました？」

「まあ、その方がいいんですよ。あの子らは離れてくれた方がいいんです」

「あの、シュテニッツァーさん、ひょっとして何かお気に障ることをしてしまったでしょうか」慎重に質問した。「おっしゃられることが、つまり、すこしその──」

「いえ、いえ、ちがいますよ」シュテニッツァーさんが声をあげると、世界のどこかで拳が握られるのが感じられた。「そんなことは何も、わたしは……。でも事態は、その……あれからいろいろなことが次々と降りかかってきたんですよ。記事のあとに引っ越しが必要になることは、予想できましたし、もちろん事前に全部よく考えておりましたから、そうでもなければ自分の生活圏へとあなたを立ち入らせたりはしませんでしたよ、おわかりでしょう」

彼女は笑った。それは深い、喉を押し殺すような笑いで、ほっとした感触は微塵もなかった。

「記事のせいで悪い影響があったのでしたら、申し訳ありません。正確には、いったい何が起きたのですか？　土地の人たちが嫌がらせでも──」

「いえ、いえ、誤解なさっています、ああ、本当に間違った言い方をしたんだわ。ただいろいろなことが、ある意味もうずいぶん前から降りかかってきているというだけで、それがちょっとクリストフには多すぎたんです。あの子はそうは思っていないけれど」

「何をクリストフ君はそうは思っていないんですか？」

「まあ、それでご面倒をおかけしたくはありませんから」

「面倒なんてことはありませんよ、シュテニッツァーさん。どうぞお話しください。クリストフ君はどうしたんですか」

「ええ」彼女は、リンゴをシャキッと音をたてて大きな口で嚙んだ。あまりに受話器に近かったので、僕は自分のあごで、最初にリンゴの皮のはり、次にはじける皮の感触を感じられるほどだった。

「まあ、お友だちは、水浴場《プール》へ行ってから来なくなって、それであの子はうろたえました。もちろんそれは、なんでも真っ暗にみえてしまう人生の一時期なんです。そこには当然、考慮にいれなければならない要因がたくさんあるものです」

「たとえば……？」

「ああ、まあ、たとえば限界を試すことです。こういう時期にはもちろん、重視されます。ひどく重要です」

彼女はもう一口、リンゴをかじった。すると突然、幻影が、眼の前が赤くなってリンゴが視えた。シュテニッツァーさんの顔のすぐ前に赤い風船がひとつ。かじりつくときにのびる、彼女の口元のしわ。

「それで今、クリストフ君はどんな問題を抱えているんですか」

「まあ」彼女は深く息をついた。「決してあなたのせいではありません。あの頃の、ご来訪のことです。それに二本の記事も。いいえ、そう考えていらっしゃるならちがいますよ」

「でも何が――」

「子供たちはたくさんしゃべりますし、もちろんやらない方が良いことも、たくさんやらかします。この観点からすれば子供たちはまるで……まるで……」

ぴったりの比喩が思いつかないようだった。その代わりにもう一度、すこし静かなリンゴを噛む音が続いた。

「でも心配なことのように聞こえますね」僕はヘッドセットへと言った。「クリストフ君の調子がよくないのですか？」

「どんなことでも治るものです。申し上げたとおり、限界を試すんです。こういう時期には重視されますから。それに当然、その他の要因もすべて考慮しないわけにはいきませんから」

「ええ、そのとおりですね。でもまだよくわからないのですが――」

「APUIPの人がきて、あの子を診てくださいました。あのバウムヘルさんが薦めてくださった方です」

「APUIP。それはあの平等な待遇を求める団体ですか」

「まあ、そう言われることもありますね。でも本当はもっと公益にかなうことをやっているんです、たとえば……。バウムヘルさんのことはまったくご存知ではないですか」

「直接は存じ上げません」

「ウィーンのご出身なんですよ」シュテニッツァーさんはリンゴを噛みながら言った。

「こういったケースについて本当によくご存じなんです。あの方は過去に、何度かリロケーションの世話をしたこともあって」

どこか遠くの国で、僕の顔つきをしたブードゥー人形の眼に、針が刺さった。

「待ってください、シュテニッツァーさん、彼は何を?」

彼女はため息をついた。

「クリストフの調子は本当に悪いんです。あの子は……つまり、あの子はがんばって……。ああ……。何もかもとても難しくて、わかります？　すべてわたしにとって幸せな結末を迎えるなんてことはまったく求めていませんし、そんなことこの世に求めやしませんよ。すべて体験したあとにはね。でも少なくともフェアに終わってもいいでしょう……。ええ、フェアに……」

「クリストフくんは人生に幕を下ろそうとしたんですか」

「申し上げたとおり、ゼッツさん、そのことであれこれご心配いただかなくていいのです。このことではご面倒をかけたくはありませんから。それではまた……」

彼女は音を立ててパリッとリンゴを嚙み、したたる汁を吸い込み、小さく謝ると通話を切った。


小さなプラスチックの恐竜が僕の肩の上を跳んで歩いた。ユリアは僕と腕を組み、二人で晩冬らしい近所の通りを歩いて、ユリアはこの小さな生きもので遊んでいた。ふざけて彼女はこのプラスチックの恐竜を僕のセラピストと名づけていた。

「奇妙な世界だよ。もうよくわからないな、どこに……何が……あわれな少年は心に問題を抱えていて、その母親はあのウィーン出身の変なやつに電話して、その平等推進団体に……。ああ、それが何のためなのか、さっぱりだ」

「そんなにこの問題に入り込んじゃダメ」ユリアはすみれ色の恐竜を自分の指のあいだにすべらせた。「もうとっくに学園から離れているんだから。記事も二本書いたし。慢性の頭痛も良くなってきたでしょ。しかも家にいてくれることが増えてうれしいもの」

「何か不吉なことだと思うんだ……」

「何？」

「たぶん、彼らは何か奇妙なことをしているんだ、僕もわからないんだ、たとえばリロケーションが本当は何なのか探りあてられなかった。みんなこの言葉を普通のことみたいに使うんだけど、それからあのおかしなトンネルプロジェクトに、今度はあのかわいそうな少年だ、あのさ、君も会いにいったらよかったよ、あの頃、訪問したときには、巨大な紙のマスクをかぶっていてさ、あれは普通じゃなかった――」

ユリアは僕の手を取った。

「しゃべるのが速すぎるよ。考えが追いついていないから」

「それからフェレンツだ」

「だれ？」

「だれなのかさっぱりわからないんだ。または何なのかも。でもあの頃に聞いたんだ、あのルドルフ校長が電話口で――」

「あなたの眼のまわりを青くした人？」

「ああ、そうだけど、それはどうでもいいんだ。あいつはフェレンツと電話をしていて、それでやつはあの生徒のことを話したんだ、その両親が……」

話したいことが大量に僕の前に集まってきてしまい、先を続けることができなかった。

「それはあなたとは関係ないでしょう」

「でもそれならどうしてあの人は僕に電話をかけてきて、息子の調子が悪いのは僕のせいだってほのめかしてきたの」

「その人がバカだからだよ」

「そうかな。まだほかに何かあるんだ。ひょっとするとあいつに聞いてみたほうがいいかもしれない、あのバウムヘルっていう、ウィーンのＡＰＵＩＰの、つまりそいつが、何がなんなのか全部知っているはずだ。シュテニッツァーさんが電話で言っていたんだ、リロケーションに居合わせていて、そいつが――」

「クレメンス、そんなに速く話さないで。全然ついていけない！」

僕たちはしばらく黙って並んで歩いた。手袋が片方、カエルがジャンプを準備しているみたいに折りたたまれ、排水溝の格子に引っかかって落ちていた。明るい茶色の革で、小さな穴が指にあいていた。

「見て」僕は言った。

ユリアは地面を見た。

「そこ」僕は手袋を指さして見せた。

彼女は近づいて靴の先でさわってみた。

「かわいそうに」

僕たちは先を歩いた。

「続きは書いたの？」

「何を？」

「アドバイスしたでしょ。気晴らしのお話。生徒が大きくなったら――」

「ああ、うん、うん。ねえ、向こう側のグラフィティになんて書いてあるかわかる？」

「何？」

「お前ら服を洗えだって」

「それは今、自分で考えたんでしょ」

「本当だよ、そこに書いてあるから。お前ら服を洗えって」

「へえ、そうなんだ」ユリアが言った。

「それでそっちの家には風見鶏がいるんだけど、その鳥がフクロウになってる」

ユリアはまた僕にしがみついて、僕の腕に身体を押しつけた。

「ふーん。それでそのフクロウはどういう見た目なの?」

「風見鶏みたいだよ」僕が言うと、二人で笑った。

カルヴァリエンギュルテル小路の高架下で僕たちはもうひとつ手袋を見つけた。最初に見つけたものを鏡で左右反転した姿だった。似た姿勢をして地面に転がって、雪が詰まったゴミ箱の隣にあった。

「あらら。こうなったら戻ってもう片方を拾わないと。あーあ」

黙って僕たちは移動を始めた。

「手袋の孤独」僕は言った。

「クレメンス? ちょっとやってみて?」

「何を?」

「もうちょっといろんなことから距離をとってみること、やってみて?」

「それは難しいな。一回、動物たちと距離をとろうとしてみなよ」

「そうだね。でもウィーンのその樹木男《バウム》のところへ行かないで、いい? まずはその人に電話して。普通の人がするみたいにね」

2　木材をリスペクトしなくちゃ、ロビン

冷え込む季節になったことの間違いようのないサイン。それは、ほこりや染みが一見、虫やハエがとまっているように見えることだ。そのあとで、なんでもない、ただの染みや漆喰《しっくい》の割れ目だとわかってがっかりすることが続く。家の壁や中庭の壁などいたるところ、とりわけ空中に、小さな生きものたちがいないのだ。慰めになるのは記憶だけだった。たとえば一度、学園の敷地を散歩したとき、プライナー緑地と呼ばれる場所へのぼっていく途中で、うごめくアリ塚の脇を通ったときに突然、強烈な慰めに包まれたことがある。いつの日か自分の身体も膨大な数の微小な生物に分け与えられることを想像したのだ。

ロベルトは、気分はよいものの、妙にくたくただった。疲労困憊だ。井戸の湿った底みたいだった。イギリスのバンド、ローラ・パーマーの復活《リサレクション・オヴ・ローラ・パーマー》のニューアルバムをiPodで無限ループにして聴きながら、『核家族セラピー』というアメリカのSF小説を読んでいた。この本は、ジョージとジョディという夫婦とその幼い娘ダニエルの話で、コルドゥラがロベルトの手に押しつけてきたのだ。**これ、読んでみて。ひょっとすると考えが変わるかも、**と。この小説の家族は、新しい住処を小惑星で見つけるために自作のロケットで地球を発った。地球上ではもう耐えられず、特に父親のジョ

ージが、何年もお隣さんと境界線争いをしていたのだ。そのうえ地球は、放射能で汚染されていた。出発からすでに不平不満が飛び出し、発射装置を数秒早く着火してしまったからとジョディがジョージを罵ると、続く十四ページはただただ口論が続いた。小惑星に着陸すると家を建てるのだが、そこでも同じようにケンカや罵り合いが続き、身を守る術のない小さくもろいものを壊すシーンがついてまわる。娘のダニエルはたいてい完璧に静かにしているが、不安で硬直していたのかもしれない。しかし、ときどきは両親のケンカに参加して、獣じみた金切り声や、耳をつんざく声をあげることもあった。すると両方の親から、わからないことに首を突っ込むんじゃないときびしく叱られるのだ。そうこうするうちにビールが尽きる。貯蔵庫はわりあい小さく、ジョディがこの家庭用ロケットの設計担当だったので、わざとやったんだろうとジョージがとがめたてる。もちろんよ、とジョディも怒鳴り返す。あたしが一生、大酒のみと暮らしたがっていると思っていたわけ？　などなど、またここから六十ページはケンカだ。その後、ジョージがダニエルの部屋へ行き、娘を起こす。娘の手に二十地球通貨を押しつけて言うのだ。ちょっと一箱か二箱、ビールを買ってきてくれないかい？　ダニエルは言う。でもお父さん、もう遅いよ、地球は放射能で汚染されているんだから……。震える声でジョージは言う。心配ないさ、ほんの短い時間をゾーンで我慢するだけなら、そんなにひどいわけじゃないさ。ちょっと入ってすぐ出るだけだ、特別に自分でロケットのスイッチを入れてもいいから。わかったかい？　そして娘の頭の上でロケットのキーをぶらぶらさせる。

ロベルトは本を部屋の隅へ投げつけた。鼻息荒く立ち上がり、耳からイヤホンをひきはがし、部屋を横切ると、たまたま床にあったジーンズをつかみ、ぐいぐい引っ張りはじめた。もちろん素材がしっかりしていたので、破ることはできなかった。力を使い果たすまで、もうしばらく引っ張り、そのあとでコルドゥラのところへ向かった。

「どうしてあんなバカげたものを読ませるんだ？」

「ロベルト！　顔が真っ赤よ。どうしたの」

「どうしたのだって？　君がくだらないゴミをよこして読ませたんだ、それがどうかしたことだよ！」

「そんなに怒鳴らないで。気に入らなかったの？」

ロベルトは、何を言えばよいかわからなかった。もしかするとこの女は、ロベルトをやりこめたかったのかもしれない。コルドゥラは完璧に落ち着いて窓の脇のキッチン・スツールに座って片ひざを曲げ、タバコを吸って外を眺めていた。その前には、ロベルトがプレゼントした灰皿があった。その灰皿をつかんで彼女を殴る自分が視えた。でもそれからロベルトは言った。

「全然おもしろくないよ」

「そう？　そうかあ、わたしはけっこう笑えると思ったけど。どこまで読んだの？　もう異星人のセラピストに会った？」

ロベルトは首を振った。

「ぼくは……。わかるだろ」

口を指さして、親指と人差し指で錠剤の形をつくった。

「わかった」コルドゥラは、また街の景色へと顔を向けた。

家々の屋根、バルコニー、衛星放送用アンテナの数々。とりどりのクレーン、雲。

ロベルトはズヴィルッパールを一回分のみこんだあと、窓辺に立って薬が効くのを待った。この瞬間に、化学物質の小さなパズルピースが身体の中に拡がり、隣にぴったり合うドッキングステーションを探していた。中庭に動くものはなく、木の葉はすでに大部分が落ちていたが、だからといって地面が美しくなったわけでもなかった。

自転車置き場の近くに、ラーブルさんと息子を見つけた。母親の上着で見分けがついた。うちを訪ねてきたあの時と同じ上着だった。いつも同じだ。ラーブルさんは子供の正面に立っていた。手にはジャムの瓶を持ち、一さじすくっては子供に食べさせた。男の子は口に入れると、まるでジャムがとてつもなくすっぱいかのように顔をゆがめてみたり、同じ瓶なのにごく普通の表情を浮かべてみたりした。

ロベルトは、この瞬間にあまり憎しみを感じない自分に驚いた。だれかが斧でこの子供に襲いかかるところを想像してみたが、それは完全に間違ったことだと感じた。おかしいな。頭の中でロベルトは、そのおぼろげな人物の手から斧を取り上げて追い払いさえした。奇妙だぞ。

窓を開けると、小さなパレードの騒音が聞こえてきた。ごく近くで、近所の曲がり角の多い細い小道を練り歩いているに違いなかった。高い歓声が大音量で風に運ばれてきた。ロベルトは急いでまた窓を閉めた。

その日の晩、ヴィリーと新しい彼女が訪ねてきた。ヴィリーは、恋人をとっかえひっかえすることにかけては素早かった。今回の彼女であるマグダはとてもきれいで、退屈なわけでもないのに、ヴィリーはすでに問題を抱えていた。そしてそれを隠そうともしなかった。

「でも最悪なのはさ！」ヴィリーは指を鳴らして人差し指をたてた。「最悪なのは、彼女がトイレに行った後で……ねえハニー、話してもいいかな？」

　マグダは、ロベルトの頭の中ではいまだにときどきエルケの姿と混ざっていたが、肩で気にしないわダーリンポーズをした。ヴィリーはホッとして笑うと、話を続けた。

「彼女がトイレに行って……するじゃん？　つまり、しおわると、ね？　そしたら立ち上がって、もちろん、拭いて」（用を足した後にトイレットペーパーで尿の最後のしずくを拭きとる女性のやり方をまねてみせた。まるで自然がそのために下着を与え給うたのに紙を使うなんてひどくばかげた考えだといった様子だった）「それで、まあ、そのあとで……」（新しい彼女のなんとも言えない視線を受けてくっくっと笑った）「……それで出てくると聞くんだよ、俺もするかって、そうすれば水を節約できるからってさ」

「え？」コルドゥラが言った。

「ほら、水を大切にとかそういうこと。二人とも小便して一回だけ流すならさ——そんな眼で見るなよ！」

「でもそんな風に話したら台無しだよ」マグダが言った。「まるであたしが強制しているみたいに聞こえるもん。地球を大切にするちょっとしたアイディアなのに」

「小便に行くたびに君が置いていったものを鑑定することで？」

「もう、おばか《サイ》さんねえ」マグダは人差し指で、ヴィリーをそっと、あどけなくつついた。

　ロベルトは顔を下に向けざるをえなかった。手はテーブルの裏をさわっていた。ねじを見つけ、数ミリ出ているねじ頭の鋭い縁を爪で押してみた。何百もの羽虫を吸いこんで、それで窒息したら、どうなるんだろう？　体内でブンブンいって、羽がぶつかると……。

「地球の水は、これから五十年でどんどん足りなくなるんだよ。次の戦争は飲み水をめぐって起こるんだから」

　マグダが言うと、コルドゥラは真剣にうなずいた。

「でも、もしひとりでトイレすら行けなくなるんだったら、この惑星なんて屁とも思わないね」

　窓の外ではV2ロケットが音もなく地上に着弾した。その爆発をロベルトは指の爪で感じた。テーブルの下の手をひっこめ、傷ついた所を調べた。ほのかな赤い光だ。

「それに、水をめぐって戦ったっていいだろ。水っていうのは、宇宙人に吸いとられるみたいな本気の減り方をするんじゃなくて、汚染されるんだから。その点、マグダの言うこともちろんそのとおりだけどさ」

「実際、悪くない考えだと思うな」コルドゥラは言った。「水を大切にするってことがね。ロベルトがお風呂に入るといつも思うの。なんてこと、きれいな飲料水が何トンもって。川で水浴びしたっていいわけなのに」

「インドみたいにね」マグダが言った。

「ガンジス川かい？」ヴィリーが言った。「なんてこった、あの汚い泥水か。あのな、ありゃ第一、住民の封じ込め措置なんだよ、あの川っていうのは。インドって、もう果てしなくたくさんの人が住んでいて、スラムや、横笛を吹く片腕の子供たちや、知らないけどあらゆる人がいるから、ヒンドゥー教が発明されたんだよ。普通の人みたいに教会へ行かないで、あの川に入って波のなかで祈るっていうのがさ。それで、川は大腸菌や死んだネズミなんかでいっぱいなんだぜ」

「うえー」コルドゥラが言った。

「なんでもかんでも、どうしていい所ばっかりつみ取ってしまうの？」マグダがきいた。

ヴィリーは両手をあげた。

「ぼくは突拍子もないと思うよ」ロベルトが言った。

会話に参加してくれたことがうれしくて、みんながロベルトをみた。ロベルトはまた顔を下に向けなくてはならなかった。しかし話は続けた。

「うん、毎年たくさんの映画がインドで製作されているのって突拍子もないと思うな」

「なんてこった、ボリウッドだな！」ヴィリーが言った。

みんなは待っていたかのように話に飛びついた。ロベルトを入れるのだ。この燃え尽きたディンゴを。ロベルトは、慰めになる痛みをくれたねじを探ったが、もう見つけられなかった。

「いつだって、なんでもミュージカルになっちゃうんだよな」ヴィリーが言った。「『ハムレット』？　ミュージカルだ。『スーパーマン』は？　最後は踊って歌うんだ。エイブラハム・リンカーンの生涯だって映画化されているけど、バーで奴隷廃止論者と反奴隷廃止論者のあいだで殴り合いが起こると、あとでまた歌って、ヴェールをまとった女性のまわりで踊るんだよ……。インドってそもそも、まったく突拍子もないテレビの国だからな。どこかの子供がマイケル・ジャクソンをやったショーがあったし」

「アクションもの？」ロベルトが聞いた。

「いや、スター発掘番組みたいなやつだよ。それで子供がマイケル・ジャクソンみたいに踊ったんだ。最悪だよ」

「ちょっと！」コルドゥラが言った。

ヴィリーは話を続けた。

「でもわからないのは、なんでその坊やが小児愛者の変装をするかだよ。それってなんだか不気味なんだよね。メビウスの輪だよ」

「でも彼がそうだったとは全然証明されてないんだよ」マグダが言った。

「マイケルは生きているからね[88]」ロベルトが言った。

「それもあったな」ヴィリーが賛成した。「どうして坊やは小児愛者の変装をするんだ？　なんでエルヴィスじゃダメだったんだ？」

「そりゃ死んでいるからさ」ロベルトは言った。

「でも彼がそうだったとは全然……」コルドゥラは言い始めた。「いっつも人を攻撃しないと気が済まないんだから、そうじゃなくてもさ」

「そのとおり、たとえば面の皮を剝ぐ、ぼくの数学の先生みたいにね！」

「なあに？」マグダが聞いた。

「俺はどちらにせよ、このメビウスの輪で完全に病気になっちゃうね」ヴィリーが言った。

「いっつもそういうバカを言うんだから」マグダは賞賛するように言った。

「自分のしっぽに噛みついているヘビだよ[89]」ヴィリーが言った。「それにさ、そもそもどうして子供があんなふうに動こうなんて思いつくんだ？　長いこと廃《すた》れていたダンスだぞ。鉱山で働いたほうがいいよ、石を叩いたりしてさ。じゃなきゃ物乞いだね、あの薬漬けの子供たちを見たことあるか、街をほっつき歩いてカフェで物乞いをしているんだけど。何をしているか知らないけど、たぶん接着剤の臭いをかいでいるんだよ。あいつらが俺の脇に立つと、誓ってもいいが、こうやって上がって来るんだ」（ヴィリーは片手を胸の前にやって高くなっていく水位を見せた）「で、俺はキレる。こういう子供たちの近くだとマジで吐きそうになるんだ。そしたらいつも自動的にあたりを見るよね、どこかにiBallがぶらさがってないかって」

ロベルトは笑って、部屋の角を指さした。

「うわっ、嫌なひと！」マグダが言った。

一瞬の静寂。

「ああ、クソ」ヴィリーが言った。「また、うっかりだよ」

マグダは苦しまぎれに笑って、ロベルトを見やった。

「ぼくはお前のうっかりさん《フェットネプヒェン》じゃないぞ」ロベルトはヴィリーに言った。「お前にマイ・ダーリン《ツッカーシュネックヒェン》って言われるのはいいけど、うっかりさんはごめんだ」

ヴィリーはホッとして笑った。

「この腰抜け野郎」ロベルトが言った。「決着をつけようか？　カンフーで？」

「恥をかくことになりますよ、センセイ」ヴィリーが手刀を見せた。「お前に一発ＫＯのブルース・リー・コンビをお見舞いしてやるぜ」

ロベルトは立ち上がって、いかにもといったブルース・リー式の礼をした。身体をこわばらせ、胸の筋肉を緊張させて、高い声を出すのだ。

「ホアチョーッ」

ヴィリーはマグダを小突いた。

「まだ話していなかったかな？　持って生まれた才能があるんだよ、こいつ」

ロベルトはまた座りこんだ。まるで銀行強盗を済ませてきたばかりのように、心臓がばくばくしていた。

「ぼく、チャック・ノリス[90]のところで訓練したんだ。近くにいるだけでみんなに、ゲロを吐かせることができるんだぜ」

マグダが真顔になった。

ヴィリーは慎重に笑った。コルドゥラは青ざめていた。

「チャック・ノリスってだれ？」マグダが尋ねた。

「お前は若すぎるんだよ」ヴィリーが言った。


木材をリスペクトしなくちゃ、ロビン、とロベルトはひとりごとをいって、自分の手刀が物質を突き破る様子を想像した。比類なき的確な一突き。骨と腱と関節液だ。

「古典的なカンフー映画では、重力からの解放がいつも扱われる」ヴィリーが言った。

ロベルトはまっすぐマグダを見つめた。よし、彼女がヴィリーの新しい彼女だ。それにしても本当に美人だ。九〇年代の大ぶりのメガネが少々流行おくれだが、胸まわりのクモの巣がよく似合っていた。胸を強調していて。

「そうだね。あのちっちゃくてすばしこいアジアの人たちって、水槽の中にいる魚みたいだよね？思いっきり速く動いたら、空も飛べるかもしれない。ヴィリーの言うとおりだ」ロベルトが言った。

「おもしろそう」マグダが言った。

ヴィリーはマグダの肩に手をやった。

「しかもショウ・ブラザーズの名作映画にはそういうカットがあるんだ。どれも俺たちが生まれる前のことだけど、それでも今まででいちばん壮大なんだ。あの後ろ向きのジャンプ。あれは本当のところは、ただかっこよく」（ロベルトは腕をあげて即興でドラゴン・ファイト・ポーズをした）「高いところから下へジャンプした闘士を撮っただけなんだけど、それを逆再生して、上へと後ろ向きに跳び上がっているように見せているんだ。あれは本当に飛んでいるみたいだよ」

マグダが微笑んだ。

「ねえ、君の口にはガムがすごく似合うだろうね」ロベルトはマグダに言った。

コルドゥラがテーブルの下で、そっと足を使って触れてきたのを感じた。

「足、気をつけて」ロベルトはコルドゥラに言うと、マグダに向き合った。「どういうガムが好き？つまりね、ガムを選ぶのって本当に大事で、たとえばネクタイや髪型を選ぶよりずっと大切だと思うんだよね」

「ガムは好きじゃないの」マグダが言った。

「そうなの？　それはすごく残念だ。ちょっと見てみたかったんだけど」

「はっ」ヴィリーが声を出した。

それは笑い声というより、見知らぬ人が庭の扉に近づいたことを知らせる犬の吠え声のようだった。

「ええ、この人、昔の映画のことなら本当によく知っているの」コルドゥラは言ってロベルトをさした。「でも、映画館へひきずっていこうとしたらね……」

「カンフーだな」とロベルト。「木材をリスペクトしなくちゃ。太い、どっしりした木の塊《かたまり》が自分の前にあって、それがふてぶてしくこっちを見てきても、さらに木の塊の新しくて小さな仲間を連れてきたとしてもだよ、それでも木材はリスペクトしなくちゃいけないし、そいつを……そうだよ、とにかくリスペクトしなくちゃ。それだけだ。残りはそうすれば自然に片づくもんさ」

ロベルトは、テーブルの天板に手刀をふり下ろした。

「ああ。みんな見た？　この木のこと、ぼくはリスペクトしきれなかったみたい」

みんな黙っていた。マグダが口をわずかにゆがめていたのが、笑いの兆《きざ》しだったかもしれない。

「ほら、みんなぼくを見るだろ。ぼくがバカなことをしたから。でもまじめにとらないでよ、ぼくは……ぼくだってわからないんだよ、さっき自分によぎったのが何なのか。だからぼくはときどき、ガムなんだ、まあうん、ははは、どうしようもないんだ、ときにはね、わかるだろ――」

ヴィリーが笑いはじめた。とっくに機は熟していた。

「クソッ、この謝っているロベルトより笑えるものなんて世界でほかにないぞ。俺だったらまじめな顔をもうちょっと保っていられると思ったけど、顔の筋肉が痛いよ」

マグダもそこで笑った。

ロベルトは立ち上がっておじぎをした。それから一度テーブルをまわって、椅子のうえで静かにゆれている新聞の隣にあるジャケットをとり、内ポケットからチューインガムを一パック出した。ガムをひとつ取り出して投げると、ヴィリーはキャッチしてさらに大声で笑った。

コルドゥラは、両手をテーブルの上においていた。だれのことも見なかった。

ヴィリーはガムをテーブルの上に落とし、こぶしで完全に平らになるまで叩いた。

「リスペクトしたぞ、この、ガムを！　こうやって……」

　ロベルトは笑った。それから言った。

「あのさ、ヴィリー、どうして毎回、違う女を連れてくるんだ？」

「ふん！」とヴィリーはやって、マグダをみた。

　マグダは不意打ちをくらったみたいだと、ロベルトは思った。

「彼女がぼくを見たがったの？　ディンゴに会いたいって？」

「おい、ちょっと待て」ヴィリーが手をあげた。

「だれにも会いたいなんて言ってないわ」マグダは赤くなった。

「ああ、前に君とどこで会ったか、今わかったよ」ロベルトはマグダに言った。「あの長々と練り歩く、パレードでだね」

　静かになった。

「そのことでは冗談は言わないもんだよ」ヴィリーが言った。

「おやおや、今日はまじめなんだな！」ロベルトは笑った。「さあ、くそったれの木でもガムでもリスペクトして、黙れよ」

「へえ、リスペクトっていうならさ」ヴィリーが言った。「お前、また顔がすっかり赤くなってるぞ。あんまり笑いすぎるな、そうじゃないと……。つまりだ、もしお前がトイレに行きたいなら、今がチャンスだ。あとになると、わからないぞ……」

　ロベルトがヴィリーに襲いかかったので、マグダが叫び声をあげた。マグダは椅子にぶつかってテーブルの下に倒れた。コルドゥラはロベルトをヴィリーから引きはがそうとしたが、ロベルトは怒り絶望すると馬鹿力を出すのだ。

「やめてよ、お願い！　やめてってば！」

コルドゥラは、二人の男性のあいだにどうにか身体を割りこませることに成功した。ロベルトがコルドゥラの鳩尾《みぞおち》にパンチを喰らわせた。

してこれらは実際に、フェリックス・アダムスキ＝シュレーバー（Adamski-Schreber, 1993）が主張するとおり、目には見えない時間の流れを超越して我々の時代へと不時着した、陸生哺乳類の太古からの生き残りかもしれない。それらはビリヤードの球が衝突しあったり、図らずも交配しては新しい種を生み出したりするような、周囲の地形のちょっとした偶然に完全に左右されていた時代から生き続けてきたのだ。ジョン・コンウェイ[91]の「ライフゲーム」にみられる終わりなきチェス盤のごとく、先導も追悼も鼓舞もされることなく、静まり返った画面上でせわしなく動くドットゲームのように生まれては消えていった。そして常のごとく、そのような生き残りが、愛や家族の結びつきといったものがまだ理解されず誤りとされた遠い過去から、もし無傷で変化もなく現代に見いだされたなら、我々は自分たちが存在してきたここ数千年間を全否定するものに直面して慄然とすることになる。古典的なラヴクラフト調の山場だ。アコーディオンをたたむように百万年が圧縮されると、聞こえるのは唯一、低音の音栓の重いため息だけだ。アダムスキ＝シュレーバー理論はますます多くの人々に分かちあわれ、ローレン・アイズリー博士[92]の著作にある一節を想い起こさせる。それは鼻づら動物と呼ばれるシーラカンスの魔術的に短い記述で、単純で豊饒な水の要素から、空虚で生命を脅かしかねない空気の要素へと生息域を拡げる、進化の第一歩を体現した生物に関してのものである。

「油でよどんだ沼の水面には、ときおり鼻づらが突き出て、奇妙な音をたてて空気を吸っては、渦をまいて底へと戻っていった。沼は絶望的で、水は腐り、酸素はほとんどなくなっていたが、その生きものに死ぬつもりはなかった。ちいさな副肺ですでに空気を呼吸することができたし、歩くことだってできた。不気味な生気のない土地の中で唯一、歩く能力があった。めったにこの芸当を使うことはなかったが、それも無理からぬことだった。その生物とは魚だったのだ。

日が経つにつれて水たまりはぬかるみになったが、この鼻づら魚は生きのびた。ある暗い夜に露がおり、空っぽの沼底には冷気がおりた。翌朝に太陽が昇ると、沼は乾きひび割れた泥だけのがらんどうになった。鼻づらはもうそこにはいなかった。こっそりそこを立ち去り、下流のほかの沼へと向かったのだ。何時間か空気を呼吸して、重いひれでゆっくりと這って行ったのだ」(Eiseley, 1957)

その後、この泥にまみれた記念すべき日から悠久のときが過ぎ、再びこの生物は発見された。シーラカンスの若い生体の群れだ。それまでは化石しか見つかっていなかったので、当然絶滅したものと判断され、この惑星の生命の歴史が刻まれている偉大なる鉱物性楔形文字の一部として扱われていた。しかし一九五〇年代になると、驚くべきことに東アフリカ海岸で昔の化石と寸分たがわぬシーラカンスを数尾目撃したひとが何人か現れた。ヒレ、脊椎骨のひとつひとつが祖先の写真と一致した。そしてこの生物は、まるでこの惑星に初登場してから三億年など一度も過ぎていないかのように、海岸の浅瀬で跳ね回った。

アダムスキー＝シュレーバーによれば現代のI現象は、これに似たドラマチックなやり方で文化的功績の蓄積や進展を否定している。彼の物議を呼ぶ主張はたしかに、いくつかの本質的な点においてリーゲルス

(文献情報不明)

3 電球頭の男

【緑のファイル】

チャールズ・アリステア・アダム・フェレンツ＝ホレリース・ジュニアは一九四六年生まれ、二〇〇三年没。第二次世界大戦直後にスイスからアメリカへ移住した母ルイザ・フェレンツィと父アダム・ホレリースの息子である（母親の姓の最後についていたＩの文字は入国時に、いわば通行税としてアメリカの入管職員に召し上げられた）。彼はボストンに生まれ、わりあい短い間隔で続けておきた三回の発作で亡くなるまで、ホワイトハウスで安全衛生問題の顧問を務め、それ以前はＣＩＡに数十年間勤務した。ウィキペディアの彼のページにある写真では、奇妙な電球型の顔をした男が中世の兜の飾り毛のようなおかしな髪束を頭のてっぺんにつけて、少々面食らったような表情で写っている。キャプションに書かれているとおり、この写真は一九六三年撮影なのだが、別の時代のもののようにずっと古めかしい。この時代や歴史という観点でみると若干ずれているという印象は、フェレンツ＝ホレリース博士の生涯に一貫した特徴である。生まれるのが早すぎたと言われる人はたくさんいるものだ。しかしフェレンツ＝ホレリースの場合、それは確実に該当しない。彼はもっぱら過去に生きた、根っからの五〇年代の男だった。一九五〇年代の合衆国では、方式も性格も完全に新式の医療実験フィーバーが起きており、言うなれば、まったく新しい精神があの頃、

精神病院や軍事病院に旋風を起こしはじめていた。その精神の風は過去から現在へとまっすぐ吹いており、要は大旋風のようなもので、物事を特定の方向におしやりはせず、自分のまわりをくるくるとまわらせて、だんだんその周回軌道を小さくしていった。具体的には、連合軍によって解放された強制収容所で発見・記録された組織的破壊行為と殺戮の数々や、のちに畏怖の念をもって扱われ、アメリカへ連行されて語り・報告・詳述のみをするように命じられたナチスの医師たち、さらには感覚遮断実験で燃え上がった謎の開拓者精神――これら新しい、魂の限界を引き裂く数々のアイディアの吹雪《ふぶき》が吹きすさんでいた。その中からいくらか遅れ、時間をずらして、チャールズ・フェレンツ＝ホレリースがあらわれた。彼はウォルター・フリーマン[93]に関して博士論文を執筆した。多くの人はその著作を、現代のアイスピック・ロボトミーの父として歴史にその名を刻む、賛否の分かれるこの医学者の名誉を回復する試みとして評価した。フェレンツ＝ホレリースはＣＩＡで働き始めてまもなく、受け継がれてきた医学実験の学術的真価、有用性、そしておそらく再現性をも再検証する研究をおこなったようだ（少なくともゾーン（Zone: 1994）とヘルマン（Helman: 2003）はそう主張し、ヘルマンは証拠資料もいくつか発表している）。一例を挙げれば、一九四〇年代、五〇年代には大量のネコ、イヌ、サルにＬＳＤ入りの餌を与え、その際に見当識障害や強烈なパニック、運動神経の乱れに動物がどう対応するかなどが観察された。その後まもなくこの実験は、有志の

兵士たちを中心にヒトを被験体として繰り返された。フェレンツ＝ホレリースは問いをたて――もしくはゾーンが述べるように、上司から問いをたてるよう命令を受けて――、当初の動物実験がほかの学術的論争の解決に利用できないかと考察した。ひょっとすると当初の一連の実験では、何かが見落とされていたかもしれないと。

ここまでがオリヴァー・バウムヘルとの三時間にわたる電話での収穫だ。ユリアは電話のあいだに何度も部屋に入ってきた。一度は後ろから僕の肩に手をおき、バウムヘル氏がちょうどおそろしく興味深いことを言って僕が急に前へ動くまで、手をそのままにした。あとで振り返ると、彼女はもう後ろには立っていなかった。玄関のドアがバタンと閉まる音が聞こえた。

電話を切る際、オリヴァー・バウムヘルはウィーンに訪ねにきてください、と僕を誘った。あの頃の僕の記事を、興味をもって読んだそうだ。

地下鉄の風

ウィーンへ向かう電車のなかで、僕は二時間ずっとコンロン・ナンカロウのワイルドな「自動ピアノのための習作」を聴いた[94]。これで眠気を払えたし、自信がついた。それからウィーンで地下鉄U1線のカールスプラッツ駅行きに乗った。地下鉄は、あの特徴的なトンネル風で到着を告げた。世界のあらゆる大都市で同じ匂いと味のする、風変わりで意味のない空気の動きだ。数年前に一度、記事を読んだことがある。ホームで待っている人の頭からトンネルの風に吹かれてちぎれた髪の毛が、何年もかけて人が入らないトンネルのもっとも奇妙な場所に集まり、またそここに急に現れて、クモの巣のように繊細な幽霊列車として本物の電車の前に転がり出てくるという。ロンドンの地下鉄では九〇年代に、列車の円滑な運行を妨げかねない巨大な髪の毛玉を取り除かなければならなかったそうだ。巡回点検の際には人間が身体を丸めたぐらいの大きな髪の毛の巣も発見された。おそらくはトンネルに住むネズミたちが、このしなやかで理想的な柔軟性をもった巣の材料の過剰供給をうけて、このバロック調の住居建築を思いついたのだろう。閉鎖中の予備トンネルや避難用トンネルの入り口は、人毛がからみ合ったクモの巣のようなものでふさがれていて、作業員たちはあとすこしで取り除けなくなるところだったという。それから当然のようにそこにはフレッドという名のホームレスもおり、彼の写真が数日、新聞の紙面を賑わせた。この男はすでに何年も大きな連絡トンネルの脇にある横穴をねぐらにしており、あたりを飛びかう髪の毛から帽子をつくっていた。この帽子はのちに、あるジャーナリストに盗まれたとされ、実際にその後すぐ、いかがわしいオークションハウスに再度現れた。ただし、間違えたのか騙すつもりだったのか、ニジェールの絶滅した遊牧民の手工芸品のお守りと記載されていた。

電話口でユリアは、トンネルの中を飛ぶ巨大な髪の毛玉が、僕たちのすぐ脇を通過していったとする僕の即興での描写に、少々うんざりしていた。でも彼女も笑って、その毛玉がどんな形をしていたのかと質問した。

「アポロ十一号の月着陸船みたいだよ」僕は言った。

彼女は僕に、旅行中にナンカロウを聴くのはすこし控えたら、と忠告した。あの狂った音楽で不必要にハイになるみたいだからと。僕が聴いていたものをどうやって知ったのかを質問する前に、彼女は電話を切った。

APUIP

僕にドアを開けてくれた男性は、本当に背が低く、ほとんどもう感動的にずんぐりちんまりしていた。すぐに僕は、彼を持ち上げそっと丸めて、円形の穴に押しこんでやりたいという強い衝動にかられた。その顔の肌質といったら、触れるために作られたようだった。

オリヴァー・バウムヘルは、「インディゴポテンシャル平和利用協会（*Association for the Peaceful Use of Indigo Potential*）」という風変わりな名前の団体代表だった。困ったことに、その名は頻繁に「インディゴチルドレン平和利用協会（*Association for the Peaceful Use of Indigo Children*）」と変えられてしまうのだと彼は語った。たしかに、そう耳にして、自分もどこか、雑誌の記事でこの名称を見たことがあると気づいた。

その記憶に言及すると、彼は紙を一枚引き寄せ、ペンを取った。

「どの記事でしたか」

「憶えていないです」

「あのろくでもないホイズラー＝ツィンブレットのものでしたか」

「すみません、本当にもう思い出せないんです」

「でも調べて確認することはできますよね？」

これになんと答えたものか、しばらく考えなければならなかった。彼が気にしていることに触れてしまったことは明らかだった。

「いや、ちょっと難しいですね。どこを探していいかもわからないですし」

「印刷されていましたか？　書籍ですか？　それともインターネット？」

僕は肩をすくめた。

「でもたいていメディアぐらいは憶えているものですよ。たとえば本だったら、私が著者名を挙げることもできます。どのみちそれほど選択肢は多くないですから、それか――」

「憶えていないですね。本当に」

バウムヘル氏は多少現実に戻ってきたようでいながら、もうあと一歩、現実からは隔たっていた。

僕たちは、ウィーン一区のヴァルフィッシュガッセ十二番地にある彼のマンションにいた。月曜日の午後五時だった（グラーツで僕がそれ以上早く学校を早退できなかったためだ）。オリヴァー・バウムヘルは最初、バスローブで僕に対応し、すぐに身なりを詫びて数分間姿を消した。戻ってきたときには、ジョギングに行くときに着るようなトレーニングウエアを着ていた。そして紅茶をいかがですかと聞かれたので、はいと答えた。しかし二十分も会話をすると、彼はどうやら紅茶のことはすっかり忘れてしまった。この明らかにめちゃくちゃな人間の手に協会の運営がゆだねられていると想像するのは一苦労だった。

「団体はいつ設立なさったんですか」僕は話をそらすために質問した。

僕たちのあいだに置かれたまっさらの紙を、彼はペンでコツコツとたたき、歯のすき間から空気を吸い込むと後ろにもたれた。

「簡単ではありませんよ。私にとってはね。それにほかの人にとっても。そこをご理解いただかなくてはなりません、ゼッツさん」

僕はうなずいた。

「自分が身を捧げてきたことのために、四方八方から敵意を向けられるとはどういうものか、ご存知ないでしょう。ひどいもんですよ、彼らに起こったことはね。まったくひどい、おぞましいし、愕然とさせられます。それは……それは全然ご想像つかないことでしょう」

「それはイ……子供たちのことですか？」

「ええ」

「何が起きたんですか？」

彼はペンを置いた。口を尖らせて言った。

「あのですね、お電話でフェレンツのことをお尋ねいただくとは思ってもおりませんでした。こんなことは初めてです。ヘリアナウにいらっしゃったのでしたね」

「はい」

「どのくらい？」

「本来は半年いる予定だったのですが、校長とその……意見の相違がありまして」

「それはよかった」

そう口にして、彼は真剣にうなずいた。

「フェレンツはただの人物ではなく、つまり……最初はもちろんそうだったんですがね。でも反応をみるために、フェレンツ＝ホレリース博士のことを話しました。それ以上のことはありません。今日ではむしろ原理と言えます。多くの人で維持している原理です。彼らの眼にはフェレンツは特別なものに映っています。アーティストですね、言ってみれば」

　オリヴァー・バウムヘルは唇をなめ、頭の上にぶらさがっているシャンデリアを見あげた。

「でも彼は亡くなっているのですよね？」

「原理は死んでいません。でもフェレンツ＝ホレリースという人間なら、亡くなっています。完全に死亡《ウェル・アンド・トゥルーリー・デッド》です」

「その人がホレリース療法と呼ばれるものの発案者なのですか」

　オリヴァー・バウムヘルは舌打ちをした。

「ああ、まったくのでたらめです、ホレリース療法というのは神話ですよ。あの身体を鍛えるという発汗療法は……金融界、人生、鍛錬、秘密結社のためとかなんとかって。でたらめ、ネット上の噂です。あの米国のMKウルトラ計画[95]とまったく同じですよ。あれは基本、統合失調症患者と承認欲求者のプラットフォームにすぎないのですが、彼らは子供のころから自分たちが殺人者になるよう政府が教育したと妄想したんです」

　彼が先を続けるのを待った。

「ちっとも反論しないんですね」

「したほうがよかったですか？」

「でもこの調子であと、どのくらいしゃべらせておくつもりでしたか」

「長くです。そうしたら全部書きとります」

彼は笑って手を叩いた。

「これは一本とられましたな《トウシェ・トウシェ》、ハハハ！　そりゃいい」

彼は手をこすり合わせて考えた。それからもう一度笑って言った。

「もし私が、ホロコーストについて同じようにしゃべったらどうしていましたか。全部ただの神話で、ガス室は本当はまったく存在しなかったんだとか言ったら？」

「それも書きとって、それで……ときどきは正しくお話を理解できたかどうか確認の質問をしたと思います」

「いや、いやいや、そうはいきませんよ。そんなことはできません、そりゃ意気地なしだ。筆記をするためにここにいらしたのではないでしょう、そういうのはレコーダーのほうがうまくやりますよ。ミニディスクにいっぱい話を吹き込んでお送りしましょうか。そうはいかないでしょう」

僕はなんと答えればよいかわからなかった。

「今どんなご気分ですか。部屋の隅に追いつめられたネズミみたいですか？」

「いえ。おっしゃるとおりだと思います。いつか一度、反論したらよかったですね」

「いつか一度！　ああ、もちろん後から言うのは簡単ですよ。でもヘリアナウにいらしたんです。あそこでお聞き及びではないですか、あの……」

「あの？」

「発汗療法です」

「はい、つまりいえ、直接見たことはありません。でもホイズ――」

「ああ、その名前はなしで！　ぞっとします！」

「彼女も口にしていました」

「ひどい女性です。なんにもわかっちゃいない」

「何をですか」

オリヴァー・バウムヘルが首をふると、僕はまたしても彼の丸っこい姿をこねくりまわしたくなった。それから彼は言った。

「いたるところで観られるあの動画をご存知でしょうか……。あのゾウが、花の絵を描くのですが？」

「なんですか？　知りません」

「まあ、一頭のゾウが観られるんです、タイのどこかの。正確にはタイの動物園ですね。ゾウは長い鼻で筆を持って、それでキャンバスに絵を描くんです。鼻で一輪の花をもつゾウの絵をね。それから一輪の花の絵を。それからもう一輪と。お待ちください、お見せできますから」

「ああ、見かけたことがあります」僕は嘘をついた。

「そうですか、ではどうやっているのかもご存知ですか。ゾウは無事なのか、それともこの技ができるようになるまで虐待され続けたのか。どうしました？」

「うう……。ええ、ただ……ちょっとめまいが。長く列車に乗りましたので」

「水をお飲みになりますか」

「お願いします」

オリヴァー・バウムヘルがグラスを持ってきて、僕の前に置いた。

「リロケーションされた子供たちについて私たちが知っていることは、このゾウについてわかっていることよりたくさんあります。子供たちは大切にされています。少なくとも相対的に言えばですが。じゅうぶん配慮がされていますし、虐待もなく、ただ弱体化させたほうがよい特定の社会へと送られるだけです。そうですね、たとえば戦略的に重要な建物の隣にある学校などへです。または捕虜収容所へ。そういうところでは独房の隣の部屋にいることになります。その部屋自体もたいへんきれいに整えられています。ご両親も近くにいます。たいていはいっしょに引っ越すのです」

話の筋を見失わないように集中しなければならなかった。頭痛、めまい、動悸。

「フェレンツ＝ホレリースはこれをインディゴポテンシャルとは名付けませんでした。この言い方は私たちがつくったものです。彼のときにはただヒューマンポテンシャルと言いました。もっと普遍的なものと考えられていたのです。でも、今日理解されているホレリース療法とは、また別のものです」

「でもそれが……花を描くゾウと何の関係があるのですか？」

「芸術とは結局のところ、いつもひどく無慈悲で残酷なものです。個人的にはもう腹どころか喉までいっぱいでうんざりですよ。どこかの豪邸か城に居を構えて芸術に打ち込んでいる人たちというのは、公的空間への介入とか、クソにもならないことをして、いつか屋敷から出てくると、ばかげた彫刻なんかを建てる、それができることのすべてなんです。不条理ですよ。芸術はほぼいつも残酷で嫌悪を催させるものです。ありのままに言いますがね。それとまったく同じなのがタイのゾウです。大事にされることなく、虐待を受けて、それに――」

「わかりました、でも、ホレリース療法とは正確にはどういったものなんですか」

僕は片手で耳を押さえつけていて、もう一方の手は空けてあった。しかしその二本目の手も同じように上へ飛んでいって耳をふさぐ準備はできていた。

「……それでゾウたちに何を描かせるかといえばですよ？　長い鼻で一輪の花をもっているゾウです。そのゾウがおそらく人間に渡すことになる大きな花をもった、ね。それでみんながオーとかワーとか言って、感動のあまり涙を流して拍手をする。でもこのモチーフの選択が、この花の絵という選択こそが、皮肉なもの言いをすれば、私にとっては**労働は人を自由にする**とか**各人に各人のものを**と同等ですね[96]」

　彼は黙りこみ、ただ人差し指で数回、書き物机をコツコツと叩いた。

「今が反論をするべき瞬間ですか」僕は尋ねた。

「いいえ。でも読むものをさしあげましょう」

　彼はファイルキャビネットから緑のファイルを取り出した。それを開いて、中身を僕にみせた。新聞の切り抜きだ。手書きの紙片もはさまれている。『マグダ・Tのリロケーション』と表紙には書かれていた。

「読んでみてください。読めばどういうことなのか、もっとよくわかりますよ。明日の朝八時にまたここに来られますか？　そうしたら同僚をご紹介して、それから……ちょっとしたデモンストレーションを考えたんですよ。申しあげました通り、あの頃の記事はとても興味深く拝読しましたから」

「ありがとうございます」

「それに、これから無作法にもあなたを追い出してしまうのをお許しください。今晩はまだこれから来客がありまして」

ホテルの自分の部屋で、浴槽の中にいる自分にシャンプーやボディシャンプーを、自分でも気味が悪くなるまで注ぎかけた。何ダースもの男の精液をかけられて眼が見えず、べたべたと床をのたうち回る、あのポルノ動画のぞっとする姿のように。

ぬるついた指で僕はユリアに電話をした。ユリアが電話に出ると、その声から彼女の髪も濡れていることに気づいた。長く、たっぷりとした髪の毛は、たくさんの水を蓄えて体の感覚を変えるのだ。

「何が不気味か知ってる?」僕は質問した。

「何?」

「泡《あぶく》だよ」

「どういうこと? ブクブクするってこと?」

「いや、シャボン玉みたいなやつ。しばらくそこにあって、その辺を漂っている。小さな宇宙船みたいなんだけど、そのあとはじけるんだ」

「犬ってシャボン玉が好きなんだよ」

「犬ね、そうだな……」

「元気にやってる?」

「どうかな」

「またただれかが嫌なことをしてきたの?」

「いいや、今回はだれも、その……」

「あなたの後ろから――」

「いや、そういう人たちじゃないんだ、つまり……ああ、わからないや。またずっと頭が痛くて、集中できないんだ」

「たぶん産みの苦しみね」

「ああ」

「ウィーンには行かない方がいいっていったじゃない。あのバウムなんとかさんのところへは」

「バウムヘルさんだよ。彼はたいして話し好きではなかったよ。どちらかというと紛らわしい話し方で。でも読み物をくれたんだ。リロケーションについて」

「何について？」

「リロケーションだよ」

「クレメンス、この件にのめり込みすぎだよ。それより、どこでシャボン玉をしているのか教えて？　ホテルの部屋？」

「ああ違うんだ、ただシャンプーで遊んでいただけで。こういうことって人はするものかな？　つまり、普通はさ。シャンプーで遊ぶ？」

「もちろん。全然普通だよ」

「つまり、みんなやってるってこと？　顔にぶっかけてぶくぶくさせるの。だってさ、もう眼にシャンプーが入って焼けるように痛いから……」

「そうね。まったく普通。みんなやってるよ」

「それ自信ある？」

「自信たっぷりだよ」

「僕はそういうことは全然わからないけどね」

しばらく、僕たち二人は何も言わなかった。僕は水をすこしパシャンと叩いた。

「シャボン玉のイメージって妙だと思うんだ」

「そう？　どうして？」

「まあね、思うんだけど、この球に閉じ込められている空気が、この内部と外部のはっきりとした境界線がさ、この……」

僕は言葉に詰まった。浴槽から出た。

風呂の水が、小便をしているみたいにペニスからしたたり落ちた。

「いったい何をしているの？」ユリアが尋ねた。

「待って、今、何かがわかった気がしたんだ……内部と外部の境界だ、シャボン玉のような……。僕ちょっと……。書くものがいるぞ……」

「あら、これってあの『ドクター・ハウス』とか、『クローザー』とか、『名探偵モンク』とかのあの瞬間なの？　あの、事件とは何も関係ないことを言っていると、突然とまって、視線がやたら変なふうに脇へそれて、それで謎が解ける、あの瞬間？」[97]

「えーと……なんだって？」

「ここで本当は音楽を入れなくちゃ、ヴィブラフォンか、いつも『アメリカン・ビューティー』[98]のオープニングでやるやつ」

「ちょっと待って、じゃないと思いついたこと忘れちゃうよ」

「言ってみて、そうしたら憶えておくから」

「ええと、つまり……よくわからないな……。ああこのずっと続く頭を刺すような痛みが……ひとつのことに全然集中できない」

「それは全部あの学園のせいね！」

「いいや。いや、そうじゃない……。ああ、クソ、なんだったんだ……忘れちゃったよ……」

「シャボン玉。シャボン玉のなかの空間。内部と外部のあいだのはっきりとした境界。そう言っていたけど。もう一回巻き戻そうか」

「いや、僕は……ああ、わからないな……。ちくしょう、消えちゃったよ……」

4　楽しいアクシデントなんですよ、ミディ＝クロリアン[99]

クレメンス・ゼッツの住所を探り出すのは難しくなかった。電話帳を調べるだけだ。市の境界近くの家だった。新聞のインタビュー記事から、元教師が今でもグラーツ市に住んでいることはわかっていた。

それでこいつは、気に入らないとほかの人たちの面の皮を剝いだんだ。

昼食後にロベルトは出発した。燃え尽きた《バーンアウト》、焼き切れた《バーンアウト》と、ぼんやり頭の中でつぶやいた。**言語の溝《ギャップ》・遅滞《ディレイ》・ディドゥ……**

芳醇で実り豊かな秋の一日だった。路面電車ですら口いっぱいに頬ばっているかのようにして走っていた。公園のカラスは芝生で複雑な計測に取り組んでいるとみえて、三度跳び、まわりを見渡すとまた三度跳んだ。ゾーンゲームだ。

ロベルトは、自分がこの灰色がかった黒い鳥に何のかかわりもないという確信を愉しんだ。この鳥にとってのロベルトは、ロベルトにとってのハン・ソロか西暦三〇〇〇年から来た人間と同じぐらいのリアルさしかないのだ。ウルリヒ先生が虫よけの話をしてくれた時の、ものすごい興奮を思い出した。虫よけ剤を塗った人間は、不快な臭いを発する物質の鎧を着て小さな虫を脅かし追い払っているのではなく、単に蚊にとって不可視になるという。

ロベルトは、数学教師の前に立つと、教師が自分を通り越して向こう側を見ているところを想像してみた。玄関前に突如立ちはだかる人間の窓だ。

なんなんだこの街は、秋には何もかもが縮んでしまうんだな。商店街すら短くなったような気がした。ヘレンガッセに入り、ヒトラーとムッソリーニが組み込まれたステンドグラスのある小さな教会[100]の脇を通り、二十四時間てんかん性発作が止まらず、口からよだれが垂れることもある物乞いの女性の脇を通った。彼女の浄財入れはほぼ空で、ロベルトは、この女性が小銭を食べているのではないかと疑った。

　昔の学校の友だちはみんな、北へ引っ越していた。ウィーンへ、めいめいがばらばらに。手を離すと、自動的に上へと浮かんでいく風船のようだ。しかも聞くかぎり全員が居場所を見つけることに成功しており、相も変わらず登山用パーカーみたいに風からも天気からもしっかりと護られていて、おそらくこの瞬間にも広くとられた会議室で図表に指示棒をあてたり、電話で相手を怒鳴り散らして、あとになってその人たちから電話で怒鳴ってくれてありがとうと何度も感謝されたり、そうでなければその辺にただ座っているだけで、毎分ごとに成功していくのだ。マックス・シャウフラーは親の会社経営に参画した。離れ業だ。ロベルトはいまだに彼から毎春、会社の敷地で催される祭事に招待されていた。署名まで印刷されていて、毎年まったく同じだった。

　先生の住所は手に書きとってあった。実際のところ、この男がまだ生きていたことにロベルトは驚いていた。教師の年齢のせいではない。そもそも今は何歳なのだろう、たぶん四十か、せいぜい四十五歳、いずれにせよ世界を揺るがすようなことではないのだが、まるで彼がやったことはすべて謎の強制力によってやむをえず起こったかのような、いつも不快なエネルギーを放射していた。黙ってその辺に立っていたときでさえ、何かに取りつかれているようだった。彼が微笑むときは、自分がまだ生きていることが自宅の家族に伝わるように新聞の最新号をカメラにかざす、あの人々のように見えた。それに教えるということも彼はまったくしなかった。

一度、三角法の課題を扱ったことがある。例題では、ある男性の住む部屋について書かれていた。ベッドはこの大きさで、タンスはこう、それで部屋を水脈が横切っており、ベッドとタンスをこの角度で切り取っている。男は夜のうちに脊柱にガンができるのはいやなので、当然、水脈の上には寝たくない。となると、水脈の影響が出ない場所へとベッドをずらすしかない。それでベッドとタンスの適切な設置場所を計算することになる（なぜなら洋服も地下水脈の悪いエネルギーを夜のあいだに吸ってため込み、日中その服を着ている人へと放出するかもしれないからだ）。本来であれば、数学教師はどうやってこの例題に取り組めばよいかを説明すべきところ、この男性の境遇が彼にはおもしろかったようで、雑談がはじまった。ちっぽけなチョークを手にして（いつもこのほぼ丸の粒になったもので、しかもだれも読めないチビブロック体を書くのだ）、黒板前を行き来し、遠く離れた生徒たちの顔をあちこち見やると、（例題には男性の年齢について触れられていなかったが）この老人の死というものはある意味、先にプログラミングされているんだ、と言った。この男性は何度も繰り返しベッドを動かしたからね。どうしてかというと、二人か、ひょっとすると三人かもしれないが、別々の占い師がダウジングの針金をもって男性のところにくると、もちろんそれぞれ相矛盾する測定結果がでるから、この老人はどれが信用できるのかわからず、妥協点を探そうとして、デスクがおいてある左前（黒板を指さした）は、三人すべての測定で危険がないと言われた場所なので、老人は念には念を入れて、何日も午後のあいだじゅうベッドを動かし、そうこうするうちにくたくたに疲れて休息をとり、そして三日目に、ハハハ、この水脈に敏感な老人はベッドを動かしている途中に心筋梗塞をおこして、部屋の真ん中に倒れてしまう。それでその姿勢を上から見れば、ほぼ垂直の山肌を登る人が思い浮かぶんだよ。（先生は死者の棒人間を描いた。それは踏みつぶされたバッタみたいだった）

認めよう、みんなその話に心から笑った。それでも数学の授業はいつもありえなかった。先生はおかしな脱線話にあまりにも多く時間を使いすぎていたし、そのうえ、ああそうだ、ロベルトは憶えていたが、しょっちゅう頭が痛いと嘆いていた。ヘリアナウの生徒に対してそう言うのがどんなに無神経なことか、間違いなく聞かされていただろうに。でもまさしくその、頻繁に起きる頭痛、めまいの発作、集中力減退を隠さなかったがために、先生のことを気に入っている生徒もいた。

それでその同じやつが生きている人間の面の皮を剝いだのだ。そもそもどうやってやるものなんだろう？　悲鳴だけを考えても……。

でも彼がそうだったとは全然……と、コルドゥラの声が頭の中で聞こえた。昨日からコルドゥラとは連絡がとれなかった。頭を冷やすのに少々時間が必要なのだろう。彼女には謝って全部すませた。たしかに、彼女は外へ出ていって**おめでとう、よかったわね**と叫びはしたが。あれはまるでロベルトがやっと彼女を追っ払うのに成功したみたいだった。

たしかに、間違いは犯した。

でも失敗なんてないんです。ぼくたちがするのはすべて楽しいアクシデントなんですよ。

ロベルトの初体験のときと同じだ。想い出したいものは何もない。ロベルトは十九歳で、まだ

――頭の中では――ゾーンの中で動いていた。少なくとも今にして思えば、あたたかくて安心な気分だった。ある女性と一時間六十ユーロの約束をしたときのことだ。追加料金はあとで、その最中に話し合われることになっていた。

ロベルトは、本当はコルドゥラのことを想うべきだとわかっていた。しかし思考は過去へと引っ張られていった。現在を走行中の向かい風は、とにかく強すぎた。

女性はアパートの玄関でロベルトを出迎えた――アパート、とこの小さな空間は呼ばれていて、ドアにはポルノビデオの表紙を拡大したポスターが貼ってあった。ロベルトは部屋に入り、あまりうろたえては見えないよう気をつけた。まず、女性にお金を出した。彼女は受け取って木製の引き出しにしまった。どういうわけか、ロベルトの緊張をいくらか解いたのは、この引き出しの光景だった。おとぎ話に出てきそうな引き出しだった。

女性はつたないドイツ語しか話さなかったが、はっきりと身ぶり手ぶりをしたのでロベルトにも理解できた。彼女としたいことを示せばよいのだ。

「普通で」ロベルトは言った。

それから自分の口を指さしてから彼女の口を指さした。彼女は首を横にふった。

「でもできる……」彼女は言った。

そして代わりに何ができるのか見せてくれた。ロベルトの口の中につばを入れるのだ。パントマイムはとてもしっかりしていて、ロベルトはすぐに理解した。不思議なことに、ロベルトはこの申し出をすこし考えてみた。しばらくしてはじめて、全然気に入らないと気づいた。口の中につばだって。気持ち悪い。ロベルトは断った。それからありふれた正常位を示して前後に動いた。

女性はこめかみにちょっと手をやって、頭を横にふった。

早すぎる、ロベルトは思った。

ロベルトは、何も言わなかった。

「なんさい？」女性は、ロベルトを指さした。

「十九」

最初に十本の指を見せてから、さらに九本を見せた。彼女はうなずいて、ええ、ええ、最初にもうわかりましたよ、と示した。それからロベルトが服を脱ぐのを手伝った。ときおり、うめき声のようなものが漏れ、彼女は深く息をついた。

彼女はロベルトのペニスを口に入れず、ただ顔で、不健康にぎらつく頬を使ってしごいた。ロベルトは眼を閉じて、何かいやらしいことを想像しようとした。

「さあ」女は横たわった。

彼女は脚をひろげて、ロベルトがそれまでに見たなかでもっとも醜いものをあらわにした。それは粘土のように見えた。狭い穴に詰め込まれて丸まったタコみたいだ。アルフレッド・ヒッチコックのシルエットみたい。やわらかく、垂れ下がった皮膚のたるみの中央に鼻のようなものがついている。これが生命の神秘だって？　ロベルトは視線をそらして彼女の上に身体を落としたが、ペニスはエビのサイズに縮んでいた。彼女は手をロベルトの腕の下に通して彼をこねはじめたが、その際に母親のようないらつく猫なで声を出した。ほかには部族民のドキュメンタリーでしか聞かないような音だ。いつも裸でほこりの中に寝転がっていて、特別なときには血と羽ですこし化粧をする、あの忌々しい阿呆たちだ、しかもそれを撮影までさせるんだから、まったく……。

「だいじょうぶ?」女がロベルトに聞いた。

ロベルトは眼を閉じたままうなずき、彼女にのりかかった。自分の体重を腕ですこし支えたが、支えすぎることはせず、胸で彼女の胸を感じ、重みで苦しくなった呼吸を感じようとした。部屋にはハーブの少々すっぱい臭いが漂っており、きついわけではないがその臭いのせいでずっと、自分の前に何百人もの男たちが、このクッションに、あのランプシェードに、鏡の後ろに、女の爪のあいだにすらその痕跡を残していったのだと、ずっと考えることになった。ロベルトは試しに眼をあけて自分の下にある顔をのぞきこんだ。彼女は微笑んでいたが、つらそうなのがみてとれた。こめかみの下には玉の汗が浮かんでいた。喉も汗ばんでいた。顔のすべてのパーツの中で眉毛がもっとも雄弁だった。眉毛たちは、柔和な仮面をきちんとかぶっていたにもかかわらず、ギュッと折れ曲がって、絶えず動いていた。

彼女は片手を額にやり、円を描くようにすこしマッサージした。ロベルトは自分が硬くなるのを感じた。

彼女は彼にコンドームをかぶせ、自分の中に入れさせた。ロベルトは女性の彫像がもつ滑らかで単純な性器のことを考えた。この箇所を描いたスケッチのことを考えたが、その想像には何度も七面鳥の頭が混ざりこんでしまった。身を震わせると、赤い、擦りむいたようにみえるくちばしの上の部分がぶらぶらと揺れる七面鳥の頭だ。

またしても彼女の中でいくらか縮んでしまったが、それでも壁に備え付けられた横木に黒いロープで縛りつけられたフェリチタス・ベルマンを妄想することで、かろうじてあと数分間は腰を打ちつけることができた。

ロベルトは彼女の眼に集中した。彼女の眼は文句のつけようがなかった。人間の眼だ。琥珀に入った虫のようにごく小さく自分の姿が、月のように丸く青白い顔がその眼の中に見えた。しかし彼女は今やまぶたを閉じ、手はこめかみをさまよっていた。こめかみをこすりにこすって、深呼吸をしていた。それから再び眼をあけると、小刻みにゆれる震えから（専門家はこの現象を眼振と呼ぶ）、部屋が彼女のまわりをぐるぐる回っているのを見てとった。

彼女はそのままじっとしていた。ロベルトがお金を払ったから、我慢しているのだ。

ロベルトは初めて優しさのようなものを感じた。ひょっとしたら愛なのかもしれない。ロベルトが頭をなでてやると、彼女は触れられてすこし驚いたが、再び微笑んでから、頭を後ろにおろすと、枕の上で左右に動かした。そんなことをしては回転するようなめまいがひどくなるよ、と教えてやることもできたが、言わなかった。ただ彼女を見つめ、女性らしい喉にある喉仏《アダムのリンゴ》のようなものを詳しく調べた。

ロベルトは今や興奮していた。手が彼女の胸に触れた。

「ううー」彼女は言った。

人が嘔吐する前に出す音だった。

しかし彼女は吐かなかった。そのままお客に続けさせ、骨盤で一突き一突きを耐え、その合間にロベルトの首を撫でさえした。

ロベルトは激しくなった。彼のある部分が、コンドームが破裂すればいいのにと願った。彼女にプロポーズをしようかと考えてみた。遠い国々への旅行を想像した。息を切らせながら彼女の胸の上に横たわると、彼女は何カ所か優しく触れて、自分が起き上がりたいことをそっと知らせた。しかしロベルトはまだあと数分、横になったままで、彼女の汗ばんだ、粘りつく臭いを吸い込みながらささやいた。

「ありがとう、とんでもない畜生だよ、ありがとう、ありがとう、愛しているよ、ありがとう、ありがとう……」

その後、ロベルトは礼儀正しく、女性がシャワーから戻ってくるまで待った。彼女の名前を尋ねた。彼女は壁のポスターを指さした。**アリーツィア**とそこにはあった。そのアリーツィアという名の女性は、彼女にちっとも似ていなかったが、それでもロベルトは手を差し出して言った。

「会えてよかったよ、アリーツィア、ぼくはアルノだ。アルノ・ゴルヒ」

「ゴル」女性は言ってうなずいた。

売春婦と握手をするのは奇妙だった。

ロベルトは財布から二十ユーロ札をとると、彼女に渡した。


二者間でおこなわれる単純取引という、このおだやかなイメージにもうすこし長くとどまっていたかったが、何かが視野に飛びこんできた。路面電車の停留所の向こう側にあるカフェの中に見えたのだ——そうだ、あれは明らかにヴィリーのバカな房つき帽子だ。しょっちゅうほっつき歩いているのは気まずいな。店に入っていって話しかけたほうがいいだろうか。ヴィリーはまた昨日みたいに向かってくるだろうか？　狂ったことばかりだ。気をつけないと。ロベルトは気づかれないように小さなカフェの脇を通りすぎることにした。

そこでロベルトは深い井戸の穴に落ちた。

コルドゥラがヴィリーの隣に座っていたのだ。

疑いの余地はなかった。ロベルトの彼女とヴィリーがカフェで隣同士になって同じテーブルについていた。ヴィリーがコルドゥラに何か説明していた。それから彼女の手を取ると、その手にむかってもう一度同じことを説明していた。

井戸の壁が赤くなった。

向きを変えて道を戻った。戻るって、どこへ？　どこでもいい、とにかくここから離れるんだ。もうすこしでケプラー橋の欄干をこえて飛び込むところだった。かろうじて押しとどまることができた。毛糸の帽子をかぶった少女が脇を通りすぎると、その頭から帽子をひったくって川に投げ捨てたりしないよう、手をポケットに突っ込んでおかなくてはならなかった。

それから立ち尽くしていると、車輪の刑にかけられたように世界が彼の上を転がっていった。太古の真鍮でできた太陽の飾り板は、街の陰気なもやの中にその姿を隠した。

お前がどこに住んでいるか知っているんだぞ、とロベルトは考えた。この畜生め。不潔な、だらしのないブタ野郎。ヴィリーのことだ。やつに毒を盛らなければならなかった。やつの部屋に爆弾を仕掛けなければ。やつを消さなければ。ちょっとした乱闘、殴り合い、なんてことだ、あの時は酔っぱらっていたし、しかも本当にあいつらのほうが挑発してきたんだ。犬 っころみたいにボコボコにされた。あらゆる方向から。パンチングボールみたいに。そうだ、ロベルトは昔のカンフー映画でよくわかっていた。

ロベルトは、どこにヴィリーが住んでいるかを知っていた。

やめたほうがいいぞ。頭の中の声が言った。**まずは落ち着けよ。**

「お前が落ち着けよ、バットマン！」ロベルトが叫ぶと、ちょうど脇を通りかかった自転車に乗った男が、バカみたいに大きな眼で見てきた。

角を曲がり、立ち止まって、呼吸をしようとしたがうまくいかなかった。まるでセロファンの包み紙が身体から破りとられ、その下は裸で、怪我をして傷跡があるかのような感じがした。まるで牛と肥料の臭いがする学園の芝生に寝転がり、そのまわりをゴルヒ百人が取り囲んで体中の穴という穴に指を突っ込んでくるみたいだった。

ヴィリーの家の方角へと向かった。

まず、ロベルトは犬の落とし物にぶつかった。

千里の道も一歩からだぞ、ロビン。

トランス状態のようになって半時間後にはヴィリーの家にきていた。わずかに時差ボケがあるのは、ロベルトの魂がまだケプラー橋近くの小さなカフェの前にあって、コルドゥラを凝視していたからだ。彼女は……どうしてよりによって、あの口だけ男と？　二人とも絞め殺してやってもよかった！　昨日はじゅうぶん強かったんだから！

何をするつもりかわからないまま、階段をのぼった。だれにも会わなかった。玄関の前に立った。玄関マットの上にはカタログ広告が置いてあった。何をしたらいいだろうか。すりガラスの窓を蹴破って、内側からドアを開けようか。カギを針金でこじ開けようか。ひょっとするとドアにはカギがかかっていないかもしれないぞ。カギがかかっていたら、戻って直接カフェにいるヴィリーを死ぬほど殴ろう。骨がめりこむまでずっとあのバカ面をぶん殴るんだ。お前が悪いんだからな、とロベルトは考えた。ドアにカギをかけていたら、お前は死ぬんだぞ。全部お前次第なんだからな。ドアをにらみ、ノブを、カギ穴を、玄関マットをにらみつけた。まるで目前の決断がもつ甚大な被害の範囲をはっきりわからせるためのように。

ロベルトはドアノブを下へと押した。

ドアは動かなかった。

クソッ！　ロベルトは絶望したうなり声をはいた。

両手で頭を抱え、あちこち身体をねじった。どうすればいいんだ、どうすれば——

「呪われた役立たずが！」

ドアを力強く蹴り上げた。はじめはびくともしていない様子だった。しかしそれから突然、カチッといった。金属製の小さなものが床に落ちた。ロベルトは試しに手で木製の板をおしてみた。


ロベルトは、唇が小躍りして雄たけびを漏らしてしまわないように、二本の指を唇にあてなければならなかった。見知らぬ部屋で別の次元に足を踏み入れた。空想の次元だ。彼は靴を脱いだ。この丁寧な仕草で倒錯した満足感が得られた。ここにあるものすべてを破壊するのだ。

部屋の中は女性の香りがした。

本棚の中に数冊、エリザベス・キューブラ＝ロスの本を見つけた。こういう、人の死を見世物にするような卑猥でけしからぬ本がここで見つかることに驚いた。[101]その隣には当然サイエンス・フィクションが棚の半分を埋めており、感心して本の背をなでていきながら、一冊ひきだすと壁のからくりが動く様子を想像してみた。床板が回転すると、二本の滑り棒を伝って地下へとつながる通路がひらくのだ。棒を滑り地下帝国へおり、動物や人が檻の中で医療実験を施されるのを待っている、笑えるほど曲がりくねった地下要塞の中を進んだ。そしてロベルトは、隔離されて半分狂いかけているオンドリを檻から出してやった。すると膨れあがった人間のサンプルである隣の檻の男が、自分も解放してくれと哀願し、焦がされた舌を指して、さらに人語のかたまりをいくつか発したが、まるで口いっぱいに石を詰め込んだままラテン語を話そうとしているような音がでた。けれどロベルトは顔を背け、オンドリを手に抱えて（羽先を手のひらにあてて）、子供を抱くように道を戻った。そこで問題が立ちはだかった。滑り棒をまた部屋までよじ登る必要があり、空想を続ける気がなくなった。それで手に持っていた本、サミュエル・ディレイニーの『ダールグレン』を棚に戻した。これは何年か前に読んだのだが、一ページも理解できなかった。二つの月と巨大な赤色太陽と常に変化し続ける都市が出てくる何かだ。[102]それに引き換え、こっちは……。ロベルトはより自分の好みにあう別の本を見つけた。『ボーイ・ワンダー』、バート・ウォードの自伝だ。[103]わかるかい、**ロビン、本の執筆は世界平和へのカギなんだ。人類全員が自伝を書いたなら、ぼくたちはみんなお互いをわかりあえるだろうからね。**

　ヴィリーは全体としていい趣味をしていた。（ロベルトは、喚かずに済むよう指をかんだ）死ぬ時に枕元に立つあのスイス女、いつも同じ質問ばかりするあの我慢ならないキューブラ＝ロス以外は、彼の蔵書はまともだった。

　午後の太陽が部屋に射しこみ、赤みがかった光が言った。お前がここにいるのはわかっているんだぞ。お前はここの人間じゃないだろう。

　ロベルトは窓の前に立って外を見た。フェレンツ、干渉《インターフェレンツ》、と考えた。もう憶えていない昔の話。授賞式の男。クレメンス・ゼッツ。皮を剝ぐ。

ちょっと、あんたどちら様？　立ち入ると寝室が言ってきた。この部屋のものは少々敵対心があるようだったので、カーテンを閉じた。猛禽類にも同じことをするものだ。目隠しをすればおだやかになり、わけのわからないことを企む人間を怖がらなくなった。

ロベルトは辺りを見渡し考えてみた。もう一度、二人の姿を記憶に呼び出した。コルドゥラの腕がヴィリーの肩にまわっていて、それからあのエスキモーキス、鼻同士をこすりつけあうやつだ。鼻か……。ひどい臭いを考えずにはいられなかった。初体験をすませた時の娼婦の部屋にこもった臭い。部屋のいたるところに、ごくわずかな痕跡に、残滓《ざんし》やＤＮＡサンプルが見つかると想像した。歯ブラシの毛に、カーテンのひもの結び目に、ベッドに置かれた群青と赤のクッションにも……。

玄関に戻って自分の靴を手にとった。靴底にはまだしっかりと犬の糞がこびりついていた。ロベルトは口で息をした。靴をキッチンに持っていくと、テーブルの新聞の上に置いた。それからストローかそれに類するものを探した。最終的に日本の箸を、木製ではなく黒い溝のついたプラスチックのものを見つけた。手にとって箸の先を確認した。こういう時に刷毛《はけ》を持っていたらよかったのだが。またはコテでもいい。ボブ・ロスの番組で、あの匠《たくみ》が全部コテだけで山の風景を描いているのを観たことがあった。**みなさんはこれを魔法だって言うんです《ピープル・ウィル・ビリーヴ・イッツ・マジック》。ですからここにいる私たち全員《ソー・フロム・オール・オヴ・》から言いましょう《アス・ヒア》。楽しく絵が描けますように《ハッピー・ペインティング》。それに私の友人に神のご加護がありますように《アンド・ゴッド・ブレス・マイ・フレンド》。**

キッチンの引き出しに長毛の刷毛を見つけた。ヴィリーはこれで焼き物にソースかたまごを塗るのだろう。

二つの道具を装備し携えて、ごく少量の犬の糞を靴底からかきとり、その粘度のチェックにとりかかった。糞は干からびきってはおらず、まだべとべとしていた。ロベルトは箸の先にこの吐き気のする物質のサンプルを塗りつけ、キッチンを出た。家具や置物たちはぎょっとしてロベルトを出迎えた。**それで何をするつもりなんだい？**

最初に順番があたったのは、ドアノブだった。ドアノブの下側だ。犬の糞はホメオパシーに使う量より多くはしない。ヴィリーと、それからほかにだれがやつのところに来て、ここをいちゃつきながら通ったとしても、手に吸収されるように。**ミディ＝クロリアンは顕微鏡レベルの極小生命体で、腸の中を泳いで君と共生しているんだよ、アナキン。**

次に浴室へ行って、歯磨き用コップの縁に犬の糞を、ほとんど見えないほどわずかな量を塗りつけた。**どうして毎日歯を磨かなくちゃいけないの、バットマン？――わかるかい、ロビン、口のなかをきれいに保つのはまわりの人とうまくやっていくには欠かせないことなんだよ。**臭いをかいでみたところ、最初から気にして注意していなければ、ほぼかぎ分けられないことを確認した。キッチンに戻り、刷毛を装備した。その後シンクに水を流し、その下へとほんの一瞬、刷毛をもっていった。そこへ少量の糞を追加した。そうこうするうちに、また鼻で息ができるようになってきた。新聞紙に何回か薄茶色の線を、線がほぼ透明になるまで描いた。

それから、何も知らず薄明かりの中にいた寝室へと入った。カーテンの閉じられた、眼を閉じた部屋だ。刷毛をダブルベッドの枕の下側に走らせた。ほぼ透明な水分は枕カバーの布地に染みこんで、ロベルトがみた限りでは、跡形もなく吸収された。

毛が二本に空気を少々《トゥー・ヘア・アンド・サム・エアー》、こういうのをボブ・ロス師匠はいつもそう呼んでいた。

ロベルトはリビングの本のところに戻った。『死ぬ瞬間』だって。刷毛が背表紙の上で安らぐ音をたて、続けてほかの本の上を走っていった。もしかしたら、これでヴィリーのぜんそくが治るかもしれないぞ、なんて。

突然、ノックの音がした。もうすこしで刷毛がロベルトの手から落ちるところだった。じっとして、耳をすませた。

しかしノックはただ、壁の中で鳴るだけだった。くぐもって、繰り返して。隣の人が絵でもかけているか、壁に棚でも固定しているのだろう。

ロベルトは最後の補給に向かった。刷毛は今回、眼に見えてたっぷりと充塡された。しかも箸を靴底の深いところまで入れて、硬くなった層の下にある、まだ柔らかい、明るい色のかたまりのある場所をほじった。それを窓の開閉ハンドルにすりこみ、それからリビングのドアノブにも塗りそうになったが、これには自分がこれから触らなければいけないと気づくのに、ぎりぎり間にあった。それで最後の、また少々かすれてきた一塗りは、もともと明るい茶色をしているヴィリーのコンピューターのマウスに割り当てられた。

満足してロベルトは家路についた。新聞、箸、刷毛は持って出て、ヴィリーの部屋からすこし離れたゴミコンテナに投げ入れた。歩いているあいだに、自分の指の臭いを確認した。わずかに汗の香りがしたが、そのほかは何も問題はなかった。

彼に歓声をあげるかのように、通りがかった玩具店が笑顔を見せていた。

「フォーエヴァー・ヤング」と、その顔の下には書いてあった。

家に帰る道すがら、ロベルトは空っぽのマンションのことを考えた。何を感じるかはわかっていた。コルドゥラはいなくなったのだ。荷物をまとめて、ひどいパニック発作が続いた暗黒の年月の臭いがする服を全部、旅行バッグに詰めこんで、ロベルトの脇を通りすぎていったのだから。喜びなさいよ、と彼女は言っていた。やっと成功したんだから。

今朝のキッチンでもそうだったが、言われたことにぎょっとしてみせようとしたときには、そこには何もなく、彼女の腹の触り心地がどうだったか、というような記憶しかなかった。ロベルトがあの——

ロベルトはその瞬間をとめた。一時停止ボタンだ。それでも何も来なかった。

混乱してジャコミニ広場のピザ屋に入り[104]、マルゲリータを持ち帰りで注文した。それからスケッチで使う紙ばさみのように箱を持ち帰ると、オイルが道路の上をぽたぽたと落ちていったが、ロベルトはそのままにしておいた。箱を開けた時には、チーズが片方に寄っていた。発作をおこしたピザだ。

外では夕暮れの中、ほんの二、三台の車だけが路上で鬼ごっこをしていた。ピザを食べ、トイレに行って、車椅子に乗った子供を坂道の下へと転がらせたらどうなるだろうと考えて、シャワーの下に立った。温かいお湯だった。めまいをこらえるアリーツィアの顔がまた思い浮かんだ。ロベルトの勃起は愚かで不幸にみえた。亀頭をシャワーの白いタイルに押しつけると、尿道口が形づくるちっぽけな魚の口を少々いじった。車椅子の子供が下り坂でどんどん速度をあげていき、無声映画のエキストラ二人が通りを横切りながらスローモーションで運んでいる大きな窓ガラスを突き破った。ガラスの破片が辺りにひろがった。子供の人工肛門用の袋が旋回しながら飛んでいき、ある家の郵便受け（あの長い棒の上についたアメリカ式の、手紙があると小さな赤い旗が立てられる郵便受け）の上に落ちた。

ロベルトは無理やり彼女の名前を考えようとした。コルドゥラだ。声を出して名前を言い、シャワーヘッドから出る水が口へと流れこんだ。罰のように飲みこんだ。なんのためにぼくはいるんだろう？　ぼくはシャワーを浴びて立っている。一年にひとつかふたつ絵を描く。

シャワーから出て体を拭こうとして、ロベルトはよろめいた。おだやかな、殺人狂の空想が浅い眠りをさそった。眠りの中では刃傷沙汰が、枕投げの戦いのように柔らかくふんわりしていた。銀行のホールで話しかけてきた肩のない男が、ロベルトに近づいてきて新しい名刺を手渡してきた。古いものの代わりに、とロベルトにささやいた。ロベルトは不快になり両手で男を突きはなすと、ピンと張られたワイヤーロープから、ほかの動物たちがすでに待ちかまえている陰鬱な睡眠のサーカス演技場へと落ちていった。

モハーヴェの電話ボックス（一九六二（？）―二〇〇〇）は、史上最も孤独な電話ボックスであった。それはモハーヴェ砂漠の真ん中にあり、最も近い集落および自動車道から何キロも離れていた。一九九七年にインターネットで話題になり、多くのファンがこの電話ボックスに電話をかけたり、訪ねていって落書きをしたり、ときおり砂漠の真ん中で本当に受話器が取られるような事が起きると、その通話を記録したりした。ときが経つにつれて電話ボックスは落書きで埋めつくされてしまった。この電話線の継続的な負荷状況について、電話会社パシフィック・ベルは電話サービスの濫用とみなし、さらに環境運動家たちも、砂漠の真ん中で絶え間なく電話が鳴り続ければ特定の生物の生活リズムを崩すことになると憤慨した。二〇〇〇年五月十七日にこの電話ボックスは、パシフィック・ベルによって撤去、破壊された。

ガニ=シィンブレット
『距離の本質』一一六頁

5 マグダ・Tのリロケーション

【緑のファイル】

ずきずきと黄の偏頭痛色をした頭痛は、めまいの発作と交互に現れた。そこにはしかし、自分でも繰り返し言い聞かせてはいるのだが、だれも近くにいないのだ。ぬるついた白いシャンプーと混ぜた冷水では、（発熱ではなく、雰囲気が原因の）僕の頭の熱は抜けてくれなかった。バスローブだけを着て夜のホテルの廊下を歩き、スナックの自動販売機の前に立って、氷のように冷ややかな飲料やチョコバーの光を浴びながらあちこち向きを変えてみても、症状はよくならなかった。僕はホテルの部屋に戻り、ベッドに入って、数を数えた。

一時間、また一時間と……。

牧草地への帰りしなに羊たちは、眠れぬ人が今晩寝床でわりあてた番号を比べあった。何番をもらった？——十九だよ、また。——だれが一番なの？　おい、一番やい！　だれが先頭をいくのか知らなくっちゃ、などなど。子供が三桁の番号しかもらえず、がっくりと悲嘆にくれた母親たちは、また百番までに入れなかった、という。茫然として泣く、今日は番号なしで終わった羊たちもいる。ほとんどの羊は頭をうなだれ、暮らしに満足できずにいる。しかしそれでも羊たちは毎晩、人間のもとへいく。照明を落とした部屋にいる眠れぬ人間が、眠くなるために羊を数えている場所へと。

人間がそれを求めるのと同じように、羊たちもそれを求めている。結局、数がふわふわの腹にわりあてられるその瞬間が好きなのだ。眠る人々の昼夜の数と同様、羊たちの数が有限であることを一瞬、忘れさせてくれるからだ。

結局、僕はゆったりした夜の時間帯に日中の速度で動きまわる身体を起こした。自分が宇宙船みたいに感じた。


僕はオリヴァー・バウムヘルがくれた書類を緑のファイルから取り出し、よく調べた。マグダ・Tのリロケーションだ。新聞の切り抜きをホテルの奥行きのないデスクに並べた。いちばん古い記事には黒い線で目隠しされた子供の顔があったが、最近のものにそのような配慮はなかった。十三歳の少女だ。矯正器具のついた笑み。明るく、楽しげに見える眼。

今の彼女は元気だと、ある記事の書き出しにはあった。日付は二〇〇一年五月五日だ。そこには父親のテオドール・Tが一九九九年のいつか、娘といっしょに引っ越したと書かれていた。しかし父親は引っ越しではなく、リロケーションについて語っていた。この単語のもっとも初期の使用例です、と僕はオックスフォード英語辞典の声で考えた。この家族は、ドイツとオーストリアの国境にある刑務所の看守をしている、少女の伯父のもとに住んだ。日中、マグダは完全に空っぽの部屋でよく遊んだ。のちに建物監査で、子供部屋のようにあつらえた部屋が役人の注意をひいた。しかしそこにマグダは一度もいたことはなく、つまりは、その部屋はひとえに子供たちの来所に備えてあつらえられたようだった。受刑者の子供たちのために。

僕はその記事を読みなおさなければならなかった。話がどこかで飛躍していた。どこかで集中力がなくなっていた。僕は眼を閉じて、夜の時間帯にもかかわらず、気を取り直そうとした。要するに、彼女は引っ越した、リロケーションだ、よし、それで伯父さんのところで暮らす、そいつは看守、これもよし、でもそれからだ……彼女が遊んでいた空っぽの部屋。それとも遊ばなかったのか……。部屋は刑務所の中にあったのか、それとも……。そういうことが記事からはわからなかった。内心この紛らわしい、ずさんな記事の執筆者をののしりながら（罰としてフェルトペンでその男の頬に小さな丸をひとつ描き、怒り狂う群衆にその後をまかせるところを想像して）、次の記事を手に取った。その記事の書き出しを読んだあとにはじめて、つまり「わたしの人生最悪の日は連れ戻されたあの晩だ。その反対に人生最良の日は、男がガラス窓の向こう側で指で自分の耳を血が出るまでほじっているのを見たとき。だってわかっていたから、自分が本当になにか……」という書き出しが思考を空疎に通りすぎていったあとになってはじめて、ひとつめの記事執筆者へ復讐する空想がまったく意味がなかったことに気づいた……フェルトペンかボールペンで、頬に丸印なんて……。

自分の手が高速インターネットのケーブルプラグに置かれていることに気づいた。持ち上げると、変な心地がした。どういうわけかプラグは氷のように冷たかった。刺すような頭痛がぱっと激しさを増したが、冷たい手で額に触れるとまたすぐに消えた。人差し指の助けを借りて続きを読んだ。ある時は脱獄が話題になり、それから証明が難しそうな暴行について書かれていた。収監者へⅠ作用を及ぼすことに関して全欧では立法がなされていないという。ブリュッセルという名前があった。隔離部屋で子供を飼うこと自体が実証不可能で……。そのため犯罪は必ずしも……。最終的に彼女が解放される前には……。文章はいっしょくたに並べてあり、まるで別種属の生物をじっと見てその究明すべき秘密を探る生物のように、どの文も自らの要点を越えて次の文章をうかがいみていた。

それから、オリヴァー・バウムヘルの同僚が仕上げた手記を手にした。

いくつかの一致しない断片類を手がかりに、マグダ・Tの長い苦難の旅を再構築しようとしていた。このベン図の泡はどれひとつとして、ほかのベン図と重なりあう喜びを調査員たちにもたらさなかった。すべての断片に共通する唯一の要素は、マグダだった。彼女はそこにいて、見て、体験していた。そして彼女の意識に負荷のかかり過ぎるものは、記憶から消去されていた。

以下、マグダが記憶していた事柄や状況のまとめ（一枚の紙に手書きでメモされている）。

（1）大変暑い地域のどこかの平地で、日光に当たりながら何時間も歩く。一歩前へ出るたびに、手首のロープがぐいっと引かれる。ロープはだれかが持っているが、だれなのかはもうはっきり言えない。たぶん、その人はサングラスをかけている。よく晴れた日だ。多くの車が横倒しになっている倉庫群、トラックが走ると砂ぼこりをたくさん巻き上げる、その脇の白い道路。そもそもこの日はとても多くのトラックが走っている。したがってほこりも多い。砂ぼこりが一度おさまっても、すぐに次の砂ぼこりがたち、髪の毛、まつげ、サンダルからのぞく足の指まで、すべてがほこりだらけになる。彼女が通りがかる倉庫には、大きくて見なれぬ機材がいくつもある。明るいオレンジ色のオーバーオールを着た作業員たちが、その機材のあいだを行き来している。

（2）一日じゅう、すりガラスの丸窓がついた部屋のなか。何もなく、バケツすらない。床にそのまま用を足せるようになるまでは、長い時間がかかる。用を足すと、今度は臭いで気持ち悪くなり、両方のこぶしで、ドアだと思われるものを叩くが、薄暗いなかでは見分けるのも難しい。壁には板が鋲《びょう》でとめられているかのような、奇妙な継ぎ目がたくさんある。ひょっとするとどこかで拾ったトタン板の残骸なのかもしれない。この日、彼女は力尽きるまで壁を叩きまわる。

（3）遊園地。看板は見知らぬ言語で書かれているうえに、メガネもなく（この紛失について彼女は憶えていないが、とにかくある時点からメガネはない）、全体的にぼやけた印象。彼女の頭すれすれを走っていくようにみえるジェットコースター。手には変な臭いのする紙幣があり、だれかから監視されているのか、付き添いがいるのかわからない瞬間がある。そこへ家にいるときの驚くほどはっきりした記憶、特に家の裏のそりの滑る道と空っぽのうさぎ小屋の記憶。

（4）洗面台と、隅にはバケツまである部屋で、ひとりきりで過ごした多くの時間。バケツは定期的に回収・交換されて、毎朝つんとしたレモンの香りがする。壁に備えつけの小さな薬箱には包帯があるが、それを切り取るはさみはない。ここにも牛乳のようなすりガラスの丸窓の眼。外からは突き刺すような大きな騒音。主に夜には男の、もしかするとさまざまな複数人の男かもしれないが、叫び声が聞こえる。この叫び声はものすごく、何時間も聞き続けることになり、止むことがない。大きな音でキーキーと、オンドリのようだ。マグダには今もまだ聞こえていて、調書によれば、調査員の前で真似してみせた。しかし叫び声を真似するとのメモ書きのほかには、何も手がかりはなく、詳細な描写もない。

別の紙片は、マグダ・Tから一語一句引用していた。出典は挙げられていない。ただ紙片の裏側に鉛筆で書かれていたのは、樹木園、の一語だけだった。

その土地は平らで、ぐるりと地平線まで見えるほどだった。そして地平線はちょうどひざの高さで、ときには腰の高さにまで迫ってきた。

それから、

わたしのおじさんの家には、ものすごくお気に入りのひつぎがあった。こい色の木でできていて、古い服や靴のすてきな香りがした。中は空っぽで、よく夜になると中で横になってふたを閉めた。ふたはすこしゆがんでいて完全には閉まらず、いつも細い光のすき間が残っていたから、じゅうぶん息ができた。ときどき、わたしはひつぎの中で眠ってしまった。一度おじさんを庭で見かけたとき、窓辺へ行って下のおじさんに声をかけた。昔、このひつぎに何が入っていたのか知りたかったから。おじさんは上にいるわたしに、もうわからないなあ、と叫びかえした。おじさん自身もまだ小さな子供だったからね、あの頃は、って。この言い方でおじさんが何を言いたかったのかは、ちっとも理解できなかった。でもそれをおじさんに聞くこともしなかった。

あるとき彼女のもとに大変お行儀のよい白いワニが訪ねてきたことがあった。別のときには脚のある小さな魚が来て、独房の薄明かりの中で人のよさげで不器用なバランス曲芸をいくつか披露してくれた。

それを見て彼女は笑うことができた。

将来は何になりたいかと聞かれて、マグダは微笑んで答えた。宇宙飛行士と。

そして時には夜中にピラミッド型の頭の男がバルコニーで右往左往し、ひとりごとを言った。

(O・バウムヘル、C・ティール、P・クヴァントによるまとめ)

最後に緑のファイルの中には、二〇〇三年のマグダ・Tのポラロイド写真があった。オリヴァー・バウムヘルのほか男性二人の隣に立ち、カメラにむかって微笑んでいる。彼女の眼は、何かが眩《まぶ》しかったかのように細くなっていた。

　僕は奥行きのないデスクに広げられた紙や記事に囲まれて目を覚ました。小さな紙片がよだれを垂らした唇についていた。それをそっと外して、ほかの紙切れといっしょに置いた。時計をみた。六時半だ。八時にオリヴァー・バウムヘルとその同僚たちのところで約束をしていた。

　服を着るとき、試験前のようにもう一度マグダ・Tのリロケーションに関する重要な事実をすべて暗唱しようとした。でもピラミッド頭の男のところで詰まった。僕は本当にそれを読んだだろうか。紙をあさってその箇所を探したが、もう見つけることはできなかった。

　ホテルの朝食ルームで僕は濃い緑茶を飲んで、自分はどんどん覚醒して集中できるようになるんだと想像した。


「ゼッツさん、おはようございます。よく眠れましたか」

「ええ、まあ、ある程度は。どうも――」

　オリヴァー・バウムヘルの隣に立っていたほかの二人と握手をすると、二人は自己紹介した。クリスティアンにパウルだ。彼らはすぐに親しげな話し方になった。

「マグダに興味があるんだって、クレメンス？」パウルが聞いた。

「いや、こちらのゼッツさんはあの記事を二つとも書かれたんだ、知ってるだろう――」

「ああ、もちろん、そうか」

　パウルという名の男がうなずいた。

「あの頃おれたちは、彼女の写真を再構築していたんだよ。そんなに難しくはなかったね。あの子がいなかったのは、たった一、二年だから。それからフェレンツが残りを片づけたんだ」

緑茶が効果をあらわしてきた。

「フェレンツだって？　彼はどこに住んでいるんですか？」

「ああ、あの人は」オリヴァー・バウムヘルは言った。「あの人は目下、ブリュッセルです。もしくは人知れぬ場所に。そのとき次第で」

「その人は、その……子孫なんですか？　昨日お話をしましたが……」

オリヴァー・バウムヘルとクリスティアン・ティールは視線を交わした。

「申し上げたとおり、フェレンツはどちらかというと称号のようなものです。老ホレリースは全体の後援者のようなものでした。理念は変わりません」

「なるほど」

「こちらへどうぞ、ご用意したものがあるんですよ、ゼッツさん。ちょっとした実演をね」

ソフトウェア

もっとも重要な因子は時間なんだ、とクリスティアンは言った。捜索対象の人がどこにいる可能性があるか、今どういう見た目なのか、その人に何が起こっているのかを考えるのに、時間は何よりも重要な役割を果たすんだよ。

それからクリスティアンは、数年前に発生した、あるケースについて語った。アレクサンドル・アルシンという名のロシア人プログラマーが、老化シミュレーションの新ソフトウェアで旋風を巻き起こしたという。彼のプログラムは、当時市場に出回っていたその他多くのプログラムより信頼のおける作りで、しかもそのアルゴリズムは極秘だったために、当時の盛り上がりは相応に大きかった。しかし突如そこから疑問の声が大きくなった。たしかにプログラムは大変高速で、歳をとった行方不明者の予測された外見については一見納得できそうな結果が出るものの、その一方で捜索者発見率と再認識率は著しく低いというのだ。クリスティアンによると、この漠然とした告発が、歳を重ねたイメージ画像が**互いによく似ている**という、より具体的ではるかに啞然とする評価へと移りかわるまでにはずいぶん長くかかった。これに初めて気づいた人たちは、自分の眼を信じられなかったという。クリスティアン自身も、まるでそれまで何カ月も水の中か、月の裏側にでも住んでいたような気持ちになったそうだ。催眠状態からの苦しい覚醒だった。画像は明らかに行方不明者の元の写真から作られているが、頰骨や、上へとわずかに細くなる唇のカーブや、なにより眉の寄ったところなど、いつも同じ特徴が、多くは元の写真とまったく関連なくあらわれた。もちろん、この謎の答えはじきに見つかった。ロシア人プログラマー本人の写真だ。彼は、ソフトウェアのいわゆるモーフィング技術に、どんな老化プロセスも収斂していくすべての根底の視覚定数として、自分自身の顔をプログラミングしたのだ。たとえば五年前から行方不明の十二歳の少女をこのソフトウェアで老化させると、別の見知らぬ目つきが加わる。アレクサンドル・アルシンのものが。

「それ自体がもう、名人のスタント芸なんだよ」パウルがクリスティアンの話を遮った。

「ええ？」クリスティアンが言った。

「ほらさ、そうやって混ぜ込んでプログラミングするっていうのがさ、もう……つまり、それ自体が今となっては、もう……」

「そうそう、でもそれって完全に犯罪だよね？」

「どうしてそんなことをしたのか、わかってるの？」僕は尋ねた。

「おれも知らないな」パウルが言った。「もしかすると、おれたちみたいな人間の仕事を妨害したかったのかも。まあ、反対の人はたくさんいるから」

「まあね」クリスティアンが言った。「そうそう、あの頃は全部がもう……。これについての説明だって……本当にあちこちに出没していたからね。あの男は過去を護るつもりだったんだとかなんとか。ひょっとすると人知れず、違う名前でどこかに生きているかもしれない、行方不明者たちの名もなき大群を護っているんだってさ。姿を消した多くの人たちがあの男に金を渡して、男自身のコピーを混ぜ込むようにさせたとか。または、本当は組織的人身売買にかかわる各国の政府のために動いていたんだとか。どれもこれも、どうなんだろうね」

「でもそれならどうして自分の顔を使ったのかな、だってさ、別のやりかただって何百もあっただろうに」僕は言った。

　男たちは肩をすくめた。

「どうなんだろうね」クリスティアンは言った。

「それに変化のない顔面のようなものをベースとして使うのは、こういうプログラムの構造にもあっているんだよ」パウルが補足した。「虹彩、あごのくぼみ、鼻のつけ根、髪の生え際、頬骨などなど、いろいろなピボット要素をデフォルトで設定するんだ」

「なんの話なのか、本当はちっともわからないんだろ」クリスティアンは笑いながら、僕のメモ帳を指さした。それはおしゃべりのあいだずっと僕の前に広げられていたのに、ページは完全に白紙のままだった。

そういったプログラムがどう動くのか実演するために、クリスティアンはすこし前に手に入れた最新の老化シミュレーション・ソフトを、八十年近く前に姿を消した子供の写真と対決させることにした。

その男の子は一九二七年十二月までオーバーエスターライヒ州の町クレムスミュンスター[105]で暮らしていた。七歳になる誕生日のすこし前のある日、両親もいっしょに居合わせていたダンス祭りにいき、人ごみのただなかで姿を消した。新聞記事によれば両親は、激しく互いにくるくると渦を巻いて踊る人々の身体へとおだやかに近づいていく子供を見たと訴えていた。初めて海を見た人間が、まるで太古の磁力に遠隔操作で引き寄せられ、岸辺で砕け散る波へ向かうかのごとく、かなり直線的に歩いていったという。そして踊る人々の回る手足が子供にかろうじて当たらずにいるさまを眺めているのは、本当に幽霊のようで不気味だったという——そして子供が突然いなくなった様子は、音楽と身体の動き、色とりどりの衣装によっておおい隠された。父親は楽団に、息子が舞台のどこかにいるから演奏をすこし止めてくれるように頼んだ。物わかりよくおもしろがって楽団長はこの懇願に応えたそうだ。捜索が始められたが、男の子はどこにもおらず、どんどん多くの人が加わって、そこらじゅうを見て回り、あらゆる机の下や、舞台の床板までもが、どこか一枚ゆるんでいるのではないかと調べられた。しかし、何も見つからなかった。男の子は消えたままだった。数年後、男の子には死亡が宣告され、空の子供用の棺が、本来は六人で運ぶところ、たった二人で墓へと安置された。

クリスティアン・ティールは、不鮮明な男児の写真がついたこの記事を偶然、古新聞のコレクションから見つけた。彼が写真をスキャンしているあいだ、僕はその脇に立っていた。スキャナーの静かなため息は、滑るように開く高級ホテルのエレベーターのドアの音を思い起こさせた。絶望の淵でどんな藁でもつかむ顧客へ提供するために、クリスティアンが三千ユーロ近くをつぎ込んだソフトウェアは、結果を算出するまでに数秒しかかからなかった。画面にはかなり年老いた男性の顔が現れた。クリスティアンは、何種類か髪型やひげを試して、最終的に顔一面に濃いひげをあてがった。

「トルストイみたいだ」僕は言った。

「本当？」

「うん、どことなくね」

「トルストイがどういう見た目か、全然知らないや」クリスティアンは言った。

「みんながイメージする神様みたいな感じだよ」僕は言った。

クリスティアンは笑った。画像を印刷して自分のデスクの壁にピンでとめた。

「これは本当にだれでもありうるな」顔を長いこと観察したあとに、ようやくクリスティアンは言った。「歳をとった人って、どういうわけかみんな同じに見えるよ」

「この因子が制御できたら」パウルは言った。「次の段階に進んで、わかっているストーリーを検分する。この事件でわかっているのは、えーと、つまり……子供は単純に人ごみへと向かっていって、その中で消えた、と。この話を信じるかい？」

「まあね、最初はいつもストーリーさ」クリスティアンは肩をすくめた。「そこから始めなくちゃ、うん……。マグダ・Tのときも初めはただのお話だった」

「うーん」パウルが言った。「子供が人ごみに踏みつぶされていなければ、まだどこかで生きているかもしれない、となると、老人ホームに身寄りもなく住んでいるのかもしれないね、もうすぐ九十歳だから、眼が視えなくなって、もうろくしてさ」

「ふん、そんなの果てしない数いるよ……」クリスティアンが言った。

「ああ、そのとおりだな」

パウルは、閉じ込められたエレベーターのドアの前で待つ見知らぬ人同士が交わす視線を、僕に投げてきた。

「このソフトは本当にすごいね。びっくりだ」僕は太鼓判をおした。

「え？」

クリスティアンが僕のほうを向いた。僕がひどく普通ではないコメントをしたみたいに僕を見た。

「ソフトがちゃんと動くんだ」僕は繰り返した。「しかもこんなに古い写真で。それってすごいよね」

「おれもそう思う。こいつは金を払う価値があったな」パウルが言った。

クリスティアンは、何も言わず、ただちょっとうなずいて、再び壁のプリントアウトした画像に向き合った。

「こんなに時間が経ったあとでな」クリスティアンは静かに言った。「見てみろよ」

「メガネをあててもいいかも」パウルが言った。「それか、アインシュタインみたいな髪にするとか。じゃなきゃベケット」

「だれそれ？」クリスティアンは尋ねた。

「サミュエル・ベケットだよ」

「どんな見た目かわからないな。そいつも神様みたい？」

「いや、あんまり」僕は言った。「えらく力のこもった髪をしているんだ。彼の外見のエネルギーは全部、髪の毛に凝縮されていたんだ」

「ちっ」クリスティアンが舌打ちした。

パウルはラップトップをあちこちたたいて、雪のように白くちらつく、整えられていない白髪の濃い雲を老人の顔に魔法で幻出させた。クリスティアンがのぞき込むのを見て、パウルは一歩下がると画面を指さした。クリスティアンはただ、にこりとしてもう一度画像を見た。

「何が本当に不思議なのかわかるかい」クリスティアンがしばらくして言った。「この人に会ったことがある気がするんだ。どこかで」

「どこで？」パウルが尋ねた。

「わからない。でも絶対……」

老人の顔にぐっと近寄り、人差し指でその額をつついた。

「もう一回試してみない？」僕は尋ねた。「ただちょっと、僕にも仕組みがわかるようにさ。君たちのどちらか、スキャンできる写真付き身分証をもっていたりしないかな。それかウェブカメラで写真をとるか、じゃなきゃ――」

「ダメだよ。おれたちのところにはルールがあるんだ。偽物の事件はやらないんだよ、おれたちは……。待って、ちょうど今、何かよぎったぞ……。あれは……」

パウルは両手をあげた。まるでこう言いたいようだった。**おれは反対しないよ、けどあいつがとにかくダメってさ。あいつがボスだからね。**

「わかったよ、じゃあそろそろ行くね」僕は言った。「電車が……」

「ああ、おれたちも仕事に戻ったほうがいいな。感じはつかんだだろう?」パウルは言った。

「もしそうだったら、そしたら……」クリスティアンが言った。

言おうとしていたことがまったく状況に合っていないと考え込んでいるように見えた。僕たちにはもはやまったく注意を払っていなかった。彼の顔にはうっすらと赤みがさし、咳ばらいをするような動きをした。

「ああ、本当にもう戻らなくちゃ」クリスティアンは言った。「じゃあまたね、クレメンス、会えてよかったよ」

オリヴァー・バウムヘルが玄関まで送ってくれた。

「感動的でしょう」

「ええ」

「でも、感動したようには見えませんね。すこしがっかりされたようです、ゼッツさん」

「ちょっと混乱しているんです。いただいた紙面を読みました。リロケーション……この用語はわかりました。単に引っ越しをするという意味ですよね。それで……」

「単に引っ越しするんじゃないでしょう？」

「つまり、ええ、そうですね……」

「本当に混乱していらっしゃるようですね、ゼッツさん。でもあとで必要になるものを、私がお渡ししたと気づくことになるでしょう。幸運をお祈りします。それに更なるご成功をお祈りします」

「ありがとうございます」

「コートはこちらです。待って、着るお手伝いをしましょう」


正午のざわざわとした街の中をウィーン南駅へ向かって歩くあいだ、僕はトルストイのことを――彼の作品よりも顔のことを――考えた。そしてもし、クレムスミュンスターの男の子の代わりにトルストイが七歳の誕生日直前に忽然と消えてしまったら、世界はどうなっていただろうと想像してみた。ロシアのどこかで、いつの時代にも世界のどの国にもあるようなダンスのイベントで。クレムスミュンスターの男の子の両親は、子供の成長を見られただろうし、孤独な時間にはトルストイ以外の作家を読んだだろう。そして男の子は成人し、のちに老人になっただろう。息子たち、娘たち、孫たちがいて。最終的に亡くなって、ありふれた墓に埋葬されるのだ。そして世界は、男の子が現在いなくても平気なのと同様、トルストイによって書かれなかった諸作品を惜しんだりはしないのだろう。

このことに気づくと不安で怖くなり、僕は駅のホームでぼんやり立ちつくしていたが、大きな楽器を持った男性二、三人といっしょになったときに、ようやく我に返った。乗車時に一人が僕に、コントラバスを載せるのを手伝ってくれないかと頼んできたのですぐに応じた。ずんぐりとした、いろいろな旅行シールで飾られたケースのずっしりとした重さを手に感じて、幸せで心が軽くなった。

　電車が走り出してからようやく、グラーツへ帰る二時間半の電車の中で読むためにわざわざ持ってきたお気に入りの小説、ハルドール・ラクスネスの『極北の秘教』[106]をホテルの部屋に忘れてきたことに気づいた。困惑して、そうすれば電車に多少なりともブレーキを掛けられるかのように、片手を窓ガラスにあてた。子供のころにはすでに、ものや生きものへの同情心は、人間に対する気持ちよりも強かった。失くしたマフラーたちは一晩じゅう暗がりのなかで泣いていたし、壊れた雨傘は自分を翼の折れたカラスのように感じていて、ぴんと張った肌で降りたての雨をもう二度と感じられないことといったら慰めようもなく、窓の内側に沿ってブンブン音をたてるハチは空気や太陽や仲間の近くに恋焦がれ、梢から古いフリスビーが揺り落とされた樹木は、自分のおもちゃ、もしくは飾りをなくして悲しんでいた。それと同じ時期に僕は、建物が爆発したり、兵士がヘリコプターから炎に包まれながら落ちていったり、マシンガンでハチの巣にされたりするのを観るのが大好きだったし、カンフー映画で人が――それが相応かどうかはさておき――敵のアクロバティックな攻撃で首を折られ、ゼイゼイと空気を求めて喘ぎながら地面に倒れると、その勝者が最後にもう一度、堂々と男の前に立って礼をするのだが、それがまるで、眼には視えぬが供物《くもつ》を受け取るために出演中の死神本人に挨拶をしているかのようだったりするともう、テレビの前でぴょんぴょんと飛び跳ねて喜んでいた。現在もまだ、人への共感や同情といったものは、つい昨日ようやく習ったばかりのような、今もまだ世界を浸している眩しさに慣れなければならないような気がしていた。僕の手はコートのポケットへと滑り込んだ。プラスチックに触れた。その覚えのないものを取り出してみた。朗読劇のカセットケースだった。『小さな魔女ビビ・ブロックスベルク』[107]。ケースを開けた。カセットの代わりにカードが入っていた。

フェレンツ
ブリュッセル市
ロワ通り三十三番地

そして携帯の文字のあとには、とても長い電話番号があった。困惑して僕はカセットケースを調べた。小さな魔女ビビ・ブロックスベルクの顔に、だれかがヒトラーの口ひげを描いていた。電車が数秒間のトンネルに入ると、尋常ではない激しい吐き気に襲われた。僕は立ち上がってすこし車内を歩いていった。ゆるやかなカーブや揺れが必要となる平衡感覚のゲームで、自分の身体にやることを与えてすこし気を紛らわせられないかと考えた。気を落ち着かせるためにユリアに電話を掛けた。

「もしもし」

「もしもし、もう電車に乗ってる?」

「ああ、僕……今、気持ち悪くなっちゃって」

「ナンカロウの聴きすぎ?」

「いや、でもきっと、ああ、喜んでもらえないとは思うんだけど……、きっと、次はブリュッセルに行くよ」

「クレメンス」彼女は悲しげな調子で言った。

「いや、いや、今は全体がすこし見渡せてきたみたいなんだ、まだずいぶん難しいんだけれど……。連絡先の住所をもらったんだ」

「さっき、だれから電話をもらったかを私が言ったら、気が変わるかもしれないよ」

「またシュテニッツァーさん？」

「いいえ」

それからユリアは、一時間ぐらい前に親切そうな声音の男性が僕に電話をかけてきたと語った。レジデンツ出版[108]の人だそうだ。その人は『ナショナルジオグラフィック』の記事を読んで、ひょっとしたらほかにも、短篇とか、もっと長い原稿でも、何か見せられるものをもう書いてあるんじゃないかと思って、そういうものがあれば興味があると言ったらしい。

「レジデンツ出版？　本当に？」

「ええ」

「すごい」

しばらくのあいだ僕たち二人は、何も言わなかった。

「ビビ・ブロックスベルク」

「何？」

「ああ、なんでもない。いいニュースだ。レジデンツ出版か。本当によかった」

そして自分を完全に地上へと降ろすために、ユリアにウィーンの駅前で小さなドラゴン風の犬を見たと話した。近くでは少女がずぶ濡れのシャボン玉器をつかって、立体ベン図のようなシャボン玉を魔法で顔の前へと作りだしていて、それをその犬が追いかけていたんだよ、と。ユリアから、そのドラゴン風の犬はどんな色だったか、本当のところドラゴン風と言われて何を想像したらよいのかと尋ねられたときに通話が途切れて、僕は携帯電話をガイガーカウンター風に空中へとかざし、もしかしたら隅の方に隠れているかもしれない残りの電波を探して、あきらめてしまう前に通路の冷たい窓ガラスにまで携帯電話を押しつけ、電車がちょうど通過中の、ウィーン郊外のすぐ外側にある緑地に林立する木の幹が、息つく暇もなく明滅する中へと近づけてみた。

6　息子らと惑星たち[109]

夜の部屋にある唯一の光源は、コップ一杯の牛乳だった。ロベルトは数分前から目を覚ましていたが、動きたくなかった。夢ミキサー機の中のように、頭は枕とTシャツが絡みあった中にあった。おそらくこのせいで、中国人に住みつくなんて、あんなバカげた夢を見たのだ。ある家族が中国人の禿げ頭の上に住んでいて、そこでは一年じゅう、息の詰まるゆううつな雰囲気が漂っており、SF映画にありがちな砂漠でのオープニングのように、母親はクレソンとジャガイモを植え、雨がよく降っていた。そこからしょっちゅう両親の夫婦ゲンカが起こるのだ。どうしてよりによってここへ越さなきゃいけなかったわけ？　あんたが考えたんでしょう？　いや、あんただ！と。

ロベルトは立ち上がり、牛乳を確認した。白い膜ができていた。小さなスケートリンクみたいだ。人差し指の爪で膜を破った。

それからキッチンの排水口に牛乳をあけた。何年か前、コルドゥラと交際をはじめた直後に、スパークリングワインの入ったグラスに射精したことをぼんやりと想い出した。コルドゥラが手伝ってくれたのだ……氷のように冷たい濡れタオルを頭に巻いて、ロベルトの前にひざまずいて……どうしてまたタオルを？　明確な理由でも……？　映像はまた消えたが、それでもまだ憶えていたのは、発泡ワインの泡で浮いてねじられた精液が、タツノオトシゴの形をしていたことだ。つかの間、泡立つ液体の中で比較的静かに立っていたタツノオトシゴ。ロベルトがグラスをあちこちに回すと、二人のうちどちらかが冗談を言った。いつか子供ができたら、その子はこういう風に見えるかもしれないね、小さなタツノオトシゴみたいに、と。

「タツノオトシゴってオスが子供を産むんだよ」

「本当に？」

「うん、タツノオトシゴのオスって、ほかの生きものみたいにたまごを孵化《ふか》させるだけじゃないんだよ。じゃなくて、ちゃんと妊娠するの。全部、一切合財、最初から最後まで」

「クソ《ファック》だな」

「うん、そうなの。それが、カート・コバーンが自殺した理由でもあるんだよ。知らなかった？」[110]

それでたしか、ロベルトは笑ったのだ。

「いや、ほんとに」コルドゥラは指を一本、ロベルトの臀部に埋めた。「まじめな話、彼の日記を読んでごらんって。[111] 完全に精神病だったの。鳥は彼にとってはトゥーレット症候群の老人の生まれ変わりだったし。それで毎朝、世界にむかって鳥たちが鳥語で叫んでいるんだって、そんなことほかには老人しか……待って、すこし前かがみになって、そうしたらもっとうまく……」

彼女の中指が。**ファック**。

ロベルトは、キッチンの流し台の前でひどく勃起して立ちつくしていることに気づいた。それは世界でもっとも痛みを和らげてくれる光景とはならなかった。視線はドア枠にぶつかり、壁のモンドリアンにぶつかり、無意味な棚にぶつかった。

おめでとう！　よかったわね！　彼女が出ていく前の最後の言葉だ。ロベルトは、その言葉は錯覚のような気がしていた。でもそれはロベルトの頭の中の、ほかには思い出だけが冷蔵されている片隅にしっかりといた。

そうだよ、知っているかい、ロビン……（あとは沈黙）

秋のジャケットを着ると、ロベルトはいつもひどく毛羽だって見えた。動物園の飼育員に変装したペンギンみたいだ。自分の自転車を壊すために中庭へ行った。大変残念なことだが、先ほど部屋の窓からちょっと視線を投げて思ったのだ。うん、君だね、と。それはロベルトの絶望や罪悪感、嘆きを和らげるためには、じゅうぶんに重大な損失だった。

庭でロベルトは、しばしば強い疑念に襲われた。ゴミ回収の男たちは、朝にゴミコンテナを空にしたあと玄関前にどう置くかで、このマンションの住人に何かを伝えようとしているのではないだろうか。世界の情勢に関する暗号化されたメッセージだ。今日のコンテナは、カジノのスロットマシンのようにきれいに一列に並んでいた。

外は驚くほど暖かかった。季節は熱をぶりかえしていた。

ロベルトが自転車の前に立った時、脇から見られている気がした。馬か鳥みたいだ。**お前が何をするつもりか、ちゃんとわかっているんだぞ**。できることなら白い布をハンドルの上に広げて、大きなハンマーで叩いてしまいたかった。しかしハンマーも布も持っておらず、ドライバーとペンチがあるだけだった。

背後ではカチャカチャと音がきこえた。洗濯ばさみでいっぱいのプラスチックのバケツが、中庭のコンクリートの地面に置かれた。濡れた洋服やシーツがかかる物干し台は、このずんぐりした女性より頭二つ分高く突き出ていた。秋の日がたった一日、暖かくなったからといって、このおかしな女は夏のように戸外へ出てきたのだ。庭に洗濯物を干すために。

「こんにちは、テッツェルさん！」

彼女はこちらへ顔を向けると、子供っぽく両手で顔をかばった。そうか、そんなに子供っぽくもないぞ、日光が直接あたるのだ。そこ以外の庭は陰ばかりだった。

「おはようございます」

「お元気ですか」

ロベルトは、このご近所さんをみた。自分の手にはドライバーがあった。一歩前に出ると、彼女は微笑んでおり、大きなシャボン玉の膜は空中へ動いていき、女性を捉えることはなかった。どのみち数メートルの測定ミスだ。自分のゾーンの境界がどこだったのか、もうまったく分からなかった。秋と影法師たち、ほかのディンゴたちの声、ゼメリング峠の陰になる山腹をあてもなく転げまわる青二才《やさい》ども。

「先日は失礼しました」ロベルトは言った。

いや、ロベルトは、声に出しては言わなかった。考えすらしていないんだから、ロベルトの口がそんな――

「いいんですよ」彼女が言った。

洗濯ばさみがひとつ手にとられ、その口があけられた。人馴れしたピラニアみたいに適切な場所へ連れていかれると、噛みつく許可がでた。ラーブルさんはこの動きを優雅に演じた。たぶんシングルマザーだ。まだ一度も男性といるところを見たことがなかった。息子だってそうだ……。

「息子さんはお元気ですか」

そうか、ぼくは消えるぞ、とロベルトは考えた。お前が好きなようにやれ、この野郎。この汚いディンゴめ。

「ありがとうございます。元気ですよ。おかげさまでまた学校が始まりました」

「ああ、そうですか」

「テッツェルさんは、どちらの学校へいらっしゃったんですか」

ロベルトの口があいた。彼の脳は機嫌を損ねて胸の前で腕を組み、そっぽを向いた。好きにやれよ。

「ヘリアナウです、あの――」

「あっ、そうですか。そうですよね。ごめんなさい」

「いえ、いいんです。ぼくは……。あの、ぼくの彼女は……あの……」

ロベルトは仕草をしてみせた。

「ああ、そんな、何があったんですか？」

「彼女は出ていきました」

どうしてこの人に話すんだ？ ご近所さんは小さくカラフルなピラニアたちをバケツに落として、ロベルトへ近づいた。彼女はロベルトの肩をつかんだ。**どうしてこの人に話さなくちゃいけない？** 本当にとても背の低い女性だ。それにボールみたいに丸くて、特に顔はまん丸だ。ロベルトは、彼女の形、彼女がこの世で必要とする空間が、ロベルトに対してやわらかくアーチ状に反るのを感じた。なんでお前はそんなにみじめなバカなんだ？

「待って、中へ入りましょう。それは大変だわ」

ロベルトは彼女に導かれるまま家へ入った。明らかにシングルマザーだ。慎重な歩きかた。仲間ができてうれしそうだ。

「それじゃあ、ヘリアナウ学園にいらしたんですね？　そうじゃないかと思ったんですよ、そこ……」

「どうしてですか」

「まあ、だって……えーと……」

「いいんですよ。ちょっとからかって、担いでみただけです」

「あれはひどい事件ですね、そう思いません？」

「何がですか」

「ほら、あそこの教師の話ですよ。男を一人殺害した」

「ああ、ええ」

「本当は何年ものあいだエーヴァーゼー中等学校《ギムナジウム》にいたんですよ、でもそれをあの教師は全然言わないんです！　いつもヘリアナウ、ヘリアナウってばっかり。学園に自分の犯罪の責任をなすり付けようとしているんだわ」

「ああ、なるほど」

ロベルトは、この女性のことが気に入ってきた。

「ごめんなさい、すぐに立て続けにしゃべって」ご近所さんは笑った。「でもあなたがあの学校にいらっしゃったんだろうと思って」

彼女は一歩近づいてきた。

「彼のこと、知っていました?」

ちょうど昨日、訪ねにいこうとしていたところです。アポなしで。自分の皮膚をかけて、とでも言いましょうか。

「いいえ」

「あら」

彼女はわずかにがっかりしたようだった。

「ぼくが知っているのはただ、彼が本を書いていることです。それに一人の男を生きたまま――」

「でも無罪になったんですよ! お読みになりませんでした?」

「読みましたよ」

「もちろん、私もスキャンダルだと思いますよ。ああいうことをする人たちを、何もなかったかのように社会に戻しちゃいけませんよ。あんな男が何年も子供にかかわる仕事をしていたなんて。ごらんくださいよ、ほら!」

ロベルトに本を一冊差し出した。ロベルトは手に取った。

「私はまだ読んでいません。でも、もちろんすぐに買いましたよ。だってインタビューで主張していたんです、この本に暗号《コード》が入ってるって。あの頃に書いたんですって、彼が……ああ、どうだったかしら……。彼は……そう、この本がどういうわけか無実を証明するんだって主張しているんですよ」

「この本が？」

「ええ。私に言わせれば、この男は病気ですよ。ただただ病気です。命をかけて語っているんですって。今さら、もう自由の身なのに」

「このタイトルはどういう意味なんですか」

「さあ。でもこの小説を手に入れるのは楽ではなかったですよ。事件のせいでどこでも売り切れていて。この判決のせいでね。もうスキャンダルですよ、もうなんて世界に私たち暮らしているんでしょう。私は母親としてね……もう想像したくありませんね、どんな世界に息子が暮らすことになっていくのか」

「この本が彼の無実とどう関係しているというんですか」

「わかりません、なんらかの暗号《コード》のようなものだそうですけど。でも私に言わせれば、それは完全に意味のない話で、売るためのトリックですよ。カスね」

「カス？」

「まあね、燃えカスですよ」

そして相応する印があるかのように自分の額を指さした。

「何が書かれているんですか」

「さあ、わかりません。もう支離滅裂なんですよ。自殺する若い男がいて、その父親は息子の遺した原稿を編集するんです。それでその原稿が最後にどういうわけか、やけ……いや、それは別の、ああ、この本は本当に……」

彼女は本の印象を説明してみせるために、リンゴを手に取り、自分の頭の上において人差し指で

（バキュン、バキューン！と）撃つ動作をした。それから笑い、ロベルトも笑った。そう、ロベルトは彼女のことが気に入った。

「このあいだのあの男のひとは、あなたにちゃんと会えたのかしら」相変わらず笑いながら、彼女は尋ねた。

「どんな男ですか」

「そのひとはほら……中庭にいて、質問してきたんです、あなたのことを知っていますかって、それで私は――」

「待って、男のひとですか？　見た目は？」

「ああ、どうだったか、そう……頭は禿げていて、このぐらいの背でかなり痩せていました。特にこの肩のところが。あなたのところに来ました？」

ロベルトは、自分の顔がこわばっているのがわかった。どこかの筋肉を動かす決心がつけられなかったのだ。

「ええ」最終的に言った。

「よかった。これで安心しました。あなたの部屋がどこか言わなかったものですから。それで怒らせてしまったと思って」

「その男の人って……」ロベルトは言い始めた。

しかし、男に会えたと言ったばかりだったことに思いいたった。

「その男の人って……あなたが、つまり、あなたの眼で見ればですよ、かなり……電球風の頭をしていませんでしたか？」

彼女は笑った。

「ええ、そうかもしれませんね。そうは思わなかったけれど……。ええ」

「彼はつまり丸い、お考えでは、こうしっかり電球形をしていたと？」

「ヒヒヒ……」


本を手に、ロベルトは部屋から走りでた。ラーブルさんは文句を言ったり、引き留めたりはしなかった。ロベルトは通りを横切り、ゴミ箱の脇を通りすぎたが、そこへ本を投げこみはしなかった。タクシー乗り場は空だった。車が戻ってくるまできっと二、三分しかかからないだろうと思われた。でもそれから十四分かかった。街ではちょうど拡張現実《AR》カンファレンスが開催されていて、海外からの客が大量に、方向もわからずほっつき歩き、彼らだけに可視化される値札やあちこちで揺れる観光案内の風船の茂みのなかで迷子になっていて、そこらじゅうの街角で、ありとあらゆる空車のタクシーへと乗車したがっていた。

ロベルトは大きな樹の下にあるベンチで待ち、あの教師の本をめくって、各章の最初のアルファベットがもしかしてひとつの文章を作るのではないか、少なくともアナグラムにはならないかと調べてみた。


ロベルトに気づかれることなく、ツグミたちはそのあいだにロベルトの頭上にある樹の梢から飛び立ち、音もなく近くの公園へと消え、すぐにまた戻ってきた。新鮮な小枝をもってきては、まるで木の傷を縫い合わせるかのように、人類の数メートル上にある作りかけの巣へと織り込んでいた。

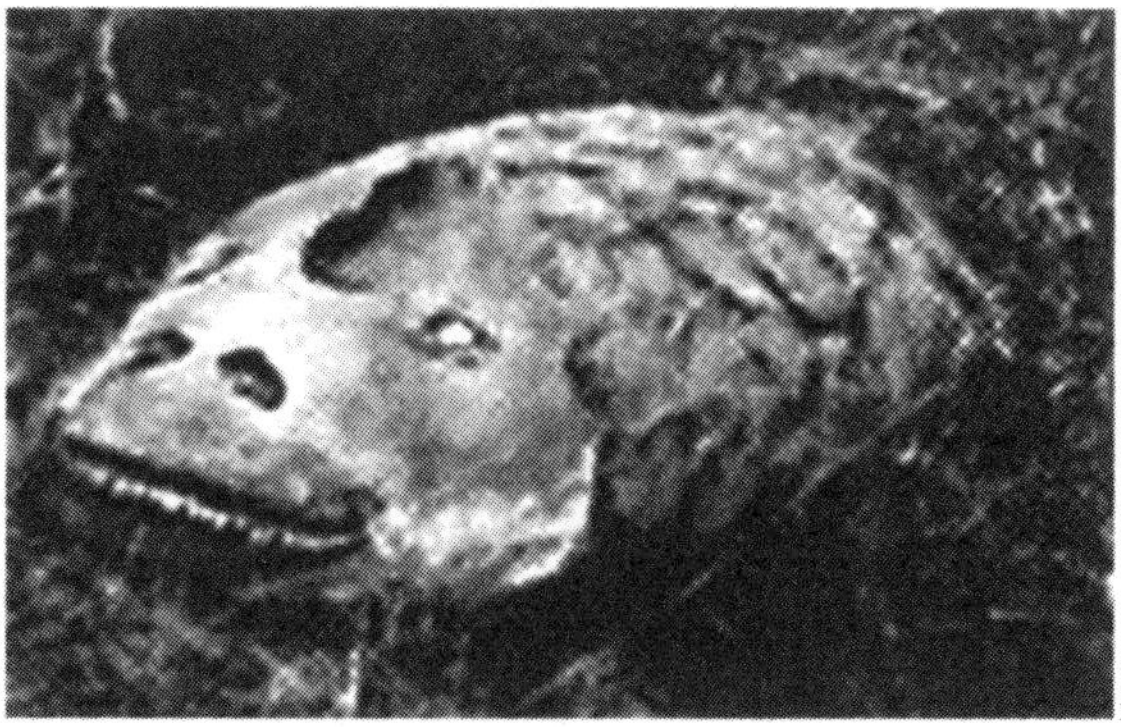

112

一九三四年に写真家フェレンツ・バルキンは、スイスアルプスのマイリンゲン近郊で、興味をひく、奇妙な形の切り株を発見した。カメラのシャッターを押した後に、この奇妙な切り株は立ち上がり、逃げていった。この生物について推測するに、この地方に棲むタッツェルヴルムの最後の個体ではないかと思われた。オーストリアで、タッツェルヴルムはさらに数十年長く生き続け、ゼメリング・ベース・トンネル[113]の試掘坑掘削開始時には、何頭か小さな個体が狩られ、駆逐された。タッツェルヴルムがすべていなくなった後、多くの作業員が持続性のひどい頭痛とめまいの発作を訴えたため、掘削の進捗が大幅に遅れることになった。

ホイズラー＝乙
『距離の本質』四三二頁

7

ロワ通り[114]

【緑のファイル】

ブリュッセルへ発つ数日前に、僕はスパムメールを受け取った。件名は「*Going Belge?*（ベルギーへ行く?）」だ。送信者はマーウィン・トンプソンとかいう名の男。開封してみると、ＥＤ治療薬の有名な文句があるだけだった。

Wanna Penis stay hard up all the time? Satisfy your wifes inner pleasure infinity! This really works have shown studies all around the world! Absolutely Powerful Unique Incredibly Pennis-strength!

（ペニスはいつもハードでいたいですか？　あなたの妻たちを内側の喜びの無限を満足させます！　これは本当に機能し、世界中の研究を示しました！　絶対に強力でユニークな信じられないほどにペニス強度！）

等々。隠されたメッセージを探しながら、僕は何度も文面を読みかえした。メールをプリントアウトしてから、受信箱からメールを削除した。

ユリアが部屋に入ってきたとき、僕は紙を隠した。マグダ・Ｔに関するほかの書類が入っている緑のファイルへと入れた。ときおり、見られていないと感じるときに、読んで味わった。

数分ごとに自動更新されるフランクフルト空港の掲示板で、一斉にパタパタと回転する文字盤の動き。いきなり樹木の葉へと吹きつける突風みたいだ。

　フランクフルト発ブリュッセル行きの機上で、僕はお気に入りの本、ナサニエル・ウェストの『孤独な娘』[115]を読むことで、空のうえで飛行機が水平なのか傾いているのかを常に知らなくては、という強迫観念からうまく意識をそらすことができた。いつしか機体は濃い雲の層に入り、一面の灰色に翼が突っ込んでいた。主翼の先は濃い霧でぼやけていたが、どこかでもうひとつ脈が打っている証拠であるかのようにライトが点滅していた。雲の中であれば、地面の上を走っているところなのだと思い込むのも可能だ。本を脇に置き、ちょっと外を眺めた。僕たちのすぐ下側には草があるんだぞ。地面に草だ、だからこんなにがたついているんだ。アルプスのでこぼこした牧草地だからな。僕はマグダ・Tの記事のことを考えざるをえず、彼女の顔を思い描こうとしたが、善良そうなレフ・トルストイの神様顔が割り込んできた。特に、難しくなさそうな仕事だから宇宙飛行士になりたいとマグダが言うくだりには、怒りを覚えた。宇宙飛行任務の精神的後遺障害は、まだほとんど研究されていないのに。唯一たしかなのは、高齢になると、ひどい幻覚や異常に進行の早い認知症と戦う宇宙飛行士の数が驚くほど多いことだ。（乱気流が短く続いて、僕らを激しくゆさぶった）あるアメリカ人女性宇宙飛行士は、大人用の紙おむつをはいて、恋敵を誘拐しようと車でアメリカ大陸をノンストップで横断した。[116]別の宇宙飛行士は一夜にして自分の家に立ち入れなくなり、一年以上もゴミコンテナの中で寝泊まりし、本人曰く、味付けにマスタードの袋を絞るなどして、ゴキブリやネズミを食べて暮らした。別の宇宙飛行士は初の宇宙飛行から帰還した直後に躁状態に陥り、百階建ての高層ビルの壁をよじ登ろうとして、脊椎をいくつも骨折した。さらに数々のミッションに投入されたチンパンジーの訓練プログラム主任は、七十代に宗教妄想に陥り、信奉者たちにオレゴン州のどこかの橋脚へと自分を生き埋めにさせた。たしかにこの職業は、自分を極限の状況に置きたがる人間を惹きつけてはきたが、地球から物理的に距離をおくことによる影響が、これまで実際に過小評価されてきたという可能性もあった。火星探査ミッションでの地球は、裸眼ではもはや視認不可能になるのだから、その瞬間にどんな新しいパニックの形態が生まれるかはわかったものではなかった。

ブリュッセルへの着陸は不穏で、キャビン内のライトが二度消えると、老女はロザリオを取り出して数珠を繰り、ありがたいことに声は出さずに神に祈りはじめた。

無事に飛行機が着陸したあとには毎回、現実には墜落したんだと考える癖が僕にはあった。そこでは墜落して、痛みに混乱、死んで地獄行きになる。でもそこからもう一度チャンスが与えられ、灰色のアスフォデル[117]の沼から戻ってくることが許され、彼岸へと運ぶ小舟にそっと、壊れたランプのように横たえられて、此岸へと戻ると、そこでしばらく一息入れさせてもらえる。一発で忘れてしまったあらゆる技能を、ゆっくりと苦労して覚えなおす。左右を区別し、暗算し、会話し、人の顔を見分けて、自分が引きはがされたまさにその人生へと入り込むのだ。飛行機は着陸したんだぞ、奇跡だ、そして僕は本当に地面の上に立っているんだ、昔からなじみの、本来であれば永久に失くしたはずだった大地の上に立っている。エーヴァーゼー中等学校《ギムナジウム》の事務員さんには、僕のかかった胃腸風邪がどんなにひどいかを訴えて、今週はどうしても欠勤になってしまいそうだと告げたものだが、彼女のような生彩のない存在ですら、この瞬間には本物の奇跡、天からの贈り物のように思えた。

そのような思考をホテルへ向かうタクシーの中でして、それからこう考えた。この一日じゅう愉しめる、気持ちの昂《たかぶ》る美しい空想にもかかわらず、もし帰りの飛行機で、想像上のパラレルワールドだけでなく本当に墜落したら、気味の悪いくらい可笑しくなっただろう。つまり、もし自分の空想で運命にこういう惨劇を魅力的だと思わせて、皮肉の賭け金を賭博台に積み上げたとしたら……。

それで僕はもう、パニックだった。

僕は、あとから修正するために不吉な思考回路をさかのぼれたためしがなかった。タクシー運転手に停めてもらい、支払いをすると、小さなカフェを探した。これがほぼ毎回効くのだ、カフェは暗ければ暗いほど効果があり、中へ足を踏み入れるとすぐに心地よく身体がなくなったように感じるのだ……。まもなく調子が上向くと、仕上げに子供っぽいものを次々と、Lサイズのコーラや生クリームののったアイスを（扇子形のワッフルに、小さくキラキラした傘もあることを期待して。木製の傘の細い持ち手は最初になめようと）注文した。

僕はリュックサックから緑のファイルを引っぱり出し、手あたり次第にオリヴァー・バウムヘルとその仲間たちがまとめ上げた資料を読んだ。

特に愉快だったのは、家へ帰してやろうと父親と伯父のもとからマグダ・Tを連れ去った誘拐犯が二人とも、（恒常的に唇を噛む、不随意に頭を振るなど）明らかにドラッグの影響下にあったに違いないと言及したレポートだ。彼らは症状を後部座席のインディゴチルドレンのせいにはせず、麻薬の影響ということにしていた。賢いことだ。誘拐犯たちはマグダ・Tをとある精神病院の近くに降ろすと車で走り去ってしまい、後にはなんの痕跡も残さなかった。

マグダは白い外階段を通って大きな建物の中へ入っていき、そこで最初に出会った人に、自分がだれか、どこに住んでいるかを説明した。もっともその人は大変のみこみが悪く、すぐにはうまくいかなかったようだ。ただ彼女をみつめて頭を振るばかりだったらしい。

それから別の男性が来て、最初の男性から彼女をひき離した。この二人目はずっと接しやすく物わかりもよかった。彼女の名前を尋ね、住所、両親の名前、誕生日、好きなアイスの種類、枕の名前、指の爪の正確な年齢を尋ねた。だって指の爪は数週間ごとに完全に生まれ変わるものだから、と男性は言った。たとえ爪を全部抜いたとしてもね――まあとても痛いけれど、またいつか、前と同じように美しく長い爪が生えてくるってわかっているからね。彼女は、この男性の質問すべてに答えられなかったので、電話のあるところまで連れていってくれるよう頼んだ。

そこで男性は笑った。電話をすることは当然ながら禁止だよ。そんなことをしたら頭に放射を受けるし、衛星が宇宙からの電気を充電してくるから、何日も戦闘不能でベッドに寝ることになって、頭は部屋と同じぐらい大きくなってしまうし、両手はマッチの赤い硫黄の頭と同じぐらい小さくなってしまうよ。

いつしか彼女はこの男性からも引き離され、ようやく人に話が聞いてもらえると、すべてが急速に進み、電話までも用意されて、彼女のために各所に電話をかけてもらえた。親切で物わかりのよい人たちのところで半時間過ごした後、また一人にされ、しばらくすると物わかりのよい白衣を着たひげづらの男が戻ってくると、すこし気持ち悪くてめまいがする、ここで出されたみじめな餌に当たって胃を悪くした、と言った。

正確に何が起きたのか、今いったい何を読んだのか、僕はよく理解できなかったのだが、それでも心から笑わずにはいられなかった。


フェレンツ氏との面会前の興奮を制御するために、僕はイギリスのバンド、フェイスレスの曲をいくつかiPodで聴いた。「大量破壊《マス・ディストラクション》」「不眠症《インソムニア》」それに「爆弾《ボム》」だ。

おまけに僕は、ヨーロッパが作りあげられた街にいるのだ。ここでは少なくとも数時間は気分転換ができた。僕は、街いちばんの観光名所である小便小僧を眺めた。観光客の集団がぎっしりと、ちっぽけな像のまわりを取り囲んでいた。イタリアの女性観光客はあまりに感嘆して涙を流し、あらゆる角度から熱心に写真を撮っていた。ホテルに戻ると受付の男性が、僕宛てに預けものをしていった人がいると伝えた。

「どうぞ《ヴォワラ》」手渡すときに彼は静かに言った。

ジェンガのブロックだった。いくらかすり減ってはいるが、まだよく見分けられた。

「ありがとう《メルシー》」僕は言った。


電話の声と僕はホテルの近所を待ち合わせ場所とした。カラスがたくさんいる緑と茶色の小さな公園で、だれかに話しかけられるのを待った。ジェンガのブロックを、行きかう人たち全員によく見えるように身体の前にかかげた。

頭部が真っ黒で、眼がないようにみえる大きな鳥たちが、不機嫌に芝生をよろよろと歩き、くちばしで草のあいだをつついて餌を探していた。すこし離れたところでは鋼鉄の建造物が芸術でありたいと要求していて、それによりブリュッセル住民の現在や未来にかかわるあらゆる問題から完全に分断されているように見えて、もうほとんど侮蔑的に思えた。

「ジェンガ」

フェレンツ氏は独特の風貌をしていた。髪のほうははっきりと薄くなっているのに、顔には長いほおひげが飾られていた。身体は目立って痩せており、たまごと大して変わらない肩をしていた。笑うと、どこか静かに満足した、ナマケモノのようなあけっぴろげな表情になった。

公園から出ていく途中に、僕たちは大きなオーク材の棺が置いてある芝生を横切った。その近くではマジックショーで着るような銀のカラフルな舞台衣装を身につけた男性二人が一本の木にもたれかかり、タバコを吸っていた。石の階段が三段、芝生からアザレア通りの歩道へと続いていた。僕たちは通り沿いに南へとくだり、最終的に小さなレストランへと入ると、フェレンツ氏はおじぎで迎えられた。

「お時間をいただきありがとうございます」僕は言った。

フェレンツ氏はただうなずいた。

「私のつたないドイツ語をお許しください。さびついていまして」

彼はほんのわずかに東欧の響きがある訛りで話した。

「どうしてフェレンツという名前になったのですか」

「あー、闇市場ですよ」

彼は笑った。

「何にでも闇市場はあるのです。名前にも。外見にも。巨大な市場がね。怪物じみたものが。でも問題は決して製造工程ではないんです。つまりですね、だれも数式を知らないんですよ。どうすればいいのか。わかりますか。きちんと、機能を果たす名前です」

僕はカボチャのクリームスープをスプーンから皿へとしたたらせ、スプーンをおいて彼を見つめた。彼の顔の表情は変化し、柔らかく、思いやり深くなった。彼は頭を振って言った。

「ひどい、ですね？」

僕はうなずいた。

「でも人間とはそういうものです」彼はスパゲッティの巻き付いたフォークを口に突っ込んで嚙んだ。「んん……ふむ……。人間は同胞のことを道具だとみるものです……んん……。道具のなかには収穫を待つばかりに辺りにあって、ただ適切な時機にトラックに詰めこんで運ぶだけでいいものがあります。まず植え込むところからはじめなければいけないものもありますよ、たとえば……。そうですね、たとえばちょっとした……実験のための名前が必要だとしましょう、その場合、名前にどこかの地方色をつけたり、名前が入手可能な時間帯、つまりいつ名前へのアクセスに制限がかかるかを覚えたりなどというのは、ほとんど意味がありません。違いますよ。そんなことより、望まない妊娠をして名前をつけてしまった東欧の女性に単純に支払いをして、その名前をもらえるようにするほうがずっと簡単でしょう。名前はどこにも登録されず、ないからといって悲しまれることもない、もし——」

僕は質問のためにひとさし指をたてた。

フェレンツは眉をあげた。

「質問です。正確には何をお話しいただいているんでしょう?」

彼は笑った。それから言った。

「この世界は病んだ場所です。耳に指を突っ込んでアーと言ったところで役には立たない」

「そうですか」

彼は両ひじをテーブルにのせ、あごをこぶしの上にのせて僕をみた。三秒、ひょっとしたら四秒だったかもしれない。

「あなたは愚鈍というわけではないんですね」彼は、**王手!**をかけるときの声音で言った。「私が何を言おうとしているか、正確におわかりです。たいていの人間にとって世界は……大型ホームセンター《イペマルシェ・デュ・ブリコラージュ》ですよ。棚、棚、そこらじゅうに棚、そして一つひとつの棚は工具でいっぱいで、壊れるまで使っていいんです。ちょっと動物のことを考えてみてください。新種の生物を発見するやいなや、最初に興味をもたれることといえば、食べられるかどうかです。そして我々の場合もまったく同じです。子供が生まれたら考え始めるものですよ。この子は何に向いているだろう、この子はどうやって自分に役立ってくれるだろうかと」

食事のあいだ、フェレンツ氏にはオリヴァー・バウムヘルがどうしているか、同僚をどう扱っているかを語らなければならなかったが、そのあと二人で彼のマンションへ向かった。フェレンツ氏は芸術の丘を登り、抽象的な鳥の彫刻品と帽子をショーウィンドウに飾った店が一階にある建物へと僕を案内した。小型の彫刻品と帽子というたった二種類だけがそこで販売されており、極端な高値がついていた。鳥の彫刻品はアルカイックで、ウィーン市ベルクガッセのフロイト博士のデスクに並んでいる、たくさん腕のはえた神の立像やエロチックな木彫品の隣にありそうだったが[118]、帽子のほうは持ち主不在のままフロイトの夢のあいだを漂っており、将来の不安や幾何学的な印象を与える家族関係図とかそういった、あらゆることを意味したが、こじつけの解釈は歴史からの緊急脱出口とまったく同じで何の救いもなかった。

フェレンツ氏の部屋は三階にあった。そこの空気は驚くほど新鮮で、過去二十年間一度も窓を閉めたことがないかのようだった。いたるところに北アメリカ先住民風の小さな彫像が置いてあった。仮面やマスクは壁にかかっていたり床に積み重ねられたりしていた。ロナルド・レーガンがその中におり、マイケル・ジャクソン、サダム・フセインに、古典的な銀行強盗用マスクが大量にあった。色とりどりのパーティーハットもいくつか、スーパーのプラスチックカップのように入れ子になって、軽く折り曲げられたジッグラトとして作業台のうえに積み重なっていた。

デスクの上には、エーリス人形の写真つきカレンダーが立てかけてあった。週がわりで写真がついている。今日の日付欄には大きなブロック体でこう書いてあった。

ARRIVÉ!!!
C. S. – 9 : 00.

C・S――これは僕のことにちがいなかった、クレメンス・ゼッツのイニシャルだ。おかしいな、朝九時は僕がフランクフルトへ向かっていた時間だ。正午頃にようやくブリュッセルに到着したのだ。それにこの三つの感嘆符……。

デスク脇の壁には、とても印象的なモノクロ写真が何枚か貼られていた。おそらく極端に長く露光して撮ったものだ。街の景色、サッカースタジアム、教室。写真のうち一枚には幅の広いVの字で署名があった。

「美しいでしょう」

「写真ですか？　ええ、おもしろいですね」

「これは特別な技術でしてね……ええ、今説明するには、複雑すぎるでしょうけれども」

間ができた。

「オリヴァー・バウムヘルさんは、マグダ・Tについての資料を僕に見せました」

フェレンツは笑った。手にはジェンガのブロックを持っていた。僕のものを手渡した記憶はなかった。ポケットを確かめると、空だった。

「マグダ、ああ、かわいいマグダ。私ですよ、彼女を……」

彼は、右手を回す仕草で文章を終えた。

「あの……ゼッツさん、でしたね？」

「はい」

「ザイツさんではなく？」

「違います」

「わかりました。ゼッツさん。電話をいただいた時、私は思いました。オリヴァーが贈り物をくれるのだとね。でもそうではありませんね。あなたは本当にちっとも……？　いや、おっしゃってください。なぜこちらにいらっしゃったのですか？」

「ええまあ。僕はヘリアナウ学園で働いたことがありまして」

「ふむ」フェレンツはうなずいた。

「そこで生徒たちが姿を消すことに気づいたんです。どこかへと連れていかれて、そのときには繰り返し名前が……あなたの名前が出てきまして」

「名前をホームセンターで買ったらそうなりますよ」フェレンツが言った。

「それから僕は調査をしまして、ギリンゲンのシングルマザーについてひとつ記事を書きました。その記事は持ってきています。また昔の生徒の家庭を訪問して、そこではすべてが本当に奇妙で、僕は発作を起こしたんです」

　フェレンツ氏が反応するまでにはしばらくかかった。それから彼は言った。

「本気ですか？」

「なんですか？」

「ああ、かまいません。今あなたはここにいらっしゃるんですからね。それにオリヴァーの友人は私の友人だ。残念なことに逆は真にはなりませんが」

　作業台にもたれかかり、僕の感じたところ憐みの眼差しで、僕を見やってから話し始めた。

「もし、自分ではとても恥ずかしくてできないようなことをするチャンスを人々に与えれば、常になだれが起きます。一七三九年にトマス・コーラムはロンドンに孤児院を設立しました。それは当時、初の捨て子のための養護施設でした。その前にはひとつもなかったのです。母親が子供を手放したかったら、子供を……」（フェレンツ氏はパントマイムでやってみせた）「孤児院はしかし四百床しかなく、子供を預けたい母親たちの殺到ぶりはすさまじく、つまり、想像していただかなければいけませんが、本当にすさまじく、信じられないほどで、対応しきれなかったのです。そのために母親たちは全員、くじを引かなければなりませんでした。ボールの入った容器でね。母親たちは眼の見えない状態で、容器のなかに手を突っ込みます。白いボールをひけば、子供は受け入れ可、赤いボールは順番待ち、黒いボールは受け入れ拒否です[119]。イギリスの屋根裏ではたくさん、二十世紀に入ってもまだ、この黒いボールが見つかりました。たいていの場合は何かの布にくるまれて、ひと目ではわからないようになっています。過去の不名誉ですからね」

　間。僕は何も言わなかった。

「子供を手放したいという親はとてもたくさんいるんですよ、いちばん多いのは、どういうわけかスカンジナビアです。昨年は十一でした」

「十一人の子供ですか」

「多くの親は新しい所有者をはじめはじっくり検分します、それは、まあ、ひどいものです」

　フェレンツは作業台から身体を引きはがし、部屋を横切った。それから大きな鼻のついたマスクをひとつ持ち上げて、弱々しいため息とともにベッドの隣に置いた。マスクはおそらくカバだった。石のような灰色をしていて、ギラギラ光るテープがたくさん貼ってあった。場所によっては紙粘土をつくるときに使われた新聞の見出しが灰色の肌の下で光っていた。

「ええ、それはひどいですね」

「それに対してできることは何もないのです」フェレンツ氏はマスクを持ち上げ、かぶった。マスクの弱いところを調べたいかのように、指の関節でノックしてまわった。それからまた脱いで頭を振り、しゃがみこんだ。

「すべては知人親戚、家族を経由して行われます。決してだれも近寄れない、ぱっくりとあいた裂け目なんです。そしてもし家族がブラジルかアルゼンチンへ移住したいとなったら……子どもといっしょにですよ、わかりますか？　手に手を取ってね？　そうなったら止められないんです。ああ、忌々《ピュタン》しい……」

彼はマスクをひっくり返し、中に何かを発見した。小指でそれを取り出した。口紅のような、赤っぽい色の残りだった。フェレンツ氏は親指を湿らせ、それでマスクの内側についたものを拭きとった。

神様なんでおれはこんな地獄にいるんだ感情が、はじまった。

それはでも、まだどうってことないんです、とフェレンツ氏は続けた。一度、子供たちを売春あっせん業者に売り飛ばしたアルバニア人の母親のケースを担当したことがあるという。母親と遠い親戚関係にあるその業者は、子供を二人とも一晩のうちに連れ去りましてね。二人のうち一人は、出生時に酸素が足りなかったせいで知的障碍があって話せず、空間認識に難がありました。この障碍を理由として、この子供には特に高値が約束されました。それで母親は二人（四歳と七歳）を迎えにこさせ、対価を待ちました。けれど金は来ず、母親は約束された大金を何週間もむなしく待ちました。それで彼女は警察へ行って業者を訴えました。ただし子供の誘拐や人身売買ではなく、違うんですよ、男が払うべき借金を払わないと告訴したのです。そこではじめてすべてが吹っ飛びました。その後、裁判でこの女性は泣いて言いました。私は間違いを犯してしまいました。はい、彼が、フェレンツが、自分のものと、でもそれは、それは――フェレンツ氏は、僕が両手を耳から離すまで待っていた。

「いったいどうしたんですか」彼が尋ねた。

「なんでもないです。ただちょっと……怒りを覚えることがあると自動的にこうなるんです」

「話したことを聞いていらっしゃいましたか」

「ええ、一言ももらさず」

「まあ、それから最近、耳にした事件なのですが、ブルックリンの赤ちゃんポスト前のあの長い行列で起こった異常なできごとで、そこでは女性が――」

「え、ええー、え、待ってください、ちょっと待って！」

僕は実際に両手を振り回した。フェレンツ氏はおもしろがるような表情を眼に浮かべて僕を見た。彼はマスクを作業台のうえに置いた。

「なんですか」

「赤ちゃんポスト前に行列ですか？」

「ええ」

「それって何かすごく……」

「厚顔無恥？　ええ、もちろん、まったくです。いずれにせよ、何年か前のことですからね、そこでは順番待ちの行列があって、様子はご存知の、空港みたいにね、待ちに待って、次から次へと女性がいて、両手で青白く凍えた小さなおくるみを抱えながら、どうして列が進まないのかと不思議がる人がいれば、少なくともしばらくはがんばった結果ベビーカーで来ている人もおり、おわかりでしょうが、ベビーカーを購入したり何やらというのは——」

フランス語の抑揚がついた「エトセトラ《エクセテラ》」が僕を現実に呼び戻した。一瞬、僕はホラー小説からの誘いにしたがって、その状況を想像していた。

「そんなこと、現実には起こらないですよ！」

「ここではありません」フェレンツ氏はかぶりをふった。「ブルックリンですよ。でも……まあ、いずれにせよ、この女性たちは順に並んでいて、すでにしばらく時間がたち、何より夜は寒くて、いつも冬には、もっとも多くの子供たちがポストへと行きつくんです……ああ、子供は冬になるとポストへもっとも多く、ああ、ドイツ語の語順というのは、速く話せば話すほど、言い間違いを……ますます多く言い間違いを——私は——私を、ハハ、でもまだこれはどうってことないんですよ、私のフラマン語を聞いてみてください、あれは本当にひどい、毎日聞いているのに——」

「それは冗談ですよね」

「いいえ、私はフラマン語はできないんです。あれは頭がおかしくなる。話はどこまでいきましたっけ？　それは……ああそうだ、夜はかなり寒くて、そういういやな夜のうち、本当にすべてが凍る、化粧や瞬間接着剤や時計の針までも凍る夜に、どうして全然進まないのかしらと女性たちが、まず一人が、それからほかの人たちも言いはじめて、数年前のブルックリンですがね、ある晩、いつもどおり氷のように寒くて、すると突然、だれかが答えを出すんです、そりゃあ前のひとがまだお別れに長いことかかるもんだからと、そこへ別の人が、そりゃあ先に考えておかなきゃいけないもんだよ、あたしはもう三回目だけど、一度もお別れなんて言わなかった、思いつきもしないよ、ガキなんかに罪悪感までもつなんてさ、などなど、そういうのが冬場のブルックリンなのです。そこで突然、一人の女性が行列で人目をひくことになります。赤ん坊をまったく連れていないのです。その女性は冬服を着て、言ってみれば子無しでただそこに並んでいる。一人きりで待っていて、その他の人たちにはもちろん、だれかといっしょだとか、付き添いなどで来たわけでもないと、すぐにはっきりします。それで、この行列でいったい何をしているんですか、子供を手放したいわけではないならどうして並んでいるんですかと彼女に話しかける。この女性は答えず、耳が聴こえないふりをしています。人々が一メートル前に進むと、彼女も一メートル進みますが、それ以上は何もせず、ポスト《クラッペ》前の行列《シュランゲ》にいる女性たちにはまったく反応しない。ポストの行列ってガラガラヘビ《クラッペン・シュランゲ》、とも言えますね、ハハハ」

彼は実際に笑った。

この小休止のうちに、自分の顔の筋肉に注意を向けることに思いいたった。手から滑り落ちていた操り人形の糸を、急いでもう一度ぴんと引っ張ると、僕の口が閉じた。

「それでその女性は話しかけてくる人すべてを無視し、顔を背けて答えず、反応せず、そこの人たちはもしかしたら妊娠中なのかと彼女をじろじろと検分します。というのもブルックリンの赤ちゃんポストには、馬乗りになってその場で出産しに来る人もいまして、そういうバカが行列の中に混じることも繰り返し起こっているんです」

「えええええっ、ストップ、ストップ、ストップ！」僕は叫んだ。「それはちょっと――」

「すぐこの話は終わりますから。いずれにせよ、この女性は行列に並んで、すこしずつ前に進んでいきます。ほかの女性は後ろに続き、女性が赤ちゃんポストの前に立つと、さあ彼女が何を中へ置くのか、本当に全員がすごく、すごく知りたくなります。街はずれの気の狂った女たちがいつもなぜかひきずっているような、顔の絵がついたバケツが置かれるのだろうか、それともこれもときどきあるのですがプレゼントだろうか、はたまた封筒に入ったお金か、またはあの陰鬱な色をした産着か、産着はどういうわけかいつもあの鬱々とした秋の色、えんじ色や濃い青色なんですよね。それとも何だろう？　行列の女性たちは疑問に思っています。そして子無しの女性についに順番が回ってきて、ポストの前に進み、自動扉が作動して、人感センサーが女性を認識した、ということは、女性は幻覚でも、かわいそうに見放された魂たちのもとに降り立った天使などでもなく、血肉でできた女性というわけです。さて、それでは、彼女が赤ちゃんポストの中に置くのは何だと思われますか？」

「は？」

フェレンツ氏は一歩下がり、頭をふった。そこで子供のいたずらのように笑った。

「いっしょに新しいクラブへ行きましょうか、証人《ゲタイゲ》X・1[120]へ。数カ月前にオープンしたばかりなんですよ。だからまだ、それほど賑わっているわけではないのですが……」

「いえ、けっこうです。できればホテルへ帰りたいです……。でも赤ちゃんポストには何が置かれたんですか？」

フェレンツ氏は笑った。

「そうしているあなたのほうがいいですよ、ゼッツさん。ご自分の顔を今ご覧になるといい。すべてに開かれています」

8　皮膚

アルプラゾラムはいつも気持ちよくぼんやりとさせてくれた。頭はあちこちに揺れる解体用鉄球となり、常に何か轟音をたててぶつかることのできるものを探していた。ロベルトはひどい興奮をコントロールするために、半錠をのんでいた。何年にもわたってコルドゥラの薬を盗んでは自分の部屋に隠してきたことに、今は罪悪感をもっていた。小さい立派な薬局だ。記憶と同量の錠剤がそこにあるものと、彼女はいつも信じていた。彼女はいい状態にはまり込んでいた。それが本来、いちばんすばらしいことだ、とロベルトは散漫に考え、ぐらつく頭の宇宙船から道路を漂いゆく自分を観察した。ひどい音楽を我慢するこの落ち着きっぷり。どこへ行くかを指定したら、目的地まで車内で流される九〇年代のゴミにも辛抱強く耐えるのだ。

ストップ・ザ・ロック……キャント・ストップ・ザ・ロック……[121]

クレメンス・ゼッツの住む地域まで来た時、タクシーの窓からは赤みがかった夕暮れの地平線上にごく短い飛行機雲を後ろに伸ばした三機の飛行機がみえた。彗星が三つあるみたいだ。その光景は、「スタートレック」以前の神聖なる時代、三〇年代のSFの挿絵を思わせた。背景には惑星の大気圏にちっぽけな宇宙船や衛星の群れが浮かび、前景には大きな乗り物が動いていて、その中に物語の主人公たちが光沢あるフルボディスーツを着て座っているのだ。

ロベルトはDingo Bait《ディンゴの毒餌》シャツの上にコートを着ていた。気温の高い日だったにもかかわらず、だんだん寒くなってきた。きっと精神安定剤だ。タクシーから降りたときには、寒くて震えていた。コートの前を閉じたが、ジッパーはちいさなエレベーターのように途中で引っ掛かった。そのまわりをいじりまわし、つまずいて危うく就寝中の物乞いの上へ倒れそうになった。教師の住所から遠くない洋菓子店で、ロベルトはミネラルウォーターを一本買った。洋菓子店のiBallは妙にくねくねと回っていた。

まだ寒かったので、残りの数ブロックを走ることにした。それほど遠くなかったし、できるだけ早くすべてを済ませたくなったのだ。すこし走った後にコートのポケットからボトルが落ちたので立ちどまり、車の下から水を拾わなければならなくなった時、後方のすこし離れた歩道に男が立っていることに気づいた。まるでその男も走ったかのように息を切らせ、両手をひざについてロベルトをみていた。

ロベルトは、ミネラルウォーターのボトルをコートで拭い、ポケットに突っ込むと、ゆっくりと先へ進んだ。

振り返った。男はまだそこに立っていた。

ロベルトは少々速く歩いた。もうさほど距離はなく、どんな不審な音も聞きとれるように頭を軽く横にむけて歩いた。もう遠くなく、すぐそこにちがいなかった――が、そこで自分よりも速い足音が、後ろから近づいてきた。ロベルトは振り返って男を見た。足をひきずりながらも、走っていた。ロベルトに向かって。そしてその手には茎の長い花束を持っていた。

走り出すと、ボトルがまたしても歩道に落ちたが、今回は立ち止まらず、走り続けた。すこし振り返り、追っ手がボトルを拾って高くかかげるのを見た。クソ。ロベルトは小さなタバコ屋の後ろに身をかくした。陰から見まわした。男はまたすっかり息を切らせているようで、口を大きく開けて立っており、すこし落ち着いて胸郭が前ほど劇的に上下しなくなってから、再び動き出した。かなり高齢の男性だった。こんな年寄りの、具合の悪いやつに追いかけられるなんて、なんてお笑いぐさだろう。

ロベルトはタバコ屋の陰から思い切って出た。辺りを見回すと、老人も道路の反対側でまた動き始めたのが見えた。こちらに気づいた気配はなく、まったく違う方向を向いていた。ロベルトは歩みを速め、同時に相手に見えなくなるようにしたが、そこで男が突然、道路を横断してきた。ロベルトは工事現場のはためく立ち入り禁止ロープを跳び越え、大きなトラックの額についているカメラの単眼レンズからウィンクをもらい、生垣の横を走りすぎると、生垣の向こうで犬が最後までがんばれと怒鳴るように吠えながら数メートルついてきた。笑える、笑える、と二拍子の足音で考えた。なんで走って追いかけてくるんだ？　なんならちょっと立ち止まって男に何がしたいのか尋ねればいいのだ。たぶんこのじいさんはそうしたら電柱の脇をすぎるみたいにロベルトの横を走りすぎていくんだろう。肩越しに後ろを見やると、花束を持った男は道路の突き当たりに見えた。相手がこちらを見たかどうかは見分けがつかなかったが、いずれにせよ再び走り出し、ロベルトも走った。クソ、クソ、クソ。するとあのくだらない旋律**ストップ・ザ・ロック**が耳にこびりついていて、それが頭の中で**ザ・ファンク・ソウル・ブラザー**、**チェキ・ラ・ナウ**、**ザ・ファンク・ソウル・ブ**

ラザー[122]へと変わっていった。全部おなじ九〇年代ダンスミュージックのゴミで、永遠にリピートが続くのだ。

　ロベルトは男を振り切った。

　喘ぎながら場所を確認しようとした。携帯電話をポケットから出し、ディスプレイで、iBallがすぐ角にいることがわかった。iBallに近づく前に服をととのえ、色の濃い自動車の窓を鏡にして髪型を確認した。


　インターホンの表札には、読みづらいブロック体の文字でSETZ（ゼッツ）とあった。ロベルトがボタンを押すと、何かのオペラから上り調子のメロディーが鳴った。コルドゥラがときどき枕元でかけていた曲だ。女性がドアをあけた。

「はい」

「あの、こんにちは。ゼッツ先生にお会いしたいのですが」

「あら、そうですか……。主人は調子がよくありませんで」

「わざわざ来たのですが……」

「今のところ訪問はお受けしていないんです」

「でも……。お会いするのは、ぼくにはとても大事なことなんです。ご著書も持ってきました、ほら」

　ロベルトは、ラーブルさんから借りた本をポケットから出して女性に差し出した。彼女は表紙の文字を解読しようと前かがみになった。

「ジャーナリストの方ですか」

「いいえ、昔の教え子です」

「ああ、あらそうですか。エーヴァーゼー中等学校《ギムナジウム》の。何年卒ですか？」

「いえ、ヘリアナウです」

女性のきれいな顔がかたまったが、またすぐに和らいだ。

「どうぞ」彼女は静かに言って、ロベルトを中に入れた。

ドアのすぐ隣にあるタンスの上には、年々あきらかに成長していく所有者の頭に対応して次第にサイズの大きくなる帽子が積み上げられて塔になっていた。人間の年輪だ。

ロベルトは靴をぬいだ。

ネコが一匹、窓べりで眠っており、よそ者が脇を通ると頭をあげた。

女性がドアをノックした。その瞬間にドアの向こう側で何かが床に落ち、男性の悪態が聞こえてきた。


数学教師の部屋の中には古いオーバーヘッドプロジェクターが、座ったまま眠るダチョウロボットのように置いてあった。

「こんにちは」ロベルトは言った。

「ごきげんよう」男性は答えた。

ロベルトはすぐに彼がわかった。ただし教師のほうは明らかに、だれが前に立っているのか、ちっともわからないようだった。

「何か御用ですか」彼は戸惑った様子で尋ね、妻をみやった。

「ぼくはロベルト・テッツェルと言います、ゼッツ先生。憶えていらっしゃいますか」

男の顔が下に落ちた。まるで両側性の発作が起きたようだった。

「ああ、もちろん。お元気ですか？　最近は何をしてらっしゃるんですか？」

先生が自分に敬語を使うということに、ロベルトは戸惑った。なぜ来たのかを説明する文に集中しようとした。しかし自分の中をのぞいて見えたものといえば、独特の薄明かりが漏れるグラス一杯の牛乳しかなかった。コルドゥラだ。それに銀行の玄関ホールにいた不快な男。それから、先生が職歴を尋ねてきたことに思いいたった。コートの内ポケットから絵ハガキを数枚出した。自分の絵を印刷したもので、なかには「M」という題の受賞作もあった。

教師は興味深げに顔の前にハガキを持っていった。

それから驚愕して助けを求めて妻のほうを振り返った。メガネを外して、絵を見つづけるふりをした。しかしその視線からロベルトは、ハガキの向こう側を眺めていることが見て取れた。焦点は遠いところにあっていた。

「とても興味深いですね。それでどうしてこちらにいらしたんですか、テッツェルさん？」

ロベルトは絵ハガキを取り上げて、ポケットに戻した。

数学教師の手が震えていることには気づいていた。

「ええ、先生のお邪魔をするつもりはないんです。あんなにいろいろあった後ですからね。最初に言っておきたいのですが、先生が無実であるとずっと確信していました。ちょっと持ってきたんですが……サインをいただこうと……」

本を高くかかげた。教師はメガネをまたかけた。首をふった。

「集中できなくて」教師はつぶやいた。

ライターを探すように、自分の身体のあちこちを触った。

「メガネ、メガネは……」

妻が近づいて、メガネは顔の真ん中にあると指さした。

「ああ」

「聞こえた？　こちらの方が本にサインをしてほしいんですって」

男は頭をあげた。

「なに？」

「ぼくは……」ロベルトは、やみくもに釣り堀からつかんだ最初の文章をひっぱり出した。「最近、賞をいただいたんです。絵を描いて」

それだけで息が切れた。吸って、吐いて、この部屋には独特の空気が漂っていた。ここに来るのは愚かなことだった。

「そうですか、それでそれからどうなりましたか」教師は尋ねた。

「全部うまくいくのよ」妻が、教師の頭をなでた。

「彼は僕の本を読んだのかな」

妻は尋ねるようにロベルトを見つめた。

ロベルトはうなずいた。

「ほら！　ああ！」

教師は喜んだようだった。

「お話ししたかったのは……」

「それで何か僕のためにしてくれるんですか？」

「えーと、まあ、ゼッツ先生、本当のことを言うとお尋ねしたいことがあって来たんです。最近、授賞式がありまして、そこで男性が一人、話しかけてきたんですが、先生を知っているそうなんです。それで先生がかかわりがあるって言って、えーと、よくはわからないんですが……」

「わからないな」教師は妻へと言った。

妻は教師の肩に手をおいた。ロベルトの理解は羽ばたき始めた。この状況にどうしたらいいかわからないといった様子の教師の顔をみて、教師に突き刺さる言葉を探した。見つけた。

「フェレンツ。インターフェレンス。この名前に響くものはありますか」

一分近く続いた沈黙のあいだ、部屋には複数の蚊の羽音だけが響いていた。歯医者のドリルはこんな音がするにちがいない、とロベルトは思った。もしドリルに魂があればだが。

「なるほど」教師は声の調子をがらりと変えた。

顔つきにも、もはや戸惑った様子はなかった。

「戻ってきてからどのくらいですか」教師はロベルトに尋ねた。

「なんですか？」

「ほら、もうずいぶん経って……？」

「何をおっしゃっているのかわかりません」

「ということは、戻ってきたところというわけでは……？」

「いいえ」

「ああ、なんてことだ。なんという幸運」

教師は笑って、頭をふった。手で口元を押さえた。

「ロベルト・テッツェルさん。思いもしませんでしたよ、あなたが……。それであなたのゾーンは、つまり本当に……？」

ロベルトは白紙《タブラ・ラサ》だというジェスチャーを、両手を広げてしてみせた。教師はうなずいた。そしてズボンのポケットを探った。

ロベルトは、重いスーツケースを十二階まで引きずってきたホテルのボーイにするように、教師がしわくちゃのチップを握らせてくるのではないかと恐れた。しかし別のものだった。ゆっくりと慎重に元教師は古いテレホンカードを手に押しつけてきた。裏側にはだれかが小さなパーティーハットを描いていた。

ありがとうございます、とロベルトは言おうとして、少々気もそぞろな声音を自分で思い描いた。しかし何も言わなかった。カードは手のひらにあり、ロベルトはうなずいて、ポケットに入れた。思いがけず安堵の気持ちが彼の中にひろがった。突然すっかりと心が穏やかになった。あの頃、路面電車に乗っているときに、視線が洋菓子店の看板に引っかかったときのようだ。世界の時計の針が秒と秒のあいだでとまっていた。風が凪《な》いでいる。

「ええ、それじゃあ」妻が言った。

「彼をお送りしてくれないかい、ユリア？」教師は静かな声で妻に頼んだ。

教師は急にとても疲れたように見えた。大げさに思えるため息とともに一人がけのソファに倒れこんだ。それは明らかに小芝居で、先ほど戸惑っていたのと同じだった。満足のいかない短時間の面会にロベルトがっかりしながら部屋を出ると、教師はすこし手をあげた。ロベルトは身ぶりに応えた。

ロベルトは、ゼッツの妻の眼が震えていることに気づいた。眼振だ。アリーツィアが思い浮かんだが、めまいがしているようには見えないので、あれとは別のようだった。

「質問をお許しください、あの……眼をどうされたのですか？」

「ああ、だれも本当のところはわからないんですよ」教師の妻は言った。

「それで……ぼくのこと見えますか？」

彼女はロベルトをみて、腕をのばし、人差し指でロベルトの顔の真ん中を指した。ロベルトは後ずさった。

「ここ」彼女は言った。

「なんですか」

「ここが鼻」

ロベルトは笑ったので、指がまた離れた。

「おわかりでしょう、あの人を興奮させてはいけないんですよ。あの人が話をするときはよく見ていなくちゃいけないんです……昔のことや、あのひどい学園の……。ごめんなさいね。レポートを集めていて……ああ、知りませんけど、ありとあらゆることについて、拷問や、とてもひどいことが書いてあるものなんです。そういうものはもう見ることもできないんですよ。ファイルの中に入れてしまいます。でもあなたがいらしてあの人は喜んだと思いますよ」

「ええ、本当は、ぼくはお尋ねしたいことがあったのですが……」

妻はすこし、部屋へと戻ろうというかのようにロベルトから身体をそむけた。しかしそれからもう一度手を伸ばして、眼前の何か不可視のものに直接、手をおいた。ロベルトは後ろから強烈な一発をくらったかのように、激しく息を吐き出した。鳥肌が立った。

「ここ」妻は静かに言った。

彼女の手は昔の輪郭にそって動いた。

「青い」だれかがバカなコメントをしたかのように、頭をふった。「どうしてそう言われているのか、ちっともわかっていなかった。青いのね……インディゴ・ブルー」

ロベルトはその場から動かず、彼女の手の行く末をたどった。ここ最近の体験のなかで、もっとも心地よかった。胸が拡がるようで、普段の二倍の空気が入ってきた。これを突然また感じられるとは、ずいぶん久しぶりだ……。

「信頼してくださっていいですよ」彼は言った。

ロベルト自身の声は部屋の中央にあるこもった音源から出てきているようだった。女性の手はゆっくりと降りていった。それから彼女は自分の頭をつかみ、こめかみをマッサージした。世界共通の偏頭痛の仕草だ。

「あの人が触るのも嫌な本があるんです。古い本棚がいっぱいで、新しい本棚にそれらの本を入れなければならないときには、まるで腰が痛いみたいにするんです。ティラノサウルスみたいに歩くんですよ。こう前にかがんでね」

彼女はドアに向かって一歩踏み出した。腰がタンスにぶつかりそうだと気づいて、ロベルトは肩をつかんで止めた。

「気をつけて」

「ありがとうございます」彼女は、くしゃみをしそうなそぶりをした。

その瞬間に仕事部屋のドアが開き、教師がロベルトの前に立った。手にはファイルを持っていた。

「さあ。お待たせしました。では中へお入りください。全部おわりましたよ」

ロベルトは教師の妻を、それから教師を、そして玄関のドアを見た。

「どうぞ」教師はもうひとつの、いくらか奥にあって光の入らない、マンションの内側にある部屋への道を示した。


「これは独特な仕掛けでしてね」数学教師の声はかすれていがらっぽいようだったが、咳ばらいはしなかった。「この人物が本当のところだれなのかはまったく関係ないようなのです。名前はいつも同じ、ただ名前が乗っている宇宙船は、いつも違うんです。いや違うな、宇宙船というのは間違ったイメージだ。そうだ、あとは何を言いたかったんだろう……。ご存知でしょうが、集中力がベストの状態ではないんです。いずれにせよ、ああそれは……」

音の響きが古い樹皮と同じになった。ロベルトは相手がなんのことを話しているかわからなかったが、この咳払いを要する声を聞くのに懸命で、あまり気にならなかった。

「とにかく、独特な仕掛けなんですよ。いつからあるのかわからないんです。おかしいのは、名前が変わらないようなのに、その名を冠する男のほうは変わるのです。男性はまるで、同じ理念に対する新しい身体モジュールのようなのです。ああ、あまりうまく表現できなかったな。うっほん！」

やっと！とロベルトは思った。咳払いは救いだった。教師の声が再びはっきりした。

「僕はね、彼に会ったんですよ」

ロベルトはもう質問したくなった。だれに？　それにこれ全部いったいなんなんですか、と。しかし教師は続けた。

「それで僕がしたかっ……。まあね、つまり、ほら……」

ロベルトに緑のファイルと赤いチェックのファイルを渡した。

「歩行者信号のシステムですよ。緑はゴー。赤はノー・ゴー」

ファイルの中にはコピー、プリント、それに手書きの紙片がたくさんあった。ロベルトは眼をしばたたかせた。文字は極小の大文字ばかりで互いにひっつきあっていた。ミニマリズムの壁紙模様みたいだ。距離をおいて見ればゼロとイチだけになっていたかもしれない。

「硬貨に印をつけてそれを使う人たちがいるものです。なんでしょう、たとえば、バーかどこかでね、そのあとで自分のところに来た硬貨をひとつひとつ細かく確認するんです、ひょっとしたら自分のところに戻ってきているんじゃないかとね。ご覧のとおり、この紙一枚一枚にサインを書いておきました。ここにも」（紙をめくって）「……ここにも……。ほらね」

「はい」

「それで、まあ……」

妻が部屋に入ってきて、夫の頭をなでた。頭はあの頃よりもいくらか丸くなったとロベルトは思った。でもまあ、ヘリアナウの講堂ではいつも上からしか見ていなかったのだが。

「ぼくにですか？」

この紙切れで何をしたらよいのか、よくわからなかった。

「緑のファイルにはね」数学教師がはじめた。

「クレメンス？」

教師は妻のほうへと向いた。

「見て、あなたに持ってきたのよ」彼女は言った。

妻が手わたすと、夫はそれをみて感謝を示すように微笑んで、口に入れた。手でつかむような仕草をして、まわりを見わたした。妻が水を一杯わたした。それを一気に空にした。それから妻にウィンクをし、まるでこの男を担いでやったぞ、とでも言いたげにロベルトを指し、ひじでロベルトをつつきまでして笑った。

「もうお調子者なんだから」妻が言った。

ロベルトは行儀よくうなずいた。

「この人、フクロウみたいに見えません？」妻が両手で夫の顔をなでた。「ここや、この部分とか、どんどん丸くなっていって、それにこの髪、つむじの毛がいつも立っているの。それに髪の台風の目の中に……禿げがあって。禿げってお好き？」

「えーと」ロベルトは肩をすくめた。「わかりません」

「僕は好きだね」教師はまたしてもつかむような手をした。

「そうですか」ロベルトは言った。「それでは、これありがとうございました……」

もうここから出よう。

「どうしてあなたのTシャツにはそれが書いてあるんですか」教師が突然尋ねた。

「え？」

ロベルトは下を見た。

「ああこれですか、ええと、わからないですね」

「そうか」

「意見表明ですかね」

「なんて書いてあるの」妻が前かがみになった。

「見えるかい、ユリア？」

「んん……。文字がよく読めないわ……。ディン……」

「Dingo Bait《ディンゴの毒餌》です」

妻は驚いた顔をした。

「見せて」彼女は両手でロベルトのTシャツを引っぱった。

「チッ。あなたは変なひとね。主人とよくわかりあえるに違いありません」

「あ、そうですね。ぼくたちはまあよく……わかってもいて……」

「前に、彼の家に家庭訪問をしたことがあるんだよ、十五年前のことだったと思うが」クレメンス・ゼッツが言った。

「あらそう、あなただったの」

「ご家族との関係は良好というわけではないと思いますが？」

「ええ、そうです」

「それはよかった」教師は言った。

自分の主張の証拠になるとでもいうようにロベルトの手中にあるファイルを指さした。

「そうだ、さっきも言いましたが、硬貨に片側に刻み目を入れて印とする人がいるんです」

「もう、またコインの話をしているの？　ご存知、この人ったら昔、本当にやったのよ。パリで」

ロベルトは視線を上げた。

「パリで、あれはある日の外出中のことで……。あのひどい土砂降りのとき、どこにいたかしら？」

「ああ、ヴァージン・メガストアに雨宿りに入ったんだよ、食事後のカワウソみたいにずぶ濡れでね」

「もう、あなたのたとえ方ったら」

「それでそこにいた人たちが、あのおかしなパリジャンたちだけどね、僕たちをまるで気が狂っているかのような眼で見てきたんだ、ただ濡れていただけなのに。今まで一度も濡れている人間という生きものを見たことがないかのようだったよ。まったく、僕たちは本当に皮まですっかり……というわけさ、ハハハ、そういうわけ！」

彼は手をたたいた。

「こうやって笑うと彼、フクロウみたいに見えません？」妻が、再び夫の頭をなでた。

教師はとてもおかしがって、自分のひざではなくロベルトのひざをたたいた。ロベルトはわずかに身を縮め、歯を食いしばって感じよく微笑んだ。小さなものを壊したい気持ちが芽生えた。

「それでコインは？」

「なに？」

「コインですよ。印をつけて支払いに使ったという。戻ってきたんですか」

ゼッツは、この人はおもしろいことを言うじゃないか、という目つきで妻を見やった。それからロベルトのひざをもう一度かるくたたいた。彼はメガネを外してきれいにすると、どこか違う声音で話した。

「お読みなさい。とても、とても独特な仕掛けだとわかるでしょう。全体がね……。それにもう少々言わせてください。こちらにおいでいただいてうれしいですよ、テッツェルさん。つまり、ここで。どこか別の場所ではなく。別の場所では違っていたかもしれません。僕の苦労はおそらく報われましたね」


ロベルトがタクシーを降り、通りを横切ったとき、片手を喉仏《アダムのリンゴ》にあてなければならなかった。というのも呼吸している空気が喉から勝手に抜けていく気分がしたからだ。まるで二倍の呼吸を、言うならやまびこといっしょにしているようだった。飲み込む動作もできなかった。少なくとも口が飲み込もうとはせず、胸のあたりも普段より狭かった。

この状態ではバカなことはやめるようにと勧告してくる脳内の管理部局と数分間静かに議論したにもかかわらず、ケプラー橋近くのご機嫌な色とりどりのグラフィティが描かれた壁を通りすぎると（そこには長い聖ニコラウスの杖を前脚に持った女装ネズミが描かれていた）、道行く人に話しかけ、このテレホンカードをちょっと手にとって、それから返してくださいと頼んだ。いえ、いえ、ちょっと持つだけで、何もしなくていいんで――。しかしその男性はこの独特な申し出を断り、急いで去っていった。ロベルトは数メートル先の、ベビーカーを押している若い女性にお願いしようとした。そのベビーカーの中には青みがかった、ほとんど透き通った肌をした赤ん坊がいた。子供に変装した魚みたいだ。おびえた目つきをした女性に、やることを説明した。女性はやってくれたが、おびえていて、悪いことが起こるのではと身構えていたので、あの心が安らかになる効果がもう一度あらわれることはなかった。ロベルトはイライラして女性の手からテレホンカードを取り上げ、先を歩いた。

自宅に着くと暖房が切れており、ロベルトはコートを着たままにした。秋の日が一日暖かかっただけでもうiBallは、ご近所さんと同様、今が真夏だと信じ込んだのだ。悲惨な設計ミスだ。赤いチェックのファイルと緑のファイルをロベルトはベッドの上に置いた。遅くまで起きてすべて調べるつもりだった。しかしその後、疲れてベッドに倒れこみ、横になったままもがいてコートを脱ぎ、数時間眠った。そして夢の中では黄金のチューバが唯一の、彼の言葉をわかってくれる存在で、どういうわけかとても悲しい気分になって、午前三時ごろ眼に涙をためながら目を覚ました。

[赤いチェックのファイル]

あの頃はじめて、わたしはハリー・ハーロウ博士[123]の実験について聞き及んだ。ハーロウは、わたしのみたところ、何よりも痛みや苦しみに興味をおぼえた医師だった。六〇年代に彼はさまざまな隔離実験をアカゲザルでおこなった。たとえば母親なしで成長したサルを、母親といっしょに暮らしたサルと比較し、それぞれ餌と寝床以外には何もない独房に入れた。そこに一年間サルたちを監禁した。その後、サルたちを解放して調査した。サルは両方とも精神病的な行動の明らかな兆候を示し、やりとりはほとんどできず、まもなく死亡した。ハーロウは同じ実験を何度も何度も、彼の説を立証できる結果が得られるまで繰り返した。彼の説とは、たとえ幸せな子供時代を過ごしたとしても、それがうつの完全な予防になるわけではないという、原初の時代より人類につとに知られており、だれひとり疑念を持ってこなかった認識だった。この話を読んだとき、わたしはひどく狼狽し、何日もしつこくしゃっくりが出た。夜の遅い時間帯に寄宿舎へと電話をかけたが、女生徒たちはすでに眠っておりますので起こさない方がいいのですがと言われた。緊急事態ということであれば別ですけれど、と言われて、いいえ、いいえ、緊急ではありません、と答えた。そして受話器を置いた。

(モレイラ『はじめの三つ』四四ページ)

9 証人《ゲタイゲ》X・1、ミニーム通り[124]

[緑のファイル]

「恥ずかしがることはないですよ。それが自然です」翌朝、フェレンツ氏は語った。

「どういうことでしょう」

「我々はヨーロッパ人です。それで頭痛がよくなるというのなら、虐待だってできるんです。きっと我々はどこかおかしいんですよ。おそらく遺伝でしょうね。正確に何が、もしくはいつ間違ったのかは難しいところですが。でももしかしたら我々が乗り越えてきた数々の伝染病なのかもしれませんね。都市に住んだのは、我々が最初ですから。都市というのはあまりに不潔ですから、すぐにまったく新種の病気が次々と発生しました。バクテリアやウィルスですね。我々はそういうものを言ってみれば培養してきたんですよ、自分たちの体内でね。それで次々とくたばり、わずかな人数だけが残りました。その後、新世界へと流行病を持ち込んで、あちらでも危うく死に絶えるところでした。あの頃はそうやって簡単にことが運んだんですよ。でもどこか我々にはおかしいところがあって、この世界ではまともではないのです。我々はこの世界になじみませんし、自然は我々に影響しません。ひょっとすると我々は地球外生物の子孫かもしれないですよ。現在の理論が主張するようなアジア人ではなくてね」

「アジア人ですか？　どういう理論で――」

「我々の祖先がだれであろうと、このがっしりした身体には言うなれば物理的な欠陥《デフォ・デュ・マテリエル》があるんです。ハードウェアのエラーですよ。思考が妙な軌道をたどるんです。それでたくさん芸術が生まれます。ええ、破壊的な芸術だってもちろんそうですよ。でも我々は、多少でもさみしさが紛れるのなら、大陸だって丸ごと海へ沈めもするでしょう。たとえば我々は、人間の悲鳴を聞くのが好きですね。悲鳴を聞くのはお好きではありませんか？」

「僕ですか？　いや、どうかな……。いや絶対に、いやですね」

「どちらのご出身か、おうかがいしてもよろしいですか」

「何をおっしゃりたいのか、本当によくわからないのですが」

「そうですか」フェレンツ氏は、片手をあげた。「いいでしょう。何も私は……。でも、アルブレヒト・デューラーの天使はご存知ですよね」

「天使ですか……。いや、わかりません」

「いや、もちろんご存知ですよ、有名な絵ですからね、天使がありとあらゆるもののあいだに座りこんで、頬杖をついているやつです」

「『メレンコリア』[125]ですか？」

「ええ。すぐ後ろで人が燃えているのをみたら、天使はどうするでしょう。または地平線上で人間が車裂きの刑で車輪に縛りつけられ、それをハゲタカたちがつついているのが見えたら？　あるいは中世のあのネコの生贄《いけにえ》、生きたままのネコを……えーと……縫いとめて――」

「うわああ。やめてください」

　フェレンツ氏は笑った。

「ちょっとお待ちください。もうすぐウィーン《ベーチュ》のオリヴァーに送るものがあるのですが。お見せいたしましょうか」

「何をですか」

「リロケーションのその後です」フェレンツは言った。


　古いVHSのカセットが出てきたという事実だけをとっても、全体に不穏な空気を漂わせていた。長い年月のあいだずっと、だれもテープをダビングしなかったのだ。

　出だしは白いストライプが点滅するだけだったが、それから突然、座っている子供の姿が上方から画面の中へと落ちてきた。子供の上では分、秒、十分の一秒をカウントするビデオカメラのタイムコードが白い文字で揺れていた。

　フェレンツ氏は一時停止を押した。画面の縁は震えて不鮮明で、石油のよどみに見られる有毒な虹のようにスペクトル色がにじんだまま、ビデオの画像が固まった。

「大丈夫ですか」

「僕ですか？　ええ」

「鼻から血がでていますよ《ヴー・セニェ・デュ・ネ》」彼は微笑んだ。

　僕は鼻を触った。赤い点が指についた。

「ありがとう」僕はぼそぼそとつぶやくと鼻血の処理をした。

　すぐに血はとまり、言うほどのことではなかった。昨日の飛行機でポケットに入れておいたルフトハンザ航空のペーパーナプキンが、数個の赤い染みを吸いこんだ。

画面上の少女の頭はそのあいだずっとピクピクと下へ揺れていた。まるでそれは磁気テープに囚われた生きものが、一時停止画像に捕まったと知ってはいても、逃げてみないわけにはいかない、といった様子だった。画面の画素は振動で流れて次第に砂粒へと変わっていった。ビデオデッキはかなり古く、画像を静止させておくのに力も手間も要した。もうすぐ滑り落ちてしまうだろう。震動や明滅が増えていき、画面の縁の彩りはサイケデリックになっていって……。

フェレンツ氏が再生ボタンを押した。

突然、再開されたテープの動きは三次元空間を呼び戻し、僕は一歩前へとよろめいた。

「大丈夫《サヴァ》ですか？」

「大丈夫です」
七、八歳ぐらいの少女がどこか妙な姿勢で椅子に座っていた。その子はあちこち体の向きを変えて、ひざのうえに身体を折り曲げた。そこで僕は理解した。この子は縛られているのだ。
「わかりました、止めてください」僕は顔をそむけた。

「でも……」

「いえ、もう見ていられません。ひどすぎる」

「ええ、ひどいですよ。でも知らなくちゃいけないんです、どういう惑星にご自身が住んでおられるのか、ずっと……もう何年お過ごしですか？」

僕は彼と画面の方へ再び顔を向けた。

「え？」

「お歳はおいくつですか」

「二十五です」

「それならおわかりでしょう。でもご覧ください、ほら、この少女には何も起きていませんから。ただちょっと……しば……ここに固定されているんです、そうでしょう？」

「はい。どうか、スイッチを切ってください」

「でもどうして？」

「耐えられないからです。残酷だ」フェレンツ氏は停止ボタンを押した。暗い画面のおかげで僕は深く息を吸い、少々眼を閉じることができた。

「何が起きるかご覧にならないんですか」

「ちょっと座ってもいいですか……？」

「ええどうぞ《メ・ウィ》、もちろん《ビアン・シュール》……。こちらへどうぞ」

フェレンツ氏は、一人がけソファから雑誌の山をどけた。僕は座りこみ、頭を背にもたせかけた。

「何が起こるのか、教えてください。知りたいのですが、観られないので」

「どうして言わせようとするのです？」

「それは……。まあ、そのほうが楽だからです。この少女がどう虐《しいた》げられたか観ることはできないんです」

「虐げられたりしませんよ」

「いや縛られているでしょう！」

「ええ、でも……」

「それが虐待なんですよ！　だれが子供を椅子にくくりつけたりするんですか、どこかの……刑務所だか、とにかく撮影された場所で……。病んでいますよ、つまり、それは……。お願いです、そういうのは観られないんです」

フェレンツ氏がそれでもまだ理解できずに僕を見つめ続けていたので、ドイツ語より彼の心に深くささるであろう言語、フランス語でつけたした。

「耐えられないんです《セ・タ・ト・ロ・ス》」

彼はうなずき、リモコンを小さなテーブルにおいた。それから咳ばらいをし、少々待ってから言った。

「それでも私に話せとおっしゃるんですか」

「ええまあ。何が起きるのかは知らなくてはならないので」

「でもどうして私の語るバージョンが正しいとわかるんですか？　自分の眼で観なければ、絶対に確信は持てないでしょう。何か省略してしまうかもしれませんよ？　細かいところまで憶えていないかもしれませんし」

僕は彼の眼を直接見ることはできなかった。自分のひざに白い、粉末状の物質をぬぐったあとを発見した。もしかすると壁のはがれ落ちた漆喰かもしれない。

「私は、ご覧になった方がいいと思います」

「ごめんなさい、それはできません」

再び表通りに出ると、フェレンツ氏は僕にそっと話しかけた。僕にいいことをしてくれるというのだ。ちょっとした気持ちとして。愉しみを。言うなれば償《つぐな》いを。怖がらせるつもりはなく、あれが理由で自分のところまで来たと思い込んでいたという。観るためだと。

空はくもっていて、外気はアスファルトに落ちたばかりの雨の匂いがしていた。

パーティーにお連れしましょうか、とフェレンツ氏は提案した。秘密保持の書類にサインをしなければ入れないパーティーへと。それから僕の肩をたたいて笑った。ちょっと冗談を言ってみたそうだ。

それからフェレンツ氏は、証人《ゲタイゲ》X・1というフラマン語の名をしたクラブへと僕を連れていった。真っ暗な地下の一室で、この日中の時間（正午前）には客はまばらだった。入り口の警備の男は僕たちをじろりと検分してきたが、持ち場からは動かなかった。

カーテンがあがり、一人が舞台にあがった。軽やかなべニー・グッドマンのジャズにあわせて踊り始めた。その脚は正常に成長しており、顔は三十歳ぐらいの男のものだった。ただし、上半身であるはずの箇所だけは、ほぼ何もなく、太い首に似た、縮んだ身体の棒だけがくっついていた。短いダンスパフォーマンスのあとで、シルクハットをかぶった男が舞台にあがり、何食わぬ顔で身体を動かし続けるその人物の首をつかんで連れ去った。

人々は控えめな拍手を送った。短い指笛が鳴った。僕はどういう仕掛けかを知りたくて、身体をずっと前へ乗り出した。フェレンツ氏は僕の肩に触れた。

「いいでしょう、不安になられたようですね。それではお話をしましょう……えー、次のとおりです。ある母親が、いいですか？　想像してみましょう、ある母親が、自分の存在が子供の命にかかわることを知っているとします。シングルマザーで、世間から見放されて社会の受け皿からこぼれ落ちているんです。さて。彼女自身の健康は、精神的にも身体的にもとても重要で、そこに子供たちの命がかかっています。彼女は年に一日たりとも病気にかかってはならず、さもなければ混乱が生じます。だから彼女は大変気をつけており、心気症に近く異常なほど清潔にこだわっています。ある日のこと、昔の知人が連絡してきます。この男はかつて彼女に冷たくされて、恥をかかされたと思い、これから復讐するつもりでいます。男は彼女を脅し、罵倒します。母親はもちろん彼女自身への脅しは子供に対する脅しと同じだと自動的に考えますね？　そこでこの脅しに対抗するために矛盾した手段をとります。彼女は子供たちを男のもとに送りこんで、この何をするかわからない男といっしょにしておくのです。なぜなら彼女が考えるには、男は子供たちとは確執がないので、子供の生存チャンスは彼女よりずっと高いからです。この男にとって子供たちはせいぜい彼女の身代わりにしかならず、たとえ身代わりとなったとしても形だけの復讐に終わる可能性もあります。子供たちの傷はきっと完治が見込めるでしょうが、他方で母親がこの危険な男の近くにいけば、後遺症の残る傷を受けたりこの世から消されたりする危険があるでしょう。さて、ここで問題です。この母親の行動は自己中心的か否か？」

「は？」

「どこで聞くのをやめました？」フェレンツは親しげに尋ねた。

「いえ、ちゃんと《シー・チェルト》僕は……。よかったらちょっとドアの外へ行きませんか？」

「ええそうですね。どのみち建物の裏にあるんですよ」

彼にしたがって廊下を通り、キッチンの脇を進んで、トイレに着き（棒人間とロケット女の表示を過ぎて）、最後にドアをくぐり中庭へでた。向かい側の壁には二つの入り口がみえ、両方ともインターホンとキーパッドがついていた。そのあいだには、幅のないブリキのドアがあり、感電注意のマークがついていた。頭の大きな棒人間の腹にギザギザした矢印がつき刺さっている標識だ。フェレンツ氏は、このドアを小さな銀色のＵＦＯについているカギで開けた。階段が上へと続いていた。階段の上方に立っている男の脚が見えた。その男は、地面と同じ高さになるまで数段降りてきた。

男はフェレンツだとわかると微笑んで、僕たちとあいさつを交わした。

僕は片手をあげた。突然、この見知らぬ男に自分の声を聞かせることが不安になったからだ。

「どのくらい《コンビアン》？」フェレンツは尋ねた。

男は片手を開いて示した。五だ。

「屋上には《エ・シュル・ル・トワ》？」

指が二本消えた。

フェレンツ氏はうなずいた。

それから極端に幅の狭い階段を上がった。僕はあとに続いた。男は、僕がすれちがったときにあからさまに顔を背けた。僕の顔がほんの一瞬、彼の顔に接近したときには、片手で眼を覆いまでした。

「すぐに屋上へと出ますよ」フェレンツ氏は言った。

屋上に到着すると、くもったブリュッセルの空がとても近い気がした。この上の場所は驚くほど暑かった。角には男性が三人、座っていた。カメラかそれに似たものが彼らの首もとに下がっていた。近づいていくと、それがガスマスクであることに気づいた。

男性陣はカードゲームをしていた。その脇の床にはビール瓶が何本もあった。銘柄は「ブランシュ・ド・ブリュッセル」だ。すこし離れたところには風雨で汚れて色あせた大きめのおもちゃの車が何台かあった。ネズミのサイズぐらいの小さなショベルカーには、四本のタイヤすべてが無かった。パトカーは事故のあとみたいに、横向きに転がっていた。

「休憩だ」フェレンツ氏は、男性陣に指示をした。

彼らはフェレンツ氏に手をふった。

僕たちは狭い階段へと戻った。

「これは何ですか」僕は尋ねた。

「スウェット・トリートメント《トレットマン・シュドリフィック》です」

「どういう意味ですか」

「発汗療法《キュール・ド・トランスピラシオン》ですよ」

フェレンツの言うことがわかった。階段にいる男は異常に汗をかいていた。男は、二段上に立って彼のことを話している僕たちのことなど気にも留めていないようだった。彼の頭は修道士のように剃りたてだった。シャツの背中には大きなV字型の汗染みが浮かんでいた。

「ああ、クソッ」男はそっと口にすると、身震いが彼の身体をはしった。

彼は腕を伸ばし、麻薬中毒者のように曲がった指で壁に触れた。壁が焼けるように熱いといった様子で、彼はびくりとしてあわてて指を口へと運び、吸った。僕は同じように壁をさわってみた。普通の、冷たい壁だった。

「……」

「なんですか?」

「彼を蹴ってみますか?」

「どうして僕がやるんですか?」

フェレンツ氏は階段を一段おりて、男の頭にそっと触れた。男はびくりとして、まるで情け容赦のない一発をくらったかのように身体を翻《ひるがえ》した。それからフェレンツ氏はかぶりをふって力いっぱい肩を殴った。相手は二発目にはまったく気づかない様子で、引き続きうめきながら、見るからに痛そうに頭のほうを抱えていた。

「これが新しい搬入品です。壁の向こうがわにあります。昨日の朝に来たんですよ。早起きは三文の得ですね。それで彼のために考えてみました。ほら」

フェレンツ氏は小さなロープウェイのおもちゃを、まだ箱にはいったまま僕に見せた。

「明日また来てください。そうしたら中に入りましょう。タンクへ」

ホテルで僕は、浴槽の中に横たわり、湯を手ですくっては頭からかけた。次から次へと。しばらくするとユリアが電話をかけてきて、何があったのと尋ねた。なぜ、それにどうやって僕が変だとわかるのかわざわざ尋ねもせず、僕はユリアにフェレンツとのぞっとする会話を語り、奇妙な階段でのことや、箱に入ったままのロープウェイのおもちゃ、ビデオのことを話し、最後に昨日の公園でみた印象的な鋼鉄の構造物とカラスのことを話した。そのときユリアがさえぎって、一時間ほど前に取り乱した様子の女性が電話をかけてきたと言った。はじめは何を言っているかまったくわからなかったそうだ。グズルーン・シュテニッツァーだった。

「わかった。すぐにかけてみるよ」

「ええ、そうして」

「明後日には帰るよ」ユリアに別れを告げる前に僕はつぶやいた。


電話番号を押した。ローミング料金が、とぼんやり考えた。

「はい、シュテニッツァーです」

「シュテニッツァーさん、お元気ですか?」

「あら、ゼッツさん! 折り返してくださってありがとうございます。何か大事なことのお邪魔をしていないといいんですけど」

「いえ、ちょうど僕は……ああ、いいんです。何か御用でしたか?」

「本当にお邪魔していませんか? ひょっとしてお出かけ中じゃありません? 外国とか?」

「いいえ、大丈夫ですよ、家にいますから」

「本当に?」

「ええ、本当です」

「わかりました。ご自宅なんですね。そうですか、じゃあ……。ちょっとお伝えしておきたかっただけなんです、全部うまくいきましたって」

「何がですか?」

「ああ、ゼッツさん」僕が冗談でも言ったみたいに、彼女はくすくすと笑った。「まあええ、移動《トランスファー》がクリストフのような若い者にとってどんな意味をもつのか、きっとご想像いただけると思います。クリストフの内面はとても独特ですからね。あの子はほかの人とは違って、どちらかというと風景みたいなんです。つまりね、あの子の内面の奥深くは大企業の倉庫のように思えることがあるんですよ、ほら、イケアやそういう類の、街から延びていく幹線道路沿いにあるあの大きな倉庫群で、帯状の緑地以外には落ち着ける場所も目印も見つからないような造成地なんです、おわかりですか？　駐車スペースと駐車スペースのあいだにある小さな緑の孤島みたいなものですよ。でもそれ以外には……倉庫と、うす汚れて濡れた鋼鉄やフォークリフトにのっている工業ゴミなどだけで、あのぞっとするうす暗いロシアのSF映画の冒頭シーンみたいなんですよ、[126]なんてことかしら、あの映画は何年も前に一度観ただけなのに、それからいつも不安なんですよ、ある夜テレビのチャンネルを変えているときに突然また観てしまうんじゃないかって。モノクロ映画に行き当たって俳優がすぐにわからない時にはたいてい、すぐにチャンネルを変えてしまうんですけど」

　僕はもう一度、頭から湯をかぶった。そのとき濡れないように携帯電話をすこし持ち上げなければならなかった。クリストフの内面の特徴の説明は僕を混乱させた。またしても僕は、買収された証人が裁判所でするような、準備された発言を聞いた気分になった。そしてヨーゼフ・ヴィンクラーの処女小説の一文が頭をよぎった。僕には人間が空っぽだ、と。[127]他者のねぐらにされ寄生されると考えるのを実際にやめる、歴史上の不安を呼び起こす瞬間というのは、人体内にホムンクルスはおらず、男性は精液で顕微鏡レベルの小さな、まったく同じ体つきで育つ自分のコピーを女性の中に植え付けているわけではないことが、人類に明らかになったときだ。エイリアンや、細菌やダニが僕らに寄生し、はがれ落ちたフケや細胞を栄養としながら、まじめなマンション管理人や警備員さながらに、一日じゅう切手よりも大きいとは言えない肌の領域を動き回り、機械的に草を食《は》んでまわる作業を遂行しているのだと突然、理解するのはどんな気持ちだろう。スウィフトの『ガリヴァー旅行記』での議論が思い浮かんだ。巨人の国ブロブディンナグの宮廷学者たちが、野原で見つけたこの小さな人間のことを、自動人形のような、言葉を教わった魂を持たぬぜんまい仕掛けであるのか、それとも本当に人間なのかを議論するのだ。[128]記憶が正しければ、ガリヴァーは学者と知的にやりとりする能力があるにもかかわらず、この論争の決着は四肢の計測によってようやくつけられた。僕は、水のしたたり落ちる泡だらけの自分の手を観察した。それに医師のトマス・ブラウン卿は十七世紀に論文で、脳の解剖で渦巻きを発見したときの奇妙な震えを報告してはいなかったか。その渦巻きは——すでに何世紀も前から月に男がいると見るのと似た方法で——ほんの少々の空想力があればちっぽけな人間の姿に見え、眼前の手術台で死んで横たわっている全体像のための、今では不要となったひそかな組立説明書のようだったという。きっとブラウン卿は、自分の脳にもこのような形のものがありはしないかと自問したに違いない。今この瞬間に、自分とまったく同じ動きをしており（切開し、組織を切除し、固定し、向きをかえ、光源のもとで観察をして）、もしかするとこういった途方もない芸当には当人のさらなる縮小版を必要とするかもしれないから、さらにその先も永遠に縮小版が続いていって、ドイツ語で「リンゴの小男《アプフェルメンヒェン》」と呼ばれるブノワ・マンデルブロ[129]の集合のようなフラクタル事象になるから、カラフルに輝く谷と海と島の境界部分をどんどん拡大していくと、同じものが繰り返し示され、ごく小さな中に全体と同じ形がすばらしく保存されていて、大小どちらの方向にも無限に続く連鎖になるのだ。

「もしもし？　まだそこにいらっしゃる？」

　僕は視線を上げた。くもった浴室の鏡には、だれかが指でメッセージを書き残していた。しかしそれは何度も蒸気があたっていて不鮮明で読めなかった。不思議のメモ帳だ。

「ええ。なんです？　ああ、ただの水ですよ。これで脳がすっきりするので」

　シュテニッツァーさんはタバコを吸うような音をたてた。それから咳をした。

「ええ、水は必要ですよね……。でもゼッツさん、本当にお邪魔じゃありませんか」

「いいえ、ただちょうど浴槽の中でして……。入浴が好きなんですよね」

「あ、なるほど。ええ。そうですよね。ご入浴中ですか。まあ、それならわたしはもう――」

「いいえ、まったく邪魔などではありませんよ。ちょうど息子さんのことをお話しになろうとして、それで僕は……僕はちょっと、別のことを考えていたものですから」

　ずっと額に流しかけていた水で、頭痛はわずかに和らいだが、シュテニッツァーさんが話し始めると、またぶり返してきた。山の尾根の向こうで待ちかまえている、いつ昇ってもおかしくない太陽だ。

僕は眼を閉じて、集中しようとした。フラクタルの渦、タツノオトシゴの谷が眼前に視えた。妊娠して小さな自分のコピーをこの世へ解き放つオスたち。息子ら、惑星たち。

「ええ、まあ。そのためにお電話したんです。クリストフはあなたによろしくと、あの子は本当になんの恨みも持っていないんですよ、ゼッツさん。それにあの記事も、まあ、あれからずいぶん経ちましたしね。ええ、それから……。わたしはいつでも歓迎しますと、なんの心配もいらないことをお伝えしておきたかっただけなんです。クリストフはまあ、そのことでいろいろと言いたくはありませんが、あの子は移動《トランスファー》に問題を抱えていたので、もちろん、そういう歳ごろになってきていますしね、でも思うんですよ、それでもね、わたしがやってみなかったとしたらフェアじゃないだろうって。ちがいます？」

「ええ」

彼女が何を話しているのか、ちっともわからなかった。

「あのね、あの子は最近、よく長い散歩に出かけていたんです。それにあれからわたしはいつも自分に言い聞かせていました、心配する必要はないんだ、あの子の調子はいいんだから、どこにあの子がもど……どこにいようと大丈夫だって。あの子は自然がとても好きなんです。それにあの頃は屋内水浴場《プール》に何度か、あれは、まあ骨休めみたいなものだったかもしれません。退屈でなければいいのですが、ゼッツさん」

「なんですか？　僕はただ……」

僕はすこし浴槽の水をたたいた。

「退屈をさせたりしたくはないんです、ゼッツさん、貴重なお時間を無駄にしてしまうことだけはしたくないんですよ、きっとお時間は……書いたり調べ物をしたり、なんであれ、もし次の記事を書かれるのでしたら必要な……」

「あの、ちょっとお尋ねしてもよろしいですか」

「どうぞ」

「よりによってあなたにお尋ねするのはちょっと心苦しいのですが……つまり、お気を悪くさせるつもりではなく……。ひょっとして頭痛によく効くものをご存知ではありませんか。というのは、きっとごけ……」

「そういう経験があると」

「ああ、本当にバカだ、すみません」

「いいえ、ゼッツさん、全然です。バカなんかじゃないですよ。実際にいくつか試していますから。どういう種類の頭痛なんですか？　めまいもあります？」

「ええ。すこし」

「それで、めまいはどんな感じですか？　ぐるぐるするのか、単純に方向感覚がなくなってしまうのか……またはめまいは頭の奥深くに、平衡感覚というより頭の芯のほうに居座っている感じですか。きっとわたしが何を言っているかおわかりだと思いますが」

「どちらかというと最初のです」

「単純なぐるぐる？」

「ええ、後ろにもたれると。それからこの猛烈な頭痛です」

「それで一人きりでいらっしゃるんですか」

間があいた。彼女はとりわけこの質問を強調することはなかった。事務的に興味をもった風だ。なんのことを話しているかよくわかっている女性だ。

「だったら、それに対してはね、ゼッツさん……。ええまあ、それに対しては……何もありません。ぱっと思いつくことは何も。痛み止め以外には。大量の痛み止めですよ。でもそれで症状が消えることはないですけど」

「そうですか」

「大量の痛み止めですよ。次から次へと、ピラミッドへと積み上げて。でも錠剤と錠剤のあいだは、じゅうぶん間隔をあけるよう気をつけてくださいね。そうじゃないと身体が誤解しますから」

「ありがとうございます。やってみます——」

「まだあります。転地療法なんてどうですか？　効くこともありますから。北へ行かれるといいですよ。あちらは夜が楽ですから。わたしは残念ながらできないんです。ここを動けませんから」

「レジデンツ出版」僕は静かに言った。

「なんですって？」

「言ったのは、レ……。ああ、すみません、何か頭をよぎったんです。言ってみればちょっとした妨害信号、インターフェ……ああ、きっとおわかりでしょう、僕が……」

「ええ、混乱されているようですね、ゼッツさん」彼女はそう言うと、あいさつもせずに受話器を置いた。

10　独特な仕掛け

ロベルトは、どろりとした濃いシロップを眼から飲んでしまった気分がしていた。冷静になるために壁にある危険のない染みを見つめた。自分とも残りの人間界とも関係のない染みを。ファイルの中身はほぼすべて読み終えた。

マグダ・T、インディゴ能力の平和的利用、オリヴァー・バウムヘル、フェレンツ。

眼を閉じても、それらの概念はロベルトの前にあった。空の上では星がすこしと下の大地では灯りがすこしあるだけの真夜中に、アンネン通り[130]にある見事に空っぽの iSocket の前に立った、あの時に得られるのと同じ効果があった。

電話帳は、何年もないがしろにされてきたのに、数日のうちに二度目の相談がきて、思いがけず喜んでいるようだった。ロベルトが名前を探すあいだ、小さくピーピーと鳴り続けていた。

宮廷顧問・主席司祭・大学教授オットー・ルドルフ博士、だって。

ロベルトは笑ってしまった。人間の名前につけられた肩書を、はみ出たセロファン包装みたいに噛みちぎるところを想像してみた。または包装から取り出して最後の一かけらまでかじりとってから棒を包みに戻す棒キャンディーみたいに。じゃなきゃ、長すぎるアソコの包皮みたいに。

　ロベルトはこぶしで床を殴った。電話帳はピーと鳴ってすこし後ろへさがった。

　部屋でロベルトは、タンスからいちばんマトリックスらしく見えるコートを探し出した。それにサングラス。雲の垂れこめた日だったが、関係ない。**シカゴまで百六マイルだぞ**《イッツ・ハンドレッド・シックス・マイルス・トゥ・シカゴ》**、ロビン、ガソリンは満タン**《ウィー・ゴット・ア・フル・タンク・オブ・ガス》**、タバコは半箱**《ハーフ・ア・パック・オブ・シガレッツ》**、外は真っ暗**《イッツ・ダーク》**で、俺たちはサングラスをしている**《アンド・ウィー・アー・ウェアリング・サングラスィズ》**。**[131] ダース・ベイダーのヘルメットを持っていこうかと考えてみたが、棚の中に残しておいた。

　通りへ出ると、ちょうど雨が降り始めたところだった。

　出かける途中、狭い路地を進んでいく二、三十人の楽しげなパレードに出会った。メガホンや色とりどりの旗を持った人々を、すこし距離をおいて見た。その人たちが近づいてきた。すぐに回れ右をして路地から走りでて、残りの道は通行量の多い大通りに頼った。

　ドアマンはロベルトの名前をしっかりと書きとめた。彼の頭上のちいさな棚に入ったiBallは檻の中に長く拘束されすぎた動物みたいにおびえてパラノイアにみえた。ロベルトは手を振ってやった。何の反応もない。

　電話がかけられ、インターホンへと声が吹き込まれた。小さなカギですらちゃんとジェームズ・ボンドのラスボス風にデスクの真ん中のカギ穴へと差し込まれ、回された。それから中へと通された。

　ルドルフ博士はだいぶ歳をとっていた。それでも本当に驚いたと言った様子でロベルトをあたたかく出迎えた。今は何をしているんだい、とすぐさま尋ね、またすぐに言いなおした。当然、言うまでもなく絵画の賞で表彰されたことは伺っていますよ、ああ、昔の努力の成果を時折こうして聞けると期待していられるのはなんとすばらしいことでしょう、と言った。学園は、リーゲルスドルフが評判になって以来、残念ながらすっかり過去のものになってしまったが、それでも、昔の教え子たちのことをときどき聞くのはうれしいそうだ。

「さあどうぞ、お入りください」

ロベルトは、家の中へと足を踏み入れ、あたりを見渡した。もし拡張現実機《オーグメンター》を装着していたら、この部屋はきっと一面タグの花畑へと爆発していただろう。交配期の蝶の館の中にいるように見えたに違いない。

「ちょっと立ち寄ってみようかなと思ったんです」

「そうですか、ああ、それは本当にうれしいな……うれしいですね、すみません、時間軸がごちゃ混ぜになってしまって」

老校長は笑った。本当に感激しているように見えた。

「お聞きになりましたか」ロベルトも同じように微笑んだ。「あのゼッツのことは？」

ルドルフ校長の顔に喜びは残ったものの、それを支えるしわが何本か必要となった。

「ああ、ええ。悲惨な事件ですな。あの男がうちに残らなくてよかったですよ。でもまあ、彼は自由の身ですから。なにも立証できなかったんです。でも兆候はありましたよ。状況証拠は。間接証拠がね」

「彼は、ブリュッセルでだれかに会ったと主張しています。フェレンツという名前の男だそうです。

それでぼくが思い出すのは、学園で――」

「コーヒーはいかがですか」

「いえ、結構です。ぼくは――」

「本当に？　アデリールに淹れてくれるよう頼みますよ」

校長は手で喉をつかんで、ぎゅっと押した。すぐに濃い色のひげをはやし、どんぐり眼《まなこ》をした男が現れた。

「コーヒーをひとつ頼むよ」

どんぐり眼の男はうなずいてまた去っていった。

「あの頃、どうだったのか細かいことは憶えていないんです。それでお伺いしたんですが」

「それで、なるほど」校長は気もそぞろに繰り返した。

「ぼくの記憶はすこしぼやけているんです。あの学期を家で過ごしたのはなぜか、全然わかっていませんでした。みんなが待ちの態勢に入っていて……。それから突然また全部がすっかり普通になりました。学校に戻って、卒業試験を……」

ロベルトは頭を振って、混乱した表情をしようとした。

「ああまあ、それは……」（ルドルフ校長はまたしても、喉をつかんだ）「それは私もわかりませんね。もうずいぶん前のことですから」

「それで今になってこのゼッツのブリュッセル訪問のレポートを読んだのですが、それが……それでいくつか思い出したんですが、マグダ・Tのあの件も、何がなんだかわかりません。でも先生ならきっと教えてくださると思いまして」

すべての肩書が校長からはがれおちた。彼の顔から血の気がひいていた。できることならば、じゅうたんと溶けあってしまいたいといった様子にみえた。

「あのゼッツが？　あの男はブリュッセルになんて行っていないですよ。私が知る限りありません。依存症のクリニックやらなにやら、やることがたくさんあったんです。おわかりでしょう」

ロベルトはうなずいている自分に気づいた。顔をそむけ、指で壁のしっくいをほじった。ざらついた表面に、指の爪、鳥肌の感覚。

「いったいどこからお知りになったんですか？　あの殺人犯はまたひどい記事を書いているんですか？」

「訪ねにいったんです」

「なに？」

「彼を訪ねにいったんです。まだぼくのことを憶えていましたよ」

「なんてことだ、ロベルト、それはだ……。失礼、テッツェルさん」

「いいんです、どうぞ呼び方は――」

「でも危険ですよ！　あの人間は、あれは……あれはまともじゃないんです。あれは……ああ、あの頃どうだったのかご理解いただかなくては。わかっていたことはまだ本当にわずかでした。それにあなたの数値はどんどん大きくなっていて。そんな変化に私たちはあの頃……とらわれてしまったんです、わかりますか？」

ロベルトは眼を閉じた。そのまましばらくじっとして、また眼をあけ、本棚から小さなフィギュアを手に取った。小さなプラスチックのノロジカだ。ルドルフ校長を見つめ、微笑むとフィギュアを口に突っ込んだ。二秒が経過するのを待ってから取り出し、袖口で拭くと元に戻した。

「まったくすばらしいことばかりです」ロベルトは、ルドルフ校長へと歩み寄った。

「どう？　つまり、私は――」

　校長の手は喉のあたりをさまよった。

「すばらしい、すべてが壮大で。先生と握手をしなくては。ぼくの疑念を解消してくださいました」

「それはよかったですが……。あの男を訪ねに行かれたというのは、どういうおつもりだったんです？　私の知る限りでは、あの男は客を受け入れていないはずですが……」

「先生はとても親切でしたよ」

「なんてことだ。まあ、それなら運がよかったんでしょう。でも気をつけなくてはいけませんよ。あの男はきっとまだ連絡をとっている」

「ただ文字を読むことだけは難しいようでした」

「読むこと、ああそう、なるほど」校長は戸惑って言った。

　ロベルトは、なぜ自分がそう言ったのかわからなかった。読むことって。どうしてそこに行きついたんだろう？　できることならブーツを脱ぎ捨てて部屋の中に投げ飛ばしたかった。そうでなければルドルフ校長の頭に、この丸い、歳を重ねてさらに電球らしくなった人間の頭に嚙みついて、老いた肌が脳のような臓物のひだをつくっている額にちょっと歯をたてたいところだった。

　ロベルトは、想像を追い払うために身体を震わせた。

「ご両親はお元気ですか」ルドルフ校長が尋ねた。

「すこぶる元気《ファンタスティッシュ》です」ロベルトは、かつての校長を抱擁しようかというように腕をのばした。

校長は一歩後ろに下がったが、ひどく無礼だった仕草を修正するように、すぐに近づきなおした。

ロベルトは自分の額をつかんだ。

「かなり頭痛がします。ご存知ですか」

「ええ、そうでしょうね。それにすっかり濡れてらっしゃいますよ、テッツェルさん、雨にやられましたね」

「ああ、ええ。雨」

「傘を持ってきたらよかったですね」

「傘ですか。それはすばらしい《ファンタスティッシュ》お考えで、校長先生」

ルドルフ校長の顔は、不意打ちで撮られたスナップ写真のように見えた。まぶたは垂れ下がり、口は半分あいていた。もし今、鏡を見たら、ぎょっとしてすぐに顔の表情を修正するだろうに。

ロベルトは黙りこんだ。

窓ガラスにむかって雨粒はぶつかり、ガイガーカウンターの信号音のように不規則で絶え間なく音をたてていた。その音はある時は太鼓の連打を思い起こさせたり、ある時はゆるやかになってテーブル板をイライラとたたく爪の音になったりしていた。

11 散歩

［緑のファイル］

この初夏の日に、光はぼんやりともやがかかり、震動していた。太陽の眼振みたいだ。この地区一帯は、すべてにゆるやかなめまいをひき起こす低木や茂みのゴッホ的うねりで満ちみちていた。雲はオーバーヘッドプロジェクターの絵に押しやられたステンシル画のように重苦しくたっぷりと空にたなびき、風は数分ごとに不穏な夢から目覚めては、まるで机の上を片づけたいかのようにあらゆるものを吹きとばし、すべてを忘れて、持ち主に置き去りにされたサッカーボールやビニール袋が芝生に転がり、雲の影は、数秒にわたって輝く太陽光のきらめきと交替しながら、公園近くのビルの殺風景な壁をおおっていた。

「作為体験《セノパティック》のある人たち？」ユリアは尋ねた。

「ああ、そうやって呼んでいたんだ、あの発汗療法のときにね、屋上だったんだけど、それで一人が言ったんだ。おれは半分は作為体験《セノパティック》があるんだぜ！　うわー、すごいな……って。おれら、何か感じるか？　いいや。おいインディゴ、バカめ！　セノパシーってクソな言葉だ。お前インディゴだろ、こいつめ！って。それからみんな笑ったんだ」

「わからないわ。めちゃくちゃな話しかたなんだもの。それにすごく速くて。ねえ、こっちを歩いていこうよ」

　僕たちは、池沿いにのびている小道へと曲がっていった。芝生では数人の若者が、古めかしい黒い帽子を蹴ってサッカーをしていた。

「でもさ、それって間違っているよね？」

「なあに？」

「作為体験《セノパティック》っていう言葉がさ。それじゃあ、ほかの人の具合を悪くするっていう意味にならないよ。ほかの人のせいで具合が悪くなるっていう意味だ」

　ユリアは僕の手を取って、彼女のコートのポケットにつっこんだ。僕の指は彼女のシャボン玉機と丸まったハンカチにぶつかった。

「もう、すぐに脱線するんだから」

「ああ。たぶんブリュッセルの人たちの話しかたが耳にこびりついているんだ。あのさ、僕たちはあのバーで、いや、あれはクラブだったかな、変なフラマン語の名前のついた、なんだか、X・1とかそんな名前なんだけど、そこはみんなしゃべるのがすごく速くて、ペラペラ……」

「普段よりさらにひどいわ」

　彼女の言うとおりだった。昨晩は腰をすえて、長く節制していた数学をまたやろうとしたが、僕の視線はすぐに波カッコからすべり落ち、群論で埋まった紙は、僕の眼前で輪郭をぼやけさせ、記号たちは奇妙な仮面舞踏会をして、真空のなかで踊っていた。

「レジデンツ出版にはもう何か送ったの？」

「なに？」

「ほら、あの電話をくれた親切な編集者さんに。話したでしょ。名前も書いておいたけど。その人が言ってくれたんだよ、もしよかったらって……」

「ああ、どうかな、でも……ほら、あそこの若者たちのああいう態度はダメだね。ほら、あそこのやつがなんていうTシャツを着ているか見てごらんよ」

若者たちは数メートル離れており、ユリアは見えてすらおらず、頭をすこし傾げて僕が答えを言えるようにした。

「Dingo Rat《ディンゴのネズミ》だって」

「ふーん、変なの」ユリアは言った。

僕がちらりと空を見あげると、太陽はビル群のうえでブーンと回っている風車だった。白い、温度のない痛みが僕の頭にはしった。

あの文字入れは二重にも三重にも不当《アンフェア》だ、と僕はユリアに話した。だってさ、ネズミはこの地球上でもっとも非凡な生きものだって証明されているんだよ。不老不死のベニクラゲや、成長のある時点から細胞が老化しなくなる神秘的なナマコよりもさらにすばらしいんだから。ネズミっていうのはね、果てしなく複雑な社会の序列にしたがって組織されていて、多層構造で含みも多いから、僕たち人間の観察者にはたいてい、意味なく走りまわり、ひしめき合っている無秩序な群れのように必然的に映ってしまうんだ。実情はその反対で、それぞれのネズミが頭の中に自分の所属する群れ全体の精確なイメージを持っていて、一匹が死ねば、全体の中で上下左右へとすこしずつ、顕微鏡レベルで状況にあわせて自分の位置をずらしていくんだ。たとえば下水道網や地下鉄トンネルのような大都市の地下世界にいるネズミの群れというのは、おそらく太古のコミュニケーション方法でまとまっている摩訶不思議な魚の群れと比較できるんじゃないかな。水の密度や結合要素が、ネズミの場合はただ、まだ僕たちが知らないものに置き換わっただけで、ひょっとするとあの形態場とかいうものかもしれないけど、あれは純粋に信じるか信じないかの問題だから、もちろん信じられはしないだろうね。

「これにはひょっとすると、あのゾーンゲームみたいなものを思い浮かべてみなくちゃいけないかもしれないなあ、君にはもう話したっけ？」

ユリアは僕に腕をからめた。

「それよりネズミの話を続けて」

「ネズミね、いいよ。ネズミの話をしよう。ネズミのほうがずっと大事だ」

「どうぞ」

「そうだな、ネズミっていうのは、岩盤や地殻を現代文明から切り離している中間域のところに存在していてね、もちろんそこには人間も何人か、たいていはホームレスが住んでいてさ、まあ、そこで本当に暮らしていけるのかただ死んでいくことになるのかは、もちろんその都市によるんだけど。前に、使われていないトンネルにいる人たちの報道を見たことがあるんだ。そこには身の毛のよだつことがあってね、たとえばある人は一カ月ずっと、深い切り傷を負ったまま、湿ってぬかるんだ地下のどこかに横になっていて、あとで、その人がまた起き上がれるかと思ったときには、地面から生えているアシみたいなものが身体と一体化していたとかなんとか」

「うん、とかなんとかね」

「作り話じゃないぞ！　確認したらいいさ、映像なら観られるんだから、テレビで流れていればだけど、たぶん……。どちらにせよ、その人にインタビューはしてあって、完全に病んでるんだけど、だって……地面に頭をつけたままの人にインタビューしたりして、とにかくすごく倒錯的だったから、チャンネルを変えるしかなかったんだ。まあ、ネズミに関していえばね、無限に分岐し枝分かれしていく社会システムを持っているわけ。それで、その目が細かくぎっしり詰まっているから、ほかのネズミが、たとえば上の立場にいるやつがピンチだったり、自己不信になったり、迷ったりすると、それを精確に感じるんだよ。でもそのネズミを助けたりはしないんだ、人間じゃないからね。社会全体の仕組みが違うんだ。まあ、それで……ネズミたちはそういう構造をしていて……でもそれで全部というわけじゃないんだ、だってそのネットワークがね、すごく細かいもんだから、生きていないものまで取り込んでしまうこともあってね、象徴的な仲間というか、名誉ネズミとしてさ。そういうものも、群れ全体の維持のために大切なものなのかもしれないね、たとえば縦穴の中で水のしたたるヒーター管とか、太陽とか、わからないけど、いつもやたらタバコが落ちてくる通気孔の格子とか。そういうものだよ。ネズミたちはただただ、群れ全体のことだけを考えていて、家族や親族郎党や血縁のことだけを考えはしないんだ。それでも当然、エゴイスティックではあるんだよ。ゲーム理論的にも簡単にわかることさ、だって……えーと……たとえば人間世界のビジネスをみてごらん？　たとえばある会社が、兵器ばかりを製造していて、なんだろう、ひどい神経ガス弾をどこかの怪しい会社に卸すような、まったく無責任なクソなんだけど、でもその会社の中にいる個々人はさ、それぞれ本当にいいやつで、ただ子供の大学進学費用を工面したいだけの感じのいい一市民で、仕事を終えて帰ると夜に葉巻をくわえて庭に腰をおろすときや、その庭の石を、上から見れば幾何学的なメッセージになる位置に置きなおすとき、それにパソコンの前に座って、無害な動画に登場するすすり泣く女性をみるのに満足するような人たちなんだ。まったく普通の人間で、男性も女性も、気さくで付き合いがよく、分別すらある。それで上層部まで全部そんな調子で、アクセサリーや高級マンションが多少増えても、でも……なんだったっけ？　ネズミたちか、あれは……」

「ちょっとグラフィティを読み上げてみて」ユリアが言った。

僕たちは、公園の端にある壁の近くを通りかかっていた。スプレー缶を装備した管理人たちが定期的なアップデートを欠かさない場所だ。

「あんまり新しいものはないよ」僕は言った。

「バンクシーのネズミとかそういうのも……？」

「あるよ、もちろん、あの上に」

ユリアが見分けるには、あまりにも遠すぎる場所を指さした。

「あそこにしゃがんでいるよ」

「どんな風か教えて」

「ネズミはメガネをかけているよ」

「それで？」

僕たちはゆっくり歩いていった。

「ロープの上でバランスをとってる。綱渡り用のステッキを脚で持っていて。あとネズミみたいにみえてね……」

「そこに何か書いてある？」

考えてみた。

「いいや。一言も書いてないよ」

「あなたの声、また普通に戻ったわ。さあ、こっちへ行きましょう」

実際に、僕は前より若干、集中しているように感じた。頭がはっきりしている。

犬が一匹、公園で飼い主と散歩をしていた。リードは何重にも飼い主の手に巻きつけられていた。

「ネズミって、犬とはまったく違うんだよ」

「あらそう？　どう違うの？」

「まあ、犬っていうのは人間が品種改良しているんだ、何世代にもわたって手間をかけてね。でも犬という種をゆっくり改良していくことには、どんな目的があるんだろう。所有地の境界線や羊の群れの見張りか、人間の遊び相手か、まあとにかく……。できあがったのは、ご主人様を崇拝する奇妙なラブマシーンだ……。ひょっとしたら、人とコミュニケーションをとれる動物をつくろうと考えたのかもしれない。我が種の天涯孤独さが、完全無欠で絶対だなんて思わずにすむように、センチメンタルな連れ合いを……」

僕は、自分の声がまた独り歩きしていたことに気づいて、間をとり、公園の小道の踏まれて茶色くなった小石に集中した。

「そうだよ、数千年間にもおよぶ人類と犬との友情の裏には、そういうことがあるに違いないんだ。それぞれの人間の気性、それぞれの人の心の形が、特定の犬種に反映されているんだ。犬っていうのは事実、人が他人より好きになれる生きものなんだよね。だんだん、何世代も何世代もかけて人間の社会で飼育されるあいだに、僕たちと同じように感じることを覚えて、分離不安や、ほかにも、強迫観念や、死の恐怖、ヒステリー、そういうものはすべて犬にとっては他人事じゃないんだよ、おそらく拒食症や過食症だって、犬は……犬っていうのは飼い主と同じように、簡単にそういう状態になるものなんだ。でもそれでも僕たちと同じボートに乗っているわけではないから、だから僕たちは犬をみつめていられるんだよ、残酷な、自分の似姿を破壊したいという心に深く根ざした欲求を感じることなくね」

「うーん」ユリアは、僕の腕をしっかりと握った。

「でも犬たちが営む暮らしをごらんよ」僕は、茂みのあいだをせわしなくがさつかせている小型犬を指した。「いっしょに暮らすのは、理解不能な音を出す、大きな生きもので、そいつが食事やおもちゃ、外出の機会を勝手に決めている。何時間もそいつらとだけ外をほっつき歩いていると突然、道の突きあたりか大通りの反対側に、自分と同じ言葉を話し、尻尾と耳をもっていて、しかも近づいて挨拶したがっているだれかを発見するんだ——と、そこでリードがぐいっと引かれ、一センチたりとも相手のところへ動くことが叶わない。それで時間がたつにつれ、このリードの引きが思考へうつっていき、同じ犬の仲間をみると自分の中で感じられるようになり、いつの日か敵ばかりがいることになって、まわりに立入禁止区域ができ、それでもし……もしその縄張りの円と円が重なり合ったら、パニックが起きて、ぐいぐい引っ張って吠えるから、静かにさせなきゃいけなくなるんだ」

僕の頬におかれたユリアの手は冷たかった。

「バンクシーのネズミ」僕は小さな声でつぶやいた。「バンクシーのネズミだったね」

「ええ、もう一回、教えて」ユリアは言った。

12　この世でもっとも耐えがたいもの

「彼女は忘れなさい！　この世でもっとも耐えがたいものというのは、きれいな女性ですよ」教師は不快な臭いを追い散らすかのように、両手を空中でふりまわした。「いいですか、この世界じゅうすべての中でもっとも耐えがたいのが、あまりにきれいな女性たちです。あまりにきれいだから、あらゆる男性がよだれを垂らし、そわそわして、しじゅうその女性たちをくだらないことで笑わせようとしたり、詩やバラード曲を作ったりしてしまうような品のない愚か者へと変身してしまうのです。いや、そんなことは一度終わりにしなければならないんですよ！　僕に言わせればね」

数学教師はロベルトの肩をつかんで、そっとゆすった。

「僕に言わせれば、男性は何年間か、この世のきれいな女の子たちを一切、かまってはいけません。そうですとも、きれいな若い女性たちは何年間か完全にタブーとして、一貫して無視するべきです。それが唯一の正しいことで、すべての不幸から逃れる唯一の現実的な抜け道なのです。しかし残念、残念だが、僕だってもちろん君と同じように、そんなに簡単にはいかないことはよく知っているさ、エネルギーいっぱいの若い男性たちといったらどうにもならないからね、自然からそうプログラムされているし、それを変えることなんて当然できやしないし、そんなことでもしたら人類全体が滅亡してしまいますからね。それでは残る手は何か。さあ、あまりないわけですが、でもひょっとするとずらすことはできるでしょう——待って、反論はあとでできますから、先にずらすとはどういうことか説明させてください。さて。僕が思うには、あなたのようなエネルギーいっぱいの、はつらつとした、性的に活発な若い男性としては、何はさておき、そこまできれいではない、または、ほどほどとされる女性に集中したらいいでしょう。というのも——待って、すぐにあなたの番になりますから——というのもね、影響力のあるあらゆる男性陣から不当にちやほやされる容姿の美しい女性たちは、それでやっとわかるんですよ、自分の権力がいかにふさわしくないか、自分の品位がどんなに薄っぺらでもろいものか、自分のおもしろおかしい生活が現実にはどれほど空虚で退屈なものかが、ね。誤解しないでくださいよ、男性だろうと女性だろうと、ほかの人間の暮らしをなんらかの方法でつらいものにしたり、その人を苦しめたり、無礼な態度で接したり、そんなことを欲しているわけじゃないんです。いや、そうじゃなくて僕はただ、女性がいつも外見だけを根拠として、興味深いとか才気にあふれていると見られる、そこだけを問題としたいんです——待って、待って、まあいい、いいですよ、すっかり長くしゃべりましたからね。次はあなたの番です。さあどうぞ」

「ただお尋ねしたかっただけなんですが、それ、まだ召し上がります？」

「え、なんだって？」

「ライスの残りをいただけないかと思って。まだ召し上がります？」

「いや、いいや。もちろんだ、若いなあ、どんどん取りなさい。そんなにお腹がすいているんですか」

「ええ。昨日の昼から食べていなかったんです」

「ああそうか、恋わずらいだな……。見ればわかりますよ……。ここの眼のまわりのクマでね。それに顔も青いから、カーニバルだったらそのまま氷河としてパレードへ出ていけそうだ」

この間抜けな冗談にどうやって反応すればよいかわからなかったロベルトは、この間に冷めてしまったライスをかきこみ始めた。教師は食べ終わるのを待った。それから口にスプーンを突っ込んで、ライターを探してジャケットをまさぐった。その仕草は、年配の人が若い人の癖をまねするときの常で、こっけいに見えた。店内はとても静かで、広い空間に二人だけがいた。ほどよい気温だったので、ほとんどの客は庭につくられたテーブルについており、客たちの興奮した声はくぐもって、熱帯の昆虫が奏でる細やかな夜の音楽のように聞こえてきた。

ロベルトは、そもそもコルドゥラのことを話してしまったことを後悔していた。本当はゼッツ先生とは二冊のファイルのことを話したかったのに。でも話のついでに彼女が出て行ってしまったことに触れたのだ。

「愛なんてばかげている」教師は言った。

「お尋ねしたかったんですが、つまり、先生のし――」

「愛なんて！」ゼッツは遮った。「愛なんて、権力をほしがる若い女性たちが世界へ持ち込むウィルス以外の何物でもない。永遠に手を出さないでおきなさい！」

ゼッツは胸の前で腕を組み、腹を立てた様子で唇をとがらせた。覚悟を決めたカエルみたいに見えた。

「全然、思いもしませんでした。でも奥様は、あの――」

「手を出さないのが一番です！　あなたを襲ってくる気持ちが形を持たなくなるまで待つのが一番だ。自分自身が成熟し、内面が成熟するまで待たなくては……それに……」

彼は視線をあげて、テーブルの上に手を置いた。なぜここにいて、家のデスクの奥にいないか忘れてしまったように見えた。

「わかりました。でも奥様はどうなんですか？　おきれいですし、その――」

「しゃべるんじゃない！　お前が理解せぬことがらをしゃべるな！」教師は急に、叫んで飛び上がった。「お前が……あなたがまったくわかりもしないことを！　何を考えているんだ？　僕の妻は、あれは違うんだ、つまり、お願いですから、そういうバカげたことを話さないでください！　僕の妻は、もちろんそれは愛ですよ、もう長いこといっしょに、何年も、彼女なしには、つまり、彼女がいなくては僕はとっくに――」

「すみません、ぼくはそんな――」

「彼女がいなかったら、もう生きてはいなかっただろう！　どうしたらそれを比べようなんて……あの……」

教師は、コインを部屋の向こうへ弾き飛ばすかのような、独特の仕草を手でした。

「ごめんなさい」

「本物の愛ですよ。つまり、どうして今そんなところから話し始められたのかわかりませんが、もし本当にお知りになりたいのでしたら、こう言えるでしょうね。それがなんなのか、あなたはまったくわかっちゃいないんですよ。まだまだ、程遠いところにいらっしゃいますね。少なくとも二メートルは」

ロベルトは意外に思って視線をあげた。

数学教師は、いまだに頭をふっていた。

「そんなことから話し始めたかったのではないんです。本当はブリュッセルのことを質問したかったんです」

「あのね、僕の書庫にはね」教師は急に話し始めた。「本のある部屋には、古い電球が光っているんですが、もしかするとその種の最後か……どちらにせよ絶滅の危機に瀕している個体なんです。その電球は巻いてある小さな針金が中に入った透明なたまごみたいなんですよ。針金は二つの極のあいだに張ってあるんです、空間的にゆがんだ綱渡り師だけが渡れるロープみたいにね」

彼は人差し指を交互にくるくる回した。

ロベルトは、その電球を想像しようとした。

「それで電源が入ると、その針金が明るく光って、電球はすぐに燃えるように熱くなって、このすばらしい……黄金の……ほこりを寄せつけない光が部屋にあふれ出ます」

ゼッツ氏は、その光を吸い込んだかのように情熱的にため息をついた。

「僕たちはね」彼は店の天井を指さした。「僕たちはここ数年、それどころか、ここ数十年のあいだにまったく恐ろしい変化を黙ってみていなければなりませんでした。恐ろしい、本当に恐ろしいスキャンダルで……すなわち、あらゆる電球が次々と死んでいったんです。そしてうちの書庫にかかっているのは、僕の所有する最後の個体です。あとどのくらい持つのかはだれにもわかりません。光量はまだじゅうぶんあって、以前と変わらず、本人もきっと死なないと思っているのですが」

彼は咳をした。大きく、喉を鳴らして。袖で口をおさえた。顔が赤く染まった。

「以前、二年半ほど前の冬の日に、わずかに光がちらつきはじめたんです……それで僕はもう最悪の事態を考えましてね、もう大変、スイッチを入れる勇気が出なくて、ただ暗がりのなか、何日ものあいだ座っていました。でもそれはただの接触不良で、球をしっかりソケットにはめ込むだけで解決しましたよ」

教師は笑って、メガネを拭くために外した。

ロベルトは尋ねた。

「正確にはいつ、ブリュッセルにいらっしゃったんですか」

「なんてことだ、なんてすばらしく、慰めになる発明だったんだ、この魔法のような小さな電球というのは！　今日ではそこらじゅうに節電型の、あらゆる旧型をあざけるおしゃぶり型のランプが、病室のようなそっけない、硬質な白さの光を放ってぶら下がっているんだ！　じゃなきゃ、あのばかげた瞬きをする眼ですよ。お笑い種です。あのね、僕が若かったころにはね、孤独な男が空気のこもった部屋で自分の精神的ショックを裸電球に打ち明けるというのは、まだありえたし想像できることでしたよ。天井から突きでたむき出しの電線の先に煌々と光ってぶら下がる裸電球にむかってね。それで男が窓をあけると、電球がぶらんぶらんと揺れるんだ……こう……」

彼はやって見せた。

ロベルトは音を出さずため息をついた。これでは会話にならない。

「あの光はね、濃い金色をした都会の憂鬱の中へとあらゆるものを沈めたもんですよ、神を信じない遠縁の、言うなら、アハハ、ジョルジョ・デ・キリコの、あのイタリア広場や彫像にふりそそいでいるサフラン色をした永劫なる光、あれの神を信じない遠縁の親戚みたいなものですよ、あの作品群はご存知ですよね？　あなたのご専門ですから」

ロベルトはうなずいた。

「もしあの光が、ピザカッターで星型の傷がついた紙箱の中にある、食べ残しのピザに落ちたとしても、または、いつも冷たい暖房器の隣に置かれたウィスキーの空きボトルの山に当たったり、最後の一かけらまでこそげ落とされた冷凍チョコレートケーキの箱のうえに、光が当たったとしてもですよ。ふむ……そう……」

「ゼッツ先生？」

教師は頭をすこし横に傾けたが、質問が聴こえたかどうかははっきりしなかった。ロベルトは、この男の奇妙に均整のとれていない身体のどの場所に触れたらいいのか考えた。ひょっとすると大声で叫び始めるのではないだろうか、今すぐに——

「この世のどんな悲惨も、真の電球にとって大きすぎることはなかったし、どんな光景もふさわしくないためしはありませんでした。電球は例外なくすべてに光を注ぎかけ、反射や影を作り出して、周りのものと関係を結んでいたのですが、今日ではもうほとんどありませんね、この小さな、揺らめき、温かみをくれるエネルギーの球が、部屋の真ん中にあるというのは」

この頭のおかしい教師の眼には涙が浮かんでいるのだろうか？　ロベルトはよく見ようとしたが、ゼッツは顔をそむけてしまった。

「それに対して、この新しい電灯というのは、毎年どうやら改良版が市場に出てくるようですが、これには不条理な冷淡さがありますよ」（大きな音をたててハンカチで鼻をかんだ）「あの光はまったく何ともかかわろうとしないんです！　僕たちとも、ほかの上っ面とも、自分が作りだしている影にもね。あいつらは考えなしで同情の気持ちもない。育ちの悪い、人間味のないロボットですよ！　将来の電灯にフィラメントが見えなくなってしまったら、人の魂はどう変わってしまうんでしょう？　まもなく、僕のまわりにある最後の古典的白熱電球といえば、額縁に入れた肖像がデスクの上にかけてある、あのぞっとする男の頭になるんですよ！」

「ゼッツ先生、教えていただきたいんですが、先生がくださったこのファイルには――」

「あのですね、最近で特に僕が悲しかったのは、あの一九〇一年から途切れずに光り続けていたあの電球が死んでしまったという報道なんですよ。たしかあれは、カリフォルニアの消防署で活躍していたんだ。あれは……製造元が当時の消防署のオーナーへプレゼントしたものです。[133] そうだ、あの頃……一九〇一年当時、白熱電球というのはまだ、高価なプレゼントとして贈ることのできるものでした。たしか、そのランプの名前はチャールズでした。それかジョージだ。何かそういう名前で。僕はきっと、まだたくさんの人が古い電球をいくつか家に置いていると思うんですが、どう手入れをするのか、どうやったらその寿命が延びて焼き切れるのをできるだけ先へと延ばすのかは、まだわかっていないのです。きっとそういう技術はあるし、思うに……そんなに難しくはないでしょう。にもかかわらず、僕たちは今、急に光らなくなったり、点滅したり、なかに虫が閉じ込められているような危なっかしい雑音がはじまっても、手をこまねいてみているんですよ、昔、人類が梅毒患者を前に手をこまねいていたみたいに……助けてやれなかったんです、ただ衰弱する段階をスケッチや文章で書きとめただけで」

「ゼッツ先生？」

「んん？」

ロベルトは、この男の注意を少なくとも一瞬は惹きつけられた今このときに、速くしゃべりすぎないように、気を引きしめた。

「先生はブリュッセルについて手記をくださいました、憶えていらっしゃいますか？」

数学教師はあっけにとられた様子でうなずいた。この質問が電球の話となんの関係があるのか、あきらかにわかっていなかった。

「いつだったんですか？　まだ憶えていますか？」

「何が？」

「ブリュッセルにご旅行されたことです」

「いつの？」

「ああ、いいです。もう！」

ロベルトは立ち上がり、教師に手を差し出した。教師は親しげに握手を返して、ロベルトを元気づけるように肩をたたいたので、ロベルトは首をすくめ、この教師の顔を殴らないように自制しなければならなかった。**あなたは何もわかっちゃいないんだ**、と頭に浮かんだ。同じことをすでにこの教師に言ったことがあった。ずっと前、テレホンカードに電話ボックス、あのシステムは若いチューターの先生が知らないものだった。みんなあの頃はまだ若くて、経験もなかった。それで今ここにいるのは、この無罪で釈放された廃人だ。自分の電球をつけて。教師はもう一度ハンカチで鼻をかんでいた。礼儀正しい目つきだが、途方に暮れている。そして息を吸って、吐いていた。

「まだ行かなくてもいいでしょう」教師は突然、言った。

「まあええ」

ロベルトはコートのボタンをしめた。

「あなたは安全ですよ」ゼッツ氏は静かに言った。

「なんですって？」

「あなたは安全です。あなたには何も起きません。そのように僕が手配しましたから。ずっと前にね。あなただけのためではない。ほかのインデ……ほかのDingo Bait《ディンゴの毒餌》のためにもね」

彼は皮肉を強調した。ロベルトは笑った。

「全部読みましたか？」

「いえ、タイプされた手記とコピーだけで、そのあいだにある手書きのメモのほうは、解読が手間で」

「ああ、そうだね」教師は夢をみるようにつぶやいた。「僕のブロック体はねえ」

二人はしばらく黙っていた。ロベルトは半分ボタンをしめたコートを着たまま立っていた。それからもう一度、座った。

「僕が手配しましたよ、しばらく何もないようにね。それにご覧のとおり対価も払いました。でももちろんすぐに、また次が出てきます。名前はいつも同じですが、名を冠するものは別ですから。同じなのはただこの電球のような頭と細い身体つきです」

ロベルトには突然、ゾーンゲームをしたヘリアナウ学園の中庭の芝生が、眼前に視えた。つば臭い指をつきつけるアルノ・ゴルヒ。**オレが何を望んでいるのかわかるか？　お前を捕まえにくることだよ、あのフェレンツが。あいつがお前に手をかけるんだよ。そうしたらお前、どの衣装を着るつもりだ、ええ？**

「僕はあいつに信じられない苦痛を与えました」ほかにだれも部屋にいないのに、教師はとても小さくささやいた。「信じられない苦痛を。あのあわれな人形を知っていますか、テッツェルさん。あの少年エーリスの製品を？　みんな背中にファスナーがあって、人形をひっくり返すことができるんです、内側を外側へとね。それでこの裏返しにしたものには、別の性格や表情があるんです。この人形はもうすでに一世紀以上も製造されているんですがね。しばらく前に製造所を見学しました。そこではまだ全員が手で作業していまして。それで人形ひとつひとつに名前を付けるんですよ。自分たちで名前を考えて」

ロベルトは、教師が続けて話すのを待った。でももう話は続かなかった。しばらく静かになった。

「あの、ぼくは前に一度、オンドリに出会ったことがあるんです。そいつに名前をつけました。マックスって」ロベルトは言った。

「オンドリのマックスか」ゼッツ氏は、それが意味深長な哲学的命題かのように繰り返した。

頭をかしげて名前を静かに繰り返していた。ロベルトはとっくに、この男がもはや正気ではないと確信していたが、それでも話を続けた。

「ある晩、マックスを外に出してやったんです」

「ええ、本当におやりになったんでしょうね」

教師は憶えているかのようにうなずいた。ロベルトはイライラと息を吐きだした。攻撃的なため息で、もう何も言わないと決めた。昔の数学の先生はもう使い物にならない、残念ながらそう言わざるをえなかった。奥さんがそれに気づかないふりをしていたとしてもだ。でもいい、知るものか、もしかすると静かにつぶやかれる、この男の異様なコメントは、彼女にとってはまったく意味深長なのかもしれなかった。女性たちはその点に関しては、不思議な才能を持っているから。次第にナンセンスへと戻っていく、崩壊途中の男たちの水門管理人なのだ。

「マックスか。それはいい名前だ」

ロベルトはうなずいた。

「ウィーンで一度、脱感作の講座を受けたことがありましてね。二番目の小説で稼いだ金を使って。動物とかそういうことで。動物たちに起こっている、あのひどいことですよ。でもなんの役にも立ちませんでした。みんなで円になって座って……それでぬいぐるみの動物を殴るっていうんです。笑えますね。それからいくつかビデオを観て。ヘビやアカゲザル、モルモット、毛のない実験用のネズミのビデオを。僕はただ眼を閉じて座っていましたよ。まあね。捨て金でした。本当にあれは残念です」

ロベルトは待ったが、数学教師はそれ以上しゃべらなかった。まるで数滴のガソリンしか使えなかった車みたいだ。数メートル走って止まってしまった。しばらくするとウェイターがテーブルに来て、何かお客様にお持ちしましょうかと尋ねた。

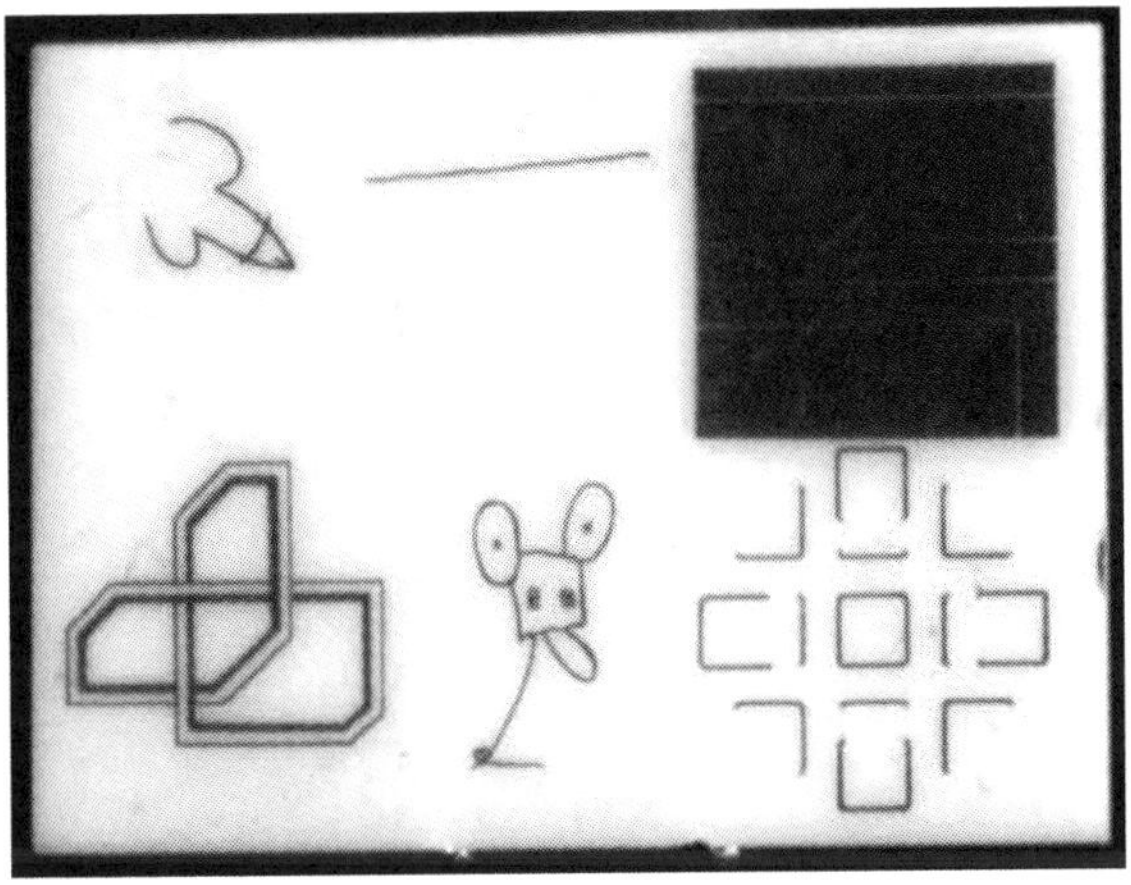

遠く、ほぼ惑星規模で遠くはなれたところにあるこれは、「ムーン・ミュージアム」と呼ばれており、小さなセラミックの板に六人の芸術家たち――ロバート・ラウシェンバーグ、デイヴィッド・ノヴロス、ジョン・チェンバレン、クレス・オルデンバーグ、フォレスト・マイヤース、アンディ・ウォーホルが――それぞれごく小さな絵を描いたものである。ウォーホルは自分の名前のイニシャルからできたペニスを描いた。この世界最小のミュージアムは、一九六九年にアポロ十二号計画で月面着陸船の足に装着され、それ以来月に残っている。今日に至るまで誰ひとりとしてこの小さなミュージアムを訪れた人はいない。

ホイズラー=乙
『距離の本質』七七頁

13 手紙

【緑のファイル】

地平線には雷雨直前の空のどんよりとした紺色がたれこめていた。漂う雲は一時的に切れて、アメフト選手がゲーム開始時に輪になって身を寄せ合うように地平線の向こう側に集まり、そこからすぐに、すべてを濡らすために群れをなして大地全体を覆う計画を練っていた。僕たちが玄関前に立ったときには、光の反射があちこちで震えて、道路の向こう側にある窓が、遅い時間帯の重くなった太陽に照らされていた。壁に映写されたクラゲがひとつだ。

ブリュッセルから帰ってきて以来、僕はドアノブをつかめなくなっていた。ドアノブを見ると、だれもが実質、地球上の全員と握手六―七回分以上は離れてはいないという俗説を考えてしまうのだ。これが理由で、手もズボンのポケットに入れておくことになった。

「エーヴァーゼー中等学校《ギムナジウム》の事務の方が電話をかけてきて、月曜日には仕事に戻れそうですかって」ユリアが言った。

「なんて答えたの」

「もうだいぶ良くなっていますって言ったよ」

「ふーん」

「ブリュッセルはあなたに良くなかったわね」

「そうだな。最後の日はホテルの部屋に閉じこもっていたらよかった」

「そうかもね」

「あの人たちはすっかりとり憑かれていたよ。一人のことを最終生成物って呼んでいてさ。その人にはみんな畏怖の念をもっていた。歳をとった、枯れた人間だったよ、実際にホレリース療法をたくさんこなしてきたっていう」

僕たちは階段で三階へ上った。ユリアがドアのカギを開けた。

僕はキッチンで椅子に座り込んだ。ブリュッセルの日々のあいだ、奇妙なことにずっと、トマス・ピンチョンの『重力の虹』にある、ドードー鳥を根絶させる描写を考えずにはいられなかった。おそらく、それが人間という存在を無類の力強い表現で捉えているからだろう。オランダ人のフランス・ファン・デア・フローフという名の冒険者は、十七世紀末にモーリシャス島にたどりつき、そこで新式の銃、火縄銃を使って、飛ぶことのできないドードー鳥を何百羽と殺す。この伝説では人なつこく、(当時の報告を信じてよければ)辺りに響きわたる、カモのようなドゥードゥーという紛れもなくメロディー豊かな鳴き声から発見者たちが名づけた生きものは、当然、抵抗ができない。まもなくすべて死んでしまい、その腐敗した屍がその土地の広い平野を覆う。ついにファン・デア・フローフは、人気のない丘のうえの草のへこみの上に産んである最後のたまごを見つける。男はたまごの前に座り、銃を装塡して、小さなドードー鳥の頭が出てくるのを待つ。黙するたまごと狂気のオランダ人、中をむすぶ火縄銃、三者は縁どられ、フェルメールの絵のように輝きながら動かない。[134] ときどきファン・デア・フローフは居眠りをし、またはっと目覚めては、すぐにたまごが動いていないかと見る。一晩じゅうずっと。ついには志半ばで立ちあがる、狩猟隊の孤独のなかへともどると、いっしょに酔っぱらう、木のてっぺんも撃つ、雲に向けて撃つ。

「憶えているわ」ユリアは言った。「その箇所を読み聞かせしてくれたもの」

「断然、好きな小説なんだ」

「そうなの?」

「断然そうだよ。これよりもっと優れた人間性の表象なんて……」

「ほら、あなた宛ての手紙。なに……ええ……これ、訃報の黒い縁どりがあるわ。あら」

手紙はシュテニッツァーさんからだった。僕は封筒をあけた。クリストフ・シュテニッツァーの写真が落ちてきた。死亡通知のカードには小さな望遠鏡が描かれており、その上には悲しい顔をして半分口をあけ、地球をのぞいている黒い満月があった。月の下には、葬儀が次の火曜日に執り行われるとあった。さらにギリンゲンの墓地への到着が容易になるように、グーグルマップが小さく貼られ印刷されていた。小さな、3Dの緑色のピンが、その地点を指していた。

第五部

ストゥルラ・サイヴァッツォンが友人に語ったところによると、彼は夢のなかで、両手にソーセージを一本持ってまっすぐに伸ばし、手で二つに折って、半分をその友人にあげたところだったという。さらには、彼には夢がちょうど今この瞬間に起こっていることがわかっていた。手にソーセージを持って、友人にその夢のことを話しているところだった。

エリオット・ワインバーガー[135]

1　メモ書き　赤いチェックのファイル

［手書きのメモ、デパートの領収書の裏］

最終日。再び**証人《ゲタイゲ》Ｘ・1**にて。ヴィルヘルムという名の若い男がいる。オーストリア訛りのドイツ語を話す。胸には小さな銀細工をつけている。手のひらでそれを叩くと、極小のロボットの首の骨が折れてしまったかのような奇妙な高い音が出る。フェレンツはそのちょっとしたギミックにすっかり興奮して、ついにはＷがそれをプレゼントする。一瞬、二人だけになったときに、Ｗは僕の出身を尋ねてくる。僕はただ頭をふるだけだ。

そのあと、ＦとＷがハイスピードカメラ・アートについて話し合う。それが何を指すのか、僕が理解するまでにはしばらくかかる。部屋に監禁された人を、数秒ごと、または数分ごとに撮影するウェブカメラで上から撮って、その画像をその人の挙動のタイムラプス動画にするのだ。この芸術形式のモデルは、彼らの説明によれば、二十四時間以上エレベーターに閉じ込められたある男性の動画だ。その動画そのものは二、三分しかなく、インターネット上で簡単に観られる。エレベーター内での男性の動きはせっかちで素早く、映像の中を暴れまわっており、一秒（現実にはおそらく半時間ほど）壁によりかかったかと思えば、横たわって数秒休憩し、また起き上がってまた狭く閉ざされた空間を暴れまわる。最後に男性は救助され、ドアが開いて、画面から消える。僕はこういう撮影にはどのぐらい時間がかかるものか尋ねてみる。通常二、三日かかる、との答えだ。人によるらしい。ほかの人よりも長く我慢して耐えぬく人もいるそうだ。WとFが笑う。

[二枚の印刷された紙、ホチキスでとめてある]

それは独特な仕掛けだ。なかに汗をかいた男たちが座っている、タンクのようなものだ。目隠しをしている人が多く、シュノーケルを口にくわえている人もいるが、これは内輪の冗談だろう。僕は、頬ひげの男とルンペルシュティルツヒェン風の生きもののあいだに席をとるが、その生きものは配送された箱から出したばかりの冷蔵庫やキッチン家電のように、発泡スチロールのきつい臭いを放っている。発汗療法での身体の形状には目を見張るものがある。ありとあらゆる頭の形があるが、もっとも頻繁に見られるのは白熱電球型だ。

子供のころから、僕の夢ではあらゆる種類のひし形が繰り返し中心的な役割を果たしてきた。そのため、僕の隣にいるしわくちゃ生物の顔がとても魅力的で、もうたまらない。できることならその顔を計測して、コンパスと定規で腰をすえて考えたり、鏡像、回転、平行移動などのさまざまな初等幾何学の座標変換をやってみたりしたくなる。この形はぴったりとウーファ映画会社のロゴにあうだろう。[136]僕は、タンクの中に座っている男たちの職業や企業での地位を推測して愉しむ。頬ひげの目立つ男は名家の一族の長にして、しわくちゃ生物は有力な美術品収集家ということにする。しばらくすると僕たちの上の赤い電球が灯り、座っている男性たちに動きがでる。ここまで本を手にしていた人たちは、本を置く。上着を脱ぎだす人も何人かいる。

遠隔作用がしばらくすると始まる。ひどいめまいが、世界でたった一人の人間だという気分と結びつく。それから中等学校《ギムナジウム》の職を辞めて、作家という世界でもっとも重要な人間へなりたいという願望が……。

しばらくののち、僕の脳みそは完全に空っぽになる。

あとで僕は、しわくちゃの老人とおしゃべりをする。彼はホテルのオーナーだと判明する。毎年、少なくとも一度はこの**証人《ゲタイゲ》X・1**に来るのだという。ほかではめったにできないからだそうだ。

僕は慎重に同意をする。

僕は、自分の思考の流れがゆるむのに気づくことができると思い込む。子供のころのイメージが浮かび、各部品に分解された自転車が、ひょっとするとそれも取り違えているかもしれない。取り違えはいつだってよい兆候だ。時間枠を混同するのだから。

この療法の手順を全部やりきれるようになるには、長いことかかりましたよ、と老人は言う。何回か試してみたという。でもその甲斐がありましたよ、もちろん、と。

もちろんそうでしょう、と僕は請け合った。

その後、施設の巡覧。同じドアとインターホンが二つある中庭。小部屋へ続くドアには顔文字の小さなシールが貼ってある。別の時間、別の時代の気分。療法の最後には全員、ペロペロキャンディをもらう。Fは糖尿病だからと断る。しわくちゃの男性は僕に自分の分をくれる。この甘味は彼にもよくないのだそうだ。しかしどういう味なのかは知りたがる。

コッホ雪片[137]のようです、と僕は答える。

［穴のあいた縁がちぎれている、手書きのルーズリーフ］

最終日の夜。Fとともに、いわゆる最終生成物のところへ。この最終生成物とは年齢不詳の男性だ。ほんのすこしカメのようで、その動きはにぶく、ぎこちない。杖をついて歩く。同時に彼にはたしかなエネルギーが宿っており、それが特にまなざしと声にあらわれている。彼は千以上のセミナーをこなし、そのあいまにインディゴ作用のようなものを自分でも普及している。いずれにせよ数分もすれば、僕はゆるやかなめまいを感じる。それを男性に伝えると、とてもうれしそうにして、文字通り白熱し輝きはじめる。めまいはどれほどひどいのか、僕から聞きたがる。彼には（すこし大げさに）空間が自分のまわりをまわっていると言う。ああ、と彼はうなずく。満足して眼を閉じ、いいワインの余韻を愉しむように僕が描写した作用を愉しんでいるようだ。詳しくはどの種類のめまいなんですか、と尋ねてくる。回転性のめまいか方向感覚の喪失か、つまりバランスが取れずふらふらするのか、はたまた足元の地面がなくなったように感じるのか、さもなければ高所恐怖症のようなもので、下から悪魔に強く引き寄せられるのか、と。僕は彼を試すために、回転性のめまいだと答える。それで実際、すこし彼をがっかりさせたようだ。彼は座ってカップの中をかき混ぜる。杖はひざのあいだにある。彼は田舎での子供時代を語る。隣の農家にはよく鳴くオンドリが一羽いて、日に何度も、オンドリは繰り返し大きな声で鳴いていた。そしてある日突然、オンドリは鳴かなくなった。その同じ日に、彼自身が病気になり、原因不明の高熱がでた。あの頃、自分はほとんど死にかけたよ、と男性は、まるで話と関係あるかのように杖の刻み目を見せてくる。ほら、それにここにも、と。ひとつめの刻み目の数センチ下にあるふたつめもみせる。Ｆは話題を変えて、発汗療法を今も毎日うけているのか尋ねる。それに股関節の調子はどうかと。総じて順調だというのが男性の答えだ。彼はジャズミュージシャン十人分のエネルギーを持っていると言う。フリージャズだよ、と細かく付け加えて笑う。その笑いには床をこづく杖の音の伴奏がつく。このカップはね、と突然言うと、飲みかけのミルク入りコーヒーを見せる。このカップは何年ものあいだ彼の前では無事だったが、もうその時代は過ぎたという。Ｆと僕は視線を交わす。ご覧なさい、と男性は手をカップへとのばす。何も起きない。僕たちはカップをよく見る。でも動きはない。男性は言う。今コーヒーを飲んでみたら、冷たいことがわかりますよ。その前は熱くて、もう何度も唇をやけどしました。この福祉施設のコーヒーはいつも熱すぎて、ここの人は指先の感覚がないんでしょうね。僕たちはうなずく。Ｆはコーヒーカップを手にして確認してみる。その動きは夢の中にいるようで、理性を失わないように僕は顔をそむけざるをえなくなる。

僕たちが男性の部屋から退室するとき、Ｆは僕を引き留め、手を僕の肩においてそっと押してくる。さきほどご覧いただいたのは、偉大な男です、と彼は僕に言う。本当に偉大なひとです。あの人が引き受ける準備ができていたということは――それに今も引き受けているのですが――それはもう類をみないことなんです。あんなのはまたそうそうお目にかかれるもんじゃないですよ、どこをお探しになろうとね、ザアイスさん。

［宇宙船の中で楽しげに笑っている犬が描かれたハガキ。裏側にはブロック体の文字］

クリスマス、窓の外には、しきりに渦を巻いて降る雪。みすぼらしいプラスチックのツリーを立てようとする。昔は木の香りやチクチクするモミの木の葉っぱで興奮したものだが、この臭いのないプラスチックのゴミは、できることならすぐさま窓から放り投げたい。僕は人工の枝を折り取って、ネコのおもちゃに使う。

［二ページの手書き］

自分の子供がIチルドレンだと確信していた、イギリス出身の女性についてのレポートを参照せよ。その子供にまわりを病気にする作用がまったくないことは、今日でははっきり裏付けられている。それにもかかわらず、真実が白日の下にさらされるまで丸六年もかかり、それまで子供はIチルドレンとして扱われ、ほとんどの時間はひとりきりで、医師が週に一度来ては数分のうちに、文字通り急ぎ足で診察をすませ（そしてあとで頭痛を訴え）た。子供が六歳をすぎてもなお、母親は作用をまだ感じるからと監禁した。母親の痛みやめまいの発作は科学的証拠で裏付けられることはなく、だれも信じなかったので、事態は悪化するばかりだった。母親は、娘がIチルドレンで、娘がいると自分がゆっくりとダメになっていくと、岩よりかたく信じこんでいた。身体的苦痛についてのそのほかの説明は、きっぱりとはねつけられた。最終的には児童相談所が介入せざるをえなくなり、裁判になって、その結果母親は子供の養育が許されたものの、セラピーを受け、所轄官庁による事前通告なしの定期的な家庭訪問を受け入れなければならなかった。

このケースは、判明したところ奇妙な結果を招いた。まず当然ながら、多くのインディゴの事例が純粋に思い込みが根拠になっているのではないかという議論がわきおこった。謎めいた遠方作用なる非科学的コンセプトがまたしても引き合いに出され、実施される検査や実験の数が少ないことや、一般に人間は被暗示性が高いことが指摘された。昔ながらの議論ばかりだ。しかしそれから議論は驚くべき転回を果たし、『ガーディアン』紙では幼児虐待で有罪判決を受けた親たちをインタビューするシリーズ記事（「虚空からの声」《ヴォイス・フロム・ザ・ヴォイド》二〇〇五年五月一日―十一日）が出た。そしてその多くは突然、許されざる行動の理由として、I症状を思わせることを挙げていた。ある三十九歳の男性は、たった一歳半の双子の息子たちを洗濯機に詰めこんで、（スイッチは入れなかったとはいえ）二十四時間閉じ込めたのだが、仕事や外出時はいつも調子がよく**まったく問題ない**《ノー・プロブレム・ワット・ソー・エヴァー》が、家に帰って、もっぱら新しい同居人ふたりの面倒をみている妻に会った途端に、すぐに激怒するようになったと主張した。それは**肉体的な激怒**で、怒りは雷のように前頭洞をつらぬき、自分がどこにいるのか何をしているのかわからなくなったそうだ。イングランド北部、リーズ出身の女性は、娘のネグレクトで告訴され、執行猶予二年の判決が下されたが、彼女は耳鳴りから身を守らざるをえなかったのだとした。耳鳴りは、娘が近づいて頼みごとをしてくるたびいつも起きるのだという。たとえば靴下はどこ、と言われるときなどに。

こうした怪しげな論争はすぐにほかの国々にも拡がった。九月にはドイツの週刊誌『シュテルン』で、暴力事件で有罪判決をうけた親たちの似たようなインタビューシリーズが出た。そして突然いたるところで、親による暴力の弁護者たちがうようよと現れたが、本当に目立って

［パソコンからのプリント、四つ折り］

代書人バートルビー[138]――これは一人だけではなく、この種の人はたくさんいるのであって、本当にたくさんのバートルビーがいるものだ。世にも奇妙な仕事や生活の分野に。たとえばカンボジアの悪名高き収容所S21の、不可解なとある看守のケースについて報告がある。かつて学校だったこの建物の中では、推定千五百人の看守の手によって何万人もの人が亡くなった。[139]看守の一人、エックという名前で知られる男はある日、拷問をきっぱりと拒んだという。男は、自身が電気ショックを与えたり、氷のような冷水に何分も沈めたり、残酷な外科手術をして自白を強要し、そのあと処刑してきた囚人たちの隣に座って、もうやりたくない、もういやだ、二度とやらない、と同じ文章を繰り返した。数週間後についに露見すると、この男も同じように投獄された。しかしそれだけではいつも同じ文章ばかり言い続けることをやめさせられなかった。結局、かつての同僚がこの男に同情し、電気ショックで殺してやった。

［明確化と書かれた封筒。ファイルの中で封筒はひとつだけ。中にはぎっしり書かれたルーズリーフ数枚］

ロープウェイの中で偏頭痛発作の予兆がきた。子供のころからすでにこのような発作の繰り返しがあり、たいていは視野のゆがみ、暗点や幻覚を伴った。視野の境界には光があらわれ、その形や強さをくるくると変えたり、盲点があらわれて周縁部にある事物をのみ込んでしまう。テーブル上の花瓶は一定の視角からは眼に視えず、視野にあいた穴の上から、僕の脳はテーブル板の色を単純に塗ってしまう。何も載っていないテーブルだ。読書や会話が難しくなり、単語はまだ認識できるもののアナグラムのように感じられ、アップルはたとえばアッルプにみえて、単語を一文字ごとに確認しようとすると、間違いは見つからず、突然、偏頭痛オーラと呼ばれる閃輝暗点の内側にいるとわかるのだ。それは奇妙な世界で、ドアを通って行くことのできる異世界だが、そのドアは通ってしまえばもう元の場所にはない。ひとつの単語を発音すれば、それは間違った色合いをしている。もしくは、木を眺めれば、その枝の伸び方に幾何学模様が見つかるのだ。

「開けてごらんなさい」鼻メガネをかけた男は言った。

僕は封筒をあけて写真をとりだした。空っぽの部屋の写真だ。ただひとつテーブルがそこにはあった。上には植木鉢に入ったサボテンが載っている。

僕は写真を返却した。僕の手が震えはじめていた。止まっているゴンドラのまわりを風がひゅうひゅう吹いた。かなたに夜のギリンゲンの町の光が瞬いている。僕たちの前や後ろのゴンドラの中では、手の届かないところで、ほかの人たちが揺れていた。

「交換取引をご提案したいのですが、ザイツさん」

震動がゴンドラを走った。僕らの下には木々に、山腹。

「ずっとほしがっていらっしゃったものが手に入りますよ」

彼はリュックサックから何かを出して、僕に手渡した。とても薄いものと、いくらか分厚い紙の包みだった。

「フォンターネ[140]というわけにはいきませんが、この道をいく方がよいと気づくことになりますよ、今いらっしゃる道にとどまるよりはね。その道はどこにもつながりませんから、ザイツさん」

「正確にはどの道のことをおっしゃっているんですか？」

僕たちがぶら下がっている、ずっしりした鋼鉄ロープがギイギイときしんだ。

「ほら、この原稿をご覧なさい。包括的なものですよ、おおむね。でもよくできています。本当にうまいシミュレーションです。タイトルはどう思いますか」

「おかしな感じです」

「ええ、そうですか？　うまくいっていますよ、今どき。家族や世代間闘争、そういうものが考えられます。もちろんそれは見かけ倒しで、本当は対にはなっていない部品を貼り合わせているのです。ごちゃ混ぜですが、すでに受け入れられています。あなたのものですよ。もし欲しければですが」

「僕は……僕は似たようなテーマで数学の卒業論文を書いたんです……」

「そのとおり、そうそう……あなたは数学教師でいらっしゃいましたね……。それで、どうしても う教師をやっておられないのですか」

「実習を途中でやめてしまったんです」

風がゴンドラのまわりでうなり声をあげた。ゴンドラの中は、晩夏らしく暑かった。

「別の活動に専心されるためですか？」

「もう行ってもいいですか」

「もちろんいいですよ。だれでもしてよいのです。息をするようにね」

間。

「つまり、もうおしまいですか？」

「いえ、そうではありませんよ、ザイツさん。私はまだここにこの両方の原稿をもっています。寒いですか？　ほら、ご覧ください、きっとこちらのものから始めたいと思われるでしょう。これは短めで身にせまるものがありますよ。こちらの二番目のほうは……まあ、ひどいもん《ヘヴィー・シット》です。ウィーンの狂人二人が数週間でこれを書き下ろしたんですよ。でもそれにもかかわらず優れた仕事だ」

僕はため息をついた。ゴンドラはこの瞬間に再び動きだした。

「つまらない話をしていますか、ザイツさん？」

「いえ。でも降りたくなってきました。いいですか？」

「もちろんどうぞ。あのですね、ザイツさん。もしあなたにだれかが、もう行ってはいけない、話してはいけない、息をしてはいけないと言ったら……わかりますか？　そうしたらこのだれかというのはあなたの友人ではありません。そういう人は避けられるのがよいでしょう」

2　ギリンゲンの墓地

教会で人々はみな上をみつめていた。その姿勢は、木の下に座って手の届かない鳥から目を離さずにいるネコの姿を思い起こさせた。このような悲しい境遇で亡くなったクリストフ・シュテニッツァーの埋葬を承諾してくれた、隣町の司祭が来ていた。シュテニッツァーさんの父親がわざわざギリンゲンの司祭のところへ行き、長いこと話をして、ワインを数本置いてくるまでしたにもかかわらず、年老いた聖職者はミサを執り行える状況にはないと見ていた。小さな家がまわりで燃えさかる中で、首をつった一人の若者……

シュテニッツァーさんの下唇は前歯の下にかくれていた。僕が挨拶をしてお悔やみを言ったとき、彼女は一言も発しなかった。そのほかにも周囲から意思疎通のやりとりが投げかけられてもほとんど反応せず、ただときおり父親の腕に触れて、いや。もう話さないで、と言いたいようだった。茶色い手袋をした禿げ頭の男性は、何も言っていなかったにもかかわらず。

シュテニッツァーさんの身体は重そうで、砂が詰まっているようだった。彼女と握手するために、人々は両手を使わなければならなかった。

弔問客全員が教会から出てきたとき、僕はクリストフのおじいさんに自己紹介した。祖父は手袋をとることなく僕に握手の手をさし出した。それからうなずいて、お宅のことは理解していますよと言った。

僕はなんと言えばよいかわからず、同じくうなずいておいた。

クリストフとその家族というのは、いつも問題でしてね、と老人は上着を脱いだ。彼は汗をかいていた。その日は暑かった。一度、彼自身あの土地の若者たちから脅されたことがあるという。

「遠くから、あいつらはこちらに撃ってきましてね、威嚇用のピストルだかそういう類のものでね。ばかでかい音がするんだ、あの道具は。しかもいわゆる化学防護服を着たのも一人いてね、それでわしらは、こいつはあの丘の上のヴェルンライヒ・ベニーにちがいないぞって思ったんですよ。あそこは父親が陸軍勤めだからね」

それで老人は立ち去った。


暑い夏の日の田舎の葬儀というものは、どこか格別に激しく心を揺さぶるものがある。人々はひっきりなしに額や目じりから汗をぬぐい、暑すぎる黒い喪服の袖はまくりあげられるが、本当に暑さがやわらぎ涼しくなるほどは腕を出せない。今度は失礼にみえるかもしれないからだ。自分の身体感覚や、自分の中に拡がっていく熱のほうが、愛する人を失った心痛よりも耐えがたいなどとは、だれもほのめかしたりしない。高い気温のせいで悲しみに暮れる人たちは同時に気だるくもなり苛立ちもして、視線ですら口数が少なくなる。教会の中で司祭は情熱をもって話す。屋内はまだ涼しいので、できるだけ長く味わい尽くしているのだ。それから戸外で、棺の後ろに続いて、墓地への道すがら、整然とした二列の歩みはすぐに崩れ、人々は列から遅れて、靴紐を結びなおさなければならない。帽子を持っているものは、またかぶり直す。帽子を再びとるのは、墓の前に歩み出るときで、敬意を示すサインとして、容赦ない日差しを無帽で耐えるのだ。

生垣の脇を通り、柵で囲まれた静かな果樹園の脇を通る。バーベキューの炭の刺すような臭いが、何か別の、おそらく香煙とまざって空気に漂う。虫が葬列のまわりをブンブンと飛びまわり、追い払われ、背を丸めて坂を上っていく人々のあいだを、気だるげにしつこくブンブンと飛ぶ。

僕は全身すっかり汗をかいていていて、溶解が毛穴の中ではじまり液化していたが、それでも持ってきていたミネラルウォーターのボトルから飲む勇気はなかった。その仕草で信仰心がないと見えかねないだろう。暑い季節には、自分は文字通りこの大地のもので、地球規模の化学埋蔵物からつくられているという気分が、ずっと強くなり、説得力が増してくる。白く冷たい外科用メスのある冬は、こうした思考を身体から切除するので、人間は雪景色をさまよう幽霊となり、幾重にも重なった温かい服の層の下に隠れる。この年に一度の、平和な二、三カ月をもたらす、生きていく上で欠かせない冷え込みがなかったとしたら、自分がどんな身体感覚を持つものか、想像は難しい。

「ゼッツさん、わたし、あなたにどうしても言いたいことがあるんです」

「もちろん、どうぞ」

シュテニッツァーさんは僕のすぐ近くまで寄って来た。彼女の視線は僕の視線をよけ、僕の腹を見つめていた。それから頭を一瞬あげて、まるで僕の顔が明るすぎる電球であるかのように瞬きした。

「ひとつご理解いただかなければいけません。本当におわかりいただけるか自信はないのですが。

あなたには感謝しているんですよ。その、あなたが……」

その言葉を発するのがあまりに辛いといった様子で、彼女は目を閉じた。代わりに手で書きものをする仕草をした。

「ここではもちろんあなたの記事は読まれていますよ。全員が読みました。それにその後で何人か別のジャーナリストも来たんです、ロープウェイだけを目当てにではなくて、その……まあ、まだうちの庭のあの場所のことは憶えていらっしゃいますでしょう、ゼッツさん」

「お庭ですか？」

「円錐の山ですよ」

「ああはい、もちろん」

「あの頃、わたしは説明しました、許可が、墓……葬……」

彼女は続けて話すことができなかった。下唇が顔から逃げようとしていた。

僕は手を彼女の肩へと伸ばしたが、彼女は避けて下がった。

「わたしはあなたに感謝しているんです」彼女は冷たい、深く傷ついた声で言った。「どのぐらい感謝しているか、あなたはまったくわかっていらっしゃらないですが。あの記事が……町長までも……」

再び黙り込んだ。それから脇を見て、口から息を吸い、口の端から髪の毛の束を外すと言った。

「みなさんおいでになりました。連絡をとる必要すらありませんでした。あなたのおかげです、ゼッツさん。あなたとあなたの……記事のおかげです」

それで僕を立たせたまま放置した。

古めかしい鼻メガネをかけた男が弔問客の中にいた。男は視線を僕に固定していた。僕は彼に応えて、数秒間は視線を受けとめ、そのあと別の場所を見やった。彼をもう一度みると、その視線は変わっていなかった。刺すような、強い視線だ。もしかすると怒っているのかもしれない。

そこで僕はまだ白いiPodのイヤホンを首にかけていたことに気づいた。あわててポケットに突っ込んだ。しまった、と僕は謝罪する仕草で男の方角へ伝えてみせた。それでは彼のにらむ眼差しは何も変わらなかった。少なくとも人差し指をこめかみにあてて会釈はしてきた。僕は挨拶を返した。

クリストフの墓に立てられた木製の十字架には、彼のイニシャルが大きく強調して彫られていた。C・Sと。

その下には、主の御許に到着す、とあった。

僕は二、三歩後ろによろめくと、間違ってだれかの靴を踏んでしまった。

葬式のあと親戚や知人はだんだん散っていき、わずかな人だけがシュテニッツァーさんのまわりに集まった。彼女は遠方から僕に眼を留めていた。もし僕がもう一度彼女のもとへ行ったら、腕か眼をむしり取られてしまうのではないかと思った。

彼女は僕の方向を指し示し、彼女の前に立っていた背の高いおかしな帽子をかぶった男が目立たないようにこちらへ向き直った。僕は片手をあげた。

僕はどのグループにも加わらず、一人でペンション・タハラーの向かいにある飲食店へと入っていった。ペンションそのものは閉まっていた。僕は隅の暗い席に座ってオレンジジュースをひとつ注文した。数分後だれかがテーブルに来た。明るい窓のまえに立ったので、シルエットしかわからなかった。背の高い帽子が僕の前のテーブルにおかれた。

「すこしお邪魔してよろしいですか？」

僕はその面識のない人を、何か意味のある答えを返せぬまま眺めた。この人は何をするつもりだろう？　僕を店から放り出したいのだろうか？　それとも殴りあいをしにきたのか？

「ただちょっと……えー……ここにサインをしていただけないかと……」

帽子の仲間に『ナショナルジオグラフィック』誌が加わっていた。僕に顔を見せるように男は前かがみになり、中指を舌でしめらせると雑誌をめくった。「イン・ザ・ゾーン」の記事にたどり着くと、僕の名前を指さした。

「もしよければ、ここに……どうぞ……」

僕は両手で途方に暮れた仕草をした。肩をすくめるのと両手をあげるのを混ぜてみせた。

「あー、すみません、そうですよね」男は胸のあたりをたたいた。

上着のポケットの中をさぐって、古くて使い込んだように見える美しい万年筆を出した。それを僕の手に押しつけて、もう一度、同じ箇所を指さした。

「こういうことは……えーと……まあ、どういえばいいのか、こういうことはもちろん、ここのようなかなり小さな土地ではすぐに伝わるもので、ハハハ、おわかりでしょう」

僕が万年筆を紙の上におくと、ペン先の下にインクの染みができ、それがゆっくりとだんだん大きくなっていった。

「毎日あることではないのでね」男は完全に同じ口調で言った。「だれかがわしらのためにそういうことをやってくれるというのは」

僕の名前が書いてあった。同じものを自動的に書いた。その記事と『ナショナルジオグラフィック』誌全部をその場で破った方がよいかと悩んだが、男が雑誌と万年筆をそっと手から取り上げて、頭を下げた。

「ごきげんよう。あー……」

彼ははっとして、開いた雑誌をテーブルに戻した。

「ミドルネームのイニシャル、お忘れになっていますよ」

彼は人差し指で表題の下にある執筆者の名前をつついた。

僕は震える指で、太い雨傘の柄を苗字と名前のあいだに描いた。男が万年筆を笑って取り上げ、雑誌を持ち去るまで、どんどん太く描いていった。

「ハハッ」立ち去り際に彼は言った。「そうですよ。ハハ」


ウェイターが僕にオレンジジュースを持ってきた。すこし気持ち悪かったにもかかわらず、僕はグリルドチーズサンドもさらに注文した。小さなケチャップの袋のミシン目をやぶって、薄い赤の、驚くほど水っぽい噴射が皿に飛んだとき、一瞬、理性がなくなる気がした。発作を阻止するために自分のひざに集中して、なでたり触ったりし、足の親指も動かして、靴の中で指がどう見えるかを想像した。

支払いをしようとすると、ウェイターがこちらへ身をかがめて、それはもちろん結構ですよ、と言った。町長が済ませましたので、と。

「町長ですか」

「ええ、今しがた、出ていかれるときに。わざわざもう一度戻ってこられたんですよ。いつも支払いが済んでいないものがないか気にしているんです」

店主は僕の肩をたたいた。

「自分が有名になった気がするもんですよ。こんな風にベールを剝がれるようなことがあるとね。でも剝がれることも必要です、そうじゃないと悪が露見しないですから」

路上の炎天下に戻るやいなや、また別の人に話しかけられた。数秒たってはじめてそれが女性だと気づいた。頭巾をかぶった高齢の女性だ。僕はコートの内側のポケットをつかんで鉛筆をにぎりしめた。鉛筆はどこに突きさしたらいい？　第三の眼か？　下唇から歯茎へむけて？　こめかみか？

しかし女性はただ、駅はどこか知りたいだけだった。僕が正しい方向をしめすと、女性はうなずいて礼を言った。

ゆっくりと僕はグロッケンホフ道に向かって移動をはじめた。ただひと目、庭で焼けた小さな家を見やって、その後この地から去るつもりだった。

辺りはもうだれも出歩いていなかった。シュテニッツァーさんはきっと、葬儀後の会食のために親族と大きめのレストランへ行ったはずだ。僕はiPodのイヤホンを耳に突っこんで、いくらか敬虔な気分になるためにアルヴォ・ペルトの瞑想的なピアノ曲「アリーナのために」を聴いた。

グロッケンホフ道一番地の家に到着したとき、シュテニッツァーさんはまるで僕を待ちかまえていたかのように、庭戸のところに立っていた。僕はすこしどきっとして、すぐに耳からイヤホンを外した。

「そう、僕、僕は、まだあとお別れを言いたかったので」僕は言った。

彼女は僕に庭の戸をあけた。

「ご親戚とごいっしょではなかったのですか？」僕は尋ねた。

シュテニッツァーさんが葬儀のあとこれほど早くこの庭に立っているというのは、僕からしてみれば、彼女がもう一人の自分を謎めいた方法で作りだしたように思えた。デジャヴ。マトリックスのエラーだ。

「ええ。中へどうぞ」

彼女について家に入った。

「お別れにいらしたんですか。それはご親切に」

「それに言っておきたかったんです、もしお役に立てることがありましたら、なんでもかまわず
……」

「んん」

それはとても疲れた、力の抜けた咳のように聴こえた。

「どうして戻っていらしたんですか」それから、彼女は尋ねた。

「お別れを言いに」

「いえ、いえ、そうではなくて、つまり……こちらからお電話をさしあげましたよね、ブリュッセルのホテルで、憶えていらっしゃいますか」

「どこからそれを――」

「ああ、もう。やめてください。分別ある人間のように話しましょうよ、よろしいですか？　わたしたちが電話で話しているあいだに、ずいぶんお変わりになられたように聞こえましたよ、ゼッツさん。あなたがクリストフの到着を通告したんです」

「なんですって？」

「どうしてそうしたんですか？　わたしは混乱しましたよ」

「何をおっしゃっているのか、全然わからないんですが」

彼女はため息をついた。

「あなたを追い込もうというわけではないんですよ、ゼッツさん。完全にはっきりとしていたわけではありません。とても巧妙でした。それでも明白でした」

「何が明白だったんですか」

彼女の顔が嫌悪でゆがんだ。

「どうぞ、そんなふうには……。彼が話してくれたんです。全部話してくれましたよ。ビデオに何が映っているか、教えてくださいとあなたが頼んだことまでね！　あなたのことをどうこう断じるつもりはありませんけれど、かなり不快に思ったことは正直に言わざるをえません」

「なんですって？　でもいや、あれはそんな――」

「まったくの覗き趣味だと思いましたし、それにほかのことだっていろいろと、今ここでいちいち言いたくありませんけど。どうして彼にそんなことを頼んだんですか？　あれは本当に――」

僕は両手でタイム・アウトの合図をした。

「ちょっと、聞いてください、そうじゃないんですよ？　どこからお知りになったかはわかりませんが、フェレンツさんがビデオを見せようとして、僕はそれを観ていられなかったんです。それで彼に頼んでみたんですよ、そこで観るべきものを描写してもらえないかと――」

「でもどうして？　それは二重に病んでいますよ！　わたしだってビデオを観ましたけど、そんなひどいものではありませんよ！　いちいち映像を語りなおさせる理由にはなりません」

「どこからお知りになったんです……？」

彼女は一歩さがった。それはまるで彼女が肩越しに、家の玄関を確認する視線を投げたかのようにみえた。そこには細めにあいたドアがあった。僕はそちらを見やった。でもドアのすき間は一センチたりとも広がらなかった。

「あなたのことはもう信用できません。それが言えることのすべてです。フェレンツさんはだれか違う人を探さなければいけないでしょう」

「違う人ですか？」

「ええ、あなたには向いていませんから」

「何に向いていないんですか？　おっしゃっていることがわかりません。本当に。それにフェレンツさんをご存知だなんてびっくりしました。そんなことフェレンツさんは何も言っていませんでしたから、つまりその――」

「何も気づかなかったんですか?」彼女は涙ながらに尋ねた。

「でも、はい、僕は――」

「ひどい人《ブタ》!」

彼女のこぶしが僕の右上腕にあたった。

「待ってください!」僕は彼女の手を受け止めた。「待って、ちょっとだけ! 話してください。考えていらっしゃることを説明してください。何か恐れていることがあるんですか? それでですか? 怖くて、だれかが……」

自分でも、文章がどう続いていくのかわからなかった。

「怖いですって!」

シュテニッツァーさんは、その言葉をさげすむように僕の前に吐き捨てた。

僕は腕を下ろした。救いのない、飛ぶことのできない生きものを。

「はぁーっ」シュテニッツァーさんは、胸から空気をすべて押し出すように見えた。「あなたがおやりになったことは、尊敬しているんですよ。つまり、本当に尊敬しているのは、それは……、あそこへ行かれたりいろいろとなさったことでね。でもわたしたちは違うんですよ、おわかりになりませんか? わたしたちは違ったんです。クリストフは……」

彼女は宙を指した。

「クリストフは違いました。クリストフは本当に覚悟ができていたんです、わかりますか? あなたはまったくわかっちゃいないわね。何もわからないのよ」

うなだれて話したために、最後の言葉は彼女の胸の中へと消えていった。彼女の声はあたたかい、

なじみの場所へと引き返していった。もしかすると幼年時代の果樹園か、無邪気なままの過去の生き生きとした記憶へと。

C・Sと僕は思った。墓に彫られたイニシャルだ。

到着《アリヴェ》。

太陽が家のまわりで踊りはじめ、僕はこの場で倒れないよう、手をこめかみにあてなければならなかった。

「あなたは何の値打ちもありませんよ。いらっしゃい、ちょっとお見せしましょう」

シュテニッツァーさんは僕を連れて家を抜け、テラスを横切って庭へでた。クリストフの焼け落ちた離れ屋を眺めても、驚くべきことに動揺することはなかった。家はまるで、黒く、泡だらけの、ざらざらしたタールで、新しく塗りなおされたように見えた。崩壊の危険があったので、建物には数歩しか入らなかった。右手の寝室へとつながるドアの前に立ちどまって、あたりを見回した。この小さな家が燃えあがったときといったら、マッチでできた作品のようだったんですよ、とシュテニッツァーさんは言った。

小さな家の前のガラスの破片に覆われた草むらの中に、茶色いエアマットが無傷で落ちていた。シュテニッツァーさんは、どこでどのようにこれを見つけたのかを語った。離れからすこし距離のあるところに落ちていたんですよ、その脇にはビール缶、タバコの吸い殻、それに（この単語を発するのに彼女は全精力を必要とした）使用済みの避妊具があって。エアマットを自分の手にとりましてね、暖かい布のような素材で、ちっともつるつるしていないんです。きっと、水の中をしばらく漂っていたいと思う、幸せな濡れた身体向けのものなんでしょうね。

草むらに散らかっているまわりのゴミにはかまわずに、空気の詰まった物体を家の中へ運びました。自分が何をやったのか、本当によくわかっていませんでした。そうでもなければ居間まで運びこむなんてことはできず、エアマットを落としたり、ひょっとしたらショックで空気栓を抜いてしまっていたかもしれません——そうしたらマットは、狂った悪夢のキリンみたいに、人間の宇宙にあるたくさんの不幸をはあはあと声もなく高笑いしながら、空気を吐き出したことでしょう。

エアマットがソファの上に置かれてはじめて、これが巨大な息の保存袋だということに気づきました。息子の肺の内容物なのです。石油タンカーのように小さな空気栓でつながる貯蔵空間なので、穴がひとつあいたところですぐに全部が沈むようなことはありません。呼気なのです。茶色く包装された。

わたしは部屋から出て、自問しました。どの場所ならマットを傷つけずに触れるかしらって。

世界最大の、故クリストフ・シュテニッツァーの息の保存袋。

そう思うと笑わずにはいられませんでした、と彼女は僕に語った。

僕は、両腕で途方に暮れた仕草をすると、またしてもシュテニッツァーさんを慰めようと彼女の肩に手をおこうとした。しかし彼女は僕から後ずさった。

「あとでロープウェイに乗ろうと話しているんですよ。友人たちと。よかったらあなたもいらっしゃいませんか、ゼッツさん」

「よろこんで」

「だって、もう二度もギリンゲンのわたしどもの所にいらしているのに、まだ一度も近くからロープウェイをご覧になったことがないんですもの」

そして一瞬、奇妙な、興奮したといってもいいような微笑みが、彼女の顔をかすめていった。

3　勝者

紙が燃えるときというのは、なんて美しいんだろう。毎日歯をみがくみたいに、毎日何かを燃やしたほうがいい。

ファイルはまだ使うことがあるかもしれない。ロベルトはリュックサックにファイルをつっこんだ。

この件でもっとも好感が持てるのは、なぜやったのかを本人がまったく言えないことだ。**悪いやつっていうのは後悔しないもんだよ、ロビン。**にっこりと眼を閉じ、ロベルトは後ろにもたれかかった。燃え尽きた。

狭い路地から出て、すすだらけの指をズボンでぬぐうと、ヴィリーのマンションのこと、そこでやったことを考えずにはいられなかった。コルドゥラが身体のひどい臭いを洗い流すために日に四度シャワーを浴びることを思いうかべた。いつかヴィリーとコルドゥラには子供ができるだろうし、ほかのカップルたちとまったく同じに見えるようになるだろう。なんの違いもなく。

そしてしばらくのあいだ、すべてがそのように進んでいくのだ。まずは距離があり、それから距離を克服して、ひとつになり、再び距離をおいて。

道路の反対側を歩いている女性は、若い母親たちにありがちな表情で手元のベビーカーをのぞいていた。慎重な歩調でベビーカーを追いかけていて、まるでベビーカーが芝刈り機みたいに自分の意思を持っているようだった。この人はきっと頭痛があって、もうすぐ子供のうえに吐くのだろう。この国で毎日、多くの母親がしているように。

しばらくするとロベルトは、現在地に気づいた。そうだ、大学病院だ、それでこっちが路面電車の駅。あの頃と同じように乗るといいだろうか？　遊園地の古ぼけたローラーコースターの前でしかしないような問いだな。

ロベルトは乗り込み、iBallにうなずいて、最後部の座席に座った。そうすれば、洋菓子店の看板が近づいてくるのを見る時間が、一秒でも長くなるだろう。

路面電車が動きだした。家々が脇をすぎていく。停まっている車の数々。もうすぐ洋菓子店が来るぞ……。空のファイルが入ったバッグをひざの上に置いた。

ガタゴトと振動が電車を走っていった。もしかすると線路の溝に小銭が挟まっているのかもしれない。少なくともロベルトは前にテレビで見たことがあった。もう何年も前のことだが。

停車駅メランガッセ。でもそこに視線が奪われる看板はなかった。前に洋菓子店だった場所はいまや美容室となっていた。いくつか黒いマネキンの頭が、眼のない、かつらをかぶった状態で、ショーウィンドウの回転する円柱に乗って回っていた。

正午が、鐘の音とともに地域へいきわたった。でもロベルトは、だからといって空腹にはならなかった。気持ちは静まりかえっていた。もし彼がネコだったら、喉を鳴らすのすら忘れてしまっていただろう。一日の一秒一秒のあいだには心地よい白熱の光が、エスカレーターの隙間のように現れていた。あえて注意を向けなくても、ぼんやりと予感することができた。眼を閉じた状態で。

あのすっかり壊れた人間は、とロベルトは考えた。あの数学教師は。あれがパレードの祭列に加わらずにすんでいるのは奇跡だ。あいつは、風がもてあそび始めた灰の山みたいだった。あの男が一生を費やした円錐曲線や角錐、正四面体、ベクトル空間にマトリックスはみんな、どこにいったんだ？　いつか彼の助けになるのだろうか？　分別にたけた昆虫の群れのように、昔なじみの男のまわりへ寄り集まってくるのだろうか？　それとも男を見放してしまうのだろうか――アームストロングによれば、オルドリンやその後の月着陸計画参加者のうち数名が――突然、月から帰還した後に、不可解にも幼年時代の思い出の大部分から見限られてしまったが、それとちょうど同じだろうか？　バズ・オルドリンの母親の旧姓はムーンだった。

ロベルトは想像してみた。あの教師が自分で頭蓋骨のてっぺんをまわして取りはずし、乾いた黒い粒々の物質で満たされた頭の中へ手を突っ込んだところを。ひとつかみ取り出すと、口の中に放り込んで。噛んで。のみ込んで。頭を振ってつぶやいた。まだまだだな、と。

いつもだったら、ロベルトはこういう想像をすると笑っていただろう。それに、こういうものを描きたいという願望を感じていただろう。

しかし今、気持ちはすっかり静まりかえっていた。なんの願望もなかった。たとえば月面のような、無風の場所にある灰のようだ。月面のアメリカ国旗は、五十年以上も前からあの写真と同じように見える。はためかず、板のようにそこに立っているのだ。

数日前、ロベルトは日中の月を見た。太陽系の残念なうっかりミスだ。月がしていた、あの混乱した表情。橋の上の人々は、そんなこと気にもかけていなくて。そんな風にしている月を見るのはぞっとした。月はずいぶんと傾いて、青色の中に半ば転覆しかかっていた。明るい白色で、耳小骨のように華奢だった。それに、打ち上げられたクジラや木の上から降りられない仔ネコのために通報するような、救助に来てくれる責任者も救急隊もいなかった。空は、まるで数千年前に仕掛けられた粘着シートのようで、そこへ月は今朝がた引っかかってしまい、そこから困惑しつつもわくわくと、クレーターの口が半分あきっぱなしの顔をぼくたちから一秒たりともそらすこともできずに、こんなことでもなければ知ることもなかった昼行性の人間や生きものたちを見おろしていた。

二〇〇七年七月二日
フェレンツ携帯、電話済
⇓　自動音声、女の声で
"DIT NUMMER IS NIET IN GEBRUIK."
(コノ　バンゴウハ　ツカワレテ　オリマセン)

訳註

1　作家クレメンス・J・ゼッツは、一九八二年オーストリア、グラーツ市生まれ。数学とドイツ文学を専攻したグラーツ大学在学中より文芸誌に作品を発表しはじめ、二〇〇七年レジデンツ出版より『息子らと惑星たち』でデビュー。本小説『インディゴ』（二〇一二）は長篇小説『周波数』（二〇〇九）に続く三作目の小説。ライプツィヒ・ブックフェア賞（二〇一一）、ベルリン文学賞（二〇一九）、クライスト賞（二〇二〇）など受賞多数。英語の文芸作品の翻訳を手がけるほか、近年は演劇や映画脚本にも進出している。『インディゴ』執筆時には、フリーの作家としてグラーツに在住していたが、二〇二一年現在はウィーンに居を構える。独身。

2　アメリカの俳優・声優（一九二八―二〇一七）。特に「バットマン」シリーズでバットマンを演じたことで知られる。本小説では映画『バットマン』劇場版（一九六六）でのバットマンとロビンのかけあいや口癖が主に参照されている。

3　カナダ生まれのアメリカの詩人（一九三四―二〇一四）。引用は詩「物事を崩さぬために」（一九八〇）の冒頭（『犬の一生』村上春樹訳、中央公論社、一九九八）。

4　ヘリアナウ学園（Helianau Institut）という学校名は、作家ゼッツによればオーストリアの詩人ゲオルク・トラークル（一八八七―一九一四）が精神の孤独をうたった詩「ヘーリアン（Helian）」（一九一三）を参照している。

5　架空のバンド名。ローラ・パーマーは、アメリカのテレビシリーズ「ツインピークス」（一九九〇―九一）で殺人事件の被害者として登場する十七歳の少女と同名。ドラマはこの事件の謎を追う形で進行する。

6　アメリカの画家（一九四二―一九九五）。日本でもＮＨＫで放送されたテレビ番組「ボブの絵画教室」で、短時間で油絵を仕上げるウェット・オン・ウェット画法を紹介し、世界的に有名になった。

7 マーメット（Münker）は、ゼッツの造語で架空の動物。齧歯類を思わせる。

8 第二次世界大戦中にナチス・ドイツがユダヤ人大量虐殺計画の目的を表すために使用した表現「ユダヤ人問題の最終的解決」をもじったもの。

9 イギリスの小説家ジョゼフ・コンラッド（一八五七―一九二四）の小説『闇の奥』（一八九九）で、アフリカの奥地で病に倒れたクルツが最期に叫んだ言葉として知られる。日本語にはさまざまに訳されており、『闇の奥』を翻案としたアメリカ映画『地獄の黙示録』（一九七九、訳註26参照）の最後の場面でもこのセリフが使用されている。

10 塚本晋也（一九六〇―）監督の映画（一九八九）。身体が金属に侵食されていく男性を描く。

11 実在する抗うつ剤の商品名。「トリティコ（Trittico）」の語源はイタリア語で、宗教絵画では絵が三枚連なる、三幅対を指す。

12 ドイツ語圏では防火・防災の役割を果たす煙突掃除夫は縁起のよいものとされ、黒い衣装に触れると幸運がもたらされると言い伝えられており、贈答用の雑貨や菓子のモチーフにもなっている。

13 ボンドルフ（Bonndorf）は地名で、南ドイツに同名の村がある。「仕立婦（Jüttnerin）」はゼッツの造語で、洋裁師を連想させる。

14 ドイツ・バイエルン地方で一八〇〇年ごろランフォード伯が考案したとされる、丸麦や豆、ジャガイモなどを粥状にしたスープ。安価な栄養食として貧民層への施しや受刑者、軍などに提供された。

15 ヨハン・ペーター・ヘーベル（一七六〇―一八二六）は、スイス出身のドイツの作家。暦に挿入するための小話や日々の教訓、知恵などを書き集めた「ライン地方の家の友」は、日本語でも『ドイツ暦物語』（鳥影社、一九九二）または『ドイツ炉辺ばなし集――カレンダーゲシヒテン』（岩波文庫、一九八六）として抜粋訳が複数ある。ただし、この「ボンドルフの仕立婦」という小話はヘーベルの原著にも存在しない。本文は、初めの三分の一ほどが、『暦物語』収録の小話「一八一一年の箒星」（未邦訳）からの引用になっているが、途中からゼッツの創作になっており、挿絵も原著には存在しない。

16 アメリカの作家トマス・ピンチョン（一九三七―）の長篇小説『重力の虹』（一九七三）第三部のドイツ語タイトルと同一。日本語タイトルは佐藤良明訳（新潮社、二〇一四）にあわせた。

17 ギリンゲン（Gillingen）、ゼールヴァント（Seelwand）はともに架空の地名。

18 「すでに山が自分のはいているズボンのポケットの奥深くつっこんでしまったような」は、オーストリアの作家エルフリーデ・イェリネク（一九四六―）の小説『死者の子供たち』（一九九五）冒頭からの引用（中込啓子・須永恆雄・岡本和子訳、鳥影社、二〇一〇）。

19 眼球がおさまる頭蓋骨のくぼみ。英語ではeye socket（アイソケット）。

20 ここで挙げられる小説はどれも魔法や超能力を扱っている。J・K・ローリング（一九六五―）の「ハリー・ポッター」シリーズ、テリー・プラチェット（一九四八―二〇一五）の「ディスクワールド」シリーズは、ともに魔法の世界を描く世界的ベストセラー。フィリップ・K・ディック（一九二八―一九八二）の『ユービック』は、超能力者たちがパラレルワールドに迷いこむ近未来SF小説である。

21 ズヴィルッパール（Sviluppal）は、実在しない薬剤で、薬剤名も造語。イタリア語で「ズヴィルッパーレ（sviluppare）」は、展開、発展などを意味する動詞。

22 ヨハネス・ケプラー（一五七一―一六三〇）は、ドイツの天文学者。天体の運行法則に関する研究で有名だが、科学的知見を活かして月面から見た地形や天候、生物の生存可能性などの推測を『夢』（一六三四）として書いた。またケプラーは、この小説の舞台であり作者ゼッツの出身地でもあるオーストリア・グラーツ市で数学と天文学の教鞭をとった時期があり、天体観測のためにケプラー式望遠鏡を発明したことでも知られる（『ケプラーの夢』渡辺正雄・榎本恵美子訳、講談社学術文庫、一九八五）。

23 一九六三年にジョン・F・ケネディの暗殺される瞬間をエイブラハム・ザプルーダーが撮影したとされるフィルム。大統領の頭部に銃弾が命中する三百十三コマ目が有名。この映像を論拠にしたさまざまな犯行説や、フィルムそのものの真偽などが議論されている。

24 実在する入眠剤として使われる化合物の名。

25 レキソタン、ザノールは、ともに実在する向精神薬の商品名。催眠鎮静剤、抗不安剤として使われる。

26 フランシス・フォード・コッポラ（一九三九―）監督のアメリカ戦争映画（一九七九）。主人公はベトナム戦争後期に、謎めいた言動をする米兵カーツ大佐を暗殺するためにカンボジアの奥地へむかう。ヴァーグナー「ヴァルキューレの騎行」を流しながらの米軍によるナパーム弾での壮大な空爆シーンが有名。

27　クヌート・ハムスン（一八五九―一九五二）は、ノルウェーの作家。一九二〇年にノーベル文学賞を受賞するが、第二次世界大戦後、ナチスを支持しノルウェーのファシズム政権に協力した罪に問われた。

28　ディンゴは、オーストラリアの野生のイヌ科の動物。純血種が絶滅危惧種に指定されている一方で、その生息域では周辺住民の家畜が大量に襲われる被害の要因ともされており、殺鼠剤などに使われる一〇八〇という毒入りの餌（ベイト）が広範囲に撒かれている。撒かれた毒餌は他の野生動物も同時に駆除する結果を招き、周辺住民の家畜や住環境の安全と野生動物の保護とのあいだで議論となっている。

29　オーストラリアのディンゴに関する言い回しや、Tシャツなどの製品は、実際にインターネット上でいくつか確認できるが、ここで挙げられている文章にはそういった言い回しを利用した創作が含まれる。訳註75参照。

30　ロバート・バートン（一五七七―一六四〇）は、イギリスの学者。この箇所で挙げられている主著『憂鬱の解剖』（一六二一）には「隣人の憂鬱症」という表題の章は存在せず、このページはゼッツの創作である。ただし原書第三章よりいくつかの文章が抜き出され、創作とまぜられている。原文の存在する箇所については、明石訳のほか新訳も参考にした（ロバート・バートン『憂鬱の解剖』岡村眞紀子・川島伸博訳、京都府立大学学術報告（人文）第六十七号（二〇一五）、七七―一一三頁、第六十八号（二〇一六）、五一―七二頁）。

31　オーストリアの多くの地域では伝統的にカトリックを信仰する人が多く、死者は土葬するのが一般的である。

32　チェコの詩人、免疫学者（一九二三―一九九八）。ここで参照されているネズミのエピソードは、エッセイ集『生命の畜殺（*Shedding Life*）』（未邦訳、英訳一九九七）の同名エッセイより。免疫学者としてはヌードマウスの免疫学に関する著書がある。

33　ジェイムズ・メリル（一九二六―一九九五）は、アメリカの詩人。ここで引用されている詩集『イーフレイムの書』（一九七六）Pの項では、以下のとおり最後の文言が異なる。「ヒロシマカラ　ヤッテキタ　タマシイハ　ヒトツモ　ナカッタンダヨ／チキュウハ　エネルギーノ　フシギナ　シンチタイヲ　モツ」（志村正雄訳、書肆山田、二〇〇〇）

34　デイヴィッド・シャープ（一九七二―二〇〇六）は、イギリスの登山家、元数学教師。エベレストの山頂近くで死亡した。その直前に多くの登山者が瀕死のシャープを目撃していたことで、人道上、救助の是非について議論が起きた。

35　ジャン・アンリ・ファーブル（一八二三―一九一五）は、フランスの自然科学者。代表的著作『昆虫記』の「ナルボンヌコモリグモ」の項で、このイタリア・カラブリア地方にみられる「タラント病」のダンスによる治療に言及し、事実かどうかは不明としながら、毒グモに関する考察の端緒として扱っている。

36　ジェイムズ・フレイザー（一八五四―一九四一）は、イギリスの社会人類学者。その主著『金枝篇』は全十三巻からなり、ヨーロッパを中心に世界の未開社会の文化・慣習を集成したもの。ここで参照されている第五十五章の本来の章題は、「災厄の遠隔作用」ではなく「災厄の転移」であり、「ヨーロッパに於ける災厄の転移」の内容に関しても冒頭の一部のみが正確な引用で、大半はクレメンス・ゼッツの創作となっている。

37　現代ドイツを代表する画家・彫刻家のひとり（一九四一―）。新表現主義の代表とされ、天才肌で風変わりな言動でも知られる。

38　「新スタートレック」シーズン6　第八話「ホロデッキ・イン・ザ・ウェスト」。

39　「冒険野郎マクガイバー」シーズン7　第七・八話「聖戦士伝説（前・後編）」。マクガイバーは西部劇のビデオ・コレクターで西部開拓時代の夢を見ることがある。

40　超人（Übermensch）は、フリードリヒ・ニーチェ（一八四四―一九〇〇）が『ツァラトゥストラ』（一八八三―一八八五）で提唱した概念のひとつ。ツァラトゥストラは冒頭で、綱渡りの曲芸師をみて、人間は動物と超人とのあいだにある谷に張られた一本の渡り綱、橋であると語る。

41　フリッツ・ラング（一八九〇―一九七六）は、オーストリア出身の映画監督。母親がユダヤ系だったため、ナチス党がドイツで政権を掌握したのち、一九三四年にフランスを経由してアメリカに亡命、ハリウッドで活躍した。『メトロポリス』は一九二七年にドイツで公開されたモノクロサイレント映画で、ＳＦ映画の原点とされる。

42　テレビシリーズ「スタートレック」に登場するアンドロイド、データの前に制作された兄のローアは、「新スタートレック」シーズン1　第十三話「アンドロイドの裏切り」、シーズン4　第三話「永遠の絆」、シーズン7　第一話「ボーグ変質の謎」に登場し、感情チップをめぐってまわりの人を危険な目にあわせたりデータと戦ったりするが、ここでロベルトが演じてみせるような兄弟対決はないようである。

43 「ファンタジー小説から出てきたみたい」という名前をもつ薬剤は、第一部第六章にも登場した（訳註25参照）。第六章がすべて実在する薬であるのに対して、ここに挙げられている三つの薬剤はすべて架空のものである。

44 剣を呑みこむ曲芸師が、傘を使っての練習中に誤ってひらくボタンを押してしまい、死亡した事件は、一九九九年四月十八日にドイツのボンで起きたことが、ウェンディー・ノースカット『ダーウィン賞！』（二〇〇〇、橋本恵訳、講談社、二〇〇一）で紹介されている。

45 フランスの現代思想を代表する哲学者（一九三〇―二〇〇四）。ただし、ここは架空の引用である。

46 フランク・W・レーン（生没年不明）は、イギリスの科学作家。『アニマル・ワンダー・ワールド』（一九五一、未邦訳）は、動物の生態に関するエッセイ集。

47 宇宙犬ストレルカが産んだ仔犬プシンカのこと。一九六一年にキャロライン・ケネディに贈られた。

48 「スタートレック：ヴォイジャー」シーズン2　第二十話「繁殖期エロジウム」で、オカンパ人のケスが一生に一度の妊娠可能期間に入る。ドクターが父親の代わりに妊娠の準備として足をマッサージする。

49 オーストリアの哲学者ルートヴィヒ・ヴィトゲンシュタイン（一八八九―一九五一）が唯一生前に出版した哲学書『論理哲学論考』（一九二二）の命題「五・六　私の言葉の限界は、私の世界の限界を意味する」より。

50 映画『スター・ウォーズ　エピソード4／新たなる希望』で、ハン・ソロがグリードを撃った場面が劇場公開後に修正されたことを非難するフレーズ。

51 「スタートレック」シリーズに登場する。

52 アメリカの女優ウーピー・ゴールドバーグ（一九五五―）は、ガイナンという名のエンタープライズ号のバーテンダー役で、「新スタートレック」に出演している。ガイナンは、エル・オーリアン星出身の長命な種族エル・オーリア人で、五百歳を超えている。続く箇所にアフリカへの偏見に満ちた言及があるが、ウーピー・ゴールドバーグは、マンハッタン生まれの生粋のアメリカ人である。

53 安部公房（一九二四―一九九三）の執筆した最後の長篇小説。足にカイワレ大根の生えた男性が自走ベッドに乗って賽の河原や地獄谷温泉をめぐる。

54　アメリカの俳優・歌手であるデヴィッド・ハッセルホフ（一九五二―）が歌った歌謡曲。一九八九年に東西ドイツで大流行し、同年十一月のベルリンの壁崩壊の一助になったといわれる。

55　オーストリアの世界遺産であるゼメリング鉄道の駅のひとつ。小説の舞台であるグラーツとウィーンを結ぶ路線のちょうど中間あたりに位置する。

56　架空の製品で、作家ゼッツによればオーストリアの詩人ゲオルク・トラークルの詩「少年エーリスに」（一九一三）より名づけられている。トラークルはこの詩で、洞窟ではるか昔に死んだ少年エーリスの美しさをうたっている。

57　慈善団体「新ベンヤメンタ」の名称は、クェイ兄弟監督の映画『ベンヤメンタ学院』（一九九五）もしくは、その原作であるスイスの作家ローベルト・ヴァルザー（一八七八―一九五六）の小説『ヤーコプ・フォン・グンテン』（一九〇九）を連想させる。両作品で主人公ヤーコプ・フォン・グンテンは、召使養成のための寄宿学校「ベンヤメンタ学院」で、倒錯的な体験をする。

58　放射線防護の研究で知られるスウェーデンの物理学者ロルフ・マキシミリアン・シーベルト（一八九六―一九六六）、もしくはこの研究者の名にちなんだ放射線被ばく線量の単位と同名。

59　牡牛への変身で連想されるものとして、ギリシャ神話ではエウロペを誘惑するために牡牛に変身したゼウスがいる。

60　エストニアの作曲家（一九三五―）。一九八〇年からオーストリア国籍を得てドイツ語圏で活躍後、二〇〇〇年代にエストニアに活動拠点を戻す。新音楽の重要な作曲家の一人。

61　「人間は人間にとってオオカミである」は、古代ローマの喜劇詩人プラウトゥス（紀元前二五四―一八四）の『ロバ物語』より。トマス・ホッブズ（一五八八―一六七九）が『市民論』（一六四二）に引用したことで知られる。

62　コニー・アイランド動物園のアジアゾウのトプシーは、実際に一九〇三年に高圧電流で公開処刑され、その様子はエジソン・フィルム・カンパニーが撮影した。ただし、当時はすでに直流電流か交流電流かといういわゆる電流戦争は終了しており、トーマス・エジソンがこの処刑に深くかかわったというのは一般に流布しているデマである。

63　クインカンクスは五点形、五つ目型ともいい、サイコロの目のように五つの点が並ぶ配列を指す。この図は原文中では出典が明記されていないが、トマス・ブラウン卿の論考『キュロスの庭園』（一六五八）からの引用で、この論考では、この五点形が自然界のあらゆるものに認められること、さらには五という数字が自然の中で大きな役割を果たしていることが指摘される。

64 マザーグースに登場する人間に似たたまご。壁の上から落ちて割れてしまうことから、壊れやすいものとしてルイス・キャロル『鏡の国のアリス』をはじめ多くの文学作品で扱われている。たまごはドイツ語で*Ei*（アイ）という。

65 聖夜や復活祭に教皇が行う祝福は、「ウルビ・エト・オルビ（ラテン語で「ローマ市と全世界へ」の意）」と呼ばれる。

66 ウラル地方に建てられた初期原子炉を擁するマヤーク核技術施設では、一九五七年九月にのちにウラル核惨事と呼ばれる爆発事故が起きた。

67 アメリカの映画『バットマン』劇場版（一九六六）には、サメに足を噛まれたバットマンが、助手ロビンの助けを借りて、足元のサメに「サメ撃退スプレー」をかけると、サメが爆発するシーンがある。

68 円をはじめとする図形の重なりによって、複数の集合の関係性を図示したもの。

69 リヒテンベルクはドイツ語の人名。なかでも著名なのは物理学者ゲオルク・クリストフ・リヒテンベルク（一七四二―一七九九）で、彼の発見したリヒテンベルク図形は、分岐を繰り返す樹形パターンでフラクタルの性質をもち、雷の軌跡や絶縁材料の表面を走る放電の跡などで観察できる。

70 オーストリアの大衆向け日刊紙。

71 首なし鶏マイクは、一九四五年頃アメリカの農場で飼育されていた実在のニワトリで、首をはねられた後も生き延びたために見世物の興行に利用された。

72 双頭の犬は、ギリシャ神話では三つ頭の犬ケルベロスの兄弟で、オルトロスと呼ばれる。

73 映画『レイダース／失われたアーク』（一九八一）のラストシーン。探し求めていた聖櫃《アーク》の蓋があけられると、精霊が飛び交い、悪役のフランス人考古学者やナチス・ドイツ兵らは頭部が爆発したり、溶解したりして死亡する。インディ・ジョーンズはその場にいたが、眼を閉じていたために無事だった。

74 映画『マトリックス』（一九九九）で、キアヌ・リーヴス演じる主人公ネオが階段を駆け上がる際に二回、まったく同じ姿と動きを目にする黒ネコのこと。ネオはこれを「デジャヴ」と捉えるが、実際には仮想現実空間であるマトリックスの異常で、外部からマトリックスの書き換えが行われていることを示す。
75　原文は、*A dingo ate my baby*（ディンゴがわたしの赤ちゃんを食べた）のドイツ語訳。一九八〇年、オーストラリアでキャンプ中に赤ん坊が失踪した「ディンゴ・ベビー事件」で、母親のリンディ・チェンバレン゠クレイトンが主張したとされる内容の要約。当初、母親が赤ん坊を殺したとして有罪判決を受けたが、夫妻は潔白を主張し続け、数々の論争を生んだ。この騒動は一九八八年に映画化もされている。事件後三十年以上が経過した二〇一二年になってディンゴの仕業と認定され、ようやく母親の無罪が確定した。
76　イギリスの探検家（一七八六―一八四七）。フランクリンが率いて遭難した北極探検隊の謎については、多くの文学作品が題材としている。
77　スウェーデンの探検家（一八六五―一九五二）。中央アジアを探険し、ヒマラヤ山脈の一部やロプノール湖を発見、「さまよえる湖」説を提唱した。
78　ドイツ語圏の男性名フランツ（Franz）は、英語圏のフランシス（Francis）、ハンガリー語圏ではフェレンツ（Ferenc）にあたる。
79　宇宙暦とは、テレビシリーズ「スタートレック」をはじめとするサイエンス・フィクションで用いられる暦の呼び方。
80　テート・ブリテンは、一八九七年に建設されたイギリス・ロンドンにある国立美術館。一九八五年の改修工事の際、この美術館の中央ホールのドームの壁に、このメッセージが塗りこめられているのが発見された。
81　イギリスの脳神経学者（一九三三―二〇一五）。映画の原作にもなった『レナードの朝』（一九七三）など、幻覚や脳の機能を一部失った人々の症状やその治療の様子を患者の視点から描いた著作で知られる。
82　眼球はドイツ語でAugapfel（眼のリンゴ）、英語ではeye ball（アイボール、眼の球）という。
83　ドイツの画家マックス・エルンスト（一八九一―一九七六）の絵画（一九三七）。三作あるうちもっとも有名な三番目に制作された絵画は、『かまどの天使、あるいはシュルレアリスムの勝利』と題されている。
84　グラーツに実在する公園。近隣には数学教師ゼッツがヘリアナウ学園のあとに勤務したとされるエーヴァーゼー中等学校《ギムナジウム》がある。

85　イギリスの歴史学者ノーマン・コーン（一九一五―二〇〇七）が一九五七年に発表した『千年王国の追求』（江川徹訳、紀伊國屋書店、一九七八年）は、キリスト教の終末論の一形態である千年王国思想に影響をうけた、十一世紀から十六世紀のヨーロッパの民衆運動を論じた著作。ただしゼッツがここで挙げる「リーデルン」「リートサー」と呼ばれる子供の婚姻儀式に関する記述は、存在しないようである。

86　スコット・ロス（一九五一―一九八九）は、アメリカのチェンバロ奏者。ドメニコ・スカルラッティ（一六八五―一七五七）が作曲した鍵盤楽器のためのソナタ五百五十五曲全曲の録音を世界で初めて達成し、CD三十四枚組をリリースした。

87　ウィリアム・T・ヴォルマン（一九五九―）は、アメリカのポストモダン文学を代表する小説家の一人。引用は短篇集『レインボー・ストーリーズ』（一九八九、未邦訳）の最終ページ「物語の真実に関するメモ」より。

88　「エルヴィスは生きている」などの言い回しで、エルヴィス・プレスリーやマイケル・ジャクソンの生存説は、英語圏でしばしば目撃談や写真などとともに風評として流されることがある。

89　自分のしっぽに嚙みつくヘビは、古代のイコンのひとつでウロボロスと呼ばれる。メビウスの輪とともに、始まりも終わりもないものの象徴として循環性や無限性などを意味する。

90　アメリカの武闘家出身の俳優（一九四〇―）。武闘家としてもアクション俳優としても屈強なイメージと華々しい経歴があることから、一般には不可能なことを現実にできる無類の強さを表すアイコンとして「チャック・ノリス・ファクト」と呼ばれるジョークがインターネットを中心に流行している。

91　イギリス出身の数学者（一九三七―二〇二〇）。生物の誕生・増殖・淘汰のプロセスをシミュレーションするシンプルなプログラム、「ライフゲーム」を一九七〇年に考案したほか、「超現実数」に関する研究でも著名。

92　アメリカの人類学者、哲学者、教育者（一九〇七―一九七七）。引用は『はてしない旅』（一九五七、未邦訳）より。

93　アメリカの精神科医（一八九五―一九七二）。フリーマンの開発したアイスピック・ロボトミーは経眼窩ロボトミーとも呼ばれ、眼窩を経由して頭蓋骨に傷をつけずに、金属棒で前頭葉の一部に傷をつけ、精神病を外科的に改善しようとする手術だった。

94　コンロン・ナンカロウ（一九一二―一九九七）は、アメリカ出身の作曲家。メキシコへ亡命した一九四〇年代の後半から、人間の手では演奏不可能な、自動ピアノの可能性を追求した五十以上の習作を「自動ピアノのための習作」として発表した。

95　一九五〇年代から六〇年代にアメリカでＣＩＡが被験者の同意なしに行ったとされる洗脳実験。一九七〇年代にこの実験の存在が明らかになったが、証拠書類のほとんどが廃棄されていたため、さまざまな憶測を呼んでいる。

96　「労働は人を自由にする」「各人に各人のものを」は、両方ともナチス・ドイツが強制収容所にかかげたスローガン。

97　「ドクター・ハウス」「クローザー」「名探偵モンク」は、いずれも二〇〇〇年代にアメリカで放送されたテレビドラマ。医療ドラマ、刑事ドラマ、探偵ドラマとジャンルは異なるものの、すべて一話完結型で主人公のまわりで起こった事件が解決されていく。

98　一九九九年公開のアメリカ映画。中年男性が娘の友人に好意を抱くところから、アメリカの理想的な一家族の崩壊が描かれる。

99　映画『スター・ウォーズ』で登場する微生物。あらゆる生命体に共生しており、ミディ゠クロリアンの多寡がフォースの強さを決めるとされる。

100　グラーツ市旧市街のメインストリートであるヘレンガッセにある市教区教会には、第二次世界大戦後につくられたステンドグラスがあり、アドルフ・ヒトラーとベニート・ムッソリーニが意匠に組み込まれている。これは、両独裁者に象徴される過去の過ちを二度と繰り返さないためのものであるが、誤解したネオナチが訪れることもあるという。

101　エリザベス・キューブラ゠ロス（一九二六—二〇〇四）は、スイスで生まれ、アメリカで活躍した精神科医。死に直面する患者に直接インタビューし、その精神状態に関して二百名以上からデータを収集・分析した『死ぬ瞬間』（一九六九）をはじめ、多数の本を執筆した。現代のホスピスケアへの道を拓いたとされ、ロベルトの感想とは反対の高い評価を得ている。

102　『ダールグレン』（一九七五、大久保譲訳、国書刊行会、二〇一一）は、アメリカの作家サミュエル・Ｒ・ディレイニー（一九四二—）のＳＦ長篇小説。二つの月、変化しつづける都市とは、この小説の舞台であるアメリカ中部にある架空の都市ベローナのこと。

103　バート・ウォード（一九四五—）は、アメリカの俳優。「バットマン」シリーズのロビン役としてテレビドラマや映画『バットマン』（一九六六）に出演した。自伝『ボーイ・ワンダー——タイツに包まれた人生』（一九九五、未邦訳）ではその芸能生活を赤裸々に、明らかな誇張もまじえて暴露している。

104 ジャコミニ広場はグラーツ市中心部のバスターミナルになっており、ピザ屋をはじめ軽食を出す店やスタンドが並んでいる。

105 オーストリア・オーバーエスターライヒ州の町。十八世紀中ごろに建てられた天文台「数学塔」は五十メートルの高さを誇った。

106 ハルドール・ラクスネス（一九〇二―一九九八）は、アイスランドの作家。小説『極北の秘教』（一九六八、渡辺洋美訳、工作舎、一九七九）では、主教から依頼された青年ウムビが、礼拝をおこなわない変わり者ヨーン牧師を調査するため、アイスランドの僻地へと向かい、その思想に触れる。

107 ドイツ語圏で一九八〇年代からラジオなどで放送されている人気の子供向け朗読劇。ビビ・ブロックスベルクは一見、普通の少女のようだが実は魔女で、事件を解決したり魔女修行をしたりと活躍する。九〇年代後半からはテレビアニメ化、その後二〇〇二年、二〇〇六年には映画も公開されている。

108 オーストリア・ザルツブルク市に実在する文芸出版社。本小説の著者クレメンス・J・ゼッツは小説『息子らと惑星たち』（二〇〇七）『周波数』（二〇〇九）をこの出版社より刊行した。

109 クレメンス・ゼッツが二〇〇七年にレジデンツ出版より刊行したデビュー小説のタイトル。若手作家ヴィクトール・ゼネガーが飛び降り自殺をした後、哲学者の父カールが息子の遺稿を編さんする中で父と息子の葛藤が描かれる。

110 カート・コバーン（一九六七―一九九四）は、アメリカのロックバンド、ニルヴァーナのボーカル。銃による自殺とされる彼の死因については様々な憶測があり、他殺説にいたっては『ソークト・イン・ブリーチ――カート・コバーン死の疑惑』（二〇一五）のタイトルで映画化もされている。

111 カート・コバーンの日記は出版されており、邦訳も『ＪＯＵＲＮＡＬ』（竹林正子訳、ロッキングオン、二〇〇三）として刊行されている。

112 この写真は、パウル・バルキンという名のスイス人写真家が一九三四年にスイスのマイリンゲンで、世界初の生きているタッツェルヴルムを撮影したものとされる。バルキンはこの写真を『ベルリーナー・イルストリエテ』新聞に送付、その後多くの人がタッツェルヴルムを探しに山へ入るきっかけとなった。

113 世界遺産であるゼメリング鉄道のバイパスとして計画され、二〇一二年に準備工事が開始された鉄道トンネル。二〇二一年現在も工事中で、完成すれば従来の路線よりウィーン―グラーツ間の移動時間が三十分ほど短縮される見込み。

114 ロワ通り（Rue de la Loi）は、ベルギー・ブリュッセル市のサンカントネール公園とブリュッセル公園をつなぐ大通り。この通りには欧州連合の本部ビルがある。

115 ナサニエル・ウェスト（一九〇三―一九四〇）は、アメリカの作家。『孤独な娘』（一九三三）は彼の二作目の小説で、世界恐慌時のニューヨークで新聞の身の上相談欄を担当する男性コラムニストの日々をブラックユーモアで語る。最後の場面では、不倫相手の夫が持ってきた銃がもみ合ううちに暴発し、このコラムニストは階段を転げ落ちる。

116 二〇〇七年二月に当時現役宇宙飛行士であったリサ・ノワクが起こした事件。誘拐は未遂に終わっている。

117 黄泉の国に咲くと言われるユリ科の花。

118 ジークムント・フロイト（一八五六―一九三九）は、オーストリアの精神科医。精神分析の父として知られ、自由連想法や夢の解釈など、文学にも通じる手法をつかった分析・治療を試みた。ウィーンのベルクガッセ十九番地にはフロイト博物館があり、一九三八年までフロイトが暮らし、診療を行っていた住居が保存されているが、アンティークの彫像がのったデスクをはじめとする家具の多くは、晩年を過ごしたロンドンのフロイト博物館に展示されている。

119 トマス・コーラム（一六六八―一七五一）は、新世界で活躍したのち、博愛主義者として請願署名や支援者を集め、捨て子のための病院を一七三九年に設立して、当時の慈善事業の先駆となった。設立当初は実際に白、赤、黒の玉を使ったくじ引きが行われ、希望者の約三分の二前後は満床のため断らざるをえなかったとされる。

120 フラマン語で「証人X・1」を意味する *Getuige X-1* からは、一九九六年にベルギーで発覚したマルク・デュトルー少女拉致監禁殺人事件の刑事裁判が連想される。匿名の証人X・1が被害者として犯罪の根幹にかかわる重要な証言をすると思われたが、裁判所は彼女に妄想癖があるとして出廷を認めなかった。そのため、主犯のデュトルーがかかわっていたとされる巨大な小児愛者むけ売春組織の存在やその組織とベルギー王室との癒着など、さまざまな憶測や報道すべてが明らかにならないまま裁判は終了した。証人X・1として出廷予定だったレジーナ・ルーフは後に、幼いころから受けた性的虐待や本事件の内実を暴露する著書を出版している。

121 イギリスのバンド、アポロ440が一九九九年に発表した曲「ストップ・ザ・ロック」の歌詞。

122 イギリスのミュージシャン、ファットボーイ・スリムが一九九八年に発表した曲「ロッカフェラー・スカンク」の歌詞。

123 アメリカの心理学者（一九〇五―一九八一）。アカゲザルを使用したさまざまな心理実験を行い、特に母親から隔離した子ザルに代理母となる造形物を与える実験や、滑りやすい急勾配の板に囲まれた装置のなかにサルを置き続ける「絶望の淵」実験などが有名。その実験結果の悲惨さから、のちに動物実験に対する倫理的批判が噴出した。当時の欧米では、誕生直後から母子を分離し、別室で乳母などに育てさせる方法が一般的だったが、ハーロウの研究成果はこの育児方法に一石を投じ、親子間の愛着、近接性の必要性や社会的孤立の悲惨さを啓蒙した（デボラ・ブラム『愛を科学で測った男』藤澤隆史・藤澤玲子訳、白揚社、二〇一四）。

124 ブリュッセルに実在する道路名で、ベルギー最高裁判所が面している。

125 アルブレヒト・デューラー（一四七一―一五二八）は、ドイツの画家。父も同名の画家だが、銅版画「メレンコリアⅠ」（一五一四）は息子の作。描かれているたくさんの事物のなかにはコウモリや犬、釣鐘、彗星、魔方陣など本小説のモチーフと重なるものはあるが、フェレンツがここで述べるような事物は見当たらない。

126 作中には具体的に言及がないが、作家によれば、このロシア映画はアンドレイ・タルコフスキー（一九三二―一九八六）監督の『ストーカー』（一九七九）をさしている。この映画の冒頭には登場人物たちが追い求める「ゾーン」についての言及がある。

127 ヨーゼフ・ヴィンクラー（一九五三―）は、オーストリアの作家。「僕には人間が空っぽだ」は、デビュー作『人間の子』（一九七九、未邦訳）より。

128 ジョナサン・スウィフト（一六六七―一七四五）の『ガリヴァー旅行記』（一七二六）では、巨人の国であるブロブディンナグ国に滞在中、国王はガリヴァーを初めて見ると、よくできたぜんまい仕掛けではないかと疑うが、実際に話してみると理路整然と受け答えができるため、その疑いを捨てる。一方、この国の宮廷学者たちはガリヴァーを調べるものの説明がつかないため、結論は自然のいたずらとされた。

129 フランスの数学者（一九二四―二〇一〇）。図形の一部がその全体と自己相似をなす図形をフラクタルという概念で説明し、四六七ページの図版で示される「タツノオトシゴの谷」とも形容されるマンデルブロ集合（ドイツ語では「リンゴの小男《アプフェルメンヒェン》」）について研究した。

130 グラーツ中央駅から旧市街へと延びる大通り。路面電車が通っており交通量も多い。

131 アメリカ映画『ブルース・ブラザーズ』（一九八〇）で主人公のエルウッド・ブルースが、クライマックスとなる警察とのカーチェイスを繰りひろげる直前に発するセリフ。

132 イタリアの画家（一八八八―一九七八）。フリードリヒ・ニーチェをはじめとするドイツ哲学から影響をうけ、形而上絵画を提唱した。「通りの神秘と憂鬱」（一九一四）など、光と影の強いコントラストでイタリアの街角を描いた作品群がある。その幻想的、魔術的な作品は、シュルレアリスムの先駆となった。

133 百年電球は、一九〇一年から点灯しつづけている白熱電球で、アメリカのカリフォルニアのリバモア消防署にある。世界最高齢の電球として、ギネスブックにも掲載されているが、二〇二一年現在のところまだ電球は切れていない。消防署に電球を寄附したのは製造元ではなく会社経営者デニス・バーナルであることがわかっている。不死の電球については、トマス・ピンチョン『重力の虹』第四部の挿話「電球バイロンの物語」も参照のこと。

134 トマス・ピンチョン『重力の虹』第一部におけるドードー鳥の描写では、ファン・デア・フローフが使用していた火縄銃は当時旧式とされており、たまごの置かれた場所は草の盛り上がったところであるなど、「黙するたまご」から始まる引用以外は、原文から数カ所を参照しつつなぎあわせ、創作を混ぜこんだものである。

135 アメリカの作家・翻訳家（一九四九―）。引用はエッセイ集『カルマの足跡』（二〇〇〇、未邦訳）所収、「夢の考古学」より。

136 ウーファ（UFA）は、ドイツの映画会社。特に一九二〇年代から三〇年代に多くの無声映画の名作を生み出し、「黄金の二〇年代」の一端を担った。そのロゴは、ひし形の中にUFAの三文字が大きくデザインされている。

137 フラクタル図形のひとつであるコッホ曲線を三つつなぎ合わせたもの。雪の結晶のように見える。

138 『代書人バートルビー』または『バートルビー』（一八五三）は、アメリカの作家ハーマン・メルヴィル（一八一九―一八九一）の短篇。法律事務所に代書人として雇われた青年バートルビーは、頼まれた仕事を拒否するようになり、ついには何もせずただ居座り続けるようになる。

139 S21は、カンボジア、トゥール・スレンにある政治犯収容所の暗号名。高校を転用したこの施設では一九七七―七九年に大量虐殺が行われた。収容所の外部に作られたチューン・エック野外処刑場とともに、現在では博物館となっている。

140 テオドール・フォンターネ（一八一九―一八九八）は、ドイツの作家。遅咲きの作家としても知られるフォンターネが郷土をくまなく遍歴して執筆した五巻本『マルク・ブランデンブルク周遊記』（一八六二―一八八九）は、六十代以降に活発となる創作活動の礎になったとされる。

訳者あとがき

本書はClemens J. Setz: *Indigo*（Suhrkamp, 2012）の全訳です。翻訳にあたってはハードカバー版を底本とし、電子書籍版と英訳を適宜参照しました。序文は日本語版のために作家が特別に書き下ろしたものです。

クレメンス・ヨハン・ゼッツ（Clemens Johann Setz）は、小説『インディゴ』を執筆した作家であり、同小説の主な登場人物の一人でもあります。本書冒頭にあるプロフィールは、登場人物クレメンス・ゼッツの経歴です。底本にはありませんが、実在の作家のプロフィールはジャケットにつけさせていただきました。両者ともに一九八二年オーストリアのグラーツ生まれ、グラーツ育ちです。オーストリア第二の都市グラーツは、美しい中世の街並みを残している旧市街が世界文化遺産に登録された小都市で、過去には「ケプラーの法則」で有名な天文学者ヨハネス・ケプラーや二〇一九年にノーベル文学賞を受賞したペーター・ハントケが暮らしていました。

小説の主人公ではなく、作家のほうのゼッツは、この文化的に豊かな美しい街で、ゲームに明け暮れた少年時代を過ごしました。インタビューによれば、読書は十六歳ごろにエルンスト・ヤンドルの詩に出会うまで、国語の授業以外で自発的にしたことはなく、ただただゲームの世界で死んでは生き返ることを繰り返していたそうです。読書をはじめるとまもなく執筆も開始し、グラーツ大学のドイツ文学と数学の教職課程に在籍中の二〇〇〇年代初頭より詩や小品を発表、二〇〇七年にフランツ・カフカやエリアス・カネッティに言及しつつ父と息子の葛藤を取り上げた小説『息子らと惑星たち』でデビューしました。二〇〇九年に長篇小説『周波数』でドイツ書籍賞にノミネートされる頃には、はやくも「神童」との異名を得ています。二〇一一年に大手のズーアカンプ社に版元を変更すると、同年「ドイツ現代文学のもっとも若きホープ」「若手文学最大の才能」と称されて短篇集でライプツィヒ・ブックフェア賞を受賞、本小説『インディゴ』はその翌年、ゼッツ二十九歳のときに満を持して発表されました。ちなみに当時の恋人の名前はたしかにユリアだったそうですが、『インディゴ』の主人公ゼッツとは違って結婚はしておらず、当然ながら「インディゴ症候群」にも罹患してはいません。当時はイベントやインタビューで折に触れては、歌唱時に倍音が出せること、実際に頭痛やめまいがあること、共感覚者であることなどを語っていました。

神童クレメンス・ゼッツは、ドイツ語圏ではナードとしても知られています。『インディゴ』で魅せるポップカルチャーへの傾倒はもちろんのこと、幅広い好奇心をもって常にいろいろなデバイスや新しい技術を試しており、過去に来日した折には、ロボット展やバーチャルリアリティのアトラクションを訪れていました。インターネット上では、現在のところツイッターで短い詩を発表するのがいちばんのお好みのようですが、複数のSNSで写真や映像も頻繁に配信しています。その経験やリサーチの結果は『インディゴ』以降、とりわけ多く発表されるようになり、ASMRやディープ・ネット、AI、ロボット、ゲームに関する新聞記事として投稿されるほか、書籍にも反映されています。たとえばウィキペディアの記事をコピー&ペーストした詩が話題となった詩集『ダチョウのラッパ』（二〇一四）や、あらゆるコミュニケーションツールが登場する千ページを超える巨篇小説『女とギターのあいだの時間』（二〇一五）、チャットボットを介したインタビュー本を模した『ＢＯＴ：作者不在のインタビュー』（二〇一八）など、毎年のように奇抜な発想で小説、短篇集、詩集などを発表しては文壇の話題をさらっています。ほかにもエドワード・ゴーリーなど英米文学やエスペラント文学の翻訳紹介、演劇や映画の脚本執筆、バンベルク大学やベルリン自由大学での詩学講義やワークショップ担当など、まさに八面六臂の活躍です。

ゼッツの作品の魅力は、このような新奇性はもちろんのこと、眼前の現象を文学理論や文化史に紐づけて整理したうえで、新しい文学を創作していこうとする挑戦的な姿勢にあります。たとえば二〇一九年六月のインゲボルク・バッハマン賞オープニングスピーチで、ゼッツはプロレスの「ケーフェイ」と文学を論じて話題になりました。レスラーたちはリング上で善と悪の戦いを暗黙の了解として演じてみせるだけでなく、リングの外でも役柄から逸脱する「ケーフェイ破り」、文学や演劇の用語でいうなら「第四の壁を破ること」はしないよう求められるそうです。ゼッツは、このキャラクター設定と現実を混同したプロレスの試合やレスラーの行動、『ドン・キホーテ』をはじめとする文学作品、長年同じ役を務めた俳優のイメージを裏切るスキャンダル、極右の政治家の振る舞い、陰謀論など危うい「ケーフェイ」やその破綻を次々と挙げていきます。そのうえでこれら日常的にみられる「ケーフェイ」の筋書きの大半は、文学以外、つまり企業やマーケティング会社、政治によって書かれていると指摘します。そしてこうした日常の「ケーフェイ」をも見分ける鍛錬を長年続けてきており、どのように機能し破綻するかを知っているのは文学関係者であると強調しました。

このようにゼッツが文学を現実の身近で切実な問題と結びつけて考えていることは、どの作品でも観察でき、それゆえに多くの人がゼッツに今後の文学の可能性を感じています。デジタル・テクノロジーの発展と共に成長したミレニアル世代ならではの柔軟なアイディアと広範な知識、ポストモダン以降の文学の主流を正統に引き継ぐそのスタイルから、ゼッツは現代ドイツ語圏の文壇でもっとも注目すべき作家のひとりと目されています。

ゼッツの著作で今回はじめて日本語で紹介されることになった本小説『インディゴ』は、ゼッツの四冊目の作品です。二〇〇六年に数学教師としての実習を行うクレメンス・ゼッツと、当時の教え子で二〇二一年には画家になっているロベルト・テッツェル。章ごとに交互に登場する二人は、それぞれ異なる時間軸で暮らしているものの、インディゴ症候群と呼ばれる病とその患児、インディゴチルドレンにまつわる謎でつながっています。インディゴ症候群とは、罹患した本人ではなく、患者の周囲の人間がめまい、頭痛、嘔吐、下痢、蕁麻疹などありとあらゆる症状に襲われる病です。患児たちはこの病の悪い影響が周囲に及ばないように、専門の寄宿学校で学んでいます。その学園で実習を行うクレメンス・ゼッツは、そこで目にした生徒たちが跡形もなく消えさる「リロケーション」について、ロベルトは後にゼッツが手を染めたかもしれない犯罪について、それぞれ真相を追いかけていきます。最初はミステリーのような高揚感がありますが、小説は脱線としか思えない挿話がちりばめられ、後半部は書籍からのコピーやメモ書きの紙片が続くなど、いかにもポストモダンといった様相を示していきますので、冒頭にあるとおり、これ以上の要約は困難となります。軽快な語り口と気味の悪さに包まれながら、断片の集合から何が主題とされているのか論理的な帰結を見出すのは容易なことではありません。

ゼッツの書評には毎回よく似た形容詞を見かけます。「奇抜」「過激」「底知れぬ」「残酷」。つまり、必ずしも読んでいて気持ちのいい文学ではありません。『ツァイト』紙は、ゼッツの短篇集『マールシュテットの子供の時への愛』（二〇一二）について「この詰まりすぎた物語のなかでは、おそらく心地よさ以外のすべてが可能になっている。ここに、こぎれいに組み立てられた文学工房の文学に対する過激な反抗のプログラムを敢行する者がいるのだ。不吉な歌を口笛で吹きながら、文学の長屋街から飛び出てきている」と評しました。『インディゴ』も同様に、すっきりと読める既存の小説の枠組みを破壊し、新しいものを作ろうとする野心的な小説です。迷宮のような本小説の世界に、まずは先入観なく飛び込んでいただくのが一番だと思いますが、万が一、途中で道しるべが欲しくなった場合に備えて、以下に愉しむための視点を二つ、ご紹介します。

第一の視点として、本作の英訳を担当したロス・ベンジャミンのコメントをご紹介します。この小説は作家と読者、書籍とインターネットのインタラクティブゲームだというのです。さらに私が踏み込んで述べますと、このゲームはテクストというフィールドにあるちょっとした違和感をクリックすることで武器や宝物が現れ、アイテムを順に集めてパズルを再構築することで、インディゴ症候群に関する謎を追いかけられる仕組みになっています。最初にプレイヤーが直面するのは、圧倒的な雑学の数々です。医療用語だらけの大学病院の診断書から始まり、世界の文学作品はもちろんのこと、「スタートレック」、「バットマン」などの映画やテレビシリーズ、音楽、歴史や数学、動物の生態など、ありとあらゆる知識がオタクっぽいトリビアとともに披露されていきます。たとえばロベルトは、ゾルピデム、レキソタン、ザノールという薬剤を想いうかべて、「こういう奇妙な薬の名前は、ファンタジー小説に出てくる魔法の呪文みたいだ」（一一八ページ）といい、その二章あとでさらに別の薬名を三つ挙げて「ファンタジー小説から出てきたみたいだ」（一六一ページ）と、わざわざ同じ思考を繰り返します。このサインを無視してもかまいませんが、そんなにたくさんファンタジー小説風の薬名があるものか確認してみます。いろいろな方法が考えられますが、現代のもっとも簡便な確認方法は、お手元の機器でのインターネット検索ではないでしょうか。ちなみに検索結果を申しますと、先の三つは実在する向精神薬の名前で、後の三つは薬としては一件も検索結果がありません。同様に「インディゴチルドレン」を検索すると、作品で扱われている患児の存在は確認できず、一九七〇年代以降に提唱されたニューエイジの概念が見つかります。ネット情報によれば、これは特別な能力をもった青いオーラをもつ子供たちのことだそうで、科学的裏付けがないにもかかわらず、子育てに悩む保護者たちが世界じゅうでこの概念に救いを求めていることが確認できます。おそらくゼッツは、この現象からインスピレーションを得て架空の病を創作したのでしょう。

あらゆる分野の「ネームドロッピング」にさらされて次から次へと検索を続けていくと、小説の展開に並行するように、インターネット上で信じられないような実話を読み、知らなかった音楽や映画を再生し、オーストリアの街並みを地図上でたどり、おもしろそうな理論や知識を得ることになります。近年では、書籍にスマートフォンなどのカメラつきデバイスをかざすと、ページの内容を補足する動画や音声、追加のクイズなどが再生できる拡張現実（AR）機能を備えた出版物がありますが、『インディゴ』はまるでこの機能を二〇一二年時点ですでにアナログで実現させたかのようです。これだけでも十分に愉しめますが、なかには薬名のようにうまく検索結果が出ないものもあります。たとえば『金枝篇』や『憂鬱症の解剖』からの書籍コピーが挿入されていますが、こんな小話が原書にあったでしょうか？　実はこれらの書籍は訳註として示した通り、冒頭の一部を該当書籍から引用し、途中からゼッツが創作したフェイクのページです。J・P・ヘーベルの『ドイツ炉辺ばなし集（暦物語）』にいたっては章題から原著には存在せず、挿絵はインターネットから拾ってきたものだそうです。

『フランクフルター・アルゲマイネ』新聞の文芸評論家ヤン・ヴィーレは、こうした各情報のソースをどこまでも「バカみたいにググり、狂ったように探し続けることもできる」が、それだって本当に真実なのだろうか、と疑問を投げかけました。この小説には純然たる事実のほかに、真偽の究明が不可能な都市伝説、疑似科学、デマ、迷宮入りの事件、作家ゼッツの純粋な創作など、あらゆる種類の事実とフィクションの関係が巧妙に織り込まれています。ゼッツのテクストが信用ならないのと同様、調べた情報も信頼が置けるとは限りませんし、情報源が見つからないからといってそれが事実ではないと言い切れるわけでもありません。それではいったい私たちは何を拠り所としたらよいのだろう、という根源的な問いに行きついたところ、盤石だと思っていた私たちの足元には不気味な深淵が口を開けます。

このファクトとフィクションの関係性について、別の方向から作品を読み解くことも可能です。第二の視点の手がかりは作家と同名の登場人物です。作家と同名、もしくはごく近い経歴の架空の人物を創作する手法は、フィクションであることを顕在化させるその効果から「メタフィクション」と呼ばれたり、自伝（オートバイオグラフィー）とフィクションのハイブリッドとして「オートフィクション」と呼ばれたりします。この手法はここ四半世紀ほど欧米を中心に大きな流行をみせており、作品例は枚挙にいとまがありません。この傾向についての分析も多岐にわたりますが、社会的背景のひとつとしてインターネットの隆盛が挙げられています。作家にかかわらずだれもが、自撮りやアバターによって自分自身を複製し、編集・加工・演出をして、SNSなどを通じて世界へ発信することが現代では容易になりました。また科学技術の助けを借りて自分の身体に直接手を加えることも、ずいぶん市民権を得てきています。文学という領域にかかわらず、作者としての「わたし」と登場人物としての「わたし」、魅せる「わたし」と見られる「わたし」の関係性が、以前にもまして注目されるようになってきたと考えられます。

クレメンス・ゼッツの『インディゴ』に登場する数学教師ゼッツも、小説という仮想空間にいる作家の写像です。そして舞台となるヘリアナウ学園は「鏡の原理」に基づいて作られており、ゼッツの行動や思考はなぜか近未来のパラレルワールドにいるロベルト・テッツェル（小説発表時のゼッツと同年齢）の行動や思考とリンクしています。さて、この小説にゼッツは何人いるのでしょう？　セルフィー、アバター、オルター・エゴ、分身、ドッペルゲンガー……解釈によって「もう一人のわたし」の呼び方は幾通りもあります。たとえばドッペルゲンガーのようななじみのものがごく近くを通るときの恐怖といえば、ジークムント・フロイトの論文『不気味なもの』が想起されます。E・T・A・ホフマンの短篇『砂男』、小説『悪魔の霊液』をはじめとするフロイトの不気味なもののカタログに、ゼッツはロボット工学の仮説「不気味の谷現象」をも追加しました。これは、人間の機能を模倣して造られるロボットの外見が本物との境界付近にまで近づいたときに観察できる心理現象だそうですが、果たしてその境界はどこにあるのでしょうか。このロボットと人間の関係について、アンドロイド研究で有名な大阪大学の石黒浩教授とゼッツは二〇一五年に対談しており、その動画は一部インターネットでもご覧いただけます。

もちろんこの二つの視点以外にも、まったく別のアプローチがいくつも考えられます。そもそも、ここまでの解説では追うべき謎がひとつも解決されていません。実際に主人公ゼッツは罪を犯したのか、子供たちはどこへ「リロケーション」されるのか、謎の人物フェレンツとはだれかなど、究明すべきことは無数にあります。この小説のポイントのひとつは、ある一つのテーマについて語っているのではなく、すべてについて一度に語っていることです。第四部の冒頭にあるように、コミュニケーションは受け手に有利に働くものです。本書のように情報過多の場合、読み手は読書という行為そのものをあきらめるのでなければ、情報を処理可能な量に取捨選択することで理解しようとします。飛蛾の火に赴くが如く脳へと入ってくる情報が読み手によって変幻自在となる様子は、同じく第四部で言及される、あらゆるものの中に天使が座り込んでいるアルブレヒト・デューラーの銅版画「メレンコリアI」の決定的解釈がまだ見つかっていないのと似ているようです。いろいろなものを追いかけていくことができますが、ドイツ語圏の文学を専門とする私からは、すでに挙げた文献のほかに、ルートヴィヒ・ヴィトゲンシュタイン『論理哲学論考』、フリードリヒ・ニーチェ『ツァラトゥストラ』、W・G・ゼーバルト『土星の環』との読み比べをそれぞれお勧めします。もちろんインディゴ症候群を「隠喩としての病」と考えることもできるでしょうし、トマス・ピンチョン『重力の虹』は小説内で大きな役割を果たしています。序文にあるとおり動物たちも主題のひとつです。さらには映画『マトリックス』をはじめとする仮想空間やシミュレーションから未来学へ、頭痛でおきる閃輝暗点やホワイトノイズから認識論についても話は拡がり、それらの根底にはオーストリア文化への讃歌と世界文学への挑戦も垣間見えます。おそらくほかにも多くの視点がさまざまな領域の専門家から提供されることになるでしょう。新しい視点を得るたび何度でも最初のページに戻って、この小説の「独特な仕掛け」を愉しみ、それぞれの「フェアエンド」を探すことができます。ダニエル・ケールマンが今までに読んだ本のなかで「もっとも豪胆で、ワイルド、そして自由な小説のひとつ」と評した小説『インディゴ』の世界をじっくりとご堪能いただければ幸いです。

翻訳にあたっては、本書の創作意図を尊重し、表記や訳語の選択はインターネット検索のしやすさを優先したほか、参照できる既訳はできる限り忠実なコピーを心がけました。書籍や映画などは訳註に挙げていますが、各国語版ウィキペディアを中心とする複数のインターネットサイトからも多くの恩恵を受けました。訳者ならびに執筆者のかたがたに深く御礼申し上げます。当初は巻末の訳註を不要とし、ドイツ語版とおなじように直接ネット検索をしながら読めるようにしようと、ウィキペディアのページ制作や編集なども一部手がけましたが、日本語版では書籍の内容などどうしてもネット上だけでは確認が終わらないものがあり、解説があった方がわかりやすいと判断したものを中心に、老婆心の極みではありますが註に挙げてあります。ただし先述のとおり、本小説には真偽の判別を惑わせるものが多分に含まれています。訳者の不見識も重々予期できますので、註はあくまでも手がかりのひとつと考えて、ゼッツの執筆した本文同様に事実かどうか疑い、さらにリサーチしながら読んでいただければ幸甚です。南極にあるレーニン像、ミミズの脳の構造など、註がないものもファクトチェックをお愉しみください。

最後になりましたが、この度は大変多くの方にお世話になりました。まずはなにより、メルクとゲーテ・インスティトゥート東京が共同で開催する第三回メルクかけはし文学賞をいただいたことでこの翻訳プロジェクトが始動しました。この賞と出版奨励のための賞金がなければ、このような実験的な書籍の翻訳出版は叶いませんでした。ゲーテ・インスティトゥート東京の図書館長ミヒャエラ・ボーデスハイムさんからは、翻訳に際し数々の細やかなサポートをいただきました。

冒頭の大学病院の診断書については、実際に救急医療に携わっておられる東京医科大学八王子医療センターの須田慎吾先生に見ていただきました。また、訳文全般にわたって先輩の東京都立大学助教、高本教之さんが目を通し、アドバイスをくださいました。種々のリサーチやウェブ対応は、首都大学東京ドイツ語圏文化論教室の卒業生、澁江里美さんが手伝ってくださいました。さらに細かな質問は作家本人のほか、東京都立大学准教授のレオポルト・シュレンドルフ先生に根気強くお付きあいいただきました。二〇一九年秋に行われたクレメンス・ゼッツ・シンポジウム「ポストヒューマニズムの文学」でご一緒した登壇者のみなさまにも、一人では決して思いつかないような多くのご教示・アイディアをいただきました。末筆ながら国書刊行会の清水範之さんには、作業全体について何度もご相談させていただき、丹念に校閲していただいたうえ、フォントやページ構成など手間のかかる本を原書に忠実につくっていただきました。ほかにも数多くの方々よりご助言や励ましをいただき、訳者として大変幸せな時間を過ごすことができました。この場をお借りしてあつく御礼申し上げます。

二〇二〇年十月

犬飼彩乃

犬飼彩乃　いぬかい　あやの
愛知県生まれ。東京都立大学人文社会学部助教。専門はドイツ語圏文学。共訳書に、ライナー・エアリンガー『なぜウソをついちゃいけないの?』(KKベストセラーズ)、アフマド・マンスール『アラー世代』(晶文社)。

インディゴ

二〇二一年五月十五日初版第一刷印刷
二〇二一年五月二十日初版第一刷発行

著者　クレメンス・J・ゼッツ
訳者　犬飼彩乃

発行者　佐藤今朝夫
発行所　株式会社国書刊行会
東京都板橋区志村一―十三―十五　〒一七四―〇〇五六
電話〇三―五九七〇―七四二一
ファクシミリ〇三―五九七〇―七四二七
URL：https://www.kokusho.co.jp
E-mail：info@kokusho.co.jp
装訂者　水戸部功
印刷・製本所　中央精版印刷株式会社
ISBN978-4-336-07089-0 C0097
乱丁・落丁本は送料小社負担でお取り替え致します。